Sammlung Luchterhand 360

# Gabriele Wohmann
# Paarlauf
*Erzählungen*

Luchterhand

Sammlung Luchterhand, August 1981
4. Auflage, April 1985


Lektorat: Klaus Siblewski
Umschlaggestaltung: Kalle Giese, Darmstadt
Gesamtherstellung bei der
Druck- und Verlags-Gesellschaft mbH, Darmstadt
ISBN 3-472-61360-2

# Nachsicht mit Kitty

Ich habe mir gedacht, wir könnten zusammen Spargel essen. Sie essen doch gern Spargel, oder? Das war Kitty, per Telefon, im Nahbereich führte sie dieses immerhin beachtlich langatmige Ferngespräch, und jetzt war sie zu einem erkennbaren Zweck gekommen. Über so viele Umgehungen, das Privatleben von Kitty mit zweiten oder dritten Bildungswegen betreffend! An der Seite des lukrativ nach immer wirksameren Wurmmitteln forschenden Bertram konnte diese Kleine und Verwöhnte, dennoch emsig ein stolzes Selbst entwickelnde Vorortbewohnerin ganz schön mit dem Geld um sich werfen, fand Amalie, die nun UND WIE GERN WIR SPARGEL ESSEN sagte und SPARGEL SIND SOGAR EINE IDEALDIÄT FÜR MEINEN MANN.

Gut so, man war verabredet. Empfand Amalie etwas von der früheren Vorfreude auf eine Geselligkeit inklusive Abendessen? Meist wurden Eduard und sie nur nach dem Abendessen eingeladen. Oft war das bei den Formulierungen nicht so ganz ersichtlich. Wenn es UM ZWANZIG UHR FÜNFZEHN hieß, schien es sich um einen klaren Fall von Gastgebern zu handeln: die wollten sich vor dem ganzen zwischenmenschlichen Aufwand doch noch die TAGESSCHAU gönnen. Amalie hatte insgesamt diese Art der Einladungen mit den Jahren liebergewonnen. Erst recht am Abend war Ruhe das dringendste Gebot. Auch sah sie sich nicht mehr imstande zu gastronomischen Gegenleistungen. Kaffee und Kuchen, doch, das gab es noch gelegentlich, vorzugsweise in den warmen Jahreszeiten, wenn man die Loggia benutzen konnte. Sie und Eduard stimmten darin völlig überein, daß es erheblich leichter fiel, ein fröhlich unbeschwerter guter Gastgeber zu sein, wenn einem nicht

irgendwelche Gäste auf den schönen Möbeln der Innenausstattung herumrutschten und -schwitzten. Sich räkelten. Den Teppich verkrümelten. Die Glasplatte vom Tisch mit ihren Fingerabdrücken befetteten. Um die Gartenmöbel mußten sie sich nicht in dieser Abwehrhaltung verkrampfen. Manchmal war es ihren Besuchern draußen zu kühl. Könnte man nicht hineingehen? Ah, die frische Luft tut gut, finden wir wenigstens, Eduard und ich. Und so blieb man, neulich auch mit Werner Hengst, der sich ja etwas pathologisch vor rheumatischen Erkrankungen fürchtete und wahrscheinlich nur aus Aberglauben in schräg gekrümmter Haltung dagesessen hatte.
Es gab auch eindeutig zu heiße Tage für die dann etwas kollapsverdächtige Klimastruktur in der Loggia. Eduard schüttete kübelweise Wasser gegen die Klinkermauer und auf den Fliesenboden, ehe die jeweiligen Gäste anrückten. Allein im Status GAST, ein Gast zu sein bei ihnen beiden, solchen Individualisten, sah Amalie eigentlich etwas Unverfrorenes. Aber sie verstand dennoch ihre gemischten Gefühle nicht ganz, beispielsweise beim Wegräumen der Hinterlassenschaft von Geselligkeiten. Warum so hastig? Warum auch so wehmütig und rastlos verzweifelt? Erst wenn alles wieder so aussah wie vor den Entstellungen durch einen richtig netten Nachmittag mit richtig netten Leuten, erst dann bekam sie eine Art von Gleichgewicht zurück. Ihr Puls ging noch zu rasch. Im Grunde spürte sie immer schon beim Tischdecken für andere Leute den inneren Wunsch, sofort diese Verkehrtheit rückgängig zu machen. Es war ein Stilbruch, das Ganze. Sie liebte ihr Geschirr. Sie besaßen so viele schöne Teller und Tassen, Eduard und sie, daß sie einunddieselben Gäste sicher fünfmal mit neuen Gedecken hätten überraschen können. Manchmal, vorher, plante Amalie fast lustvoll so eine Abwechslung. Im entscheidenden Moment aber, in der

Stunde des Deckens und Anrichtens, schrumpfte etwas Vitales in ihr, oder was immer da vorging, etwas wie vielleicht bei ganz alten Menschen, etwas wie die todesnahe Einsicht in einen sehr sehr großen Unsinn von allem.
Es gefiel ihnen beiden nun aber, daß so jemand wie die kleine Kitty sich noch aufraffen konnte, gern zu bewirten. Eine nie überflüssige, eine wirklich notwendige Skepsis mischte sich gleichwohl in diese von der Erfahrung getrübten Ausblicke auf den Abend dort im Vorort. Kitty würde wieder, den meisten Hausfrauen hierin ähnlich, die Apéritifzeit mißbrauchen, gesprächsselig wie sie und die andern waren, Zigarette für Zigarette, in zu bequeme Lederpolster gekuschelt, denn es ginge ihr um Kontakt, sie hielte die Mahlzeit für eine bedauerliche Begleiterscheinung. Zumindest sah es immer eine Dreiviertelstunde lang danach aus. Eduard und Amalie konnten keinerlei Geruch erschnuppern, der auf etwas wie einen Kochprozeß hinwies. Ein totaler Stillstand in einer total friedlichen Küche, argwöhnten sie. Auch diesmal wieder würde ihr Appetit unterschätzt worden sein. Vielleicht auch unklug, sich ausgerechnet auf Spargel einzulassen. Dieses teure Zeug für Snobs, mühselig zu essen und eigentlich nichts als Wasser, es machte immer nur viel von sich her, wurde auf die Qualität hin bewundert, während für Eduard und Amalie, erst recht wenn sie nicht bei sich zu Haus waren, in Sicherheit vor allen Engpässen schön nah bei ihren Vorräten, doch auch einfach Mengen eine gewisse Rolle spielten. Was studierte Kitty zur Zeit? Psychologie noch immer? Slawistik? Bestimmt irgendwas, das ihr von hohem erzählerischem Wert schien. Kitty wurde leicht ein wenig zu episch. Der Luxus, den die kleine, viel jüngere Frau für Bertram darstellte, gab ihm, wenn sie so vor sich hin schilderte und schilderte, etwas Nachsichtiges, Hundehalterhaftes. Er selber hatte sein berufliches Dasein der Ver-

nichtung von Würmern aller Art geweiht, wodurch Kittys Element des Spielerischen im Klima dieses Haushalts sich als Belebung, auch als Rehabilitation auswirkte. Bertram verwand es dank Kitty nun leicht, der Berufung zur Menschenheilkunde entsagt zu haben, höheren Gewinnen in der pharmazeutischen Industrie zuliebe.

Es war doch nicht zu anstrengend, das viele Schälen, fragte Amalie jetzt in eine absehbar kleine Pause hinein, die sich daraus ergab, daß Kitty eine neue Zigarette anzündete. Amalie fand sich schlau mit ihrer Anspielung auf ANSTRENGENDES Schälen von viel Spargeln. Liebe Zeit, das war eine echte Erholung nach der Ausarbeitung vom Seminar über die Prager Zionisten, rief Kitty und fand sofort zurück in den wichtigtuerischen Erzählton für die Prager Zionisten, nichts wie weg von den Spargeln.

Wie lächerlich, darauf angewiesen zu sein, daß andere Leute einem was zu essen gaben! Auch empfand Amalie, ohne Zuversicht Kittys glatte Gesichtshaut überblickend, daß ihr selber die Rolle der ÄLTEREN, die volle Hörsäle und elitäre Seminare hinter sich hatte, nicht auf den Leib geschneidert war. Amalie ließ einen resignativen allwissenden Pfeifton über Kittys furchtbar jugendfrische Universitätseindrücke seufzen. Er wurde überhört oder mißverstanden, denn Kitty, mit Sherry frisch versorgt, berichtete nun von den Strapazen des Kleinen Latinums. Aber hatten nicht Eduard und Bertram sich abgesondert, männlich, wie das allzu oft geschah bei den koexistentiellen Gruppierungen der Geselligkeiten? In was für ein Seitenthema mochten sie sich gerettet haben? Worum ging es? Um Gewürm? Womit man, bei geschickter Handhabung, auf dem Weg zum Menschen wäre? Mit Personen in ärztlichen Berufen kam Amalie immer noch am liebsten zusammen. Nur schwierig, diskret genug zu bleiben und weder sofort noch zu häufig mit den persönlichen körperlichen Martyrien herauszurücken. Aber der arme Eduard war glücklos mit dem armen Bertram in ein Gespräch über die 40-Stunden-Woche an norwegischen Theatern geschlittert. Den Widersinn von Gesprächsthemen könnte der bösartigste Feind von Parties überhaupt nicht erfinden. Eine völlig absurde Bekümmernis faltete nun Bertrams langes Gesicht: er trug das Pech von Ehen mit Ballettänzerinnen vor. Zum Scheitern verurteilt! Wie er selber, jetzt, hiermit.

War es nicht überfällig, das Wasser für die Spargel aufzustellen? Diese laschen Phantome, höchstwahrscheinlich zu knapp, ja mit Sicherheit zu knapp, wenn man die Appetitsteigerung durch langes Warten in Betracht zog. Ach, zu Haus geblieben zu sein! Man hätte längst die ausreichend schlackenhaltige Mahlzeit hinter sich, sähe entweder DIE LESEPROBE oder, besser, HUDSON RIVER II, man könnte, so oft man es für hilfreich hielte, ohne jegliche albernen verwitzelten Selbstverspottungen und Ziererereien das WC aufsuchen und sich auf die Minute rechtzeitig mit dem chemischen Quantum Schläfrigkeit versorgen, Amalie würde Eduard den roten Punkt, die liebe kleine gewohnte Sicherheitsgarantie, zwischen die angespitzten Lippen stecken, ach ja seine weichen wohltemperierten Lippen, wie gemütlich und wohlig althergebracht, alles dazu angetan, ruhig zu werden, als älterer Mensch der man war und weiter wurde. Abgeschirmt von so Konkurrenzkämpfen wie hier mit dieser phantastischen Lebenserwartung, mit Kitty, zwischen allen Anfängen und Erprobungen.

Amalie sah sich aufstehen und ICH HABE HEISSHUNGER sagen. Inmitten sämtlicher Zionisten und Ballettänzerinnen hörte sie sich LOS LOS IN DIE KÜCHE MIT UNS rufen. Jetzt müßte sie nur eigentlich noch den festen Beschluß fassen. Es dann tatsächlich tun. In dieser Sorte von etwas schamlosem Verhalten läge doch eine Chance, auch als DIE ÄLTERE noch aufzufallen, angenehme Überraschung eigentlich, diese Amalie, so unkonventionell irgendwie, für eine Frau in ihren Jahren, oder? Oh, wenn diese ganzen Leute nur wüßten, wie viel schönes, wirklich wertvolles Geschirr wir haben, und was für einmalige Gastgeber wir sein könnten, Eduard und ich. Mit einem leisen sanften Fluch bedachte Amalie ihre einfach zu gute Erziehung.

# Clematis

Wenn man Natalie die erste Tagesstunde ließ, konnte sie sich zu einer richtig freundlichen Person aufbauen. Auch sonntags, sogar sonntags. Aber diesen kleinen Spielraum brauchte sie schon. Lorenz wußte das nur ungefähr. Er war ein Mensch ohne Hintergedanken. Deshalb meldete er sich jetzt – mit seinem Klingelglöckchen vom Trödelmarkt in Jaffa – einfach weil er kein nochmaliges Einschlafen mehr hinkriegte, einfach ganz unschuldig, in seiner gerechten Art, treuherzig, aber verfrüht. Vorsichtshalber war Natalie aufgestanden, nicht ausgeschlafen, doch guten Willens, ihre Zeit zu nutzen. Wozu eigentlich? Das blieb besser auch für sie selber ein wenig im Dunkeln. Es ging ihr um eine allgemeine Festigung. Oder so ähnlich. Sonntage, wie riesige Gesteinsblöcke, fingen oft schon Freitag nachmittags an. Gewiß, sie waren auch schön, wenn man fast unauffällig damit zurechtkam, sie nach einem vertrauten Muster mit den wichtigen kleinen Gewohnheiten zu gliedern. Aber aus Angst vor Rissen im Zusammenhang stürzte Natalie doch ab. Zog Lorenz, den halbwegs Ahnungsvollen, mit. Vor der ehelichen Ansteckung war Lorenz reell und folgerichtig jemand gewesen, der sich am freien Wochenende freute: als Arbeitnehmer nämlich. Und jeder Tag ohne Individualverkehr, Bürostunden, Mittagspause, Stoßverkehr war ihm hochwillkommen. Natalie, die sich extrem leise und heimlich durch ihre erste Tagesstunde schlich, auf der Hut davor, Lorenz zu wecken, fühlte wieder ihre kleine, gewöhnliche Schuld. Das Gesetz, nach dem er ein Langschläfer zu sein hatte, war es nicht irgendwann von ihr in den ehelichen Alltag eingebracht worden? Vielleicht hatte er Lust, es zu brechen! Fürchtete sich aber davor. So daß er also lieber die geheimnisvolle Unansprechbarkeit seiner interessanten, nicht so leicht einzuschätzenden Frau respektierte, im wärmlichen Dämmerverließ seiner Schlafstätte, wo er eigentlich genug hatte von den ganzen konfusen Träumen und Wälzereien? Ach was, sagte Natalie zum glücklicherweise vorwurfsvollen Gewissen, es kommt doch schließlich ihm zugute, wenn alles beim alten bleibt, er weiterhin im Halbschlaf Zeit vergeudet, damit ich selber Zeit gewinne: in erster Linie für die Erlangung meiner kommunikativen Kräfte. Ja, so ist es. Nicht nur Lorenz zuliebe war sie selber in den ersten Tagesaugenblicken hinter ihrer guten Laune her, allerdings. Denn es bekam ihr einfach gesamtheitlich besser, wenn sie ICH BIN EIN NETTER MENSCH spüren konnte. Wie doch alles, noch das winzigste Private, öffentlich war. Wirkungen zeigte.

An diesem Sommertag wurde Lorenz einfach wach von seiner Vorfreude auf den Garten. Mit unweigerlicher Neugier betrachtete er seine Anpflanzungen. Er ging alle Gewächse durch, erörterte diesen oder jenen radikaleren Schnitt. Er verstand was davon. Natalie, eingeübt in die Rolle derjenigen, die nichts davon verstand, trug ihre Plädoyers für die Verwilderungen vor. Schöner ruhiger Text, das geduldige regelmäßige Hin und Her, nimmermüde Ermüdungen, ein liebes, auswendiggelerntes Ritual. Von der ersten Coffeinzufuhr für die Welt schon aufgeschlossen, war Natalie bereit, sich auf die Ausblicke in den Garten zu freuen. Den kleinen Backpflaumenimbiß nahm sie etwas zu gierig zu sich. Es fiel ihr täglich schwer, die selbstverordnete Zeit für die erste Inhalation von unparfümiertem schwarzem Tabak abzuwarten. Wie abwechslungsreich doch die Gleichmäßigkeit war, wenn man es recht bedachte! Viel verlangte sie ja nicht, oder? Aber sie bedurfte des Alleinseins. Eigentlich auch rein biologisch.

Sie mußte sich in Gang bringen. Lorenz wechselte immer so nahtlos von einem Zustand in den anderen. Wie bei kleinen Kindern, dachte sie, selbst wenn sie noch schläfrig sind, sie haben sofort so etwas Selbstverständliches, so völlig Anspruchsloses.

Natalie hockte am Schreibtisch, den Kaffeebecher neben sich, und die etwas zu vielen Anfänge, auf Zetteln ringsumher, einen Artikel für den AUFBRUCH einkreisend – wie sie gestern abend gewittert hatte – kamen ihr zugleich vielversprechend und absolut unzugänglich vor. Sie hielt es für Schläue, jetzt überhaupt besser keinen einzigen Blick dahinein zu werfen, in diese Kritzeleien, mit denen sie sich selber imponiert hatte, mitten im Spätfilm gestern, und gewiß ja auch dem stumm duldenden Lorenz, der das mitkriegte, ohne sich den Hals nach ihr zu verrenken. Überhaupt waren große Wirkungen nun allesamt etwas gestrig, auch die, welche heute, am Morgen danach, von der Notiz SOMMERKURSE 79 ausgingen. Bei der telephonischen Zusage war Natalie von einem Sicherheitsbewußtsein überrascht worden. Indem sie sich jetzt schon festlegte, indem sie im Sommer 78 schon den Sommer 79 mit einem Termin plombierte, war sie fast sicher, in der Zwischenzeit nicht zu sterben. Diesen Sommer mit diesem sonst für sie fast empörend überflüssigen SOMMERKURS zu erleben. Bei den üblichen Todesschrecksekunden wäre das was zum Rückversichern. Es würde sie ganz schön festigen, jeweils. Du hast ja diesen verdammten blödsinnigen SOMMERKURS zugesagt, beispielsweise, das steht ja mal fest, also nimm dich zusammen!

Was zwischen Lorenz und ihr etwas vage, aber nicht respektlos als NATALIES INNERE SAMMLUNG galt, lief auch heute morgen wieder mal mehr oder weniger auf eine Art von ratlosem Brüten hinaus. Wobei Natalie fühlte, wie eine Behaglichkeit sich heranbildete. Das unentbehrliche Wohlwollen für Lorenz. Für den sonntäglichen Umkreis, Klippe für Klippe. Ungewöhnlich rasch wurde sie reif für Lorenz. Doch wann war sie eigentlich REIF für Leute wie Tante Berti, überfällig auf der Liste EINZULADENDE? Natalie beabsichtigte nicht, sich jetzt mit einem Schuldgefühl so richtig einzulassen.

Wie immer zur Zeit der Clematisblüte hielten sie sich auch heute an die Gewohnheit, den Frühstückstisch und die Stühle kinomäßig nach der blauüberhangenen Mauer hin auszurichten. Nebeneinanderzusitzen, Blick in Richtung Blütenpracht, ein bißchen wie in einem Restaurant mit Meeresaussicht. Die Zeit der Clematisblüte wurde jährlich ausführlicher. Sie kamen aus dem Staunen und Bewundern nicht heraus. Natalie mit bezweckter Ausdauer. Einer wichtigen Tradition huldigte sie nicht einfach, nicht so arglos unabsichtlich wie Lorenz, sie vernietete sich mit ihr, hielt sich an ihr fest. Lorenz sah noch wie eine Angriffsfläche aus, verwunschen wirkte er, so zur Welt gebracht und im Ungewissen über den Verlust von Träumen. Natalie hatte viel lieber einen fünfzigjährigen Lorenz als ein Baby. Alles, was man Babies bot, zündete nicht so recht. Es würde sich jeder Aufwand erst viel später auszahlen, doch auch das war nicht sicher. Selbst Herumfahren im Kinderwagen mit Windschutzscheibe, bei Regenwetter. Lorenz sagte zwischen zwei Löffeln Cornflakes mit Milch Chantilly – Natalie süßte sie mit Vanillezucker – langsam, unweigerlich ein Ziel verfolgend: Eins, zwei, drei ... vier ... neun, zehn, elf! Noch elf Knospen, ich zähle noch elf Knospen, du, und weitere werden kommen, da bin ich sicher. Natalie dachte, daß das Schönste an der Clematisblüte die Zähmung ihrer Ungeduld war. Diese Unterwerfung. Die liebe Geduldsprobe. Plötzlich fiel ihr ein, wie gereizt sie reagiert hatte, falls das nicht Todesangst war, neulich unterwegs. Der Vorrat an Brücken über die Pegnitz schien unerschöpflich zu sein. Furchtbar sehenswürdig. Der Pädagogische Mitarbeiter würde nie mehr aufhören damit, ihr auf seine holzige quengelige Art Nürnberg zu zeigen. Ausgerechnet er! Ausgerechnet Nürnberg! In Wahrheit aber war Natalies Draht zur Welt angefeilt. Sie kam sich vor wie jemand, der nur noch aus Versehen für unverstorben gehalten wurde. Aus und vorbei mit allem noch Hinzuzulernenden. Weg mit den neuen Eindrücken. Das zieht nicht mehr. Ein tiefes Mißverständnis, durch das sie in Nürnberg stapfte. Sie wollte nur noch für Momente wie diesen leben, mit Lorenz und der Clematis, und kein Pädagogischer Mitarbeiter paßte mehr in ihre Biographie. Hier saß sie richtig. Alles Zusätzliche war Irrtum und Verrat. Sonstwo wollte sie nur noch wie fluchtartig kaum auffallen, kaum auch sich selber. Nichts dazuerfahren, demnächst in Augsburg! Ihr Leben war nicht mehr so uferlos wie früher, als Lorenz und sie noch völlig unsterbliche Leute waren. Lorenz zuliebe wollte sie auf der Stelle etwas sehr Berauschtes über die Clematis sagen.

Ich denke gerade an Metas Pech mit ihrer Clematis, mit ihrem angeblich schlechten Boden. Sie hat einfach nicht deine sichere Hand dafür, das ist's.

Natalie hatte keine Ahnung, wovon sie redete, was Lorenz eigentlich klar war, doch gab er ihr mit einem Grunzton recht, feucht von Vanillemilch, ehe er, angestachelt von der Liebe seiner Frau, eine unverhofft dynamische ZWÖLF in den stillen Vorhof rief. Die zwölfte Knospe! Da, links unten! Siehst du sie?

Natalie hätte auf jeden Fall JA gesagt. Etwas sehr Langwieriges, lähmungsartig Zerdehntes ging doch aus von der Ziegelsteinmauer mit strammem, keines Spaliers bedürfendem Bewuchs. Natalie fand, daß der heutige Sonntag einen Akzent benötigte, über die Freuden des Gartens hinaus. Die vielleicht mit jemandem zu teilen wären? Tante Berti geriete außer sich vor Entzücken. Erwähnen? Aussprechen? Natalies Risikobereitschaft verkümmerte schnell. Tante Berti hatte beim letzten Mal ein wenig kachektisch ausgesehen, irgendwie nach Intensivstation und postoperativer Durstigkeit. Dauernd war ihre nicht weiter ansehnliche Zunge aus dem Mund gefahren, im längst zu ihren Ungunsten entschiedenen Wettstreit mit einer Ausdörrung. Wozu sie noch mit dem Schönen reizen? Lorenz bekam es ja gar nicht so mit, daß seine Nerven jedesmal streikten, wenn er Tante Bertis Transportproblem zum Altersheim löste. Obwohl es ein nettes Altersheim war und sie beide sich sagten, daß ein Platz wie dieser auch für sie irgendwann der sicherste Unterbringungsort wäre. Wie stand es mit den Riplings? Lorenz fand an Karl Ripling nicht gut, daß er sein brennendes Zigarillo auf Kuchentellern deponierte. Insgesamt vermittelte der deutlich gealterte Knabe kein ästhetisches Vergnügen. Sie beide, Lorenz und Natalie, sie hielten sich tausendmal besser. War dann eine derartige Gruppierung überhaupt taktvoll? Von beiden Seiten her gesehen doch wohl eher nicht. Den Beo besuchen? Die Sache ist nur die, daß wir vermeiden müssen, ins Atelier verschleppt zu werden, wie du weißt. Ständiges Auf-der-Hut-Sein, damit er nicht über seinen neuesten Durchbruch ins Reden käme. Dann nie mehr aufhören würde. Man tat auch Beo keinen Gefallen mit einer Aufforderung zum Besuch. Seine Gastrollen mußten stets mit dramaturgischen Kraftakten abgewürgt werden, mit so schlechten Regieeinfällen wie Natalies Hinweis ICH MUSS HEUT NOCH MIT DIESER SACHE ÜBER FRAUENEDITIONEN FERTIG WERDEN.

Sie ließen also zunächst einmal die Dinge auf sich beruhen. Herrlich stiller Tag, sicherten sie einander hin und wieder zu, und keiner wirkte besonders vertrauenerweckend jeweils auf den andern. Nachmittags erkundigte Natalie sich bei Lorenz, der ihre beste Auskunftei war: Wie viele Milliarden Menschen leben auf der Erde, Schatz? Sie fühlte sich durch diese Frage wieder angenehmer umwittert, etwas geheimnisträgerhaft. Lorenz achtete ihr Schweigen nach seinen Antworten. Seine Neugier konnte er zügeln, er fände schon irgendwann in irgendeinem AUFBRUCH- oder DIE NEUE FRAU-Artikel irgendeine Verwertung. Daß eine Milliarde Menschen als Zuschauer für die Fußballweltmeisterschaften jetzt in diesem Augenblick erhitzt war, beruhigte Natalie ganz wider Erwarten. Machte es nicht die verworrene Lage der viel zu vielen atmenden Lebewesen etwas übersichtlicher? Dieser einen Milliarde ging es also nicht im Sinn von Verhungern, Bombardiertwerden, Slumbewohnen bis zum Verrecken und bis zu Natalies leisem Wahnsinnsgefühl schlecht. Mit Hilfe des Bewußtseins von der einen Milliarde Fußballfreunde glückte ihr wieder ein einigermaßen stabiles Gotteserlebnis, oder was das war, und hauptsächlich darauf hinauslief, daß sie selber sich in ihren stillen kleinen Katastrophen als wahrgenommen empfand. Dennoch, etwas Vitales fehlte dem Tag. Sie wäre gut beraten, EIN ZEICHEN ZU SETZEN. Wie Lorenz und sie miteinander umgingen, das kam ihr plötzlich so künstlich, so höflich vor. Abends würden sie vielleicht sogar HAND IN HAND durch das Andreas-Viertel spazieren! Wen ahmten sie eigentlich nach? Sich selber von früher doch nicht. Der fast ärgerliche Ausdruck auf dem Gesicht von Lorenz fiel Natalie nun ein: vorgestern, als er Wache stand im KARSTADT, vor ihrer Umkleidekabine. Aus der sie von Hose zu Hose erhitzter auftauchte, stärker gestikulierend, an den entweder zu knappen oder zu weiten Textilien herumzupfend. Alles sinnlos, wie du siehst! Ich bin nicht vorgesehen! Vor Mitleid mit dieser Frau war das Gesicht dieses Mannes beinah zornig gewesen. In ihrer für das Saisonangebot wie entgegengesetzt determinierten Körperlichkeit fing sie re-

gelrecht zu verfallen an. Als führe sie nur noch ihre eigenen Defekte vor. Wirkte sie nicht unvermutet sogar ein wenig krummbeinig? Einfach verwachsen, eine Spur, offenbar. An dieses kampflustige Mitleid von Lorenz dachte Natalie. Sofort entstand in ihr ein Mitleid für ihn. Er suchte sie ja wirklich, die wie für immer und ewig junge zierliche Person, die sie in seinem Kopf noch geblieben war, der aber in Damenoberbekleidungsabteilungen seltsame, schauderhaft realistische Travestien verordnet schienen. Noch mehr Unterwerfung, befahl sich Natalie. Der gute Lorenz, er trauerte dem Bild von ihr nach, dem rundlichen Gesichtchen unter der Stirnfransenfrisur. Aus Selbstschutz blickte er nicht mehr so genau hin. Wie kindisch von ihr, diese zurückgekämmten Haare ertrotzt zu haben. Möchtest du mir mal die Haare schneiden, Lorenz? So wie damals? Die Ponies, wie wär's?
Oh ja, sie plante einen riesigen weichen Liebesgefallen für Lorenz, der sich nun zum Abendtrunk wieder ins Clematis-Kino zurechtrutschte. Eine sehr geschlechtliche Handlung, das Haareschneiden, welch ein Gunstbeweis. Den Lorenz nicht in seiner vollen Tragweite ermaß. War das seine Sachlichkeit oder doch mehr babyhaft undankbar? Ein etwas grobschlächtiger Mut, mit dem er sich ans Werk machte. Auf die Schlüsselstellung von Haaren im Leben einer Frau antworteten Männer taubblind, mit Nagelscherchen einfach schnipselnd. Natalie fühlte sich reingelegt. Wie nach einem langen Ausflug mit genußunfähigem Kleinstkind unterm Wagenverdeck, während Regen prasselte. Alles umsonst. Sie wagte es noch nicht, sich mit der kurzen spaßigen Frisur einem Spiegel zu stellen. Aber der Kopf faßte sich so kühl an. Lauter Kastrationen! Sie sagte: Nur doch schade, daß sie nicht duftet, die Clematis, eigentlich. Eigentlich blödsinnig. Wirklich dumm, Lorenz, wie schrecklich dumm, das alles.

Aber er sah ja sofort so aus, als würde er überlegen, wie er ihr zu richtig duftenden Clematisblüten verhelfen könnte!

# Liebesdienste

Halbtags arbeitete Marliese Eisler im Kontor der Euphebia-Versicherungsvertretung mit und sie genoß es auch. Peter Eisler erkannte dieses emsig-wichtigtuerische Wohlbehagen gerade eben wieder. Seine Frau beklagte sich bei ihm über einen Posten von Rückständen. Die Kundenpost ist schon raus, sagte sie, ehe sie, mit einem Leitz-Ordner wie mit der Munition gegen die kommenden Vormittagsstunden frisch bewaffnet, aus der Tür seines Büros ging. Sie hatte ihre gute Zeit vor sich, und in unterwürfiger Selbstbehauptung wüßte sie nicht, daß sie, indem sie ihrem Mann diente, sich selber das Dasein berechtigte. Peter warf sich sofort vor, daß er bitter und ungerecht seiner Frau hinterhergedacht hatte. Er machte sich an die Arbeit dieses Morgens, die überwiegend aus abschließenden Gesten bestand. Seine bevorstehende Reise – nichts besonderes – machte ihm heute so ein merkwürdiges Unrechtsbewußtsein. Und er war nervös, eindeutig. Dauernd erwischte er sich bei komisch wachen Halbschläfrigkeiten. Er schaute zu oft aus dem hohen Fenster, dieser altmodischen Annehmlichkeit im vierten Stockwerk, dessen Mieter die Eislers waren. Und nun einverstanden mit den paar Unbequemlichkeiten, die eine Altbauwohnung mit sich brachte. Das Gebäude aus der Gründerzeit besaß eben auch Vorteile, zum Beispiel die der hohen Fenster.

Die Eislers waren davon abgekommen, sich auf dem Immobilienmarkt nach etwas Ruhigerem am Stadtrand und mit Garten umzuschauen. Peter war nun fast froh, daß ihm Irene einfiel, diese Gesetzlosigkeit, immerhin. Die Innenstadtlage half den Eislers, viel Zeit zu sparen. Ein eigenes Haus, ein eigenes und außerdem gärtnerisch zu betreuen-

des Grundstück hätte ihnen nur zusätzliche Verantwortungen aufgehalst. Womit sie allerdings diese GESPARTE ZEIT füllten, war schwer auszumachen. Gut, ein freistehendes Einfamilienhaus war es nicht mehr, wovon Marliese träumte. Statt dessen wünschte sie sich doch immer noch und immer wieder den Ausbau der altmodischen Fenster, vor allem im Wohnteil. Während Peter die zwei Flügel und die weißlich gerahmte Unterteilung im oberen Fensterrechteck beibehalten wollte. Sie stellten einen Zusammenhang mit seinem Kinderleben her. Manchmal waren also die Fenster ein Streitpunkt zwischen den Eislers und Marliese blieb dabei, daß einflügelige Fenster und ein Fenstersturz, falls es das war, eine Vorrichtung zum Kippen, zumindest von den Zimmern aus schöner anzusehen wären, vom praktischen Nutzen ganz zu schweigen, und ein Blumenfenster, etwas schräg Ausgestelltes, dachte Peter, war wohl ihr gegenwärtiger Traum. Ob Marliese unbewußt nur einfach Fenster wollte, aus denen er sie nicht eines lauernden unschönen Tages werfen könnte?
Wenn Peter an seinem Schreibtisch im Kontor saß, befand er sich auf der gleichen Höhe wie ein moosig bepelzter, nicht sehr großer Nistkasten am hier oben schon schmaleren Stamm einer Platane. Daß sie in einer alten Straße mit alten Alleebäumen wohnten, sagte Peter zu. Daß es sich bei den alten Alleebäumen um alte Platanen handelte, war ihm erst recht angenehm. Er hatte früher manchmal als angebliche Orientierungshilfe für Leute, die ihn aufsuchen wollten und sich in der Stadt nicht auskannten, ohne diesen Leuten allerdings wirklich nützlich damit zu sein, DENKEN SIE EINFACH BLOSS AN DIE VIA NOMENTANA IN ROM gesagt, aber erstens war er früher häufiger von solchen Neulingen besucht worden, zweitens zog die kleine und nicht besonders gut passende Angeberei selbst bei ihm nicht mehr so recht, und, was am bedauerlichsten war, der Baumbestand

nahm ab, drittens. Die Allee wurde immer kränklicher und verlor an Dichte, demnächst wäre vielleicht der ganze Alleecharakter hin. Die neuen Ersatzbäumchen fand Peter lächerlich, unerheblich, auch handelte es sich dabei um junge Robinien, oder Akazien, um irgendwas Widerstandsfähigeres. Eine Anpflanzung, die zu den Lebzeiten der Eislers niemals ALTEHRWÜRDIG werden könnte.
Es war halb zwölf und Peter wußte, daß Marliese nun begann mit dem 2. Akt ihres Tagesablaufs, jenseits des kleinen kalten Flurs hinter der Tür, auf der »Privat« stand. In der Eislerschen Wohnung, die sie aufräumen würde, während gleichzeitig ein leichtes Mittagessen entstand. Alles ist im Lot, sagte er sich, die Angelegenheiten sind geregelt, der Laden läuft, die Dinge nehmen ihren Gang. Aber in was für einer Gangart! In Wahrheit kam gar nichts vom Fleck. Die tägliche Routine wurde durch so eine Reise wie die, auf der er morgen auch nur wieder als der übliche Peter Eisler seine üblichen Geschäftsbesuche machen und seine übliche eheliche Untreue mit Irene Kurz ableisten würde, überhaupt nicht mehr unterbrochen. Aufhören! befahl Peter dieser ziemlich gefährlichen Nörgelei in seinem Bewußtsein. Denn tatsächlich fing die Gefahr da an, wo die Reize aufhörten. Doch es entging ihm nicht, daß kein Vibrieren mehr zustande kam, wenn er an Irenes erhitztes Gesicht in der Hotelzimmerdämmerung dachte. Sie machten den Geschlechtsverkehr immer als erstes. Früher einem dringenden Bedürfnis folgend. Dann unter die Macht der Gewohnheit gebeugt. Schließlich war eine Art von außerehelicher Pflicht daraus geworden. Und Peter fühlte sich von Erfüllungsschwierigkeiten geknechtet. Ob das Ganze so allmählich in eine Variante von Freundschaft umzumodeln wäre? Frauen hielten ja viel von Freundschaft. Zweifelten an der männlichen Fähigkeit dazu. Aber es bliebe schade drum, schade um diese vitalen Kitzel in

seiner derzeitigen Lebensphase.
Noch was, Liebling, rief Marliese und stand unerwartet wieder in der offenen Tür. Mit einem Bündel von Briefbogen wedelte sie etwas unangemessen herum. Immer häufiger gönnte Peter seiner Frau den Eifer nicht, mit dem sie an seinem Beruf teilnahm. Eigentlich handelte es sich bei dieser Version von Mißgunst um ein positives Gefühl. Denn war eine öde Tätigkeit wie die der Hilfskraft eines Versicherungsvertreters und Ehemanns Marlieses ganzes Getue wert? Gewiß nicht. Sie war nichts weiter als praktisch, diese Mitarbeit, auch in steuerlicher Hinsicht. Wozu das affige Berufstätigkeitstheater. Ebensogut könnte eine Büroklammer, eine HEFTZWECKE, in ihrer stumpfsinnigen Funktionalität einen Lebensinhalt erblicken. Der neue Bote von RÖMER & BELTZBERG hatte sich geirrt und die angeforderten Briefkopfbogen in den privaten Postschlitz geworfen. Sie sehen gut aus, wie? sagte Marliese. Was an den verfluchten Bogen sollte nun gut aussehen. Mir kommt mein eigener Name plötzlich wie ein Irrtum vor, dachte Peter. Er schaute auf seine Adresse. Auf seine Telephonnummer. Auf die etwas zu heraldische, Zuversicht und Verläßlichkeit vortäuschende Schrift der »Euphebia«. Wirklich, es paßte ihm nicht, daß Marliese so Feuer und Flamme war. Wenn auch mit dem ganzen arbeitnehmerlichen Geseufze, das sie, einem Klischee innerlich gehorsam, doch in regelmäßigen Abständen von sich gab. Sie wußte schon, was man der Lage schuldig war. Sie pflegte in genau herausgearbeiteten freien Stunden – die FREIRÄUME von ihr genannt wurden, der vorgeschriebenen Sprachregelung folgend – sogar noch ihre Sympathie, namens HOBBY übrigens, für die französische Sprache. Aber sie hatte, bevor sie die etwas zu rundliche und, so wie heute, in einen moosgrünen Hosenanzug gestopfte Frau Mitte 40 geworden war, Innenarchitektin werden wollen. An der Seite des

Außenarchitekten, der er hatte werden wollen, mit besten symbiotischen Zukunftschancen. Peter und Marliese Eisler. Dieser ursprünglich geplante Briefkopf. Nun auf dem Euphebia-Versicherungs-Abstellgleis stehengeblieben. Peter schob die neuen Bogen mit der Denunziation und Fälschung, dieser Inschrift, seine Existenz fesselnd, nach schräg rechts über die Schreibtischfläche.
An diesem Nachmittag wirkte die Büroarbeit dauernd wie abgeschlossen auf Peter. Vielleicht kam sie ihm auch nur einfach unzugänglich vor. Es lag bereits zu viel Abreise/Aufbruch in der Luft, und ihm war nach etwas Leichtfertigkeit zumute. Marliese blickte zwar schwer skeptisch, als er ihr einen kleinen Spaziergang vorschlug. Und auf Nürnberg bist du auch richtig vorbereitet, nicht nur auf Ulm, fragte sie. Reichlich reichlich, sagte Peter. Er wußte genau: es drängte seine Frau danach, ihm doch irgendwie im Kontor beizustehen, mit Aktendeckeln zu hantieren, Formulare zu wenden, mit jeweils flink abgeschlecktem Mittelfinger die Verträge der letzten drei Monate durchzublättern. Andererseits las sie genug über die schädlichen Folgen der Bewegungsarmut und nutzte, nach getaner Doppelarbeit und ausgeübtem französischem Hobby, die kleinen Chancen, die in einem Leben wie ihrem die Natur noch hatte. Bis zum Forstmeisterhaus fuhren sie immer mit dem Ford, der im beruflichen Dasein der Eislers ein wenig überflüssig geworden war. Peter nahm zumindest auf längeren Dienstreisen lieber die Bahn. Ihm fiel jetzt erst so richtig der wahre Grund dafür ein. Der bestürzte ihn. Rührte ihn und stimmte ihn eine Spur zu ehelich. Die Abneigung, mit dem guten alten Ford unterwegs zu sein, ging auf Irene Kurz zurück. Es hatte irgendwas zu tun mit Irenes zu selbstverständlicher Benutzung von Beifahrersitz, Handschuhfach, Fond des Autos, in den sie ihre Jacke warf.

Auf dem Ackerweg über das Kreuztalfeld überholten sie zwei alte Frauen in heller sommerlicher Kleidung, die sich laut und lebhaft über eine dritte Frau unterhielten: gemächlich erregt in einer gutartigen Feindseligkeit. Diese dritte und jetzt nicht anwesende Frau war der Beachtung wert. Sie wurde wahrgenommen. Sie war ein Thema. Wenn ich zurück bin, sagte Peter, könnten wir mal wieder unsere Zuckersammlung betrachten, was meinst du? Und Marliese spottete überhaupt nicht. Immer begegnete man auf dem Kreuztalfeld alten Leuten und vorwiegend Frauen. Immer schienen die Ehemänner dieser Frauen schon ziemlich lang die spaziergängerische Kulisse verlassen zu haben. Das Gelände war günstig dem Altersheim Kreuztal benachbart. Marliese sagte ALTE DAMEN zu den alten Frauen und hielt viel von der Vorstellung, die ALTE DAME EISLER, Peters mittlerweile etwas zu munter-gedankenlose Mutter, in einem Heim ähnlicher Art unterzubringen. Während für sie selber in der zum Glück noch weit entlegenen Zukunft jede Form der Unselbständigkeit nicht in Frage käme. Sie würde sich immer allein zu helfen wissen. Oder nicht? Täuschte der Schein, ganz wie es sich für einen Schein gehörte? Denn warum stimmte seine stabil neben ihm dahinschreitende Frau sich jetzt so überschwänglich auf Peters Vorschlag ein, die alte Zuckersammlung zu betrachten? Was für Gefühle übergingen sie eigentlich Tag für Tag, in ihrer friedfertig-geschäftigen Arbeitsteiligkeit? War er, Peter, es vielleicht womöglich gar nicht allein, der für den Anteil an Heuchelei, handfestem Betrug, geregelter Untreue sorgte? Ach, er fand trotz allem, daß sein UNTERNEHMEN IRENE als ein nützlicher Beitrag zum Bündnisleben mit Marliese sein Recht hatte. Es kam durch die Irene-Abstecher das nötige Quantum an Reue und Nachsicht in die große eheliche Ruhe. In die Euphebia-versicherte Gleichmäßigkeit des Ganzen.

Ein weißliches, ziemlich großes und merkwürdiges Gebilde, an dem die Eislers gehend herumrieten, war beim Näherkommen ein Apfelschimmel. Schön und unsinnig wie eine Erscheinung. Peter wollte eilig dem Pferd entgegenstreben. Diese gewaltigen Körper beeindruckten ihn immer sehr. Er blieb jedesmal stehen, wenn Reiter ihren Weg kreuzten, hörte nicht auf Marliese, der die Ungesetzlichkeit der Lage dann unweigerlich zu schaffen machte. Die Reiter hatten nämlich auf die für sie reservierten Pfade zu achten. Sie ruinierten die Bodenbeschaffenheit der Fußgängerschneisen. Aber Peter zog Nutzen aus dem Anblick der Pferde. Er nahm sich jetzt vor, am nächsten Tag mit Irene im dritten Stock des BRISTOL-Hotels sich den schweren hängenden Leib eines Pferdes vorzustellen. Die Augen zu! Fast bekam er jetzt schon Lust, in eine Frau, es mußte schon nicht mehr Irene sein, fast könnte es sogar auch wieder Marliese sein, tief und ergeben und äußerst irritiert einzudringen. Das weißliche Gebilde am Bauernhorizont da, es mußte einfach unwirklich sein. Auch der wirkliche Apfelschimmel da vorne blieb unwirklich, einfach unvernünftig, in der stadtnahen Szene. Beim Weitergehen verschob sich den Eislers die Perspektive, und das Glücksgebilde, wolkenfarben schemenhaft, war jetzt unterteilt und doch zusammengehörig als ein Paar. Zwei Apfelschimmel bewegten sich zwar, aber vom Fleck schienen sie nicht zu kommen.

Peter blieb so entzückt. Auch weil er dieses Gefühl mit dem Verstand unterstützte. Er wollte es beibehalten. Er wollte die ganze wohlig-neue Bestürzungsangelegenheit auf Marliese beziehen. Die beiden Pferde, diese unlösbaren Rätsel in der Ferne, die mußte er einfach jemandem verdanken. Spielte sein schlechtes Gewissen vielleicht mit? Egal, jetzt mal egal. Er empfand mit Absicht seinen Moment hier auf dem Ackergebiet als ein Geschenk Marlieses,

die mit ihm die alte Zuckersammlung betrachten wollte, die möglicherweise schlecht ohne ihn zurechtkäme, die eines Tages in der Zukunft, irgendwann später, sommerlich gekleidet mit einer flüchtig befreundeten Frau, einer ALTEN DAME, hier spazierenginge, in einem in Wahrheit überflüssigen Ausschnitt aus ihrem Witwenleben. Die vielleicht von diesem früheren Peter und Ehemann reden würde, unaufwendig. Aber daß er als PARTNER und LEBENSGEFÄHRTE in ihrem Vokabular vorkäme, machte ihn nun wieder ein bißchen unfroh. Immer wieder mischten sich in die besten Gefühle für Marliese seine Vorbehalte ihr gegenüber ein, darin war er fast machtlos. Also: ihr Witwenleben. Das er ihr eigentlich jetzt schon zufügte. War sie nicht bereits ein wenig Witwe? Ach, Unsinn. Sie würde ihn gefaßt und verständig überleben. Falls das alles bei ihnen so liefe, falls sich bei ihnen die Statistik bewahrheiten sollte. Marliese sah ihm ziemlich nach langem Leben aus.
Als sie sich plötzlich nach irgend so einer Pflanze bückte, fiel ihm ein, wie es doch seit sehr langer Zeit zwischen ihnen nicht mehr vorkam, daß sie von Fortpflanzung sprachen. Ja, seit er es FORTPFLANZUNG genannt hatte, vielleicht seitdem, das Erwägen, ob man die Familie erweitern solle oder nicht. Aber ein Einzelkind, das kam für Marliese von jeher nicht in Frage. Und mit zwei Kindern trug man ja dann doch wohl wieder etwas zu viel Verantwortung. Auch stellte sich das Zeitproblem, das finanzielle ebenfalls. Und dann besaß Marliese als moderne Frau eigene Lebenswünsche. Als die Eislers noch von möglichen und eventuell den Reiz ihrer Biographien erhöhenden Nachkommen geredet hatten, war Marlieses Plan, nach einer Übergangszeit mit der EUPHEBIA an der TH zu studieren, noch nicht abgestorben. Noch nicht versickert, verdorrt, oder was immer mit den großen Zielen so geschah, sie versackten einfach im täglichen Trott, und das kam

sogar niemals als Tragödie zum Vorschein, auch nicht als Verlust und Einbuße, und ein paar Zeitschriftenabonnements kündigte man nicht, Marliese las weiter in DAHEIM und MY HOME IS MY CASTLE und DER INNENARCHITEKT. Aber daß sie ihr Interesse für die französische Sprache entdeckt hatte und nun einmal pro Woche pflegte, kam einer Abzweigung vom Hauptstrang ihrer Daseinsprojekte gleich. War nichts als kluge Resignation und Überbleibsel. Immerhin, alles deutete darauf hin, daß sie es verstand, zweckmäßig zu leben. Wie doch Frauen hierin Glück hatten. Peters Mutter war auch so regelmäßig geschickt im puren Weitermachen.

Wieso man sich für eine Pflanze wie diese da rechts am Wegrand erwärmen konnte, war Peter genauso unklar wie die ganzen übrigen weiblichen Lebenszeichen. Wilder Kerbel, höchstwahrscheinlich, sagte Marliese. Peter fand sich selber, was Marlieses Aufmerksamkeit betraf, dem kleinen nebensächlichen Kraut da am Boden ähnlich. Sie verfügten über widerstandsfähige Seelen, Frauen, und sicher war es bis hin zur Lebensrettung nützlich, auf Kerbel, wild oder zahm, und auf einen Ehemann neugierig zu sein, in Grenzen, aber ständig.

Die Apfelschimmel mußten sich in Luft aufgelöst haben, während des Herumstehens auf dem Weg, was die nachträgliche Verflüchtigung von Peters großem gutem Moment mit sich brachte. Dummer konkreter Alltag, als wäre nichts gewesen. Auch die gnädigen Gefühle für seine Frau: verwischt, hinweg.

Auf die verfluchte Reise morgen bin ich wahrlich nicht scharf, sagte Peter, als ihm das Abendessen schmeckte, und sogar der Wahrheit entsprechend, denn wirklich, während er seine gewohnte Kost verzehrte, wirklich, er war die Speisekarten in den bevorstehenden Hotelrestaurants gründlich leid.

Na na na, sagte Marliese. So schlimm wird's auch wieder nicht sein. Oft kam es Peter ja sowieso gar nicht mehr anders vor, als daß Marliese eine Form von ehelicher Untreue auf den Reisen ihres Mannes nicht ausschlösse. Vorsichtig gesagt, und vorsichtig, aber realistisch, wie es ihre Art war, von Marliese angepeilt. Am heutigen Abend jedoch wirkte sie wie komplett eingeweiht. Sie sah auf einmal so aus, als kenne sie Irene Kurz persönlich. Sie sah noch eine Spur pekinesischer aus als gewöhnlich ohnehin. Manchmal, so allmählich mit dem Älterwerden, stellte sich diese Ähnlichkeit mit den komischen kleinen Hundegesichtern als ein Nachteil für Marliese heraus. In den weit entfernten Tanzstundenzeiten der Eislers, als sie sich eines Nachts nach einem Fastnachtshausball unter dem Titel IM REICH DES UNBEWUSSTEN noch auf die ganz altmodische Weise verlobt hatten, war Marlieses wie verkürztes und nach oben gedrücktes Gesicht – ein GESICHTCHEN noch, damals – von der Gedankenverbindung zu den Pekinesen geradezu begünstigt worden. Wonach werde ich mich unterwegs zurücksehnen können, fragte sich Peter. Zum Glück fiel ihm der Nistkasten in der Platane ein, seinem vierten Stockwerk, seinem Kontor und dem hohen altmodisch zweiflügeligen Fenster gegenüber. Es geschah eigentlich zum ersten Mal, daß er auf diese Weise an den Nistkasten dachte. Als wäre der ein Anhaltspunkt. Und wert, daß man ihn wiedersehen wollte. Sich in seine Nähe zurückbegeben müßte. Wurde der Nistkasten eigentlich überhaupt noch benutzt? Vögel waren Peter bisher nie aufgefallen. Das moosige Ding sah nicht besonders bewohnbar aus. Wie war es außerdem so hoch hinauf gelangt, von wem denn angebracht? Der Nistkasten schien mit dem Baumstamm in solche Höhe hinaufgewachsen zu sein. Peter nahm sich vor, auf Vögel zu achten, gleich nach seiner Rückkehr. Das schwarze Loch im Kasten war ja furchtbar

klein. Man konnte sich schwer ein Aus- und Eingehen von geflügelten Tieren dort vorstellen.
Weißt du noch, die Apfelschimmel? fragte er.
Apfelschimmel? Ach ja, sagte Marliese. Natürlich. Man hat doch einfach immer wieder zu viel um die Ohren.
Wie meinst du das?
Na ja, immer wieder ist gleich, wenn man vom Spazierengehen nach Haus kommt, zu viel zu tun, und da vergißt man doch jedesmal, sich endlich ans Telefon zu hängen und sich mal wirklich über die Reiter zu beschweren. Schließlich haben sie ihre eigenen, nur für sie angelegten Reitwege.
Peter war richtig erleichtert, daß seine Frau so ganz und gar als sie selber reagierte. Eine sentimentale, eine ungewohnte Marliese hätte ihn doch wohl eher durcheinander gebracht. Obwohl er sicherlich eben noch beim Erinnern an die Apfelschimmel auf diese weiche, veränderte Frau gehofft hatte. Ganz schön verquer das alles. Wieso erkannte er jetzt immer öfter in sich selber keine klare Linie mehr? Alles in allem handelte es sich wohl um Ungerechtigkeit bei ihm, seiner guten alten nützlichen Marliese gegenüber. Ach, so ein Pferdebauch, so ein Pferdehintern. Riesig und glatt glänzend. Er durfte nicht vergessen, dieses Bild in sich heraufzubeschwören, prall und einfach wirklich sehr groß, falls es zu den neuen kleinen mißlichen Schwierigkeiten käme, morgen abend mit Irene. Ein wenig Zuchtviehgehabe war sowieso daran.
Die Zuckersammlung haben wir ganz genauso vergessen, sagte Peter, genauso wie die Pferde.
Das ist wirklich schade, rief Marliese, wirklich!
Er fand es überhaupt nicht schade, er hatte es nicht einmal vergessen. Er profitierte wieder vom sonderbar reuigen Rachegefühl. Jetzt, während Marliese ihr wahres Bedauern empfand. Ein bißchen durchaus litt. Da war

was Kleines, Gutes, nun Versäumtes.

Am nächsten Tag auf dem Bahnsteig 4a um 10 Uhr 23 beschloß Peter, unangefochten und ohne gefühlsmäßige Verschwendung darüber wegzukommen, daß der Zug vielleicht Verspätung hätte. Aber innerlich war er doch erfüllt von einer Vorschuß-Mißgunst. Es soll mich nicht umwerfen, wenn ich nicht meinen Eckstammplatz im Abteil bekomme. Wenn das Abteil nicht leer ist, wenn kein leeres zu finden ist, will ich nicht sauwütend werden, ich will nicht den ganzen Zug abwandern, ich will mich nicht so früh schon verbrauchen, mit dieser inneren Grobheit auf die äußeren Umstände. Aber warum kam kein Zug auf der Welt je wirklich richtig pünktlich? Und warum hatte er sich nicht doch für Umsteigen entschieden und eine Verbindung gewählt, durch die er mehr als ein gutes Fahrtdrittel in einem TEE-Zug gesessen wäre? Oft bei Abreisen bekam er Lust, nochmal umzukehren. Heute auch. Diese Kindheitslust. Die Schule fällt aus! Es hatte ihm als Kind genützt, sich dann selber als Einzelwesen deutlich zu empfinden. Mit dem lebenswichtigen Einmaligkeitsgefühl war er vor einem herannahenden Polizeiauto schnell noch über die Straße gelaufen. Gefahr! Aber er spürte Eltern im Hinterhalt, die ihm vertrauten. Sie wußten immer ganz genau, wann er log. Diese paar Lügengeschichten über ausgefallene Schulstunden, über Mitschüler und deren noch viel schlechtere Noten in der Mathematikarbeit, und einen Freund, der dieses Fahrzeug namens HOLLÄNDER längst besaß, Peters Erfindungen wurden von den Eltern offenbar eingeplant.

Ohne das Einmaligkeitsgefühl kann man nicht leben, dachte Peter und mußte wegschauen von einer Gruppe Menschen, die wie er auf den Zug wartete. Umkehren, jetzt noch, es ist immer möglich, muß man wissen. Peter bekam Lust nach einer gemütlichen Erkältung, gütig begleitet von dem Medikament SOLVAREN. Er liebte die SOLVAREN-Reklame aus dem Werbefernsehen. Das war ein Spot, der ihm immer zu kurz dauerte. Zuerst sah man einen Menschen männlichen Geschlechts und ungefähr in Peters Alter, der deutlich an seinen Beschwerden zu verzweifeln begann. Das Gesicht gerötet, und die Stirn sah nach Kopfweh aus. Ein Mensch, der unter Einwirkung einer sachkundigen und mit SOLVAREN bereits erfahrenen marlieseähnlichen Frau wenig später in weißen Kissen ruhte, friedlich entspannt und durchatmend und doch noch nicht zu müde für einen längeren lobenden glücklichen Satz über sein Gesamtbefinden und die Eigenschaften des Medikaments, das die freundliche, kundige Frau nun noch näher ins Bild rückte, die kleine dunkle Flasche mit hellblauem Etikett, sie stand als friedliche Schlußapotheose auf dem Nachttisch des Genesenden und wirkte verlockend.

Peter fand kein leeres Abteil. Er wußte nicht, ob seine Entscheidung für den Eckplatz in einem Abteil gut war, in dem ein ungefähr dreijähriges Kind zwei Sitzpolster beanspruchte, seiner Mutter gegenüber. Spielsachen lagen um das Kind herum. Nähzeug war im Umkreis der Mutter verteilt. Wie heiß es in dem Abteil war. Das ist ja entsetzlich heiß hier drin, sagte er zu der jungen Frau. Womöglich ist die Heizung nicht auf Null gedreht. O doch, sagte die Frau, und ich habe sogar einen Spalt breit das Fenster aufgemacht. Obwohl das unangenehm ist mit dem Fahrtwind.

Peter empfand, wie voreingenommen er in dieses Abteil getreten war. In der Tat: Die Frau ließ sich ihr Stirnhaar von der Zugluft zottelig wehen. Ihm schien es jetzt denkbar, daß er selber diese beiden belästigte. Sie besaßen doch das ältere Anrecht hier in diesem Schwitzkasten mit Fahrtwind. Er betrachtete das Kind. Das Kind schwitzte sehr. Es war vor lauter Ängstlichkeit gegenüber dem neuen

Fahrgast wie erstarrt. Das ist ja ein bedauernswert verschrecktes und außerdem schrecklich schwitzendes Kind, dachte Peter. Auf dem rötlichen kleinen Kopf des Kindes war das Haar vom Schweiß verkringelt, die ursprünglich wohl blonde Farbe gedunkelt. Wie das Kind mich anstarrt. Es hat vor lauter Entsetzen den Daumen in den Mund genommen. Peter dachte: Ein Keim von Lebensangst ist ablesbar in diesem etwas glasigen Blick aus den reisemüden blauen Augen. Ihm schien, als hinge von diesem Moment an alles ab für die Zukunft des Kindes, alles Entscheidende, und zwar von der Art, wie er selber auf das Kind zurücksah. Er lächelte das Kind vorsichtig an und genierte sich dabei. Das Kind nahm den Daumen aus dem Mund, es lächelte nicht zurück, es sah auf ihn wie auf ein Rätsel, wie auf ein Problem. Ich muß das Lächeln dosieren, nahm Peter sich vor, das Kind kann es nicht einordnen. Er fing an zu lesen und dachte: So ist es zwischendurch mal besser für das Kind.

Jetzt fing das Kind mit seinem ziemlich schäbigen Spielkram zu hantieren an. Es gab immer gleich alle Anfänge wieder auf. Manchmal sah es aus dem Abteilfenster. Die nähende Mutter gab dem Kind mit einer unkonzentrierten Stimme selten einige Ratschläge. Nimm mal deine Zeitung. Das Kind nahm die sogenannte Zeitung, eine Frauenillustrierte. Es blätterte ohne Interesse darin herum. Es bückte sich nach einem Auto auf dem Abteilboden und fiel hin, stieß mit dem Kopf gegen das Polster. Die unaufhörlich nähende Mutter tröstete leichthin und belustigt. Sie nähte an einem gelben Kleid mit weißem Kragen herum. Das wird ein schreckliches Kleid, dachte Peter, aber mit wieviel Ausdauer sie sich um das Kleid kümmert, auf ihre Weise wird es ihr dann doch ganz gut stehen. Ihre Entscheidung ist auf dieses blöde Muster gefallen. Die Frau ist außerdem nicht mal hübsch. Bestimmte Marliese eigentlich selber über ihre Kleidungsstücke, oder stand sie unter seinem Einfluß?

Das Kind war auch nicht mit Geschmack angezogen. Die Mutter merkte endlich mal, wie sehr es schwitzte in seinem Ringelpullover, sie kramte im Gepäck und zog dem Kind eine auch nicht schöne, gemusterte Bluse an. Die Bluse war zu groß, noch zum Hineinwachsen. Was hatte das Kind für bedauernswerte hilflose dickliche Ärmchen. Das Kind wirkte wie vorbestimmt zu keinem einzigen Wunschtraum. Peter fand, man könne es jetzt schon an einen wirklich von Grund auf langweiligen Arbeitsplatz binden. Ähnlich seinem eigenen. Die Euphebia-Akten nun wieder vorzunehmen, dazu bestand eigentlich sowieso kein Anlaß, aber selbst wenn Peter irgendwelche Unterlagen, auf Marlieses Geheiß, dringend noch einmal hätte überprüfen müssen, wäre es ihm in diesem Augenblick ganz unverhältnismäßig zuwider gewesen. Als könne er dem glücklosen Kind mit ausgebreitetem Euphebia-Material einen Schaden zufügen, einen, der durch ihn hinzukäme. Falls die ALTE DAME, seine Mutter fernab aller altersheimartigen Betreuungen, ihn in seinen ersten Lebensjahren auch so spießerhaft angezogen hatte, war es kein Wunder, daß sein Architektentraum versickert war. Ohne aufzuschauen von einer vermutlich kniffligen Arbeit an den Ärmeln, eine Nadel im Mund, nuschelte die Mutter mit dem Kind, nicht oft. Wenn sie schon einmal etwas sagte, dann hielt sie das Kind an, entweder BAHNHOF oder TRECKER auszusprechen. Oder die Zeitung zu lesen. Sag mal TRECKER. Peter begriff nicht, wie es kam, daß die Mutter jedesmal, wenn sie vom Nähen aufsah, in der Gegend einen Trecker erblickte. Er selber sah keinen. Das Kind wiederholte kein Wort. TRECKER, sag's mal. Das Kind sah Peter an. Wieder hielt es Peter für dringend, ein Übermaß an Teilnahme in seinen Blick aufs Kind zu legen. Da, lies mal dein Buch, da schau mal, hier, was das ist: ein TRECKER. Sag das mal: TRECKER. In dem kleinen heftchenartigen Buch mit seinen paar Seiten, mit dem das Kind sich begnügen mußte, war anscheinend ebenfalls ein Trecker abgebildet. Wie wenig hatte die Mutter doch für die Reise des Kindes zusammengepackt. Ihre Stimme war freundlich und beiläufig. Peter dachte: Verstört in seiner ihm unbekannten Langeweile sieht das Kind zwar aus, aber es scheint sich doch auch mit der anstrengenden Eintönigkeit in Übereinstimmung zu fühlen, es braucht nur diese paar unnützen Bemerkungen und Aufforderungen seiner Mutter. Es genügt ihm, VORSICHT KOPF, TRECKER, BAHNHOF zu hören. Gleichzeitig leidet es in diesem Abteil, die ganze Reise ist ihm ein bedrohliches Fragezeichen.

Lesen war bei Peter noch übriggeblieben. Aber mit dem Bewußtsein, daß er über die Bücher, die er schon kannte, nicht mehr so richtig und gewinnbringend hinauskäme, steckte er immer kurz vor seinen Abreisen doch wieder etwas aus dem wohlvertrauten Bestand in die Tasche, und hierbei gab er einem Sicherheitsbedürfnis nach. Gleichzeitig graute ihm – nur ein wenig, mehr an Grauen gestattete er dem Bewußtsein nicht – vor dieser Art Hemmung, sich neuer Lektüre zuzuwenden: das alles hatte ganz schön viel mit geringer Lebenserwartung zu tun, oder nicht, mit dem Gefühl, es bis zu seinem Tod doch nicht mehr zu schaffen, das ganze große Pensum.

Das Kind fiel wieder vom Polster, seinem zuvor hingefallenen Buch-Ersatz hinterher. Die Mutter sagte sofort NEIN NEIN, DAS HAT ÜBERHAUPT NICHT WEHGETAN und daher akzeptierte das Kind diese Mitteilung über sich selber nach kurzem bestürztem Zögern und Blick auf Peter.

Ich hätte unaufhörlich Angst um so ein Kind, sagte er zu der Mutter. Eigentlich war es ihm sympathisch, daß sie

sich so ausschließlich mit sich selbst beschäftigte, ungesprächig.
Es sieht schon wieder gefährlich aus, sagte er und deutete auf das Kind. Die Mutter sagte ohne erhobene Stimme, unverängstigt, ohne Nachdruck VORSICHT KOPF zum Kind und zu Peter: Der Matthias kennt sich aus. Er hat schon mal eine Gehirnerschütterung gehabt. Na, sag mal MATTHIAS. TRECKER. BAHNHOF.
Wie brav das Kind ist, sagte Peter. Es ist gar nicht immer so brav, sagte die Mutter. Sie lachte ein bißchen und nähte weiter. Er ist jetzt nur so brav, weil Sie da sind. Die Mutter schien Lust zu bekommen, sich dem Kind mehr zuzuwenden. In einer unförmig aufgetriebenen Reisetasche kramte sie, dem Kind schon DU HAST JETZT DURST suggerierend. Sie fand eine Thermosflasche. Beim Bücken über die Tasche und beim Wühlen darin hatte sich ihr vom Sitzen klebrig zerknittertes Kleid bis weit hinauf über die Kniekehlen geschoben. Die Beine sind nicht schön, dachte Peter, aber es ist mit den Beinen wie mit ihren Textilien und mit ihr selber überhaupt: irgendwas macht sie vertrauenerwekkend und angenehm. Sie besteht jetzt höchstens ein bißchen aufdringlich darauf, daß das durstlose Kind Durst haben soll, doch vielleicht weiß sie auch das besser, besser als das Kind, sie wird eine Erfahrung haben, die ich nicht haben kann, und Flüssigkeit fürs Kind jetzt wichtig finden. Trink schön, komm, ich weiß, daß du Durst hast, sagte die Mutter. Schluck für Schluck animierte sie das Kind, das ihr Schluck für Schluck den Trinkbecher wieder abgab. Es sah dabei verzerrt und nach Weinen aus. Den Rest im Becher trank die Mutter, wahrscheinlich, weil sie weiternähen wollte und daher nachgeben mußte. Sie riet dem Kind, mal was auf seiner Mundharmonika zu spielen. Oder lies deine Zeitung.
Das Kind sah Peter an. Dann griff es nach der Frauenillu-

strierten, schlug sie auf, blätterte mehrere Seiten zugleich um, warf die Illustrierte aufs Polster. Es sah wieder Peter an, der spürte, wie sehr es angewiesen war darauf, daß er beruhigend wirkte, daß er lächelte. Das Kind nahm die blaue Plastikmundharmonika und blies zwei Töne. Es gab wieder auf. Es stopfte die Mundharmonika in seine häßliche gelbe Tasche. Erst als die Mutter das merkte, als sie das schäbige Blasinstrument aus der Tasche holte und dem Kind richtige Tonabfolgen vorblies, fing es an, laut zu schluchzen. Die Mutter hörte nicht auf, ihre Fähigkeit auf dem Plastikding zu beweisen, sie hörte erst auf, als sie selber genug davon hatte, ungerührt über die Tränen des Kindes. Sie lachte und nähte wieder. Nichts an dieser kleinen Übung, die das Kind zur Verzweiflung gebracht hatte, war grausam. Jetzt sind wir bald da, sagte die Mutter, pack schon mal deine Spielsachen in die Tasche. Gefaßt nähte sich die Frau bis zum Zielort bei ungeordnetem Gepäck. Ich habe noch niemanden erlebt, der zwischen sagen wir Köln und Augsburg ein ganzes Kleid genäht hat, sagte Peter. Er beobachtete, wie die Frau, erst kurz vor der Station, die sich durch Vororte und vermehrte Gleisstränge ankündigte, mit dem Gepäck hantierte. Es war so viel Zeug! Und die gewiß selten reisende Frau war so gesammelt, so wenig aufgeregt! Peter, statt ihrer, spürte eine Nervosität, die aber vor allem ihm selber galt und dem ungelösten Problem seiner Mitarbeit beim Aussteigen von Frau und Kind. Er hatte eindeutig keine Lust, sich zu beteiligen. Auch aus Verlegenheit. Er gab jetzt also vor, sich um die Euphebia-Papiere kümmern zu müssen.
Wo steckte wohl der Bursche und wie sah er aus, der Ehemann und Vater, der diese Frau und dieses Kind gewohnheitsmäßig betrog, mit seinem persönlichen Fund und Irene-Ausweg? Aber vielleicht war der nicht anwesende Mann einfach seiner Familie treu, vielleicht hatte er sie

gern, die beiden, und gedachte jetzt, in irgendeinem weit entfernten Großraumbüro, als er auf seine Armbanduhr schaute und sich die Ankunft des Zuges vorstellte, des Eintreffens seiner zwei Lieben und Nächsten, malte sich ohne schlechtes Gewissen die kleine unscheinbare, und doch für diese drei Personen einmalige Szene aus: die Frau stieg aus, sie hob das Kind auf den Bahnsteig, sie holte die Gepäckstücke einzeln aus dem Zug. Der reuelose Mann in der Ferne, rechtschaffen oder ein Betrüger, er war auf jeden Fall nicht so gut dran wie seine Frau, die seine unehelichen Einfälle samt und sonders überstehen würde, sie würde damit anfangen, ein nächstes Kleid zu nähen, dem Kind zusätzlich zu TRECKER und BAHNHOF zwei oder drei neue Wörter beizubringen, sie käme zurecht. Peter betrachtete, während der Zug langsam weiterfuhr, die Begrüßung zwischen der Frau und einem jungen Ehepaar, das zum Abholen auf dem Bahnsteig gewartet hatte. Er sah neugierig hin und ärgerte sich, daß er nichts mehr weiter mitbekam als das isoliert herumstehende Kind, das Kind wirkte in diesem letzten Moment auf ihn, als wäre ihm nie und nimmer zu helfen, niemals so richtig.
Ich möchte in dieser Stimmung bleiben, nahm Peter sich vor. Ich könnte über den Lokomotivführer gerührt sein. Ich könnte beschließen, wenigstens doch EIN Fenster in der Wohnung modernisieren zu lassen, damit Marliese ihr verdammtes Blumenfenster bekommt. Er hatte vor kurzem gelesen, die Lokomotivführer seien vielfach absolut überfordert. Er erinnerte sich an die Aussage von einem: Wenn unsere Fahrgäste nur wüßten, in was für einer Gefahr sie sich befinden, weil wir so überfordert sind. Todmüde und oft im Halbschlaf, dachte Peter, da vorne an der Zugspitze der schlecht bezahlte gähnende Mann an der Altersgrenze oder darüber. Ich danke ihm mit großem Respekt. So gesehen, fand Peter, wenn er so komprimiert an den Loko-

motivfahrer dachte, wurde dieser ein Einmaliger. Wurde das, worauf es für jedes einzelne Lebewesen ankam. Das Kind in der Hawaiibluse gab es auch nur ein einziges Mal. Obwohl es sich für Verwechslungen im Universum geradezu anbot. Wie höchstwahrscheinlich auch der Lokomotivführer. Besser, ich bekomme ihn nie zu Gesicht, dachte Peter, rasch weg mit mir nach der Ankunft. Rasch weg: schön und gut – aber wohin? Auf ein Ziel wie Irene zu. Eine ebenfalls reichlich austauschbare Angelegenheit. Durch die niemand und nichts in eine Einmaligkeit erhoben wurde. Eher herausragend wäre, überlegte Peter, wenn ich heute alles anders machen würde. Irene wäre vielleicht zu umgehen. Unsinn. Sie kannte sich aus. Selbst wenn er sie am Treffpunkt versetzte, wüßte sie sich zu helfen und würde im EDEN-MAYER auftauchen. Eigentlich das Übelste wäre, daß sie sich keinen Moment für VERSETZT hielte.
Zu früh vor seinem Zielort stand Peter auf der Innenplattform zwischen den Waggontüren. Für ihn als Autofahrer war zu viel Fremdbestimmung im Spiel beim Bahnfahren. Er rechnete insgeheim immer noch mit irgendwelchen Täuschungen. Zu früh versuchte er herauszubekommen, auf welcher Seite des Waggons das allmählich bahnhofsartige Gelände sich zum Perron bilden würde, er wollte das vor den anderen Fahrgästen wissen und als erster an der richtigen Tür stehen, sich nicht ungeschickt anstellen mit der roten Klinke, nicht lächerlich voreilig wirken, diese Dinger reagierten auf eine Automatik und es war einfach blödsinnig, wie Reise-Amateure vor dem Stillstand der Wagen da herumhebelten, obwohl man nie genau wissen konnte, fand Peter, denn es gab auch noch die alten Öffnungsmechanismen und dann die Gelegenheit, kühn vorzeitig bei offener Tür im Fahrtwind zu stehen, mutig und unvorschriftsmäßig, einfach als der Erste. Er machte sein gelassenes Gesicht eines rein beruflich Reisenden. Daß

er Leute, die sich nun hinter ihm ansammelten, aussteigebereit wie er, überhaupt so ernst nahm, daß er diesen Leuten dieses vorübergehenden Augenblicks so viel Bedeutung beimaß, konnte es nicht als Hinweis auf die Einmaligkeit der einzelnen gedeutet werden? Dieses Bedürfnis, jeweils Eindruck zu schinden, hm? Es war vielleicht gar nicht so sehr eine Frage der Eitelkeit, sondern entsprach einem System, ausgeklügelt und ferngesteuert. Darin jeder einzelne auf jeden einzelnen seine Wirkung auszuüben versuchte. Liebesdienste, im Grunde genommen. Oder wie? Aber warum empfand er doch eigentlich immer nur eine gewisse ungeduldige Verachtung, speziell auf Bahnhöfen oder in Zügen? In Nahverkehrszügen und Eilzügen am stärksten. Am abgemildertsten in IC- und TEE-Zügen.

Die Gleise, auf die er hinunterblickte, vereinigten sich miteinander, liefen wieder auseinander, bildeten neue Systeme und lösten sich wieder. Zu dicht hinter Peter gähnte ein Mann. So viel private Mitteilung muß ja nicht sein, dachte Peter und blickte mit dem Ausdruck des Ekels zurück. Der Mann bekam den Ekel nicht mit. Er ruckte sich immer wieder mit den Schultern im Mantel zurecht. Wie stumpfsinnig er mir vertraut, indem er sich hinter mir aufstellt, dachte Peter und auch: Der alten Frau da müßte ich nach dem Aussteigen helfen, sie hat ganz idiotisch viel Gepäck bei sich. Ja, das IDIOTISCHE daran, das gab ihn doch wieder frei. Wozu sympathisieren? Mit diesem ganzen dümmlichen Menschengewimmel, mit der Überanstrengung meines verdammten Ichgefühls und dieser Abwägerei und Unverhältnismäßigkeit andauernd, wozu denn alles. Er fühlte aber den Verlust seines Anteilnehmens als Schmerz. Beinah als einen Verlust seiner selbst. Er war nicht imstande, den Widerspruch hinzukriegen und mit aller Willenskraft KALTBLÜTIG zu sein. Er wollte an das schwitzende brave Kind denken, an die ängstlichen Blicke auf ihn, der immerhin eine Art Vertröstung über die Welt hatte einbringen können, in sein Zurückschauen auf das Kind, in sein Lächeln mit Fürsorgecharakter. Immerhin, nicht wahr. Aber das Kind war fahl geblieben. Die ganze Angelegenheit im Abteil erschien Peter jetzt als überflüssig, und leider sogar auch als etwas lächerlich.

So feurig hochgestimmt wie beim großen Bogen um den Blumenkiosk samt wartender Irene Kurz hatte Peter sich schon lang nicht mehr gefühlt. Fast kam das einer sexuellen Erregung gleich. Ausgerechnet mitten im Vermeiden! Er bekam, als heimlich Entronnener, sogar Lust, mit dem Taxifahrer zu reden. Würde nicht Irene selber eine Spur wichtiger durch seinen Trick? Von seiner Heimtücke aus dem Stumpfsinn der Routine heraus erlöst? Weil er, Peter Eisler, alter treuer Ehebrecher, sie gemein behandelte? Verbrecher hatten vielleicht diese Empfindung, wirklich beachtliche Einzelkämpfer zu sein, stets konferierend mit dem unberechenbaren Irrealen. Wäre nur die Sache mit der Auferstehung auch zu klären. Peter war bereit, etwas dafür zu tun. Neuerdings redete man viel von dem Gift Gevepacin; es gab also sanftere und schnellere Methoden als zum Beispiel den Bruch mit einer Ehebrecherin oder Abstürze aus Fenstern.

# Violas Vorbilder

Daß die Hembergs an Mediengewohnheiten festhielten, hatte genausoviel mit alltäglicher Landgewinnung zu tun wie die übrigen Maßnahmen zur Gliederung der exakt 16½ Stunden, die sie als wache Zeitgenossen ohne Mittagsschlaf verbrachten, zwischen Aufstehen und Zubettgehen. Alles war an seinem festen Platz und mußte dort verbleiben. Der lokalen Tageszeitung, synchron mit dem Frühstück, stand ein ebenso fester Termin zu wie der zusätzlich abonnierten überregionalen Presse, und selbstverständlich auch den Mahlzeiten, den Lebensmittelbestellungen, den Abholzeiten für die Kochwäsche, dem Spielraum für mehr Improvisatorisches, Fernsehsendungen, und schließlich der beruflichen Arbeit. Daniels Außendienst im Ministerium paßte zu Violas Ambitioniertheiten einer freischaffenden Journalistin – sie stand so etwas auf der Kippe zur Künstlerin, seit sie schon drei kürzere prosaverdächtige Texte veröffentlicht hatte – er paßte zeitlich und planerisch so gut wie das Frühstück zur Morgenzeitung. Radiorituale waren entschieden seltener geworden, im Verlauf von immer mehr Zuwendung zum Fernsehen. Aber weil speziell sonntags Angelpunkte lebenswichtig schienen, blieben die Hembergs der Sitte treu, von 11 Uhr bis ungefähr 11.30 Uhr – je nach Länge der Komposition, das konnte geringfügig differieren – aus der somit auch nicht völlig überflüssigen Stereoanlage die Sendung BACHKANTATE zu hören. Viola fand, ein Brauch wie dieser schütze sie vor den Undankbarkeitsanfällen gegenüber ihren Daseinsangeboten. Manchmal kam ihr das Material etwas zu dünn vor. Noch weniger einfach für Viola, wenn ihr das Material zwar reich und wohlig vorkam, sie selber aber kein Zufriedenheitsgefühl zustande brachte. Es half dann wenig, sich das große Leid beispielsweise der indischen Menschen in der Stadt Bombay einzuhämmern, der Ärmsten und Letzten, es half nichts. Die Sendung BACHKANTATE schuf immer doch ein Stückchen Überblick, rückte schwieriges Gewölk auseinander, brachte das höhere Einsehen, nämlich sokratisch, resignativ und weise, im Sinn von Geduld und sehr erhabenem Nichtwissen, höchster Bescheidenheit. Zum Vorwurf, nicht dankbar genug zu sein, unter einer Art von Herzlichkeitsmangel gefühlsmäßig zu veröden – so manchmal während der Gliederung WALD, SPAZIERGANG, der schönen, ein wenig ermüdenden Gewohnheit – gehörte der Eindruck von Überlänge. Zerdehnte, einem großen Gähnen ähnliche Stunden! Viola kam sich auf der Forstmann-Beelitz-Schneise wie mit der Zeitlupe gefilmt vor. Was überhaupt nicht in Einklang zu bringen war mit der Empfindung, ihre Lebenszeit sei etwas zu ruckartig und unbemerkt knapp geworden. Wie aus Unaufmerksamkeit war sie nun nicht einmal mehr Mitte 40. Sie schlug sich mit dem schwer zu verherrlichenden Alter von ausgerechnet dummerweise 47 Jahren herum. Ja, obwohl Viola sich trotz bester Zeiteinteilung bisweilen langweilte, litt sie gleichzeitig unter dem Eindruck, dies sei ein sündiges Verhalten, Langeweile, und Mißverhalten also, eine Störung im Gehirn, am Schaltzentrum, wo über die Sinnfrage entschieden wurde, denn, so dachte sie, jetzt kommt es auf jede Minute an, es eilt es eilt – womit denn aber genau? Vielleicht hing es mit diesem Alter von 47 zusammen, dem sonst kein anderer Reiz abzugewinnen war, daß Viola nun immer öfter ein wenig zu rasch irgendwelche Beteiligungen, Mitarbeiten, auch öffentliche Auftritte zusagte. Lustlos, aber um sich unterzubringen. Auch ließ sich mit den äußerlichen Hetzjagden ganz gut die Stagnation nach dem dritten prosa-ähnlichen Stück bemänteln. Ein bißchen zu früh war diese erste Schaffenskrise ja doch wohl gekommen.

Je mehr ich im Eisler lese, Daniel, hörst du, sagte sie kurz vor dem Kantatenbeginn, desto sicherer bin ich, daß es blödsinnig war, du. Ich meine, daß ich das Symposion über VORBILDER nicht sofort abgelehnt habe. Meine Mitwirkung da, weißt du. Einfach total idiotisch.

Daniel wappnete sich sofort. Unschlüssigkeiten bei seiner Frau führten zu etwas zu viel Kommunikation. Sehr viel Gespräch empfahl sich sowieso beinah nie, erst recht aber nicht Sonntag vormittags, und war ein gewisser Regelverstoß. Brachte auch Blickkontakt mit sich. Daniel hatte soeben sein erstes Zigarillo begonnen und wünschte nun keine kummervollen Beäugungen durch seine Frau, denn seit einiger Zeit war er der Angewohnheit erlegen, zwar nicht für die ganze Dauer des Zigarillos, aber doch hin und wieder zu inhalieren, tief und ein wenig erschrocken. Einige Züge nur. Mit einer Art von Drohstarren fixierte er seine Frau, beim heimlichen unheimlichen Vorgang. Ein Knurren als Antwort genügte vorerst.

VORBILD, schon als Vokabel, sagte Viola, es kommt schon mal in keinem philosophischen Wörterbuch vor.

Aber bei dir, in deinem hoffnungsvollen kleinen mutigen Kopf da drin, dachte Daniel, da kommt es vor. Doch wollte er Viola nicht ihr eigenes Geheimnis verraten. Ihm war nicht verborgen geblieben, woher sie jeweils ihre drei schöpferischen Schübe bezogen hatte. Alle drei Skizzen, oder wie immer die beachtlichen kleinen Texte klassifiziert werden sollten, entstanden eine Spur zu unmittelbar nach Lektüreabenteuern, über die Viola sich eine Spur zu hermetisch ausgeschwiegen hatte. Immer wenn sie sehr einsilbig auf ein Buch reagierte, wußte Daniel, daß sie beeindruckt war. Nur die schlechten Lese-Erlebnisse machten sie gesprächig. Bei den paar in Frage kommenden Feuille-

tonchefs war sie für ihre schillernden Verrisse berühmt geworden.
Hast du unter IDOL nachgesehen, fragte er.
IDOL! Das ist doch was Verächtliches, rief Viola. Ist Trugbild, Götzenbild und so weiter. Aber du hast schon recht, fast verdächtige ich den guten alten Sengelmann und fürchte, daß er selber die Begriffe durcheinanderschmeißt. Keine rechte Ahnung hat, weißt du. Vorbild, das ist vielleicht auch überhaupt nichts Günstiges.
Du mußt unter IDEAL nachschlagen, und IDEAL, das ist was durchaus Positives, seit Plato mindestens und alle Strömungen hindurch, sagte Daniel, der auf seinen wissenschaftlich-pädagogischen Erfolg hin sicher war, sich ein unbeschämtes, richtig keckes Inhalieren leisten zu können.
Völlig unerwartet bei der heutigen Kantate ICH HATTE VIEL BEKÜMMERNIS kam beiden Hembergs die erheiternde Wirkung, die von einem duettartigen Zwischenspiel ausging. Sie hatten sich, vom Titel vorgewarnt und wie meistens, bevor Johann Sebastian Bach voll zuschlug, mit kaltblütigen Gesichtern auf eher zu viel Ernst und Traurigkeit eingestellt. Sie liebten einander. Deshalb vermieden sie es stets ganz besonders beim Anhören von E-Musik, einander zu erschrecken: mit den ergriffenen Gesichtern, die sich ja fast immer als der unwillkürliche Ausdruck ergaben. Sie sahen aneinander vorbei, verstellt gelassen. Poker-Face-Daniel, wenn es so richtig todesverloren wurde! Sehr gläubig, sehr definitiv wurde: Viola schützte Daniel vor jeglicher inneren Viola und ermöglichte ein Grinsen. Daniel tat so, als beschlagnahme ihn etwas dort drüben im Haselnußstrauch, eine Beobachtung, durch die er völlig abgelenkt werde. Viola gab vor, Buchtitel im Regal entziffern zu wollen, und wie in einer Augenarztpraxis kniff sie die Lider zusammen, wie bei einer Sehprobe. So hatten sie sich auch diesmal wieder auf die üblichen Täuschungen

eingestellt, und Viola, der für einen Moment die große rücksichtsvolle Liebe auffiel, dieser starke Antrieb inmitten der gewohnten Mechanismen, dachte: Wahrscheinlich bin ich selber mein Vorbild, ich erreiche es sogar ab und zu, das hochgesteckte Ziel. Zusammen mit Daniel. Wir üben aus, was wir richtig finden. Das IDEALE Zusammenleben, eingerenkt durch Schonungsmaßnahmen.

Nun aber sangen Dietrich Fischer-Dieskau als Jesus und eine für die Hembergs anonyme Sopranistin einander wie Verliebte ziemlich weltlich sehr zärtliche Lockrufe zu. Ein Hin und Her von weiblichem Zaudern und männlichen Zusicherungen. Viola lachte frei heraus. Der gute Bach, lieber Himmel welche Überlegenheit, was, Daniel? Daniel, stets eine Art von innerem Terminkalender vor sich und jetzt froh über die vitale Stimmung bei seiner Frau, konnte noch ein bißchen lauter werden als die Oboe, so daß Viola die Wörter WIE WÄR'S MIT BACH ALS VORBILD verstand. Ja, Daniel hatte recht, allmählich müßte sie in sich Klarheit schaffen. In der übernächsten Woche sollte das Symposion bereits stattfinden. Ihr Beitrag lag noch im tiefsten Dunkel. Hämische Verweigerung wäre auf die Dauer unproduktiv. Da sie nun einmal zugesagt hatte. Und bei ehrlicher Selbstprüfung auch ganz gern teilnahm. Man geriet zu rasch in Vergessenheit, heutzutage. Es galt, sich in einem Überangebot von schöpferischen, interessanten, eloquenten Typen zu behaupten. Ein Name zu bleiben und bemerkenswert. Wohin man blickte: Leute, die was zu sagen hatten. Zur Podiumsveranstaltung, öffentlich, hatte auch eine Fernsehanstalt ihr Kommen angemeldet. Obschon nur im Dritten Programm, diese Sache würde ausgestrahlt.

In gewisser Weise könntest eigentlich DU mein Vorbild sein, Liebling, rief Viola vergnügt über die gurgelnden Koketterien des Sopran hinweg Daniel zu. Du, mit deiner ermutigenden Korrektheit!

Sie sah das zwar wirklich genauso, aber zusätzlich erwies es sich speziell an Sonntagen als nützlich, sehr sanft, ruhig ein bißchen frenetisch sanft, fast schwärmerisch miteinander umzugehen. So etwa, als wäre man stets eine letzte Erinnerung an sich selber, beim Dahinscheiden.
Ah, wie gut, wie eine Berichtigung, wie Aufklärung, als nämlich nun wieder Dietrich Fischer-Dieskau kräftig hinlangte, aus dem Vollen schöpfend! Etwas Endgültiges, etwas Unwiderlegbares ging von dieser gelassenen Wucht des Singens aus. Während weibliche Stimmen, so bald es sich um geschulte Kunststimmen handelte, ja doch mehr wie Musikinstrumente klangen, nicht mehr sehr menschlich, mehr wie Vogelstimmen, ein bißchen komisch, so guttural, so ein bißchen nach Feld und Flur, Busch und Tal. Viola war es sowieso als halbwegs freiwilliger Verdacht schon fast klar, daß unter Frauen für sie keine Vorbilder auszumachen wären. Nicht einmal Bruchstücke davon. Wenn das IDEALE bei mir, personal oder immateriell, mit Bach zu tun haben sollte, dann wäre das der Ausschluß von jeglichem weiblichen Element, fand sie. Es wäre der Kontrast, und schärfer ginge er nicht. Es wäre das Reine, das Mathematische. Das Unnatürliche. Die abstrakte Ferne von so mondwechselhaften, gezeitenartigen körperlichen Heimsuchungen, Kreatürlichkeiten, wie die Schöpfung sie dem WEIBLICHEN ersonnen hatte, Menstruationen und andere ekelhafte Rhythmen, Unterwerfungen verschiedenster Art. Ungefesselt männlich versicherte Dietrich Fischer-Dieskau dem fleischlich hormonell beängstigten Sopran, daß er komme, gewiß doch, und erlöse, als Jesus, ja ja.
Wie wär's mit Gottfried Keller, Schätzchen, fragte Daniel um halb eins. Sie bewegten sich eingeübt umeinander herum in ihrer schmalen Küche, und er, zuständig für die Handgriffe mit Verantwortung, heute mittag demnach für

Kalbsfilet, drehte den Herdplattenknopf jetzt auf DREI zum Vorheizen der Pfanne.
Wieso Gottfried Keller, fragte Viola, während sie ein wenig abgekehrt von Daniel nun schon die zweite Knoblauchzehe schälte. Sie hoffte zweimal am Tag, bei der Zubereitung von Mittagsimbiß und Abendessen, Daniel würde die Knoblauchmenge, die sie für sich allein vorsah, nicht auffallen. Es ging nicht nur um die Geschmacksaufbesserung. Fast wichtiger war Viola die Rolle, die der Knoblauch in den verschlungenen Wegen ihrer Gedärme spielte, und die sie etwas abergläubisch für TRAGEND hielt.
Gottfried Keller hatte keine Angst vor dem Tod, sagte Daniel.
Goethe auch nicht, sagte Viola.
Aber von Gottfried Keller hast du neulich nachts geträumt, und genau aus dem Grund. Weil er ohne jedes Beiwerk dem Tod entgegensah. Alles Geheimniskrämerische entbehren konnte.
Viola wunderte sich über Daniels Aufgeschlossenheit beim Reden über den Tod. Freiwillig! Von selbst! Unaufgefordert! Es war, als breche er eine Schweigepflicht. Sie empfand, wie dringend er ihr wirklich bei der Suche nach einem Symposionsbeitrag helfen wollte. Ihre Stimme hielt sie für genau richtig oberflächlich-unbefangen, als sie nun ICH HABE LEDIGLICH VON DIESEM KELLER-DENKMAL AM ZÜRICHSEE GETRÄUMT sagte, etwas rufend. Und das ist Goethe: Der Gedanke an den Tod läßt mich in völliger Ruhe.
Also bitte, schon zwei Vorbilder, sagte Daniel.
Vergiß nicht Bach, und zusätzlich Fischer-Dieskau, sagte Viola.
Daniel schaltete die Hitze auf ZWEI. Kurz danach, um die kleinen rosigen Kalbfleischpolster, appetitlich rund geschnittene Kissen, nicht zu brüskieren, drehte er den Schal-

ter um eine weitere halbe Einheit herunter. Seit ihm der gesamte Pfannenbereich delegiert war, wurden keine Teflonbeschichtungen mehr zerstört. Wenn Daniel Hemberg mit Geräten umging, erwuchs ihnen eine Haltbarkeit, die von der industriellen Vorsehung gewiß nicht geschätzt würde, im Fall von mehr hembergähnlichen Konsumenten. Mehr Daniels wären auch volkswirtschaftlich gesehen kein Gewinn.
Ein Bewunderungskommentar von seiten Violas schien angebracht und sie gab ihn ab. Da und dort, weißt du, Daniel, flimmern so VORBILDbruchstückchen in mir auf, das schon. DU im Haushalt, Fischer-Dieskau mit seiner überblickhaften Gerechtigkeit, ich meine, weil er trotz Schuberts gesamtem Liedwerk ebenso intensiv ein Jesus ist, beispielsweise und so weiter und so fort. Hm? Viola wartete jetzt einfach nur noch ab, denn ihr Anteil an der Küchenarbeit war mit Tisch-Decken und Wein-Anrichten abgehakt. Gern schaute sie Daniel zu. Er entfernte mit großer Geduld jegliche Fettspuren am verbliebenen länglichen Stück vom Kalbsfilet. Ihr fiel ein, wie geduldig er sie abends mit dem Marament-Balsam bearbeitete. Das Kalbsfilet und ihr auch ein wenig bläulich-rosiges Oberärmchen wirkten nun auf sie wie zwei Patienten des gleichen behutsamen, sachlich ausdauernden Arztes. Es konnte dem guten Daniel nicht mehr viel Anreiz bieten, ihr Oberärmchen, heutzutage, 47 Jahre alt, ein nur mehr rheumatisches Gebilde. Das Schöne an der Ehe war doch auch eine Abwechslung innerhalb der Verwendungszwecke. Kein Körpergebiet wurde ja so ganz überflüssig. Sie wurden schon noch alle gebraucht, fast alle, irgendwie schon noch, doch.
Wäre ich nicht so realistisch, klagte Viola, dann klappte es ja vielleicht, etwa mit Kierkegaard, im Bereich MÜSSIGGANG, was meinst du?

Und was meinst DU, fragte Daniel zurück. Auf seine systematische Art hatte er mittlerweile genausoviel gegessen wie geplant, von ihm für sich, an diesem Mittagstisch, willensstark und etwas blaß nun, im Stuhl angelehnt, auf das jeweils ganz und gar ungewisse Ende von Violas Nahrungsaufnahme wartend. Sie verfügte nicht über diese inneren Ampeln, die auf ROT schalteten, wenn es am besten schmeckte. Wenn sie sich so richtig eingegessen hatte. Vor allem dem Nachtisch gegenüber bemächtigte sich eine gewisse Desorganisation ihrer Signalanlagen im Gehirn. Das lag vielleicht am silbernen Kinderlöffel, einem Format zwischen Suppenlöffel und Kaffeelöffel. Den benutzte Viola für ihre Dessert-Erfindungen. Ihr Gesicht nahm einen zutraulichen Ausdruck an. Sie schien auf Gnade angewiesen zu sein. Um auch einem einfach bloß kindischen Pudding einen Anstrich von Gesundheitsmaßnahme zu geben, rührte sie sich aus mehreren Reformhauspackungen die ödesten Keime und Körner und sonstige Spielverderber in einen Brei zusammen, der dann irgendwie tröstlich auf sie wirkte.
Ich meine, daß Kierkegaard vom wirklich reifen oder klugen oder was weiß ich, erwachsenen Menschen verlangte, er müsse sich auch auf das Phänomen MÜSSIGGANG verstehen, AUCH, nicht wahr?
Hmhm, machte Daniel. Er fand, daß seine Frau etwas zu versessen ihr Mischgericht in sich hinein schaufle. Es handelte sich ja täglich zweimal um eine Gefräßigkeit, die er nicht ganz begriff. Als gelte es, einen Notstand auszugleichen, ein bißchen danach sah ihr übereifriges Essen schon aus.
Müßiggang, du, Daniel, mein ewiges Problem, oder stimmt's nicht? Viola empfand ja, wie sehr es stimmte, auch auf Genuß übertragbar wäre, ausbaufähig bis dorthinaus, bis hin zum Nachtisch, den sie sich, jetzt schon

wieder, mit einem Schub Kleie vermasselte. Da täte ein Musterbild gut. Es wäre gesund für mich. Hm?
Aber war sie nicht auch ein wenig stolz auf ihre Unfähigkeiten, dem Schönen, einfach Guten, selbstverständlich Angenehmen gegenüber? Sie fragte sich das manchmal. Überwiegend litt sie, doch. Und deshalb galt es, das Beste draus zu machen. Sublimation! Ich kann mich einfach nicht entspannen, behauptete sie, der Wahrheit entsprechend und, weil das übel genug war, dann schon auch eine Spur prahlerisch. In diesem Unglück mit sich selber identisch mußte sie, aus Notwehr, ein bißchen Glück aus ihm herausschinden, nicht wahr? Viola schweifte vom VORBILDER-Symposion ab und erinnerte sich der Tagung über das Thema OH WIR REICHEN – ACH IHR ARMEN. Sie erinnerte sich – ein Gleichzeitigkeitsvorgang in ihrem Bewußtsein – eines Haßgefühls, das von ihr zur theologisch-politologisch gemixten Persönlichkeit von Frau Doktor Knapp-Knabe gewandert und aus der Richtung zu ihr zurückgekehrt war, über den Podiumsdiskussionstisch hinweg. Viola, diebisch aber unerkannt im Umgang mit einer These von Adorno, blieb hartnäckig bei der Behauptung, die Identifizierungskraft des Menschen reiche nun einmal nicht aus zu einem wahrhaftigen Mitleid, das weltweit alle Grenzen sprengte. Frau Knapp-Knabe bestand auf mehr sozialem Gewissen. Viola beharrte auf der Individualität. Frau Knapp-Knabe predigte die Kommunikationspflicht. Kontakt Kontakt Kontakt!
Viola war sich ziemlich sicher, daß längst ihr Gesichtsausdruck als Antwort genügte, MEIN GESICHT SPRICHT BÄNDE, dachte sie, und es handelte sich um die Bände VERACHTUNG/ÜBERLEGENHEIT/SCHLUSS MIT DEM GEREDE. Frau Knapp-Knabe fand Viola anachronistisch innerlich und einzelgängerisch, sich selber klassenkämpferisch und zu allem bereit, sie sah aber so aus, als habe sie keine Einschlafprobleme.

Viola Hemberg: sind Sie nicht geradezu asozial, mit solcher Hoffnungslosigkeit nichts als Ihr eigenes Ich bespiegelnd? Mehr kann man nicht tun und darin gehe ich bis zum Äußersten und bequem ist es gar nicht, hatte Viola geantwortet, ein wenig übertreibend. Frau Knapp-Knabe war dann, mit persönlichem Erleben dem Publikum zugewandt, etwas zu ausführlich geworden. Vor kurzem hatte sie einen chilenischen Hungerstreik als Beobachterin begleitet, und selber auch nur das Nötigste an Nahrung zu sich genommen, und dies Nötigste lediglich, um ein beschreibender Zeuge sein zu können. Währenddessen hatten die Chilenen, diese alarmierenden Versuchskaninchen, sich von der elementaren Wucht der Volksmusik förmlich ernährt. Wenn Frau Knapp-Knabe sich in New York aufhielt, schlenderte sie am allerliebsten durch die Slums und gab sich mit einer schäbigen Unterkunft irgendwo hinter der 170. Straße zufrieden. Frau Knapp-Knabe war ZEUGE, auf Schritt und Tritt, wo immer sie ging und stand, und fühlte sich, bei den allergrößten Sorgen um die Zukunft der Menschheit, persönlich vorwiegend wohl. Viola wußte es genau: sie selber fühlte sich weniger wohl als Frau Knapp-Knabe, obwohl die Sorgen, die sie sich machte, wie eingesperrt wirkten, verglichen mit den weiträumigen Sorgen der Diskussionspartnerin. Meine Sorgen, auf winzigem Raum, sie sind dennoch die größeren, die ununterbrochen schädigenden, es ist meine Seele, an der es nagt, während die andern, nach getaner Arbeit mit dem Überblick in Harlem oder Chile oder sonstwo, vergnüglich erregt ihre Erfahrungen in die Schreibmaschinen tippen.
Am liebsten war Viola, wenn schon diese unleidliche Tagung in ihr auftauchen mußte, die Erinnerung an die seltsam hängenden Wildlederhosen der Frau Knapp-Knabe. Überhaupt war sie äußerlich so gar keine Konkurrenz. Sie überdachte die Teilnehmerliste fürs VORBILDER-Sympo-

sion. Welche ungefähr gleichaltrigen Frauen säßen mit am Tisch? Es kam zu einer unerfreulichen Überschneidung: Viola mußte mit dem Dessert aufhören, eine weitere Portion wäre auch dem nachsichtigsten Daniel gegenüber nicht mehr vertretbar, und ausgerechnet im Abnabelungsprozeß von Kinderlöffel und Breischüsselchen fiel ihr Katrin Fuchs ein. Stand sie nicht auf der Liste? Wieder so ein polemischer Mensch, aber zusätzlich mit einer verblüffenden rotgoldenden Haarfülle. Blassem Teint, einer eleganten schmalen Physiognomie. Oder doch ein wenig pferdeähnlich, genau besehen? Viola blieb etwas lustlos, als sie sagte: Kaum erblicke ich ein Mikrophon, da möchte ich auch schon schweigen. Total verstummen. Hörst du?
Daniel kam diese Selbstaussage nicht ganz neu vor. Viola kopierte frühere Fassungen ihrer selbst. Er bezweifelte, ob es sich um IDEALE Fassungen handelte. Einer Imitation nachzueifern, es schadete ein wenig ihrem gemeinsamen Fortkommen durch die Tageskonstruktion. Denk an die stimulierende Wirkung des Reisefiebers für deine Verdauung, Liebchen, sagte er gutmütig, während er sich um den Espresso kümmerte. Viola fand immer seinen Espresso wohlschmeckender und auch bekömmlicher als den, dessen Urheber sie war, nur noch ziemlich selten, aus diesem Grunde eben. Und es wird außerdem eine ungewöhnlich komplizierte Fahrerei, ergänzte Daniel seinen Hinweis. Dreimal umsteigen, so viel ich bis jetzt erkunden konnte. Daraufhin spürte Viola schon jetzt, daß sie die Inhaberin von Gedärmwindungen war. Andeutungsweise. Oh ja, sie wußten gut, wie sie einer dem andern beispringen mußten. Wie sie das hinkriegten. Gut.
Ich frag mich bloß, wann dieser ganze Streß in Dystreß umschlägt, Daniel, sagte Viola. Wie gern spülte sie doch täglich drei Mal ihr liebes eheliches kleinstfamiliengeschichtliches Geschirr. Wie hing sie doch an diesen kleinen

vertrauenerweckenden Alltagsangelhaken. Zappelte ganz beruhigt an ihnen. Jede auch kurzfristige Ablösung bedeutete Gefahr! Verlust von Grund und Boden und rotem Faden. Dieser närrische Eifer, mitzutun bei den geschwätzigen Angelegenheiten dieser Welt, der geistigen oder wie immer man sie nennen sollte. Landgewinnung, weiter mit dem Tag! Viola nahm es sich fest vor, sie wollte die Zügel straffen, nun bei der vorgesehenen Dreiviertelstunde für die überregionale Presse. Viola las mit dem gewohnten Herzklopfen hinter Daniel her. Immer etwas kurzatmig. Daniel war ein konzentrationsfähiger Leser. Viola kam nicht so recht los vom Photo einer Politikerin, deren mittelständisch biedere Frisur wie die Nachahmung einer Nachahmung auf sie wirkte. Wie die Demonstration der Herstellbarkeit, des im Bereich des Möglichen Liegenden, völlig utopiefern. Was aber hatte Viola diesem vorsichtig aufgedonnerten Kopf entgegenzusetzen? Diese Politikerin war in ihrem, Violas Alter, zog jedoch die Konsequenzen daraus. In Viola steckte zu viel Unbescheidenheit. Die Politikerin vertraute ihr Haar einem Fachmann an, ehe es zum zwar individuellen, aber trostlosen Kapitel verkam. Viola wollte stets eine Originalausgabe ihrer selbst sein und sagte es Daniel. Beim Warten auf seine Antwort empfand sie, daß an der Sache etwas nicht ganz stimmte. Sie rannte einem irgendwie idealistisch geratenen Bild ihrer selbst hinterher, einer Art Vorbild, durchaus. Aber nicht doch eher einem Trugbild? Einer Mixtur aus Hoffnung und geschönter Erinnerung an Momente von früher, mit strafferer Haut, mit unternehmungslustigerem Geist, einfach jüngerem Existentialgerüst? Ich möchte mich schon unterscheiden, Daniel, sag was! Aber wodurch denn? Naturbelassen sah ihr Haar schutzbedürftig aus oder schlichtweg: strähnig. Naturbelassen war ihr Gemüt zu schwächlich. Insgesamt bedurfte Viola eines Vorschusses an mitleidsvollem, gnädigem Verzeihen. Daniel erkannte das. Du unterscheidest dich, du tust es wirklich, Liebes, sagte er, überzeugt war er auch davon, unvergnügt auch. Ihm wurde erst wieder wohler, als er nach zwei Zeilen der Eingewöhnung zurückfand in die Abenteuer des Paragraphen 21 der Steuernovelle. Kein Problem, zu wissen, wie ich nicht sein will, dachte Viola.

Ungeduld und Lässigkeit, die zwei Hauptsünden, sagte sie zu Daniel im Verlauf der Gewohnheit, mit dem Weg zum Altglaskübel, in dem sie heute 12 Flaschen und 1 Nescaféglas versenkten, einen Rundgang durch ihren Wohnbezirk zu verbinden. Genieße den Abwurf der Flaschen! Das zu einem Flüstern gedämpfte Geklirr, jedesmal, nimm es wahr! Es könnte von mir sein, das mit der UNGEDULD und der LÄSSIGKEIT, wie?

Und ist von wem, Schatz?

Kafka, Schatz. Doch auch ohne Kafka, ich hätte das in mir, sowieso, als dauernden Befehl an mich. Du siehst, wie es steht, mit Vorbildern. Eigentlich ist man sich selber genug. Ich meine, mit Hilfe des ganzen Instrumentariums an Vorsätzen und so weiter, an Maximen.

Und an Lesefrüchten, dachte Daniel. Sie gingen jetzt an Vogts Grundstück vorbei. Wie Daniel wußte, war Viola ein wenig neidisch auf die günstigere Wohnlage, den buschigeren Garten, auf das mit seinem Schindelbelag etwas altertümliche, klassizistisch gegliederte und geräumige Haus dieser entfernten Nachbarn. Viola hielt an einem ziemlich festen Begriff von vorbildlichem Wohnen für sie beide fest. Sie hielt es fast sogar für eine Gesundheitsmaßnahme, nach dem noch zu Wünschenden zu fahnden, nicht zur Ruhe zu kommen, nicht total zufrieden zu werden, sondern weiter zu trachten, und deshalb war ein Spazierweg längs des Vogtschen Grundstücks Therapie, wenn auch eine etwas plagende, aber sie brauchte das, ihre

ganzen Lebensumstände sahen schon allzu sehr nach dem Erreichten aus. Nur schätzte sie Begegnungen mit Ellen Vogt überhaupt nicht. Und jetzt fuhr Ellen Vogt mit ihrem verfluchten Zweitwagen die Auffahrt herauf. Viola bekam ihr analphabetisches Gefühl. Daß sie nicht Auto fahren konnte, setzte sie in ihren eigenen Augen herab.
Merkwürdig, nicht wahr, daß Frauen erst gar nicht in Betracht kommen bei mir, als Vorbilder oder so was, diese Rippen, diese Nebenprodukte.
Ellen Vogt war eine ansehnliche Rippe, ein vorzüglich funktionierendes Nebenprodukt, nun in genau den dunkelbraunen Cordjeans aus dem Auto steigend, die Viola seit Monaten vergeblich zu kaufen versuchte. Frauen können nicht mal richtig parkieren, sagte sie.
Wie wär's mit Madame Curie, schlug Daniel vor. Er kannte Violas fixe Idee von der biologischen Verdammnis der Frauen: zu geringerer Geistesleistung, zu defekter Schöpferkraft. Alles in allem, Viola wußte das, verspürte er kaum noch die geringste Lust, an diesem Thema weiterzuhäkeln, langsam so den Tag hindurch, Masche für Masche, und er sah gewiß voraus, daß seine Frau mit dem üblichen Unbehagen zum Symposion aufbräche, außerstande, ihre Mitwirkung rückgängig zu machen, besessen vom Drang, so kurz wie möglich und auch schneidend-schnippisch ihre Stimme zu erheben, dort vor Publikum, auch für die Nordschiene der Dritten Programme, für Lebens- und Leidensgenossen, denn es ging ihr nur darum, die Stimme zu erheben, sich irgendwie doch bemerkbar zu machen. Es war eine Überlebensfrage. Sie würde wenigstens nach ihrem Tode in irgendwelchen Archiven ruhen, als Stimme und Anblick bei all diesen verachteten Tagungen. Nur die Unsterblichkeit war ihr Ideal. Und nur ihre eigene; ein Grund also, ihr nicht zu widersprechen, als sie ICH BIN TATSÄCHLICH MEIN EIGENES IDEAL von sich gab, wieder am

Schauplatz Küche, wieder beim professionell ärztlich wirkenden Daniel, den Viola betrachtete, nun als er bleiche Putenschenkel zum Bratprozeß lagerte.
Auch diesmal dachte sie an ihr eigenes Fleisch. Wie beim Kalbsfilet. Daniels Umgang mit den Naturphänomenen, eingeschlossen ihren Körper, vermittelte etwas Ruhevolles. Warum aber ging heute von dieser Ausstrahlung nichts auf Viola über? Eher war sie nervös. Es kam kein rechter Appetit auf, außerdem. Die Küchenanblicke hatten zu viel Vergängliches, heute abend für sie, die sich selber sah: als abgestorben, von Daniel sachlich-betrübt zurechtgemacht für Abläufe, die einfach notwendig waren zwischen Tod und Einäscherung, oder sonstwie gearteter Beerdigung. Ich ruhe in mir, Daniel, rief sie, ratlos vor Ungeduld. War das der Kreislauf? Das Älterwerden hätte ein paar Reize dringend nötig. Mit 47 Jahren, ausgerechnet blödsinnigerweise 47 Jahren, überhaupt noch das Mindeste vorzuhaben auf der Welt, es kam Viola plötzlich absolut verrückt vor. Eine grenzenlose Idiotie. Ein gewaltiger Irrtum. Das Schöne dieses Sonntags hatte vielleicht auch schon ein bißchen zu lang angehalten. Etwas mit dem Wetter könnte nun einmal geschehen. Eine Veränderung wäre vonnöten. Was gab's im Fernsehen? Viola wünschte, ein Mensch zu sein, der weniger abhing von den Diktaten der Fernsehprogrammdisponenten, diesen Misanthropen, oft genug. Am liebsten würde ich heut abend nochmal ICH HATTE VIEL BEKÜMMERNIS hören, sagte Viola lügenhaft, nochmal Fischer-Dieskau, ha, und ich wäre sicher, daß ich meinen Beitrag nur so in die Maschine reinratterte, du.
In aller Seelenruhe sagte Daniel, das Schmatzen der Putenschenkel, die er liebhaberhaft sorgsam in die Pfanne drückte, behutsam übertönend: Ich werde dir morgen nach dem Vormittagsdienst die Platte besorgen, Liebes, und dann kannst du loslegen, ja?

Im Badezimmer, vor dem Spiegel, wußte Viola tief liebevoll erregt, daß sie jetzt gleich beim Abendessen DU BIST'S, MEIN WAHRES VORBILD, SO RICHTIG VON A – Z zu Daniel sagen wollte. Sie schaute sich an. Sie hatte Glück und sah zwischen den richtig arrangierten Spiegeltürchen ihres Spiegelschränkchens den Bandleader Ardie Wood, oder so ähnlich, von der Gruppe MONUMENTS, sie sah dessen schulterlanges Haar mit diesem beabsichtigten zufälligen Schwipp, im Halbprofil auch, sie sah nicht sich selber, und ganz in sich gekehrt aß sie anschließend zu viel von der Nachspeise, Aprikosenkompott unkenntlich durch Zutaten, eine kindische Verunstaltung, angerührt nicht von Ardie sondern von ihr, Viola Hemberg, die nun eigentlich ziemlich zuversichtlich an das Symposion dachte. Irgendwie, so glaubte sie fast fest, bekäme sie es schon hin, bis zum Zeitpunkt des Symposions so wie Ardie auszusehen, und inhaltlich ginge von ihr die Wirkung eines Extrakts aus: Danke, Daniel-Schatz, auch für den Gottfried-Keller-Tip. Ja, der und Kierkegaard, verrührt wie Kleie mit Leinsamen, und Goethe, Bach, Fischer-Dieskau, mit dem Kinderlöffel, abgelutscht und trostreich, Kafka als Widerstand wie Weizenkeime, und sehr viel ehelicher heißgeliebter kostbarster Daniel obendrauf, die genießbare körnige und äußerst gesunde Krönung!

# Knoblauch am Kamin

Dann aber, am Tag vor der ersten Zusammenkunft, war Philip doch wie anfallkrank vor Nervosität und Unbehagen. Er fand ihn jetzt überhaupt nicht mehr in sich selber, seinen schwerwiegenden Einwand gegen sein gewohntes Leben, diesen Stand der Dinge und alten Trott. Du guter alter Trott, lieber Himmel, treulos und fahrlässig bin ich in diesen Verrat an dir geschlittert! Auch fand Philip plötzlich alles so übereilt, so verfrüht, und es schien ihm nicht nur unnötig, sondern sogar gefährlich, die eher spielerische, eher noch unrealistische Zeit der Briefschreiberei zu beenden. Schon seit zusätzliche Telephonate das Kennenlernen ergänzten, war ihm die Angelegenheit zu vital geworden. Er wunderte sich darüber, daß ihn gerade der Wohlklang von Irmas Stimme irritierte. Wer eine so gut modulierende Stimme nicht nur hat, sondern auch in Gebrauch nehmen kann in einer dermaßen tückisch-peinlichen Lage wie der unseren, dem ist nicht ganz zu trauen, empfand er. Er fühlte sich jedesmal wie vorgewarnt, wenn das Telephon ihn rief: zu Irma, zu einer Vertraulichkeit, zu einer Annäherung Nummer siebeneinhalb, zu einem neuen Gefühl von Irma, was geht mich jemand an, der, DES ALLEINSEINS MÜDE, nicht länger ALLEIN FRÜHSTÜCKEN will, nein MAG, im RAUM 4 SENSIBEL und TEILEMANZIPIERT ist, und ausgerechnet auch noch IRMA heißt.

Aber VERSCHMUST ist sie nicht und sie besteht auch nicht auf BLÖDELN, SEGELN, KLEINEM PRINZ, das immerhin, falls es sich nicht als Zeilengeiz herausstellt – wie die in der Annonce auch unterschlagene PASSIONIERTE NICHTRAUCHERIN – dieser Anhängerin großer Wanderungen. Was eine Passion gegen etwas ist, habe ich immer schon nicht wissen wollen, sagte Philip zu keinem, denn noch war er allein in seiner Wohnung wie immer, wie vielleicht nicht mehr für immer, womöglich nicht mehr in naher Zukunft!

Gute alte unaufgeräumte und doch von innerer Philip-Ordnung durchdrungene Wohnung! Jetzt erkenne ich dein System, deine Ruhe, und dich selber als Schonbezirk, jetzt erst, fast zu spät in unserer gemeinsamen Biographie, du still verschimmelnder eingeübter Käfig, du. Bedroht von den partnerschaftlich gesonnenen, vereinnahmenden Rundblicken einer Irma, NICHT UNANSEHNLICH, FEMININ, AUFGESCHLOSSEN und MUSISCH. Einer offensichtlich nicht mehr ganz fabrikneuen Person jenseits der ersten und der zweiten Enttäuschung, penetrant OPTIMISTISCH und mit ziemlich stark ausgeprägtem kulturellem Tick.

Philip saß an seinem Schreibtisch, Blick Richtung Fensterwand und typisch mitteleuropäischem Sommerhimmel mit etwas zu stichhaltigem Blau für seinen Geschmack. Nicht einmal die zerquetschten Fliegenkörper, diese Mitarbeiter an seiner Angst vor einer umgreifenden, über ihm zusammenwachsenden Verwahrlosung, nicht einmal ihre vertrockneten Leichenspuren auf dem Glas, dem überhaupt ungeputzten Glas, könnten ihn je noch einmal abbringen von der alten ausgewalzten Bahn, darin sein Alltag sich zwar mühsam fortwälzte, eher kompliziert, ja, schon, schön und ungut, jetzt aber erkannte Philip diesen Stillstand von seiner Fortbewegung als eindeutig angebracht. Wie habe ich, dachte er, denn so prinzipiell erschrecken können mitten in dieser Existenz, und mir einreden lassen, das Zusammenleben mit einer anderen Person sei eine unter den denkbaren Daseinsmöglichkeiten – doch nicht für mich! Wie idiotisch und einfach phantasielos war es nur zum Beispiel schon, so plumpe tägliche Wirklichkeiten zu vergessen wie: gemeinsame Benutzung von sanitären Anlagen. Irma, auch nur eine biologische Organisation und

jemand mit einem Verdauungstrakt, wir müssen die Zeit der Korrespondenz verlängern und das Thema Obstipation anschneiden, Schluß mit Vivaldi und Gottfried Benn.
Philip erzählte auch besseren Freunden nicht, sein Motiv, unter dieser Annoncennummer Photo und Brief einzusenden, sei die Angst vor der Verrottung und vor zunehmender Beziehungslosigkeit gewesen. Bekannten und Leuten mit Humor sagte er: Eigentlich habe ich nur wegen der MEDITERRANEN KOCHWEISE geschrieben, ich bin die ungewürzten Eßwaren so leid, und sie fiel wirklich so ziemlich total aus dem Rahmen, denn sie hatte die FREUDE AN KNOBLAUCH oder DIE LIEBE ZU KNOBLAUCH in ihrer Anzeige. KAMIN und BAROCKMUSIK, ich meine, das kennt man ja. Offenes Kaminfeuer, alle scheinen es zu lieben. Es gibt nicht eine, die nicht scharf drauf ist, auch auf Gedankenaustausch, beziehungsweise PLAUDERN. Und da sie außerdem sowieso samt und sonders sensibel sind – gut gut gut: der Knoblauch hat das Rennen gemacht, bei mir. Alle seine Gespräche waren erfunden. Die potentiellen Partner gab es vage. Sein Vertrauen nicht.
Philip versuchte, sich den Begriff JEANSTYP aus dem Kopf zu schlagen. Das Würgegefühl schlich sich ihm wieder in diese Kehlkopfnische ein, von keinem Räuspern zu vertreiben. Klarer Fall von Streß. Wenn nicht von Dystreß. Ihm fiel der Vorname von Hegel nicht ein. Steh auf und sieh sofort nach, befahl er sich vergebens. Er fing an, die Aufrichtigkeit des freundlichen HNO-Arztes zu bezweifeln und fühlte doch den Kehlenpaß zu fremdkörperhaft behindert für die gewohnte Diagnose NEUROVEGETATIVE STÖRUNG oder etwas von der Sorte, die übliche Abfindung. Ihm blieb das klumpige Gefühl ein neues Menetekel. Dieser Arzt war einfach zu weichherzig, ein Typ, der es nicht über sich brachte, philipartige Leute an die ekelhafte Wahrheit auszuliefern, nicht gleich nach der ersten Unter-

suchung. Philip fand auf einmal den Gedanken reichlich versöhnlich, daß er, ein grundehrlicher Hysteriker, schließlich nicht einmal seinen eigenen Tod von einer Einbildung unterscheiden könnte. Das hieß natürlich, zahllose Male vielfältig unangenehm und voll Angst und Sorge sozusagen umsonst zu sterben, doch wieder davonzukommen. Aber den richtigen und letzten Augenblick, den verpaßte man als Sterbeprofi, einfach durch Verwechslung, einfach gewohnheitsmäßig getäuscht.

Zwei Vornamen hat er, der gute alte Hegel! Philip war ein bißchen versöhnt. Lieber guter alter Bewußtseinsstrom, altes mürbes Strandgut der Erinnerungen, auswendiggelerntes Gewässer. Er probierte wieder das Räuspern: ohne Erfolg. Todgeweihte behandelte dieser nette Arzt mit herzlicher Diplomatie. Zum Beispiel mit dem Vorschlag und netten Angebot, wie zum Zeitvertreib seine Praxis ruhig so bald man nur wolle wieder aufzusuchen. Durch das bekannte Phänomen KLOSSGEFÜHL verlören viele Patienten, eigentlich ja Gesunde, immer wieder die Fassung und den Glauben an die Bedeutungslosigkeit der Störung – eine natürliche Reaktion bei den Betroffenen, diesen Sensiblen, Nervösen, Überforderten. Auch kam beim HNO-Arzt vielleicht eine Art Erschöpfungszustand hinzu: vor Philip hatte ihn ein blasser Mann mit einem Tetanieanfall erschreckt. Ausgerechnet selbstverständlich mir hat das zustoßen müssen, dachte Philip, dieses baulärmartige Geräusch, dieses inhumane Keuchen, Knirschen und Erstikkungsgebell aus dem Sprechzimmer. Dann fiel Philip auf, daß er fand, es sei IHM zugestoßen, IHM zuerst und IHN schädigend, danach kamen der Anfallkranke und der Arzt und die Arzthelferin.

Ein miserabler Tag der Unruhe, langwierig wie ein Feiertag. Philip fand es boshaft von Irma, daß sie nicht anrief. Es hätte zu ihr und zum Samstag mit verbilligtem Tarif ab 14

Uhr gepaßt, anzurufen. Diese Telephonruhe durch Irma reizte ihn sehr. Wie selbstzufrieden sie jetzt war, wie in aller Ruhe sicher sie sich fühlte, seiner sicher. Eine totale Vereinnahmung wurde ihm da zugefügt, indem ihm nichts zugefügt wurde. Aber als er gerade vor dem Badezimmerspiegel sein Begrüßungslächeln für morgen übte, klingelte das Telephon doch. Es war halb fünf. Philip ließ äußerst verschreckt neunmal nach sich rufen, die Hand schon auf dem Hörer: mit was für einem blöde zeternden, unmelodischen Geräusch sich doch die noble wohltönende geschmackvolle Irma da anmelden mußte, wie alle andern Leute ganz häßlich technisch! Philip nahm ab und war wie immer auf alles gefaßt. Argwohn und Adrenalin – er konnte Telephonieren nicht ausstehen, war immer ein wenig bekümmert bei dem ganzen leidigen Gesprächsprozeß, er fand dauernd, es sei schade um seine Gesundheit. Hallo? Er benutzte die bessere Stimme, das schon, mit der für ihn typischen Tongebung: wer nicht ein Idiot und völlig stumpf war, mußte sein HALLO richtig interpretieren. Ach verdammt, natürlich haben wir ihn wiedermal gestört, den höflichen Philip, der sich Mühe gibt, seine Unlust zu verhehlen! Dieser Fünf-Uhr-Anrufer jetzt war ein Idiot, ein hirnloser Wochenendtelephonierer und Verwähler. Philip wiederholte seine Nummer, und als der ratlose Mann ungläubig blieb, fertigte er ihn ab, als habe man ihm einen unsittlichen Antrag gemacht. Und wählen Sie diese Nummer nicht wieder! Melden Sie sich nie wieder bei mir! Lauter Ersatzverweise, Phantombefehle: für Irma! Die trödelte vermutlich sehr sensibel und teilemanzipiert durch ihr heißgeliebtes Wochenende, einen kleinen Telemann belauschend. Vielleicht war sie, bis 42 zu keiner Ehe gekommen, überhaupt eher lesbisch und wußte es nicht, oder tarnte es – von Frauenfreundschaften schrieb sie Philip dann und wann.

Es glückte Philip, sich zu einem kleinen Spaziergang aufzuraffen. Vor 18 Uhr gönnte er sich keinen Schluck Alkohol und bis dahin könnte er beim Gehen Zeit überbrücken, auch wieder freundlicher an Irma denken, eigentlich solidarisch, denn war nicht Solidarität angebracht? Sein Verfolgungswahn einfach kindisch? Sie selber war in seiner Situation. Sie steckten beide und absolut gemeinsam in der Falle, in der selben Falle.
Er betrachtete die Vorgärten seines Viertels plötzlich fast ohne den üblichen Ingrimm. Eines schönen Tages würde auch er zu dieser unnahbaren Welt von täglicher Rasenpflege, Liebe zu Pflanzen, Pflichtbewußtsein und sinnvoller Zeitverschwendung auf Bewässerung und Unkrautjagd gehören! Wie gut, daß er sich zu dieser Bewegung in Bürgernähe durch den Spätnachmittag aufgerafft hatte. Es ist nur ein Schritt zwischen mir und dem Aufraffen, hörte er sich zu Irma sagen, mit wohligem Knoblauchnachgeschmack, satt genug, Muscadet im Glas. Auch rauchend, denn Irma war sofort ein Philip in der Hand wichtiger als ein passionierter Nichtraucher auf dem Dach. Ein pedantisch seine Nikotinsucht bis zur Höchstgrenze von 12 allerdings unterschiedlich langen Zigarillos bezwingender Philip aus dem ehrfurchterregenden Geistesklima des Staatsarchivs. Mit Liebe zu deutschem Mischwald und holländischer Küste, mit einem Hang zur Selbstquälerei und geheimem Draht da und dorthin, überall wo in Kunst, Philosophie und Literatur, speziell auch in der Musik, die Grundfrage nach dem menschlichen Wesen, nach der Seele, verhandelt wurde.
Immer nur ist es dieser eine Schritt zwischen mir und einem Entschluß, einem Aufraffen zu irgendwas, endlich. Wie: aus-der-Wohnung-gehen. Diesen kleinen Umweg am Altersheim doch noch machen. Oder ihn bleiben lassen. So ist es auch nur ein Schritt zwischen mir und einem totalen,

einem globalen Zusammenfallen und Einsturz. Ich habe so meine persönlichen kleinen täglichen Entropien zu befürchten, sagte Philip in seinem Wunschbild vom morgigen ersten Abendessen zu Irma, die daraufhin voll ihre mütterliche Seite herauskehrte. Es war ein vergnügliches Stilleben. Noch fehlte der Kamin, den aber nicht er vermißte. Das war ihre Sache. Ihm waren jetzt wieder diese nebligen törichten Frauenwünsche ganz recht. Er brauchte das Gegengewicht solchen Unfugs. Daraus machten ja wohl die Leute ihren Lebenssinn. Und aus solchen Zierpflanzen, Schnittblumen, Buchsbaumhecken. Ein Haus- und Gartenbesitzer fand den penetranten Schnitt seiner dummen kleinen Hecke so äußerst wichtig. Er sah schlecht gelaunt aus vor lauter Lebenssinn. Stellte ihn mißmutig und radikal her und her, nachher würde er sich bitter beklagen bei seiner Frau über den Drang der ganzen Gewächse, seiner Ordnungssucht das Unrecht anzutun und blindlings üppig wachsen zu wollen. Wie eh und je und gut abgesichert also gegen eine Ratlosigkeit über dieses gemeinsame Existieren ginge der Haus- und Gartenbesitzer anschließend seiner Familie auf die Nerven, also klaffte keine entsetzliche Lücke in ihrer aller Verlaufsform.
Was mich zwischen meinen zwei Schritten in der Schwebe hält und wodurch ich also lebe, noch immer bin, das ist wie angehaltener Atem, wie ein zusammengepreßter Mund, das ist noch immer mein Widerstand. Ein unaufhörliches Zusammennehmen. Ich lebe nur aus Pedanterie und nach strenger Vorschrift, nach einem genauen Zeitplan. Das muß und das wird anders werden, sagte Irma zu Philip, der in seiner Phantasie über morgen abend hauptsächlich froh war, weil sie wirklich eine Mahlzeit auf den Tisch stellen konnte, bei der er nicht in jeder Minute von der Verlegenheit gepreßt war, nach etwas Salz zu fragen.
Dann sah er beim Briefkasten am Stammplatz dafür Rob-

bies täglichen Hundehaufen mit verändertem Bewußtsein. Er sah das säuberlich aufgetürmte erfolgreiche Exkrement nicht mit der eingefahrenen ausgeleierten gutmütigen Verachtung. Diesmal brachte ihn der Anblick von Kot dazu, daß er sich genierte. Vor Irma! Wenn wir auf einem gemeinsamen Spaziergang an sowas vorbei müssen, wird mir das verdammt peinlich sein. Es ist zuviel Realität. So Sachen wie die haben wir völlig verleugnet. Wir haben das volle Leben ausgelassen! Ich vergaß es, Sie nach Ihren Verdauungsgewohnheiten zu fragen. Brauchen Sie Laxative oder genügt etwas Leinsamen im abendlichen Apfelkompott? Soll ich den Knoblauch als Hinweis verstehen? Geht es Ihnen bei dieser Liebhaberei gar nicht in erster Linie um Gaumenfreuden?
Philip stellte seine Fragen böse in das sowieso etwas verblüffte, wie ertappte Photo von Irma hinein. Vermutlich sah sie wie die meisten Leute auf Photographien ungünstiger aus als in Wirklichkeit. Er nahm sich ziemlich fest vor, sie nach dem Reisewetterbericht anzurufen und die morgige Begegnung abzublasen. Vielleicht hätte er bis dahin genug Selbstwertgefühl oder etwas wie Lebenskraft, um die gesamte Lage grundsätzlich in Frage zu stellen. Man läßt sich auf eine nähere Bekanntschaft – spätere Heirat nicht ausgeschlossen – aus Angst vor dem Tod ein. Aus Angst vor dem Tod will man Kinder haben, ein Tier halten, an Lebensgewohnheiten festhalten, ein neues Auto anschaffen, wenn die Abschreibungsfrist für das alte Auto um ist – ganz schöne Vorstellung, daß Irma ein Auto besaß, wenn auch ungern benutzte, wegen der Hektik oder was immer der gefühlvolle Grund gewesen war. Lag es am Auto der Irma oder am zweiten Apéritif Philips: er fühlte sich entspannter bei einer etwas leichtfertigen Vorfreude auf das jedoch weiterhin gefürchtete Treffen. Das Fernsehprogramm war überhaupt nicht schlecht, aber seit einiger

Zeit konnte Philip sich nicht einmal mehr bei seinem Lieblingsgenre, alten Hollywoodkomödien, konzentrieren. Früher hatte er wenigstens für die Dauer eines Spielfilms den Zwang zur Selbstkontrolle verloren. Neuerdings hielt das vorschriftsgebundene Zusammennehmen an, sogar während das schönste Douglas Sirk-Melodram ihm die verzweifeltste Olivia de Havilland bot.
Er schätzte Irma als Verächterin der Massenmedien ein, ehe sie es ihm sagte. Ihre Wohnung war ihm schon im kleinen Flur eine Spur zu einwandfrei. Es störte ihn, daß sie überhaupt nicht verwirrt wirkte. Er empfand, beim unüblichen Lichteinfall in ihrem Garderobenspiegel, nicht die alte Sympathie für sich selber. Gern hätte er seine Haare etwas verschoben, doch mit Irma im Rücken blieb ihm nichts anderes übrig als ein etwas unaufrichtiger Blick in dieses hastige Gesicht, sein eigenes, frisch gerötet vom Treppensteigen. Irma hingegen sah komplett ausgeruht aus. Philip verlor sofort sein Innenbild von ihr, das vom Photo abstammte und sich in der Zeit des Briefwechsels, dann der Telephonate, verselbständigt hatte: zu einer leibhaftigen Frau, die von ihm mit kleiner Schadenfreude, ein bißchen gehässig, angeschaut werden konnte. Er hatte in sich diese Frau zu einer menschlichen Konstruktion gemacht, die außerordentlich dringend seiner ganz persönlichen Gnade bedürfte. Doch die reale Irma kam, als Anblick, ganz gut ohne Philips Wohlwollen zurecht. Philip wünschte nicht, hier und fortan und über die Irritation am Gaderobenspiegel hinaus der nervösere Teil zu sein. Sie ging allerdings mit ihm um wie mit einem Patienten.
Sie wohnen schön, sagte er im Wohnzimmer, mit dem es ihm ging wie mit der Phantasiewirklichkeit der Person Irma: der alte, eingebildete Platz war wie aus seinem Gehirn hinausgeblasen. Behaglich und geschmackvoll, Sie bewohnen wirklich eine Zeile aus dem Annoncentext!

Philip fand seinen Satz gut. Er hoffte, er habe ihr nun endlich den entscheidenden kleinen Stich versetzt. Irma aber lächelte ihn sozusagen bedingungslos an, immer weiter, wie seit der Begrüßung vor Minuten, als habe sie ein merkwürdiges Exemplar aus einem ihrer pflanzenkundlichen Wälzer zum Leben erweckt, diese durchtriebene Naturfreundin. Setzen Sie sich doch, Philip, machen Sie es sich doch gemütlich, Sie Ärmster, sagte sie ihm mit der zuversichtlichen Telephonstimme voll Aroma, voll Wohnkultur und Lust und Liebe zu allem was da kreucht und fleucht und sei es auch ein neurovegetatives Fabelwesen namens Philip, aufsässig und unterwürfig in einem Atemzug, durchaus kleinzukriegen, ein ÄRMSTER wie er im Buch steht.

Mit einem Glas Sherry in der Hand ging es später Philip besser. Verdammt langwierig, bis Irma eingefallen war, was zu trinken anzubieten. Sie selber begnügte sich lieber mit einem schönen, frisch ausgepreßten Orangensaft. Sie trug eine sonderbar geräumige Wollware, eine flockige fade milchkaffeehafte Sache, zwischen Jacke und Pullover. Ein riesiger Rollkragen hing tief und schlaff herunter, und in einer Gegenbewegung zog sich ein anderes feinmaschigeres Strickwerk unter dem hauptsächlichen Textil zu Irmas Hals hinauf, auch mit Rollkragen. Wie brachte sie es fertig, in dieser Verpackung die Ruhe zu bewahren? Überheizt war es doch sowieso, sie aber behielt eine helle Gesichtsfarbe, hellbeige Ohren sah Philip bei den kurzen, aber inhaltsschweren Raffbewegungen von Irmas auch völlig hellhäutigen Händen, die mitten in ihren Sätzen das braune, gelockte und stabile Haar wie zu einer Belüftung hochhoben. Diese Gesten hatten was Dramatisches, was Pathetisches. Philip kamen sie ein wenig unanständig vor. Er empfand sie als eine – wiederum GESCHMACKVOLLE – Vorstufe zu Entkleidung, Offenbarung, zu irgendwelchem kühnen Strip-tease. Ihn schauderte so ziemlich. Doch war er Irma dankbar für ihr samtiges einschläferndes Nacherzählen des beruflichen Alltags, vom Wendepunkt in ihrem Leben an, vom Beschluß an, die Germanistik mit der Psychologie zu vertauschen. Von diesem einen Wendepunkt an, verbesserte sie sich unter voller Ausnutzung ihres stimmlichen Materials. Sie hatte bis in einen Mezzoalt hinein dauernd Glück. Sie fühlte sich tief ein in ihre Kandidaten bei einer neuen psychologodramatherapeutischen Testserie, litt da und dort mit und fürchtete bisweilen, nicht stark genug zu sein für das Elend in dieser unserer modernen Welt. War aber doch jeweils wieder zu retten bei einer abendlichen Rückkehr zu schönen Dingen. Knoblauch am Kamin, dachte Philip, besorgt. Ihm wurde bewußt, daß es in der Wohnung überhaupt noch nicht nach Essen roch.

Sie schrieben mir, Philip, es sei eigentlich unter anderem eine Art von Wunschlähmung gewesen, was Sie damals, letzten Februar, zum Brief auf meine Annonce bewogen hat, sagte Irma soeben. Nun, ich gehe mit derartigen Gelähmten, Wunsch- und Willensamputierten um in einer neuen Versuchskette. Wir arbeiten mit intensiven Farben. Viel Blau.

Ha, Wunschlähmung, rief Philip mutig, hoffte, diesen Eindruck, den sie von ihm haben wollte und deutlich kultivierte, zu verwischen, jetzt endlich, diesen hautgoût von ihm als GROSSEM KIND und liebenswertem ÄRMSTEN. Und ich hatte doch den Wunsch nach Knoblauchgeschmack, beispielsweise. Erinnern Sie sich denn nicht: an die Liebhaberin der mediterranen Kochweise? – O doch, ja, sagte Irma und behielt die quälende Angewohnheit bei, unverwandt ihm in die Augen zu lächeln, strikt herzlich vielsagend. Und wir werden nachher eine Kleinigkeit miteinander essen, wenn Sie mögen.

Was war das? Sie waren schließlich zum Abendessen verabredet! Philip sagte: Ich denke schon. Ihm gelang jetzt nur die Sorte Lächeln, die ein wenig nach Neuralgie aussah. Manchmal hatte er beim Einschlafen Angst davor, mit einer Faciallähmung aufzuwachen. Was denken Sie, Philip, fragte Irma. – Wie bitte? fragte er. Er war empört darüber, daß Irma sich schon wieder in allergrößter Ruhe und mit einer Schluckweise der allerkleinsten Mengen fast nicht dem Grund ihres Saftglases genähert hatte. Irma lachte ihm zu wie einem Lieblingsschwächling aus dem Kreis der lebenstüchtigeren Spielkameraden. – Sie hatten an etwas gedacht, Philip!

O ja, sagte er, wir redeten vom Essen. Ich ging davon aus, daß wir zu Abend essen würden. Ich meine nur: so durchweg wunschlos bin ich auch wieder nicht. – Ziemlich flau geratene Keckheit, ein ziemlich fader Widerstand, gut und zurechtweisend war das nicht, spürte er.

O Sie großer armer Junge, Sie haben Hunger! Irma stand auf. Ihr geräumiges Strickgebilde hatte in Hüfthöhe Taschen und darin verstaute sie ihre Hände. Unterhalb dieses Wollmonsters schauten schwarze Hosen hervor. Die Hosenbeine waren seitlich mit einer Zierleiste abgesteppt und endeten ein wenig zu früh und zu schlauchartig oberhalb der Knöchel und der schwarzen Stoffbindung von Bastsandalen mit Keilabsätzen. Während diese Art Schuhwerk nach Philips Meinung seit ein paar Sommern noch von modebewußten Frauen getragen wurde, stimmte irgendetwas nicht mit den Hosen. Irma sah insgesamt etwas birnenförmig aus, obwohl man die ganze Gegend zwischen Rumpf und Becken, den offenbar etwas zu ausladenden Hüftbereich, nicht mitbekam, dank der Doppeljacke, dieser umständlichen Taktik aus großen Wollmaschen. Ein JEANSTYP ist sie nicht, dachte Philip. Darüber geriet er in ein rachsüchtig gerührtes neues Empfinden für sie. Ihm war es recht, endlich Schwächen bei ihr zu entdecken, die seine eigenen hätten sein können. Gleichzeitig wurde ihm Angst vor diesem Körper. Der Körper einer Frau: eindeutig. Irma war ein total ausgewachsener Mensch. Sie kam ihm plötzlich riesenhaft vor. Er selber schien, mitsamt Sherryglas und im Biedermeiersessel, diesem Fund und Glückstreffer vom Flohmarkt, bei schwindendem Mut zu verzwergen.

Ohne jede Vorwarnung setzten dann seine Koliken ein, diese extrem geselligkeitsfeindliche Spielart der vegetativen neuropathischen Dystonie. Das Kloßgefühl war ihm durch so viel Ablenkung ganz in Vergessenheit geraten. Er hätte diesen Angstmacher jetzt dem Zerren im Unterbauch vorgezogen. Er saß auf seinem Symptom fest. Bewegung wäre nun gut. Philip folgte Irma in die kleine Küche. Mit deren künstlerischer Ausgestaltung hatte er gerechnet. Hier tobte sich die heitere Version von Irmas Geschmack aus. Alte Thymianbesen baumelten am Fenster, es konnten auch Rosmarinbüschel sein, vermutlich alles Dekoration. Irma benutzte Topflappen in Fäustlingsform. Sie liebte Farbtupfer und sagte es. Die ganze Küche kam Philip wie ein großes Ablenkungsmanöver vor. Lauter Attrappen; statt verwendungsfähiger Gewürze häufelten und bauschten sich überall Reiseandenken und verringerten die Handlungsfreiheit für eine Idealfigur, die das Herstellen von tatsächlich eßbaren Nahrungsmitteln im Sinn hätte.

Philip kehrte aus dem Wohnzimmer mit Eßecknische zurück. Dort hatte er mit zwei dunkelbraunen irdenen und irgendwo in der verdammten Toscana oder Provence handgetöpferten Tellern und Besteck mit Naturholzgriffen nach Irmas Anleitung den Anfang von Tischdecken gemacht, auf einem grobgewebten, auch irgendwo ländlich selbstgemachten Tischtuch, einer etwas zu buckligen Fläche: fürs Abstellen von Geschirr, erst recht von Gläsern

wie nicht geschaffen. Philip stärkte sich mit einem zusätzlichen Sherry, der trocken genug war: so gut hatten sie doch immerhin miteinander korrespondiert.
Eigentlich habe ich überhaupt nur aufgegriffen werden wollen, sagte er mit nassem Sherrymund zur heiteren Küchen-Irma. Er stand hinter ihr, hinter so viel Körper, so viel Frau. Schwierige Vorstellung, dermaßen viel weibliche Biologie, chemisch-physikalische Organisation in Bewegung zu versetzen. War sie ein wenig größer als er? Ja, selbst wenn er von ihrer geraden kräftigen Gestalt die Keilabsätze und den kurzen gelockten Haarauftrieb über der Schädeldecke subtrahierte.
Beim Lesen von Kriminalromanen finde ich neuerdings immer so ein Ruhegefühl, wenn endlich die Polizei selbst Betroffene, Unschuldige, aufgreift, sagte er.
Das Auge will mitessen, sagte Irma zu einer Platte mit verschiedenen Käsesorten in kleinen Größen. Zwischen den Abstufungen in weißlichem Gelb von den überwiegend lahmen Schmelzkäseeinfällen einer unbeweglichen Phantasie leuchteten Radieschenschnipsel und Tomatenscheiben rotweiß, rot. Haselnüsse und Walnüsse, auch Salzbrezelchen, stellten den Anteil an Braun. Und um ihren Farbensinn voll zu befriedigen, mußte Irma jetzt noch mit Kopfsalatblättern herumrupfen und mit grünen Oliven die letzte Hand anlegen. Was Sie brauchen, Philip, ist Wärme, viel Wärme, sagte sie. Ich hoffe, diese bunte kalte Platte macht Ihnen Spaß. Ich denke immer, man sollte auch beim Essen den Sinn für das Schöne berücksichtigen. Gerade beim Essen. Es muß appetitanregend aussehen.
Mit meinem Appetit ist an für sich alles in Ordnung, sagte Philip. Ohne den zusätzlichen Sherry wäre er weniger kompromißbereit und eindeutiger wütend angesichts von Irmas Ansichten über das Phänomen Nahrungsaufnahme,

wußte er. Wenn er was haßte aus dem häuslichen Teilbereich Ernährung, dann kalte Platten. Der Begriff AUFSCHNITT war bei ihm ein Schimpfwort. Er verabscheute die norddeutsche Erniedrigung des ABENDESSENS durch die Vokabel ABENDBROT. Kalte Küche! Anfänger! Aufschnitt! Urlauber! Schwätzer! Kalte Platte! Bunte Platte! Philips innere Verfluchungen paßten nicht zu seinen weichen duckmäuserischen untertänigen Hilfsstellungen in der ungewürzten Küche, darin er sich – immer ein wenig hinter Irmas beträchtlicher Wollfassade – bereithielt für die kleinen, nicht vielversprechenden Botengänge in die Eßecknische und zurück. Mit zwei Gläsern. Mit der endlich auch entkorkten Weinflasche. Immerhin war seine klare Entscheidung für trockene französische Weißweine fast beachtet worden. Viele Sätze in Briefen, die bei dieser Thematik nicht wie sonst unsachlich spielerisch, gröblich leichtfertig blieben, waren von Philip auf das Weißweingebiet gewendet worden. Statt Muscadet allerdings stellte er nun eine Literflasche Edelzwicker in die Furchen zwischen zwei gewebten Wülsten: diese Ausgeburt von einer Tischdecke würde den Eßvorgang in einen Balanceakt verwandeln. Leicht seekrank stellte Philip die Edelzwickerflasche schließlich in einem Regal ab. War Irma geizig? Für den ersten Abend hätte sie sich zu was Besserem entschließen können. An entsprechenden Hinweisen Philips war kein Mangel. Wo doch der Muscadet seiner in diesem Punkt sehr engagierten Episteln weiß Gott kein Luxus gewesen wäre.

Philip las ein paar Buchtitel und Verfassernamen. Irma besaß, was in der gegenwärtigen Literaturszene einen gefestigten Namen hatte, und sie ging über die Preisträger und potentiellen Klassiker hinaus: mit einigen als todsicher enträtselten Geheimtips und für ihre hartnäckige, undurchschaubare Hermetik berühmten Lyrikern. Wieso

war Irma unter der Muscadet-Grenze geblieben, fragte Philip sich in einem kurzen heftigen Anfall von Argwohn und auch von Eifersucht auf einen Schriftsteller in mittleren Jahren, der vor einiger Zeit durch seine politische Haltung vielen sehr sympathisch geworden war, was zusätzlich leichtfiel, denn der ganze Typ strahlte etwas einleuchtend Ernsthaftes aus und er schrieb auch so. Für ihn hätte Irma sich gewiß in der Küche mehr angestrengt. Andererseits – und Philip fühlte sich wie durch eine Gnade plötzlich ganz gerecht und von der Eifersucht auf diesen KREATIVEN Burschen erlöst – andererseits: Irma lag an Sachen wie Essen, Trinken, Würzen einfach im Grunde nicht so viel, womöglich gar nichts, trotz des Geschwafels über Gaumenfreuden, offene Kaminfeuer, provençalisch versetztes carpe diem. Das konnte eventuell umerzogen werden. Sie ging ja offensichtlich furchtbar gern auf ihn ein, das spürte Philip unwiderleglich. Wenn auch wie auf einen angeknacksten abgewrackten trüben Zeitgenossen und armen Hund – der ich ja bin! Der ich wurde! Als der ich nicht so weiter vor mich hin verwahrlosen wollte und der den ersten Brief an die Kennziffer XB 3 schrieb, verdammt nochmal!
Dann kam die große Überraschung, inkarniert durch eine mächtige Salatschüssel aus Teakholz, angeschleppt von der unverwüstlich seelenruhigen Irma. – Mögen Sie Salate, Philip? – O ja, doch, sehr. – Ich dachte das von Ihnen. Ich selber liebe alles Frische und Grüne über alles. Frische Kräuter und alles was Gemüse heißt. Und Obst. Ach, Obst! Irma strahlte eine innere Abbildung von OBST an, so inständig, als seien Äpfel und Zitronen und Weintrauben ebenbürtige Partner der verehrungswürdigen Leistungen auf dem Sektor Kunst. Diese Zeugen des Schönen. Die Natur und ihre Werke. Was die Sonne reifen ließ. Die Frucht als solche. Wunder über Wunder.

Philip spähte in die hohe Schüssel. Sein Verdacht bestätigte sich: bei diesem frischen gesunden natürlichen Gericht konnte es sich nur um eine süß-saure Angelegenheit handeln. Klare Verhältnisse bei Salaten zog er entschieden vor. Entweder salzig oder süß. Die ganzen läppischen Obstschnipsel verabscheute er. Er empfand sie als geschmacksstörend und auch, in einem sozusagen ernährungspsychologischen Sinn, als eine typisch weibliche List. Irgendwie brachten Frauen es doch fertig, in eine an sich gute Sache wie Nahrungsaufnahme zuletzt noch diesen tückischen Schuß Gesundheitswert und LIEBE ZUM SCHÖNEN zu mogeln. Beim ersten Bissen aber würde er wissen, ob Irma richtig und vor allem auch annoncengerecht mit Knoblauch gewürzt hatte. Philip war sowieso seit dem Erscheinen der Schüssel zuversichtlicher geworden: zumindest die Proportionen stimmten jetzt auf der gewebten Tischdecke. Zusätzliche Sicherheit verlieh ihm der Anblick von Dessertlöffeln, die Irma nun erst horizontal vor den etwas furchterregend dunklen Tellern mit den Warzen und andern blasigen Unebenheiten des Originalprodukts arrangierte.

Der Wein ist herb genug? Irma setzte ihr Glas ab von Lippen, die wie durch einen Trick sogar beim Trinken den Zustand LÄCHELN beibehielten, oder es sah so aus. Sie hatten nach einem etwas vagen Trinkspruch auf ihr gemeinsames Wohl getrunken und jedem war, mäßig gut, eine ausweichende Bemerkung eingefallen. AUF UNS: das gefiel Philip überhaupt nicht sehr, war aber immer noch besser als Irmas nachgeschobenes AUF UNS BEIDE. Das Wort ZUKUNFT kam nicht vor. Während Philip weiter nichts an nervösen Störungen bei sich bemerkte als zu viel gestaute Wärme in den Füßen und gern die Schuhe losgeworden wäre, hörte er fast bestürzt vor Dankbarkeit Irma von der schwierigen Entscheidung für den Edelzwicker berichten,

sogar der etwas zu pauschale Wohlklang ihrer Stimme irritierte ihn kaum. Schließlich hatte sie seine Vorschläge, von Muscadet bis Sauvignon oder Sancerre, so ernst wie möglich genommen und sich in der Weinabteilung bis zum Erstverkäufer durchgefragt. Dennoch, überlegte er wie nachträglich gewarnt, mißtrauisch mit Verspätung, wieso griff sie tiefer und zu diesem zwar herben, aber unfeierlichen Sonderangebot und nicht hinauf in die leichte, doch angemessene Verschwendung der Chablis, der Mâcons blancs?
Sie nahmen vor dem Salat einen Grapefruitcocktail, den Irma in der letzten Minute aus dem Eisschrank geholt hatte, wie vorher die Salatschüssel, und den Philip gutartig hinter sich brachte. Mit den ersten Bissen rutschten seine Koliken tiefer, wie gewöhnlich. Ja, danke, der Wein ist herb genug. Die Dinge nahmen ihren Gang. Er saß für seinen Geschmack Irma zu dicht gegenüber. Ein zum Essen ungeeigneter Tisch, eine reichlich ungemütliche Lage insgesamt, ganz charakteristisch für ihn mit seiner Unselbständigkeit, einen Liebhaber der Unterdrückung aus Mutlosigkeit, Höflichkeit. Einen Liebhaber wider Willen und Freund von Knoblauch, Brahms, Flandern, Prinzip Hoffnung, Matthias Claudius, Ablenkung Ablenkung, Lebenshilfe. Zu Hilfe!
Ehe sie zum Salat übergehen konnten, läutete das Telephon. Etwas schamlos machte Irma es sich in einer Art Kuschelplauderecke gleich in bester Sprech- und Hörnähe allzu bequem. Das Polster war schon ausgebeult von Irmas Plaudersucht im Mezzosopran. Aber was auch hier geschah und noch geschähe, alles durchaus demütigend und ziemlich lächerlich trostlos bei Trostversessenheit, Philip wußte: an diesem Abend käme es zu keinem schwerwiegenden Ausbruch und Zusammenstoß sämtlicher Symptome und diverser Anfälle. In diesen manchmal bis zu an-

derthalbstündigen Krisen besetzte ihn das Gefühl, sein Überleben von einer Minute in die nächste Minute hinge nur von seiner eigenen Willensleistung ab. Sobald ich für eine Sekunde aufhöre, mich zu konzentrieren, vergesse ich zu atmen. Ich vergesse zu leben.
Diesen entsetzlichen Phantomagonien entging er in Gesellschaft anderer Menschen. Irma fragte ihn gerade, es paßte zu ihrem GESPRÄCH genannten Telephonsingsang, der abgeschlossen war, wie es bei ihm denn mit »anderen Menschen« stehe. Keine wirklichen, echten, warmen, menschlichen Beziehungen, damit hast du wohl gerechnet, he, dachte Philip, und er gestand, hündisch, kriecherisch, schweinemäßig bezwungen von dieser appetithappenheiteren Frau, richtige Freunde nenne er eigentlich nicht sein eigen. Oder: nicht mehr.
Er war jetzt auch ein bißchen betrunken und hatte zu Geständnissen Lust. – Es kroch sich in mein Leben so ein Vernachlässigungsprozeß ein. Vielleicht habe ich überhaupt nur in einer bestimmten Bescheidenheitsphase innerhalb meiner Biographie mir selber zugestimmt, zu dem, der ich damals war, und dann kam ich nicht mehr von der Stelle, keine Reue hilft.
Aber ein Brief, ein ganz bestimmter Brief, der konnte helfen, sagte Irma.
Waren ihre Augen nun eigentlich braun oder grau oder blau? Irma testete eine Gabelspitze voll Farbtupfergrünzeug, den Salat, und befand, daß er noch Untertemperatur hatte. Philip wurde stolz auf sich bei seiner Bemerkung, er habe das vorausgeahnt. Braun oder blau oder orangefarben, auf alle Fälle waren Irmas Augen hypnotisch und unerschütterlich in seine versenkt, beziehungsweise vom Bestreben nicht abzubringen, Philips Augen zu erwischen, dann, wahrscheinlich unentrinnbar ewig, festzuhalten. Philip sagte, den Blick in Irmas Stricknesterungetüm ge-

bohrt: Wir haben nun mal nie über so Sachen korrespondiert wie Salat, Eisschrank und so weiter. Eher über Schallplatten und Buchkritiken. – Kein Wunder, antwortete Irma, da uns beide die geistige Welt stärker anzieht als diese netten Nebensachen wie Essen und Trinken. Das will ich nicht sagen, wollte Philip sagen, als Irma bekannte, eigentlich nur im Urlaub genösse sie die sozusagen eher kreatürlichen Freuden des Daseins. Dann aber von Herzen, von ganzem Herzen.

Urlauber! Südliche Sonne! Mittelmeertourist! Aufschnitt! Schöngeist! Schwätzer! Kalte Platte! Tourist! Kloßgefühl! Springbauch! Spastiker! – Zum Glück kam der Beschimpfungssalve in seinem Innern doch eine Art Epiphanie in die Quere, er wurde geradezu erhellt im Bewußtsein, vom Gefühl nämlich, daß Irma keine Rivalin war. In nichts. Keinerlei Konkurrenz durch sie. Er spürte sein Überlegenheitsgefühl von der wahren Eßkultur bis zu Hegel, der zwei Vornamen hatte. Nur der Todesangsttick blieb ihm als Schwäche, die Lebensschwäche insgesamt, eine schwere Überlegenheit, schwer zu tragen, die Last des Sensibleren. Am Todesangsttick war alles unangenehm, alles rühmlich, so weit er die Sensibilität selber darstellte, insofern. Doch in Wahrheit empfand Philip die Angst vor dem Sterben als ziemlich beschämend. Wie sehr er doch daran hing, so mittellebendig weiterzumachen mit den Staatsarchivwochen und den häuslich verlotterten, retardierenden Wochenenden, nur weiter! Dahintrottend seines täglichen Wegs wie der fuchsartige braune Hund Robbie, an dessen Exkrement er mit Irma nur in äußerster Verlegenheit vorbeikäme, doch dank Irma würde Philip dem zielsicheren bürgerlichen Robbie immer ähnlicher. Robbie hielt sich in verkehrsbewußtem Abstand vom Bordstein und sah stets aus wie jemand, der seine normalen wichtigen alltäglichen Besorgungen ordentlich im Kopf hat. Mit seinem wichtigtuerischen Gesicht blickte er manchmal zu Philip auf: in einer ruhigen sachlichen Verachtung und kurz vor einem Gähnen. Er tut mich ab, dachte Philip dann, ich langweile ihn. Woher wußte Robbie immer so genau, wann er die Straßenseite zu wechseln hatte? Nie zögerte er, nie entschied er sich im letzten Augenblick anders.

Gerade wollten sie sich nun doch an den allerdings immer noch zu kalten Salat machen, da läutete das Telephon schon wieder. Irma entschuldigte sich unbekümmert und begab sich sofort in die eingeübten heißgeliebten Polstergruben, in die Kommunikationsposition, völlig verstrickt. Das Ganze sah nach Kauern aus. Die Stimme: wie sonst für Philip. Vorher hatten sie sich über eine kleine literarische Sensation unterhalten. Ein wichtiger Autor war von einem wichtigen Kritiker in einer wichtigen Tageszeitung scharf hergenommen worden. Es hörte sich, nach zu vielen Anbiederungsversuchen von weniger wichtigen Kritikern, die Autor und Neuerscheinung feierten, wie ein kaltes Schlußwort an. Aufklärerisch. So ähnlich drückte Philip es aus. Irma lehnte derartige Attacken ab. Sie befand sich immer auf der Seite der Kreativen. Philip, sofort wieder ungewiß und einfach ins Blaue hinein, einfach summarisch eifersüchtig, verteidigte den wichtigen Kritiker. Er huldigte ihm geradezu. Der einzig selbständig denkende Kopf, rief er, in einer Szene der Nachahmer, der Soziologen, der Theaterkritiker!

Insgeheim genoß Philip immer die sehr negativen Rezensionen. Es waren die einzigen, die er überhaupt zu Ende las. Er genoß den Aufbau der Fallhöhen, jeweils. Dann das gleißende, böse Licht beim Absturz, in die Vernichtung! Oh warum liebte er das, zum Aufleben! Neurovegetative Belästigungen und der Ekel vor schwachem Puls, lahmem Herzen, verschwanden kurzfristig von der Bildfläche, auf der ein rachsüchtiger Philip triumphierte, denn er spürte es ja: die Zeitgenossen taugten nicht viel. Nicht genug für all die Preise und Fernsehportraits und Beschreibungstiraden, durch welche die kulturmultiplikatorischen Schwätzer Touristen Anfänger ihnen huldigten, während unter anderem die listenmäßige Erfassung der regionalen Baudenkmäler Philip an seinem Büroplatz im Staatsarchiv daran hinderte, seine gewichtige innere Tonbandstimme endlich vernehmbar zu machen, ein Genie im Angestelltenverhältnis, unter Zeitdruck. Doch in Wahrheit war Philip ehrgeizlos, mit Furcht vor jedem Antrieb.

Das zweite Telephonat kam Philip gelegen. Sein Symptom SPRINGBAUCH brachte es mit sich, daß er sich eigentlich nur auf einem WC sinnvoll untergebracht fühlte. Irmas WC war natürlich wie ein geschmackvoller Scherzartikel verfremdet. Das kriminalistische Spiel VERDAUUNG konnte hier nur wie ein Geheimnis behandelt werden. In einem Überangebot von heiteren Ablenkungen samt Lesestoff war der peinliche kleine Steingutaufbau, dieses notwendige Übel und schalenförmige Becken, ein wahrer Fund. Es war in Wollsachen vermummt wie Irma selber, es trug, wo es nur mit dem Umhüllen ging, Schabracken, wie jämmerliche Hundesorten, fröstelnde Dackel, permanent bebende Pinscher.

Möglich, daß sie diese Telephonate bestellt hat, dachte Philip bei seiner Rückkehr an den Eßnischenplatz. Irma rief CIAO in den Hörer und legte auf. Ein psychosomatisches Gebäude, nicht umzustürzen. Gut funktionierender Kreislauf. Normal durchblutet. Dieser innere Frieden bei den meisten Frauen blieb für Philip im Dunkeln. – Haben Sie »Szenen einer Ehe« gesehen, fragte er. – O ja, sagte Irma, natürlich, aber nicht auf dem alles Gute zerstörenden Bildschirm, im Kino schon. – Mir fiel danach auf, sagte Philip, daß die Frau, obwohl sie die Betrogene ist, im Vergleich zu dem Mann nie ungeschützt wirkt. Er wirkt

wie der Verlassene und schutzlos. Frauen sind immer irgendwie bei den Gegenständen, zugehörig, zu den Sachen, den Dingen in einer Küche zum Beispiel. – Sie lieben Bergman auch, sagte Irma, das merke ich schon. Wie gut, Philip, wie gut. – Ich weiß nicht, sagte Philip, LIEBEN, ich weiß nicht. Aber ich habe eine große Sympathie für ihn, wie Wesensverwandtschaft, wegen seiner Angst vor grellem Licht. Vor dauerndem Sonnenschein.
Sonnenanbeterin! Bergmanfan! Salatfanatikerin! Urlauber! Urlauberin! Telephonistin! Plaudertasche! Gespräche, Gespräche!
Das war, eben am Apparat, eine liebe Freundin von mir, berichtete Irma und füllte jetzt Salat auf. Geben Sie mir Ihren Teller, Philip.
Er kam sich kindisch und schuldbewußt vor, wie bei einer Austeilung von Quäkerspeisung. Gnadenbrot. Von welcher Salatstapelhöhe an sollte er seinen Teller dankend abziehen? – Schon wieder? fragte er. – Was denn: schon wieder? – Eine Freundin! Und keck sollte es wirken, es wirkte aber höchstens neidisch und lahm, als er hinzusetzte: Und auch noch eine LIEBE, eine liebe Freundin.
Ja, auch Grit, die vorher ihren Abendaustausch mit Irma abgehakt hatte, gehörte zum weiten engen Kreis der lieben Freundinnen, und gewiß in bezug auf die Kraft zum Telephonieren stimmte Philips Eindruck von der besseren Geschütztheit der Frauen. Bei Frauen kommt Redesucht sehr viel häufiger vor als bei Männern, wollte Philip sagen. Da bemerkte er, daß er wirkliche Treffer bei Irma eigentlich nicht landen wollte, wahre wirkliche Spitzen nicht anbringen wollte, und es deshalb auch nicht konnte. In seiner Rumpfgegend, da irgendwo im Herzbereich, lagerte plump untätig ein Klumpen Feindseligkeit, die auf Irmas gesamte Welt abzielte. Doch sein Hirn ergriff ja ständig schon Gegenmaßnahmen. Sein Verstand sagte zum auf-

richtigen empörten leidend-dumpfen Philip mit dem Feindschaftsklumpen: Alter Knabe, besser, du unterwirfst dich. Verdirb es nicht mit dieser Frau. Schlag deine Chance nicht in den Wind, noch nicht. Bedenke deine Not. Du bist nicht fähig, allein zu leben. Seit du angefangen hast, dich zu verlangsamen in einer kosmischen Verrottung, deiner Existenz, stirbst du wie nach innen ab. Stück für Stück spult dein Lebenslauf sich zurück, du tilgst dich selber nach rückwärts aus.

Manchmal in der letzten Zeit mußte Philip sogar gute Erinnerungen an frühere bessere Tage schnell verscheuchen, wenn sie aufkamen. Er mußte mitten in einem Erinnerungssplitter aufhören, SOFORT, aus Furcht vor jedem zu Ende gedachten Gedanken, vor jedem voll ausgepinselten Bild in der Rückblende. Wenn es sich in seinem Gedächtnis vervollständigt hätte, wenn er es dazu kommen ließe, daß eine alte Erinnerung zu einem genauen Abbild und Stilleben vom Vergangenen sich abrundete – Philip und seine Schwester in einem schönen, bewußtlosen Kindheitsmoment, wichtig und wahrscheinlich auf eine rätselhafte Weise verflucht innig, inständig – dann wäre eine solche Vollständigkeit wie das Ende der Suche, das Ende seiner Spuren ... Als Kind liebte Philip Bücher, deren scheinbar leere, aber präparierte Seiten aus einem etwas speckigen glitschigen Papier er rasch und neugierig mit Bleistiften von links oben schräg nach rechts unten schraffierte: so entstand Strich für Strich ein Bild. Aus Denkschnipseln und Gedächtnistrümmerteilchen könnte, wie durch die Schraffuren aus seiner Kindheit, das komplette Anschauungsmaterial hervortreten, sein Philip-Universum würde aufscheinen, eine zu komplexe Aufklärung, für die es noch zu früh war.

Es klaffte nur ein Spalt von Abstand, ganz winzig, zwischen der noch verworrenen verwischten Erinnerung und ihrer klaren Enthüllung. Ihres Geheimnisses. Als wäre dieses Bescheidwissen über den kleinen guten merkwürdigen Moment, ja, wahrscheinlich, der Tod selber. »Nun will ich das auch noch sehen«, hatte der sehr alte Mann, der epochale Philosoph, sich zu sagen geleistet, in äußerster Todesnähe, »verliebt ins Neue«. Philip wandte sich entschlossen zur Feigheit der Irma-Welt, er nähme viel Unbehagen in Kauf, müßte er nur noch nicht in den kommenden Zeiten das Neue erblicken. Nur noch auf längere Sicht weiter mit dem »Hier muß ich das Elend schauen« aus der Bach-Kantate und mit der melancholischen, aber in sich total unaufrichtigen Abschiedsstimmung. Philip, so paradox es ihm selber erschien, liebte das Dasein, wenn auch auf seine Weise. Er legte Wert darauf zu leben, in seiner Version.

Er prägte sich ein: mit Sicherheit war Irma ein guter Anblick, wenn auch Geschmacksache und nicht unbedingt die seine. Wohl ein wenig zu stattlich, falls diese ganzen Wollwaren nicht übertrieben. Philip genoß es heimlich, daß diese selbstzufriedene, geborgene, großräumige Person trotz aller geistigen Ablenkungen und psychologischer Farbtestreihen völlig allerweltsmäßige Gewichtsprobleme bewältigen mußte. Nur stand plötzlich unumstößlich fest – und daraufhin mußte Philip, bevor er die mühselig aufgeschaufelte erste Salatdosis von der Gabel schluckte, doch vorsichtshalber wieder zum Weinglas greifen – unumstößlich fest, daß er dieser GESTALT gegenüber keinen Geschlechtstrieb entwickeln könnte. Niemals. Gemeinsamkeit und Partnerschaft OHNE SINNLICHES ENGAGEMENT, memorierte Philip sich zum Trost aus Irmas Wunschliste für diesen Großen Unbekannten, der nun er selber war, eher schmächtig vom Knochenbau her, doch mit erheblichen Bedürfnissen. Trotz der etwas rätselhaften Zeile, einem nur mäßig wirksamen Sedativum, sah Philip sich wie ein überfordertes Rhesusäffchen über geduldige Portionen von Irma, abschnittweise Irma, Rollkragenpartien, riesig, hermachen: pflichtschuldig und in äußerster Verzweiflung. Denn ZÄRTLICHKEIT wünschte Irma sich sehr. Wie begann man und wo eine derart intakte physiologische Architektur zu streicheln?

Übrigens gab es Salat mittlerweile! Nach mehreren Gabelproben hielt Philip es für unwahrscheinlich, daß Irma ausreichend gewürzt hatte, daß eine gewisse Öde des Gesamteindrucks bloß auf Kosten der Unterkühlung ging. – Ich weiß nicht, sagte Philip, ob Sie zu den Hausfrauen gehören, die es kränkt, wenn man nach Salz fragt? – Aber woher denn. Aber Sie großer Junge. Und: Hausfrau! Das trifft nicht, was ich bin. Fast schade, aber alles Hausfrauliche ist ja ein Luxus in meinem Alltag für die Forschungsabteilung. Die liebe nette Nebensache. Sie wissen schon. Und dabei war es wirklich jammerschade – Philip salzte wie jemand, der befürchtet, bei einer unanständigen Handlung ertappt zu werden: schnell, heimlich, zu viel – denn Irma schätzte sogar die unterschätzten Kleinarbeiten wie Abstauben. – Es sind ja jeweils geliebte Dinge, die ich dann in die Hand nehme, Dinge, die zu mir gehören, die mit mir zu tun haben.

Während sie vom abendlichen Auswaschen KLEINER WÄSCHE sprach, klang ihre Stimme warm und intim. Philip sah seine eigene abendliche Leibwäsche in ihrer schlappen lustlosen Art auf einer Projektionswand in seinem Kopf, ein unerquickliches Zubehör; aber was auch immer sie sonst noch verkörperten, was sie auch waren: eindeutig Sachen, die Irma nichts angingen. Das Teilemanzipierte an ihr: daran wollte er sich halten.

Sie sollten weniger scharf essen, Philip, sagte Irma. Sehen Sie, das ist die passionierte Nichtraucherin in mir, die Sie interessiert hat. Um Ihre 12 Zigarillos geht es gar nicht,

nicht so sehr. Es geht um natürliche Lebensweise als solche. Um alles, was uns frisch hält. Und auch um Freiheit. Sie sind nicht frei, Philip, nicht wirklich. Nicht von Zwängen.

O ja, das allerdings bin ich nicht! Philip stimmte übereifrig zu, fast hektisch. Seine Ehrlichkeit in der katastrophalsten Selbstbeurteilung verschaffte ihm das düstere Anrecht, erneut das Salzfaß über seine farbenfrohe Salatmischung zu kippen und heftig an der kleinen versilberten Ente zu rütteln: eine Erinnerung Irmas an irgendwelche verdammt schönen Tage in Anatolien oder Kopenhagen oder besser: Salzburg. Das Salz kam aus einer Stelle am Kopf der Ente, die mit den vier winzigen Löchern wie Stirnrunzeln aussah. Irma begutachtete huldvoll-herablassend Philips Not, sein vergebliches Schütteln und Kämpfen mit den letzten Salzkörnern in der Ente. – Sie sollten einfach mal aus Neugier unsere zweite Salatportion ungesalzen probieren, Philip, schlug sie vor. Wenn man wieder auf den wahren Geschmack kommt, fühlt man sich wie neugeboren.

Philip kaute an einem versalzenen Apfelschnitz. Nichtraucherin! Neugeborene Salzburgtouristin! Ich brauche deinen emanzipierten Teil, ich brauche deine Kraft für meine Männersachen! Deine verfluchte seelenruhige Selbständigkeit, und essen können wir dann auswärts. Eine Irma für den Lohnsteuerjahresausgleich und für Nachsendeanträge und Beihilfen und Krankenkassenformulare. Einen an Bankschaltern kenntnisreiche Fragen stellenden Menschen. Verständig im Umgang mit Behörden. Einen, der jeweils wußte, wo der Wasserzähler war und wo der Stromverbrauch abgelesen wurde. Philip irrte sich beinah jedesmal, öffnete den städtischen Bediensteten zuerst den verkehrten Kasten, und wenn er den richtigen Kasten zufällig doch einmal traf, dann geschah es, weil er sich inmitten eines allgemeinen Irrtums nur geirrt hatte. Doppelte Vernenung. Minus mal minus gab dann ein wundersames Plus: den Wasserzähler für den Mann von der Gas & Wasser AG, den Stromverbrauchskasten für den Mann von den Elektrizitätswerken. Argwöhnisch ungut und mit kaltem Hohn sahen ihn diese Außenweltpersonen gleichwohl immer hastig hantieren, entweder zu höflich dienen oder zu mürrisch im Weg stehen.

Was aber ist mit dem Knoblauch, Irma? Philip fragte also endlich doch, Wein im Schlund, nah beim jetzt uneingeschlichenen Kloßgefühl. Wahrscheinlich brauchte er nicht auf den warmherzigen Vorschlag des HNO-Arztes einzugehen und neuerlich das schmierige Phänomen begutachten zu lassen. Er wurde selbständiger. – Es schmeckt nämlich nicht nach Knoblauch. Er stocherte zwischen Spargelspitzen, Salatblättern, Perlzwiebelchen: nirgendwo ein charakteristisches gelblichweißes Knoblauchstiftchen. – Gewiß tut es das nicht, antwortete Irma, die sich jetzt zurücklehnte und anscheinend nur noch den salzlos frische bunte Sachen kauenden Philip anschauen wollte. Leidenschaftliche Anschauerin die sie war. Zuschauerin! Salattante! – Ich frage nur wegen der LIEBE ZU KNOBLAUCH oder wie das ging, MIT FREUDE AM KNOBLAUCH, sagte Philip. Er fühlte sich bösartig gereizt.

Ach Philip! Irma lachte, wie VON HERZEN LACHEN sich ausnehmen würde. Wir wollten doch eigentlich unsere Vorgeschichte aus der Presse nicht mehr erwähnen. Durch sie begeben wir uns in ein Vorurteil uns selbst gegenüber. Wir sollten dankbar sein, daß es sofort anfing mit dieser Harmonie zwischen uns, ohne Auflistung von . . . nun ja, meinen paar Wünschen, meinen Hoffnungen.

Listenmäßige Erfassung der Baudenkmäler, dachte Philip, doch, das ist wichtig, daß wir uns an die Fakten halten. Knoblauch und kein sinnliches Engagement, bitte.

Ein Kamin brennt ja auch nicht, rief Irma. Ich mag ab

und zu Gerichte mit einem leisen Knoblauchgeschmack, aber eigentlich nur im Urlaub und nur in südlichen Regionen.

Auf dem Heimweg umfaßte Philip plötzlich in seiner Manteltasche einen kleinen runden Gegenstand. Unter einer Straßenlaterne sah er nach: er hielt ein Plastikgefäß in der Hand, eine kleinformatige Streudose der Firma McCormick. Knoblauchpuder. Er mußte lachen. Er entschied sich aber für Grinsen. Sollte er seine Meinung über Irma ändern, womöglich? Sie besaß ja Humor! Sie war ja ein wenig listig, ein wenig wie er selber, hintersinnig! KnoblauchPUDER, nicht etwa KnoblauchSALZ. Er grunzte vor Verwunderung, vor Sympathie. Vielleicht war was dran und er salzte wirklich eine Spur zu neurotisch. Fast schien Philip vorstellbar, Irma irgendwo unter ihren gewaltigen Stricksachenmengen ZÄRTLICH zu erreichen.

Er ging jetzt durch sein gewohntes Viertel, ungewöhnlich zielstrebig. Feste Vorstellungen von der nächsten Zeit hatte er nicht. Er bemühte sich um gar nichts Zukünftiges auf diesem Rückweg, plötzlich mit der Eingebung des Hundes Robbie: hier die Richtung ändern, hier ist die Stelle, genau die nun passende Stelle, an der ich die Straßenseite wechseln muß.

# Rühreier mit Senf

Innerhalb der spätherbstlichen Landkreisbereisung am 34. Schauplatz angelangt zu sein, den 34. Schauplatz fast schon hinter sich zu haben, das vermittelte Ulrike Wiltinger doch zwiespältige Gefühle. Während jedermann jährlich auf ihre Erleichterung setzte, empfand sie auch eine gewisse Wehmut. Oder sie täuschte sich selber WEHMUT vor. Der Außendienst besaß, bei aller verschleißenden Anstrengung, etwas Freiheitliches. Mich zieht es etwas zu wenig zurück in die Seßhaftigkeit, dachte Frau Wiltinger, und viel zu wenig in die Geborgenheit meines Dienstzimmers, 3. Stock, Seitenflügel links, Kultusministerium, Finanzamtsblick, Südwestseite.

Was stand denn für heute auf dem Programm? Sie schaute im Terminkalender nach, obwohl sie auswendig wußte, daß unterm Datum des 12. Dezember 10 UHR HERR BEHREND HOLT AB stand. Per Privatauto in Richtung Eifel, Einsamkeit, Internat ALBERTINUM. Von ihren Schulauftritten ließ Ulrike Wiltinger verlauten, in ihnen erblicke sie fast den meisten Sinn. Kollegen gegenüber, und auch in der von ihr politisch-geistig-kulturell zu stimulierenden Öffentlichkeit der Abendversammlungen bei Erwachsenen bewährte es sich ja, den Schmuck von Sprüchen wie DIE JUGEND IST BESSER ALS IHR RUF anzulegen. Diese erkalteten erwachsenen Vorurteile in einer Gesprächsrunde, in einer Turnhalle, einer Mehrzweckhalle: Ulrike hatte gern mit ihnen zu tun. Ging gern gegen sie an. Spürte gern die zögernden überraschten vorsichtigen Fühler des Vertrauens im Publikum. Ah, sie war wohl tatsächlich eine, die mit der immer doch sonderbar gefährlichen, Mißgunst erregenden, Verdächtigungen auslösenden Meute dieser unbe-

rechenbaren, unfrisierten Jugendlichen zurechtkam. Die da offenbar einen geheimen Draht hatte zu diesen langsam sich fortbewegenden Larven und Puppen in ihren Jeans und Parkas, denen es sonst so leicht keiner rechtmachen konnte, kein Etablierter, kein den Erziehungssystemen in die Erwachsenenwelt Entronnener. Obwohl doch diese profilierte Frau und Politikerin jemand war, der sich anständig anzog, beispielsweise. Sich beim Friseur einer Typberatung unterzog. Dem zu entsprechen schien, was das unerkrankte Volksempfinden akzeptieren konnte.
Ulrike fühlte sich kaum verkatert, aber ein bißchen zu spät war es gestern abend geworden. Nur hatte sie die jungen Lehrer in Trier nicht enttäuschen wollen, und es war wichtig, daß man sich einprägte als jemand, der durchhielt, der einem vierten Bier gegenüber einfach nicht widerstehen konnte, ausgerechnet heute nicht, hier nicht, ja, ein gewisses Einmaligkeitsgefühl zu vermitteln, das war verdammt wichtig. Ulrike stand vor dem Spiegel im Bad ihres ruhigen Einzelzimmers, denn die Porta Nigra hatte sie lang genug betrachtet, und nun war ihr eigener Anblick dran. Des heutigen Programms eingedenk, fand sie ihre Frisur etwas zu konventionell. Ins abgelegene Internat mußte sie die Solidarität in Form von etwas Schlampigkeit mitbringen. Sie fing an, mit Leitungswasser gegen den Haarfestiger des letzten Friseurbesuchs, vorgestern in Alzey, anzugehen. Herr Behrend, der Schulchef, würde sie am Nachmittag wohl rechtzeitig genug in Cochem abliefern, und sie könnte eine Ruhepause mit der Renovierung ihrer Haare verbinden, unter irgendeiner warmen säuselnden Friseurhaube. Für den heutigen Abend – Landbevölkerung, unaufgeklärte und gewiß zaudernd-skeptische Weinbauern – empfahl es sich, reichlich aufgedonnert zu erscheinen. In der ein wenig spießbürgerlichen Variante ihres Phänotyps, mit der Stirnwelle links.

Für diese Verwandlungsform ihres Ichs hatte Ulrike fast ein bißchen zu viel übrig, dachte sie manchmal und jetzt auch wieder, als sie mit leisem Bedauern die Künste aus Alzey vernichtete. Ihre Haare waren blond und stabil. Es bedurfte Ulrikes Geduld, die fraulich angepaßte Komponente in eine Annäherung an Ausgeflipptheit umzuwandeln. Doch mit der Geduld kannte Ulrike sich aus. Gerade deshalb, weil sie eher ein rasch und ungeduldig zupackendes Temperament hatte. Ohne Geduld wäre sie nicht in so – verhältnismäßig – jungen Jahren so weit an die Spitze und in die Nähe ihres Ministers gerückt, als Frau zumal, oh gewiß nicht, und das Wunder bestand darin, daß ihr selber die eifrige Eskalation nie als Geduldsprobe auffällig geworden war.

So, nun sah sie nicht mehr so wahlbürgerlich aus. Eher ein wenig staatsverdrossen. Nicht mehr so mütterlich. Sie wollte den Schülern schon wirklich lieber als Freundin kommen. Als Kumpel. Dem Schulleiter Behrend gegenüber läge darin genau das Quantum von leichter Gefahr, dieser gewisse Unsicherheitsfaktor, der Ulrike von jeher gereizt hatte. Nur den sehr einfachen Leuten, den tatsächlich total unpolitischen Leuten – furchtbar großen Teilen der Bevölkerung also – mußte man eindeutig gegenübertreten. Bei Lehrern zahlte es sich aus, eine Spur ratlos zu machen. Diese Typen, diese Lehrer. Jedenfalls zahlte es sich für Ulrike aus. Sie hatte dann doch mehr von diesen Konfrontationen. Mit allzu schneckenhaften Menschen. Ulrike mußte sich plötzlich entscheiden: sollte sie sich vor einem Moment der Wahrheit drücken? Oder besser nicht? Im Grunde war sie doch etwas zu aggressiv für ihren Posten. Trotz einer starken Begabung dafür, den verschiedenartigsten Leuten Sympathie für ihre Person abzulokken, in jeweils kurzer Zeit, betrübte es sie gelegentlich, daß sie zu selten dazu kam, genau und unverziert das zu sagen, was sie wahrhaftig dachte. Nur konnte ja auch dieses Talent, andern nach dem Mund zu reden, als das Talent zur Diplomatie ausgelegt werden. Als Taktik. Wenn es dem Großen und Ganzen nützte, wenn schließlich doch dabei herauskam, was von ihr als Wahrheit empfunden wurde und anzustreben war – wozu der Gram und Ingrimm, die leichte Verzweiflung über sich selber?

Während Ulrike die Brille für gestern ins Reisegepäck versenkte und die Nickelbrille für die Schüler des ALBERTINUM in der Handtasche verstaute, nahm sie sich vor, wenigstens quasi als Ersatzhandlung zum Schulleiter ab und zu ein wenig gemein zu sein. Falls er ein Prototyp wäre. Einer dieser leidenschaftlichen Pädagogen. Wenn schon Lehrer, dachte sie, dann noch am ehesten solche, die ihren Beruf nicht so fanatisch lieben. Auch so eine innere Überzeugung, die nicht geäußert werden durfte.

Ha, fast hätte sie nicht aufgepaßt und ganz automatisch die kleine doppelreihige Perlenkette hinten im Nacken zugeknipst! Fast aufgeregt stopfte sie die Kette in ein überzähliges Brillentuch und in die Taschennische für den Abend mit Landbevölkerung. Hosen standen ihr nicht mehr allzu gut, seit ihre Konfektionsgröße neben dem beruflichen Erfolg die Skala hinaufgeklettert war und VOLLSCHLANK das Prädikat war, das auf sie paßte, aber unter dem angenehm formlosen langen Pullover aus der DEJA VU-Boutique, einem wahren Fund, machte sich die sowieso fast nur in der Hüftpartie zu volkstümliche Ausgewölbtheit noch gut, denn da fiel sie nicht auf. An Gewicht verlieren, stand auch auf Ulrikes Programm. Nicht viel, doch waren die Opfer groß, die gebracht werden mußten. Zum Glück war sie eine wirklich große Frau. Es brauchte nicht gleich zum Schock zu kommen, durch ein paar Pfunde zu viel. In Wahrheit handelte es sich um Angaben, die in Kilo gemacht werden mußten. Gut so, daß heutige junge Leute ebenfalls oft breit und unförmig gerieten, einfach aus Nachlässigkeit, und besonders in den USA waren Ulrike mit leiser wohltuender innerer Mißgunst sehr schwammige und fast monströse Jugendliche aufgefallen.

Herr Behrend erwies sich schon in der Hotelhalle als der für Ulrike unbrauchbare Typ von Erzieher, das erkannte sie auf den ersten Blick, und so ein erster Blick war ja nie mehr ganz ein Original, sie hatte innerhalb ihrer Laufbahn schon zu viele erste Blicke in die immer ähnlichen Richtungen geworfen. Herr Behrend war von der schwer wandelbaren Sorte. Nicht leicht zu kränken, ebensowenig leicht zu beglücken. Er ruhte in sich, aber nur aus Bequemlichkeit, er hatte sich seine Welt so zusammengelogen, daß er von ihr nicht mehr in größere Bedrängnisse käme. Nur durch das Sauerland war er noch immer in eine Euphorie zu bringen. Schon während der ersten ungeschickt absolvierten Stadtkilometer ließ Herr Behrend diese Wahrheit über sich heraus: Von meinem Herkunftsland, dem Sauerland, kann nichts mich abbringen. Im Grunde bin ich nicht zu verpflanzen.

Er reagierte schon wieder zu spät auf die Ampelanlage, diesmal auf GRÜN, er kam nicht vom Fleck, und Ulrike genierte sich ein bißchen als Beifahrerin. Ulrike war eigentlich nur mit wirklich guten Autofahrern gern zusammen. Würde das heute ein Tag, an dem ihr so einiges auffiel? Unangenehm auffiel? Sie war doch heiter aufgewacht. Zu heiter? Sie hatte sich doch was versprochen von den bevorstehenden Stunden. Zu viel? Viel auch einfach von Landschaft, vom Fahren. Nun empfand sie schon den Mittelklassewagen des Schulleiters mit der sauerländischen Verwurzelung als Zumutung: leichtes Fahrgestell, dachte sie, schlechte Straßenlage, spießiger Geschmack bei der Entscheidung für Mittelbeige und zusätzliche Zierleisten.

Ich sollte noch ein paar anständige Zeitungen haben, sagte

Ulrike im undiplomatischen Tonfall, zu streng, zu kritisch gegen Herrn Behrends Region, in die er dienstverpflichtet war und zu der er stand, Sauerland hin, Sauerland her, er hatte soeben UND AUCH MEINE FRAU LEGT WERT DRAUF, MINDESTENS EINMAL PRO JAHR IN NEHEIM-HÜSTEN EINEN HEIMATURLAUB ZU MACHEN erzählt, im Halbschlaf vor einer Kreuzung, von Hupbefehlen schwer zu alarmieren. Also, wegen der Zeitungen, sagte Ulrike, wär's möglich, daß wir zum Bahnhof führen?
Ja, es war möglich. Wenn auch schwer zu verwirklichen. Einen Parkplatz fände Herr Behrend dort nicht, das wußte er im voraus. Er schlug vor, Ulrike am Bahnhofsvorplatz abzusetzen und sie dort wieder aufzunehmen, nachdem er eine Runde durch die umliegenden Straßen gedreht hätte. Einverstanden? Ulrike, die nicht weiter einverstanden war, die immer mehr Ungerechtigkeit gegen Herrn Behrend in sich aufkommen fühlte, dachte flüchtig und erhitzt, nach erledigtem Zeitungskauf, wie überfällig es eigentlich längst war, radikal sie selber zu sein. Also jetzt gar nicht mehr diese öde Bahnhofshalle zu verlassen. In irgendeinen Zug zu steigen statt dessen. Gegen Unvernünftigkeiten wie diese stand ihr aber offenbar lebenslänglich einfach zu viel praktische Vernunft bei. Schließlich lagerte auch ihre Reisetasche unstandesgemäß in dem Behrendschen Opel-Modell-Kofferraum, wo sie ungern dabei zugeschaut hatte, wie diese flotte braune zweckmäßige Tasche zwischen ein paar Allerweltsutensilien aus Herrn Behrends Privatleben gelandet war. Ah, wie rebellisch, heut morgen! Mach das Beste draus, redete Ulrike sich zu, und vielleicht kommt dir ja deine eigene unerwartete Gemütsverfassung zu Hilfe, ungeplant, denn du wirst es mit JUGEND zu tun haben und sie wird vielleicht NICHT BESSER ALS IHR RUF sein, ausnahmsweise.
Kaum auf der Überlandstraße, wollte Herr Behrend offen-

bar den feurigen Fahrer und schnellen Sprinter in sich hervorkehren und schnitt Kurven, überholte waghalsig, erlahmte nach den kurzen kühnen Anfällen aber wieder stark und versackte in trägen Tempi. Seinem Wesen nach war er mehr für die gemütlichere Fahrweise und er äußerte sich soeben dementsprechend. Ich finde es einfach schöner, wenn man sich in Ruhe unterhalten kann, beim Fahren, sagte er, bevor er fast verantwortlich geworden wäre für den Zusammenprall mit einem landwirtschaftlichen Vehikel, das in der kleinen Gemeinde Föhnkirch, in irgendeinem Ortsteil, aus einer Seitenzufahrt zurückstieß, völlig unerwartet ausschließlich für Herrn Behrend. Ulrike konnte sich nicht besonders gut leiden bei ihrer Gefälligkeitsformel, die sie auch jetzt wieder anbrachte: mit ihr auf dem Todessitz habe jeder Steuernde es gut, denn sie sei die ideale Beifahrerin. Wieso eigentlich war sie die unweigerlich, selbst bei einfach inkompetenten Chauffeuren wie diesem von heute vormittag, wieso denn, wieso denn immer so nett? Lag es an ihrer Partei? Biegsam liberal: Frau Wiltinger. Herrn Behrend gegenüber wären durchaus alle die HOPPLA und ACHTUNG/VORSICHT/STOP angebracht, die Ulrike sich allerdings gar nicht mal verkneifen mußte, denn sie war ein angstfreier Mensch, und es handelte sich auch jetzt nicht um Angst, bei ihr, im Auto neben Herrn Behrend, dieses Phänomen hieß Irritation, es ging um tiefes inneres Gestörtsein, auch im höheren Sinn, oh ja, und leider sogar in einem politischen Sinn. Ohnehin war ja alles politisch, recht bedacht, nicht wahr? Ulrike verstand sich drauf, in öffentlichen Versammlungen kleinerer und größerer Art, aber auch in ihren Beiträgen zu diversen SCHRIFTENREIHEN, den jeweils wahren tiefen politischen Kern von allem und jedem herauszuarbeiten. Zu offenbaren. Ein wenig beliebig da und dort? Ach, vielleicht. Oder es schien so. In der Politik durfte man nicht kleinlich

übervorsichtig WÄGEN. Abwägen: in Klammern, beiseite gesprochen. Wieder laut und aufmöbelnd: Nicht WÄGEN – sondern WAGEN. Beifall, Verblüffung. Welcher die Überzeugung folgte. Beziehungsweise zunächst in Gestalt der Überrumpelung. Wandelbar zur Überzeugung. Inzwischen hatte Herr Behrend Ulrike sehr gelobt. Ihre Tugenden als Beifahrerin hatte er mit den Untugenden seiner Schwiegermutter verglichen. In der gleichen Rolle, als Nachbarin des schlechten Fahrers Behrend, der ihr ein JÜRGEN war, oder JOCHEN, Ulrike hatte keine Lust, jetzt an den jüngsten offiziellen Brief vom ALBERTINUM zu denken, an den persönlichen Vornamen des Schulleiters, mit dem sie unterm heutigen Datum Lebenszeit zu teilen hätte, beruflich, hämmerte sie sich ein, werd' doch nicht immer gleich so individualistisch, du bist jetzt an der Basis tätig und sonst gar nichts.
Aber da reagiere ich total gelassen drauf, sagte Herr Behrend, der vergessen hatte, in den zweiten Gang zurückzuschalten. Dauernd koordinierte er das Unzusammengehörige.
Worauf? fragte Ulrike, während sie gleichzeitig versuchte, der Gegend das Angemessene abzugewinnen.
Auf die Ermahnungen der lieben Frau Schwiegermutter, sagte Herr Behrend. Warum bloß war er so verdammt vergnügt? Aber wäre denn eine etwas schlechtere Laune des Tagespartners für die Kulturpolitikerin Ulrike Wiltinger die bessere Situation? Gar keine Art von Laune wollte sie. Sie begann, sich innerlich abzuriegeln.
Ich frag' sie dann nämlich ganz schlicht und treuherzig: Hast du deinen Führerschein dabei? Herr Behrend lachte allein und als erster und als letzter. Nein, nur fast als letzter: denn in Ulrike siegte mal wieder die politische Einsicht, sie wäre nichts anderes als privat und töricht, wenn sie es mit dem ALBERTINUM-Chef verdürbe. Sei

pflichtbewußt, ist gleich: sei geschickt! Sei clever! Mach keine Staatsaffaire draus. Vor allem das nicht. Sie lachte also mit, Blick in ein Stückchen braunes unterholziges kahles Waldstilleben, und Herr Behrend fuhr fort damit, sich für einen guten Taktierer zu halten, sei es im Umgang mit der Schwiegermutter, sei es zwischen den Kollegen und – sein wahres, sein sozusagen ureigentliches Anliegen – beim Schaffen gerechter Verhältnisse unter den Schülern. Im Internat zumal. Dort lagerte das Herzstück seines Lebens, abgesehen vom Sauerland, und er konnte davon absehen, oh doch, vom schönen Sauerland. Er fand den richtigen Ton. Er wurde vermißt, schon nach 14 Tagen etwa, wenn er sich nicht im Internat hatte blicken lassen. Und so etwas freute einen dann ja schließlich. Das kann ich gut verstehen, sagte Ulrike. Und es spricht für Sie.

Sich in einer wiederum doch hochpolitischen Gleichzeitigkeit zu loben und zu tadeln: damit kannte Ulrike sich auch aus. In solche Lagen geriet sie ja häufig. Sie mußte anpassungsfähig sein. Bald war der Winterurlaub fällig: dann könnte sie sich mit aller Kraft um ihr Ich kümmern. Die liebe Weihnachtszeit winkte. Sie freute sich nicht weiter, denn ihrem Temperament lag das öffentliche Betriebsame mehr. Doch stille Phasen, sie mußten einfach sein. Es bildete sich eine kloßige Masse aus Unterdrücktem, Verdrängten in ihr heran, in den Landkreisbereisungszeiten, und sie spürte es jetzt, so nah dem Ende der Saison, reichlich deutlich. Reichlich klumpig. Sie hatte einen nicht so guten Tag, offenbar.

An Ihnen als Politikerin schätze ich ganz besonders, daß Sie immer die Ruhe bewahren, sagte Herr Behrend.

Oh! Die Ruhe? Stimmt das? fragte Ulrike.

Sie sind ausgewogen, ich meine, Ihre Ansichten, Ihre Konzepte, sagte Herr Behrend. Und vor allem: Sie haben Humor.

Nicht immer, sagte Ulrike.
Ohne Toleranz kommen wir nicht weiter, sagte Herr Behrend.
Ulrike befand sich in einer schwierigen Lage. Denn als Toleranz-Tante hatte sie sich einen Namen gemacht, gewiß. Und selbstverständlich: gegen Toleranz war nichts vorzubringen. Nur verspürte sie weder die geringste Lust, noch auch die Fähigkeit, dem Mann neben ihr mit Toleranz zu begegnen.
Allerdings birgt Toleranz auch eine Gefahr, sprach Ulrike Wiltinger in ihr Mikrophon am Rednerpult der Aula. Im enzyklopädiewürdigen architektonischen Gebilde des Haupttrakts vom ALBERTINUM hörte eine mittäglich erschöpfte, vorläufig noch regungslos stumme Schüleransammlung ihr zu. Die Gefahr nämlich, diese Toleranz zu verwechseln mit Gleichgültigkeit. Mit bequemem Geschehenlassen. Und Dulden schließlich von allem und jedem. Nicht wahr? Ihr versteht?
Sie wünschte dringend, eine Andere zu sein, eine Unerwartete. Sie wollte sehr UNVORHERGESEHEN wirken. Sie redete weiter, in Anbiederungsabsicht einerseits, in der Pose der unkonventionellen Frau an die JUNGEN MENSCHEN gewandt, in Widerstandshaltung andererseits, den Pädagogen ein Dorn im Auge, Pfahl im Fleisch, ein Brocken, an dem sie noch zu schlucken hätten, später, mit Langzeitwirkung, in mühsamen Unterrichtsstunden, wenn sie selber als die Verursacherin von Zweifeln längst wieder weitergezogen wäre.
Schwer bewegliche Masse, da unterhalb ihrer Bühne! Eine Sympathieauszehrung war geradezu körperlich zu spüren, von Ulrike, über den ganzen leger gekleideten organischen Aufbau hin, ziemlich lähmend. Ihr Mund war trocken. Sie hatte am Anfang ihrer dann äußerst kurzen Rede ICH DENK MIR'S AM ERGIEBIGSTEN WENN WIR MITEINANDER INS GESPRÄCH

KOMMEN heiter und wirklich in guter Kondition von sich gegeben. Nichts an Reaktion. Keine Bewegung. Sie fand sich tatsächlich und zwar nicht zum ersten Mal, wie sie sich nun eingestehen mußte, radikaler und eigentlich JÜNGER als die Schüler und Schülerinnen im Auditorium, die sich nun so allmählich dazu aufrafften, ein paar Fragen zu stellen. Träge streberhafte, anpasserische, spießbürgerliche Fragen. Ulrike fixierte ein endlich doch erblicktes, offenbar richtig ausgeflipptes junges Mädchen, während sie leider immerzu weiter auf die nörglerische pedantische nachbohrende Stimme eines Schülers aus der Oberstufe achten mußte.

Aber ganz und gar gegen Leistung können doch auch Sie nicht sein, sagte jetzt der zwar nicht kurzhaarige Junge, der dennoch und ausgerechnet mit der Mädchenfrisur artig angepaßt wirkte.

Ulrike war wie üblich davon ausgegangen, daß heutige Schüler in keiner beneidenswerten Position seien. Mit der strikten Absicht, sehr zu gefallen. Als sozusagen erste Person mit Verständnis auf diese Jungen da zu wirken. Zu beeindrucken als eine eher doch wie unerwachsene Erwachsene. Dieser liberale Mensch da vor uns.

Daß man heute schon gewissermaßen als Baby sich drüber im klaren sein müsse, ob man mal Arzt werden wolle oder lieber Jurist, – sonstwo todsicher immer ein Volltreffer – war beinah unbemerkt im irgendwie sakralen hohen Aula-Gewölbe verhallt. Spätestens im Kindergarten werde man mit dem Wettbewerbsdruck konfrontiert, und das sei ein Mißstand ohnegleichen, und dabei bleibe sie. Ulrike fragte sich mittlerweile, ob sie nicht schon allzu lang dabei blieb. Sie kamen von diesem Punkt nicht recht los, und das Schlimmste: die Jugendlichen schienen nicht weiter unter Druck zu stehen, jedenfalls nicht unter dem, den sie ihnen hier auseinandersetzte. Vielleicht lag die Lähmung im Raum auch einfach an der Mittagszeit. An zu großer

Heizungswärme. Thema Energieverschleiß? Hatten die Kollegen von der Wirtschaft es nicht leichter? Oder es lag alles an den Lehrern. Ulrike geriet in einen Zustand der Agitation. Sie hatte wirklich Lust, aufzuhetzen, zu mobilisieren. War sie nicht in ihrer dauernd über die Maßen liberalen Rolle schon immer schlecht untergebracht gewesen? Und in ihrer eigenen Partei? Sie fand keine Freude mehr am gezügelten geduldigen Überblick. Am Bändigen. Mäßigen. Zurechtrücken. Das ausgeflippt wirkende Mädchen gähnte soeben. Herr Behrend sah weder glücklich noch unglücklich aus.

Sind Sie denn für eine Erziehung zur Verweichlichung, fragte eine jüngere Frau, die ganz gut aussah, relativ schick, und ungefähr in Ulrikes Alter sein mußte.

Endlich ein Stichwort. Und was für ein schlimmes. Jetzt zuschlagen. Diese gut aussehende Frau vor ihren Zöglingen gräßlich zurechtstutzen.

Sie war der jüngeren und gelassen bleibenden Frau mit einem Überfall von eigentlich beleidigenden Wörtern nah, aber nicht zu nah getreten. Dieses gesamte Internat ALBERTINUM schien nicht so leicht zu erschrecken zu sein. Ulrike fand sich im Rückblick ziemlich untaktisch, ziemlich anders als sonst im gewissenhaften Umgang mit der politischen Aufgabe, die sie im Verlauf ihrer Karriere stets geschickt gelöst hatte, bis dahin, einschmeichelnd, umgarnend, auf diese Weise gewinnend, auf den Schleichwegen über Verständnis, Sympathie, einheitliche Meinung, alles liebenswert vorgetäuscht, langsames Umzingeln, gemeinsame Kehrtwendung, Umschwenken ... ach, wozu das jetzt memorieren.

Bedeutete die Station ALBERTINUM im verlassenen Eifel-Winkel das Ende ihrer Laufbahn? Und zwar nicht, bedauerlicherweise, weil sie endlich einmal scharf ehrlich geworden war? Mit Hilfe des Substantivs VERWEICHLICHUNG radikal politisch, so wie es früher schon fällig gewesen war? Ulrike hatte von der Sprache der Nazizeit und also der Unmenschen geredet. Sie hatte MIR WIRD ÜBEL DAVON behauptet und Dostojewski zitiert, sein Plädoyer für das Weiche, und dessen Sieg über das Harte ausgerufen, aber nicht dran glauben können, während sie Luft schöpfen mußte, während sie unbetroffene Gesichter wahrnehmen mußte, während niemand in ihrem Blickfeld ihre Erregung geteilt hatte.

Diese ganze persönliche Enttäuschung spielte mit, sagte sie sich im Wittlicher Hotel Krone, als sie versuchte, Rühreier in ihren aufsässigen Magen zu zwingen, die VERNÜNFTIGE TAGESZEITUNG vom Hauptbahnhof Trier lag neben ihrem Teller. Könnten Sie mir bitte etwas Senf bringen, sagte sie zu der ältlichen weiblichen Person, die sich ab und zu sehen ließ im Umkreis eines größeren Tischs mit mittelständischen Männern, wahrscheinlich in Sachen Moselwein vereint und dem Hotel lieber als sie, Ulrike W., diese offensichtlich mißlaunige Frau mit dem abendlichen Versammlungstermin. Nicht ganz geheuer. Eine Frau in der Politik. Noch immer übrigens mit der für die Jugendlichen entbürgerlichten, frisurlosen Frisur. Hieran schuld waren Herrn Behrends Langwierigkeiten beim Rundgang durch seine Herzensangelegenheit, das granitfarbene ALBERTINUM, und seine störrische, viel zu oft wie erlahmende Fahrweise auf der Weiterreise in Richtung Mosel. Ulrike hatte keinen Friseur mehr aufsuchen können. Senf zu den Eiern wirkte am schlechten Eindruck auf die ohnehin mißtrauischen Hotelbesitzer mit, ein Ehepaar im eigentlich doch noch politisch ansprechbaren Alter von ungefähr Mitte 40, Leute, mit denen Ulrike an einem anderen Tag als heute zurechtgekommen wäre, frisch frisiert oder nicht.

Ulrike, die zwar eine demnächst opportune Gewichtsverminderung durchaus befürwortete, konnte sich an diesem

frühen Abend nicht zum Verzicht auf jegliche Nahrungszufuhr durchringen. Ganz ungewohnt empfand sie zum ersten Mal eine deutliche Sorge um ihre Körperlichkeit. Sonst aß sie mit Appetit. Sonst bejahte sie sowieso eigentlich ja alles, oder nicht? Oder: sie vermochte es, alles – auch das zunächst nicht Bejahte – in einen Aggregatzustand zu bringen, der für die Verwandlung in etwas dann zu Bejahendes geeignet war. Sie vermatschte alles, nicht wahr? Taute auf und knetete rum, wie? Oh, bitte nicht dauernd diese Selbstanklagen. Hatte es immer nur an der Zeit zum Nachdenken gefehlt? War sie zu sehr ein Werkzeug geworden? Fraß das öffentliche Anliegen sich in ihr durch? Und wieso wurde ihr angst und bange bei der Vorstellung, sie würde, und zwar dann nicht freiwillig, eine Mahlzeit nicht eingenommen haben, im Rückblick auf den Rückblick? Die versäumte Mahlzeit kam ihr, während sie sich nun Mühe gab, sie nicht zu versäumen, wie ein weiteres Delikt vor. Ja, ein weiteres. Eine verdächtige Sache: die Dame hat auch nichts zu sich genommen. Die Dame hat ihre Rühreier, zu denen sie übrigens Senf bestellte, schließlich einfach stehengelassen. Sie hat aufgeregt und unlustig gewirkt. Sogar unfreundlich. Wie bitte? Unsere stets einsetzbare, wirklich bewundernswert über allen subjektiven Gemütsbewegungen stehende Kollegin Wiltinger, diese patente Person mit dem Durchstehvermögen? Doch, gewiß, die Eier ließ sie stehen. Den Senf und später eine Tasse Kaffee auch. Wenn das kein Schuldhinweis war.
Was mochte sich beim Schulchef, dem selbstgerechten Typ Behrend, mittlerweile abspielen? Befand er sich noch auf dem Rückweg? Im falschen Gang auf der richtigen Bundesstraße durch die endlos einfallslos immer erstaunlich sich selber ähnliche Eifellandschaft? Jetzt auf der Höhe der von der amerikanischen Truppe und ihren Angehörigen wie eingenommenen Kreisstadt, von unseren amerikani-

schen Mitbürgern und Freunden, die dem Schulchef nur den Segen von Kneipen gebracht hatten? Diese Besatzung, diese Siegermacht, mit ihren großen Autos und einer noch größeren Schlappschwänzigkeit, denn rafften sich die laschen Leute endlich mal auf und lernten die deutsche Sprache? Weit gefehlt! Man hatte sich anfangs bemüht und kürzlich noch einen Kunsthistoriker aus Trier in die Kreisstadt bemüht, und er war willens gewesen, den amerikanischen Freunden alles Wissenswerte über den Isenheimer Altar zu erklären, doch stellen Sie sich vor, Frau Wiltinger, es fanden sich mit Ach und Krach nur 3 Personen ein, ich wiederhole DREI PERSONEN, D, R, E, I, buchstabierte Herr Behrend. Hatte er inzwischen die fürchterliche Entdekkung gemacht, seinen Schock erlitten, nicht überwunden? Bezog er seine Mitfahrerin des heutigen Dezembertags in den phantasielosen, behinderten Gang, diese kleine einspurige Umlaufbahn seiner Argumentation ein? War DAS, beste Ulrike, die richtige Art, LEHREN zu erteilen? Seit wann so privat, Frau Wiltinger, und außerdem so politisch unklug? Fern der Sache? Noch immer aber verschonte Ulrike selber sich ja doch mit der Vokabel KRIMINELL, auf ihre Person gemünzt, es erschien ihr einfach noch als etwas zu fremd, das war es wohl.

Hatte Herr Behrend unterwegs sein wohlversorgtes umhegtes Fahrzeug auftanken lassen müssen? Dann ratlos herumgestanden, wie unbewaffnet, endlich dann auch einmal er, dieser sich selber sympathische Mensch, ohne mehr vorweisen zu können als ein paar Münzen in der Tasche seiner Glencheckanzugsjacke? Eventuell konfrontiert mit einem Beamten von der örtlichen Polizeistelle und sich zurückrechtfertigend, sich heimwärtsverteidigend bis in die schöne redliche Herkunft, bis ins schöne unvergleichliche Sauerland, also hilflos vergebens? Im Internat war den Insassen nur ein Mindestbetrag als loses Taschengeld

zugestanden. Eine Gemeinschaftskasse diente dem Geist der Gemeinschaft. Früh lernten die Internatsbewohner das Zusammenleben mit Formularen kennen. Herr Behrend machte sie zu Antragstellern und erweckte einen Notgemeinschaftsgeist. Ab Unterprima mußte erst recht über die Freibeträge in den Händen von dann erst recht gefährdeten JUNGEN MENSCHEN gewacht werden. Im ALBERTINUM wurde die Jugend fast zu gut für jede Art von RUF. Jugendliche im Oberstufenalter schützte Herr Behrend mit einschränkenden Maßnahmen vor den im Eifelversteck sowieso nicht lauernden Anfechtungen, zumindest vor denen, die finanziert werden mußten. Er hatte erfolgreich die Drogenwelle überhaupt nicht bis vors ALBERTINUM schwappen lassen. Deren Abwehr war ihm gelungen; trotz der Siegermacht in knapp 40 km Entfernung.
Die sogenannte Freiheit blockieren, gnädige Frau, die vermeintliche Unfreiheit verordnen, nicht wahr, das macht frei, sagte Herr Behrend, wußte zwei drei Anekdoten aus der kurzen Bedrohungszeit durch Drogen und erzählte sie. Auch Friedrich Schiller und das, was der von der Freiheit hielt, kam oft im ALBERTINUM vor, und zwar schon bei den 14jährigen, und Friedrich Schiller hielt nicht allzuviel davon, ich meine, schrankenlos frei zu sein, zügellos, äußerte Herr Behrend, der vorher hatte gestehen müssen, daß er sonst nicht viel Zugang habe zur Dichtung, aber ohne Germanist zu sein, verstehe er Schiller beispielsweise gut, und er sehe einfach ein, als Mathematiker, daß ohne die Kunst, die Künste, das Leben der Menschen eine zu nüchterne Sache wäre. Nein, auch in den Einzelzimmern für die Schüler der Oberstufe sind Radiogeräte nicht zugelassen. Oh, er erblicke darin im Unterschied zu seiner Mitreisenden keine übertriebene Strenge. Sie haben ja selbst gesehen, es mangelt nicht an Gemeinschaftsräumen bei uns, und da können sie Radio hören so viel sie nur wollen. Und

rauchen auch, wenn sie sich unbedingt ruinieren wollen. Leider. Ich wünschte mir, genau so wie Sie es neulich in dieser kleinen Schrift forderten, mehr Dankbarkeit für unseren Staat, für unser freiheitlich rechtliches System.
Da stände er, in der schnell dunkel werdenden kahlen Eifelgegend, in einem dieser ORTSTEILE. Ein bargeldloser Bürger mit dem selbstgemachten und für richtig gehaltenen Demokratieverständnis und ohne Ausweispapiere. Ob ihn die Zwangslage für die Zukunft prägte? Veränderte? Als netteren Kerl zurichtete? Ob sie etwas anrichtete bei ihm, dem Befürworter von Gruppensinn und frischer Luft, dort in der allzu frischen Abendluft des Dezember, den er sich mit einer WEISSEN WEIHNACHT gekrönt wünschte, mit einem Abstecher ins unweigerlich der Eifel doch gar nicht ähnliche Sauerland, auch nicht unter weißer Schneedecke, denn die Region um Neheim-Hüsten herum hatte nun einmal ihr Eigentliches und Unverwechselbares. Würde er das Rauchverbot für die Oberstufe in den Einzelzimmern des Internats lockern, womöglich aufheben? Als Nichtraucher aus Gesinnung und Hirnstoffwechselveranlagung war Herr Behrend zwischen Tankwart und Polizisten fast schlimmer dran. Hätte er sich jetzt und dort wenigstens mit einem reellen Suchtproblem zuerst herumschlagen, dann, es süchtig lösend, tief inhalierend, sich damit befassen können! Volle Aschenbecher waren ihm ein verhaßter Anblick. Ein Greuel sind mir volle Aschenbecher ganz besonders in den Zimmern der Mädchen, sagte Herr Behrend, und es läßt sich schwer begründen, warum das so ist. Die jungen Mädchen, heutzutage, ich meine, sie haben zu wenig Weibliches. Die Mädchen oder die Aschenbecher? Herr Behrend lachte und sagte, wie traurig die Welt doch wäre ohne die Würze des Humors. Menschen ohne Humor waren ihm fast so ein Greuel wie volle Aschenbecher, von Mädchen gefüllte Aschenbecher. Hatte Herr Behrend

vielleicht einfach Angst? Ganz speziell Angst vor den Mädchen? Denen der Oberstufe speziell?
Ulrike fand es längst unüberwindlich schwierig, den Artikel über einen Rechtsstreit zwischen der Stadt Remagen und dem Verein für Fischteiche in ihren Bewußtseinsstrom zu integrieren. Dort ging es um eine neue Trasse. Um Straßenverlegungen. Ulrike empfand so jämmerlich matt die alte eingefleischte Demokratiefreude an der hohen Gerichtsbarkeit. Am Hin und Her der Gutachten. Am produktiven Streit der Meinungen. An diesem schönen allgemeinverständlichen Gemetzel von Bedürfnissen. Selbst wenn man manchmal ja verzagen konnte, weil das Gute, das man bewirken wollte, immer diesen langen umständlichen Weg durch das Dickicht der Gremien wandeln mußte, sich regelrecht Bahn brechen mußte – es war alles in allem immer ein Gewinn, das Recht der Mitsprache. Besser: die Pflicht. Wovon sie heute abend im Vortragssaal des Evangelischen Hilfswerks durchaus auch sprechen könnte. Sie müßte jetzt allmählich diesen Tisch hier im Speisesaal des Hotel Krone verlassen, hinaufgehen in ihr Badezimmer vor den Spiegel, sich ein wenig die Haare in eine adrette vertrauenerweckende Form pressen, mit Hilfe des Haarfestigers bei ihrem gutbestückten Schopf eine Kleinigkeit.
Neu war Ulrike das Gefühl der Gehässigkeit, das in ihr aufkam gegen die Hotelinhaber, die ihr Haus von der Eingangshalle bis über jeden Treppenabsatz hin weihnachtlich dekoriert hatten. Auf Schritt und Tritt mußte man einem Adventsgesteck ausweichen, und auch in ihrem Zimmer wartete eine spitzzulaufende Honigwachskerze aufs Anzünden. Sie war in ein volkshochschulartig japanisch-ikebana-ähnliches Gestocher aus Fichtenzweigen gebohrt worden. Die Zweige sahen aber trotzdem noch immer sonderbar echt aus. Die Moselberge hingegen sahen

sonderbar unecht aus. Schwarz und kerkerhaft, aber wie von einem Laien unsachverständig gruppiert. Eine suizidale Szenerie, dachte Ulrike. Sie kam sich nach diesem Gedanken selber wie eine Fälschung vor. Aber warum man die Mosellandschaft als lieblich deklariert, blieb auch nach der Abdrosselung von wesensfernen Eindrücken uneinsichtig. Alles kommt vom Magen herauf, alles dieses nicht zu mir Passende, entschied Ulrike, und der Magen war natürlich auch, dank Herrn Behrend und seinem Einfall, im HÖHENBLICK zu Mittag zu essen, einfach nicht in Ordnung. Man ißt dort prima, hatte er angekündigt, und vor allem: die Leute kennen mich. Was nachher gar nicht der Fall gewesen zu sein schien. Und Herr Behrend hatte sich und das ALBERTINUM erst mal wieder so richtig vorstellen müssen. Mit seiner Frau kehrte er nach Möglichkeit einmal pro Monat hier oben in dieser Verlassenheit mit dem schönen Weitblick ein.

Heut war es stürmisch, und Herr Behrend und Ulrike aßen eigenartig nach Hundefell schmeckendes, schon kühl werdendes geschnipseltes Zeug, chinesische Küche in der Hocheifel. Sehr genial, knurrte Ulrike halblaut vor sich hin, auf- und abwandelnd in Zimmer 34. Sie brauchte jetzt nur noch das Manuskript in die Handtasche zu stecken und auf ein Telephonsignal zu warten. Herr Behrend könnte so bald nicht wieder seine Frau in ein Restaurant bitten. Jetzt müßte eine Zeitlang ein wenig gespart werden, nicht wahr? Seiner Frau machte das alles Spaß, die viele zusätzliche Belastung durch eine Anstalt wie das ALBERTINUM, das war eben Partnerschaft, und Lust und Liebe kamen bei ihr vor, ein Generationenproblem, es bereitete ja Mühe, lohnte sich aber hoffentlich, die jungen Leute, die es in die Eifel verschlagen hatte, ein wenig am Beispiel des partnerschaftlichen Ehepaars Behrend zu schulen. Wo durchaus der Mann der Boß war, das schon. Aber im Haus, da war ganz

SIE die Regentin, er überließ ihr dieses Reich und hatte täglich seine immer noch fast kindliche Freude an den Freuden, die ihre Küche ihm bereitete. Fast bekam sie nach Jahren seiner Geduld nun auch die Füllung der Weihnachtsgans ganz so hin wie früher seine Mutter.

Ich hätte allerdings, trotz aller gestauten Erregung und Empörung, niemals so gehandelt, wäre nicht diese Schlüsselerzählung des Schulleiters hinzugekommen, kathartisch, hörte Ulrike sich vorbringen, vom halbmondförmig angeordneten Tribunal ihrer Kollegen umzingelt. Sie hatte dieses angeberisch beeindruckende Abschlußbild deutlich vor Augen. Irgendwie spielte dieser letzte Akt im Ministerium. Im Sitzungssaal des 2. Obergeschosses. Wenn nicht im Großen Konferenzraum des Haupttrakts. Dort säße sie auf dem zur Anklagebank erklärten Ratsherrenstuhl. Sie konnte die hölzernen Spitzen der Renaissanceschnitzereien geradezu in ihrem Rücken spüren, jetzt, ja, während sie noch immer ihre Neugier zügelte. Sie würde zu gern endlich einmal ihre Handtasche aufmachen. Die Rache sozusagen in Händen halten. Sie müßte ja auch das Manuskript für den Abend dort unterbringen, es war Zeit.

Dort also säße sie, stolz gebrandmarkt, ja: stolz! Denn, war auch die Tat an sich eine Spur anstößig, peinlich im Sinn eines Krankheitsausbruchs, sie gab sich durch diese Tat zu erkennen als eine, die zur Wahrheit durchgedrungen war, Ulrike Wiltinger, vorgestoßen zu ihrer eigenen Ehrlichkeit. Paradoxerweise mit etwas Unehrlichem. Was auch als Politikerin mit ihr zu geschehen hätte, und von ihr eingesehen werden würde, im Fall einer negativen Urteilsfindung, ihr als Individuum könnte dann keiner mehr diesen eigentümlich seherischen gnadenreichen Wahrheitsmoment nehmen. Obwohl es nicht zu vermeiden wäre, in aller Augen und sogar ja in ihren eigenen Augen diesen kleinen, nie mehr abwischbaren asozialen Fleck davonge-

tragen zu haben. Schließlich war da etwas geschehen, das eigentlich unter Menschen mit höherer Bildung und normaler Gesundheit nicht zu geschehen hatte, und auch wie von selbst bei ihnen nicht geschah, einem Privilegienmechanismus gemäß. Man hatte das ja auch nicht nötig, ein Delikt wie dieses. Frau Wiltingers Gehaltsklasse befreite sie fast ein wenig zu sehr vom ganz normalen Verdacht auf einen fast normalen Trieb. Lag eine tiefere Schicht bloß und zeigte sich eine Schädigung? Ulrike hörte sich jetzt, am Anfang des eingebildeten Verhörs, deutlich sagen: Es wäre nicht dazu gekommen, hätte dieser Mann sich nicht demaskiert, im Verlauf einer seiner für ihn charakteristischen kleinen Geschichten aus seinem faden Leben. Und da war er plötzlich, was er ist und bleiben will: eine Art Rassist. Ich werde diese Sache gleich nacherzählen.
Der Ulrike wohlgesonnene Minister persönlich würde ihr beispringen wollen. War sie mehr trancehaft, Ihre Handlungsweise, Frau Kollegin? War es nicht ganz einfach so: Sie wurden durcheinandergebracht. Sie waren an der 34. Station Ihrer Landkreisbereisung physisch und psychisch erschöpft. Wir alle verlangen uns Ungeheuerliches ab im Öffentlichkeitsdienst, und zwar oft noch viel mehr als uns selber klar ist. Das war eine Art Nachspiel bei noch offenem Vorhang, vorm Ende des Theaters, nicht wahr, dieses ENDE da, normalerweise kriegt sonst unsereiner seine Virusinfektion und seinen Warnschußinfarkt zu Haus, gleich nach der geschlagenen Schlacht. Der Minister lachte politisch nett, persönlich lustlos.
Oh, sie wiese solche Hilfestellungen zurück! Hören Sie mir zu, Herr Minister, beste Kollegen und Mitarbeiter! Es passierte dem Herrn Behrend damals in seinem hochverehrten Sauerland, daß sein heißersehntes, im voraus vieldiskutiertes erstgeborenes Kind, irgendwie offenbar ahnungsvoll, tot zur Welt kam. Es schaffte seine erste Gym-

nastikübung nicht. Oder, sehr begreiflich: es konnte und wollte kein zusätzlicher Behrend werden und strangulierte sich selbst mit der Nabelschnur, ein gewisser Makel wird auch der Mutter bleiben, und diese Welt, für die Herr Behrend nun also keinen eigenstämmigen Bürger erschaffen hatte – bis dahin nicht, später wurde er noch dreimal in Zusammenarbeit mit seiner partnerschaftlich gesonnenen Frau erfolgreich und ist inzwischen Vater von ihm vielversprechenden Kindern, alles Nichtraucher mit brauchbaren Berufswünschen bereits in der Unterstufe – diese Welt zerbrach Herrn Behrend, bis zur Begräbnisstunde und damals. Bis in seine behrendartige Hamletszene hinein, als er vom einfachen echten Gefühl eines einfachen echten Mitmenschen zurückgewonnen wurde für die Welt und daraufhin der sein konnte, der er heute noch ist. Kein gesprächiges Mitempfinden im Familienkreis und unter Freunden und Bekannten hatte ihm bis zum Augenblick auf dem Friedhof nützen können, bis hin zum einsilbigen Verständnis ausgerechnet eines Totengräbers war Herr Behrend damals untröstlich gewesen.
Herr Behrend steuerte das Auto durch eine dann immer wieder nicht letzte Kurve, dauernd angeblich ganz kurz vor dem Moselufer mit Ürzig oder sonst einer Weinlage und erzählte weiter. Er bat Ulrike, jetzt ganz genau aufzupassen, auf jedes Wort, und sagte: Der Totengräber fragte mich einfach nur: Das Erste? Ja, sag ich. Er schaufelt weiter. Schlimm, sagt er. Dann, er sticht den Spaten beinah wütend in den Erdhaufen neben dem kleinen Grab, dann hebt er sein einfaches ernstes Gesicht, ein einfacher Mann war er, das wiederhole ich ganz betont, einer von denen, die keine Worte machen, und dann fragt er: Ein Junge? Ja, sag ich wieder. Jetzt kommt's, Frau Wiltinger, jetzt, was sagt er jetzt? Noch schlimmer, sagt er. Einfach nur: Noch schlimmer. Das war alles. So genau wie dieser Totengräber

hatte keiner die ganze Tragweite erfaßt. Das Erste? Schlimm. Ein Junge: Noch schlimmer. Mit wie wenigen Worten manchmal doch alles gesagt werden kann. Unsere Politiker und die Leute von der Presse und sogar auch die Dichter, ja fast sogar auch Friedrich Schiller denk ich gerade, von diesem Mann wäre zu lernen, könnten sie alle lernen. Mit Ihnen kann ich so reden, ich weiß das.

Ulrike dachte beim Repetieren der Angelegenheit im Auto, daß es zwischen Herrn Behrend und ihr selber wohl hauptsächlich diese vorgetäuschten Übereinkünfte gewesen sein mußten, die ihr zugesetzt hatten. Herr Behrend hielt vom Beginn in Trier an sie selber für seine Bundesgenossin. Sogar ihr rebellischer Auftritt im sakralen Aulagewölbe des ALBERTINUM konnte ihn nicht vom Bild abbringen, das er sich gemacht hatte: von dieser angenehm unrabiaten, immer versöhnungsbeflissenen, pausenlos angenehm bewahrend-liberalisierenden ausgleichenden Kulturpolitikerin Wiltinger, die mit allen zurechtkam. Belebend und beruhigend in einer aufbauenden Gleichzeitigkeit. Und wenn sie dem Herrn Behrend als diese Person erschien, dann wäre sie diese Person auch für alle anderen Ausgaben des Herrn Behrend, für dieses ganze riesige langweilige stockkonservative hartherzige engstirnige Getümmel von Behrendsen. Die ihren Nächsten nicht so innig liebten wie sich selbst. Dann wäre sie diese Person nicht lange mehr nur im Konjunktiv, dann WAR sie diese dümmliche feige Person bald auch wirklich. Wie man wird was man ist. Kierkegaard? Sollte diese Folgerichtigkeit sich an ihr erweisen, sollte es sich vollstrecken, das Urteil aus Diplomatie? Aus Opfersinn? Unsinn. Wie sie wurde, was sie zu sein vorgab, aus Eiligkeitsgründen, weil ihr die Politik und das rasche Werden Spaß gemacht hatte, weil sie den Erfolg geliebt und die Mühe nie gescheut hatte. Alles gewohnte Ummünzen in etwas Positives setzte wie ein

ausgeleierter Automatismus schon wieder in Ulrike ein. Ein Schatten war in ihr Bewußtsein gefallen, weiter nichts.
WAHRHAFTIG nicht?
Fest stand doch: sie war in ein unbekanntes Terrain vorgestoßen. War eigentlich hingestoßen worden. Gegen Vorwärtsbewegungen sollte man nie Maßnahmen ergreifen. Der Mensch konnte in Sternsekunden Erstaunliches erreichen. Er konnte planetarische Sonden zu weichen Landungen unter entsetzlich heißen Hitzeglocken auf unerforschtem Himmelsgestein veranlassen. Der Mensch konnte den Urknall nicht hören, aber mathematische Formeln für ihn erfinden. Der Lehrsatz des Euklid. Die Transplantation eines Organs. Der Mensch konnte ein Sonett schreiben und er konnte zu Gott vordringen, und die leitmotivische Melodie aus eines Menschen Bewußtsein vermochte es, die Erdkugel zu erobern. Wie zaghaft hatte sie doch bisher gelebt. Der Mensch konnte das Verbrechen begehen, und bei ihr selber hatte nun schleunigst eine Interpretation einzusetzen.
Ulrike war vorsichtshalber ins Parterre hinuntergegangen. Man holte sie ja offenbar ein wenig verspätet zur Versammlung ab. Oder war bereits da draußen in der nassen selbstmordlüsternen Moselkerkernacht etwas gegen sie im Gange? Sie hielt ihr Manuskript außerhalb der Handtasche, zwischen den Handschuhen. Sie versagte es sich noch immer, die Handtasche zu öffnen. Von ihrem Ledersessel aus, im Entrée neben der weihnachtlich verzweigten und bekerzten Rezeption, konnte sie über ein Tannennadelarrangement mit skandinavisch geprägtem Holzbehang hinweg auf ihren noch nicht abgeräumten Eßtisch blicken. Auf übriggebliebene Rühreier. Die grünlichgelben Senfkleckse wirkten aus dieser Entfernung wie eine weit fortgeschrittene Hautkrankheit. Ulrike rang kurzfristig mit dem Entschluß, dort hinüber zu ihrem wie in Fluchtabsicht

verlassenen Gedeck zu gehen und die verdächtigen Reste irgendwie farblich unverfänglicher zusammenzuscharren. Die ganze Sache zu verschmieren. Ging sie denn? War sie gegangen? Am Tisch mit den Freunden und Vertretern des Moselweins vorbei? Sie hätte das nachträglich weder bejahen noch verneinen können, nichts mit Sicherheit. Sie war dauernd abgelenkt vom Zwang, an der Reihenfolge innerhalb ihrer Verteidigungstirade einiges umzumodeln. Denn leider war sie eigentlich zur Unzeit, nämlich zu früh, nämlich vor Herrn Behrends Machismo-Anekdote, straffällig geworden.

Der kleine Gerichtshof im Ministerium erstand wieder düster feierlich als innerer Anblick. Kein Lächeln besagte beim Minister sowieso etwas. Es konnte alles bedeuten. Ehe man diese prekäre Geschichte an die Öffentlichkeit ließe, da war Ulrike sicher, würde man im Kollegenkreis einen modus vivendi schaffen. Klar, daß sie nicht ungeschönt berichten könnte. Schade drum. Schade um die Wahrheit. Inmitten von Wahrheiten waren doch wieder Verlogenheiten einfach erforderlich. Zum Beispiel mußte sie sich selber darstellen als eine Person, welcher die Machismo-Szene auf dem sauerländischen Friedhof vor sicher ungefähr zwanzig Jahren ein dringlicher Anlaß gewesen war zur politisch aufklärerischen Meinungsbildung. Gerade weil sie sich nie feministisch geäußert und gegeben hatte, war sie populär geworden. Schwer eisern liberal lächelnd winkte diese FRAU IN DER POLITIK den Geschlechterkriegszuständen ab, nicht wahr, souverän, alle Achtung, es geht auch auf die sanfte Tour, ohne Feindseligkeiten und Machtkämpfe. Nun allerdings, liebe Kollegen, habe ich zum ersten Mal nicht mehr passiv und tolerant bleiben können. Ich wies den Schulmann auf seine reaktionäre und inhumane Frauenverachtung hin. Nicht wahr? Das MUSSTE einfach sein. Nicht wahr?

Nicht WAHR, ganz und gar nicht WAHR, oh wie unwahr! Denn träge und erschöpft, klumpig kloßig und mit voller Harnblase hatte Ulrike auf dem Beifahrersitz nichts deutlich Artikuliertes von sich gegeben. Hatte an den verpatzten Friseurtermin gedacht. Hatte sich über die nach wie vor unsichtbaren Moselufer und Herrn Behrends Unfähigkeit, sie zu erreichen, wie in einem Krampfanfall zäh geärgert. Und doch immer noch nicht sich dazu überwinden können, diesem Mann neben ihr einfach mal richtig zu mißfallen. Als einzigen Beistand nur gespürt, daß sie kurz vor der Abfahrt vom ALBERTINUM kriminell geworden war. Mit der unguten chinesischen Kost, in der Eifel hergestellt, vorbotenhaft angefüllt. Herrn Behrend war es nach dem Mittagessen im HÖHENBLICK eingefallen, daß er in seinem Büro das mit Nr. 56 bezifferte Exemplar eines Siebdrucks vergessen hatte, welches sein ALBERTINUM in einer ungefährlichen Abstraktion darstellte und Ulrike Wiltinger bereits vor der Tätigkeit in der Aula zugeeignet worden war. Weil er überheizte Autoinnenräume schätzte, weil er vorsorglich gleich bei der Abfahrt vom HÖHENBLICK sein Glenchecksacco auf den Rücksitz gelegt hatte, schön gefaltet, schön brav das Innere nach außen stülpend, damit keine Sonnenstrahlen, falls welche im Fahrtverlauf den Fond treffen könnten, seinem Glencheckmuster schädlich wurden, weil Herr Behrend einer Frau wie Ulrike Wiltinger von der Meinung über JUNGE MENSCHEN bis hin zu seinem Privateigentum und Saccoinnentaschen Vertrauen schenkte, weil das alles so war und zusammentraf, hatte Ulrike zugegriffen.

Ulrike erledigte nun ein Telephonat, wozu sie den Apparat zwischen Rezeption und Küche benutzte. Der zuständige Herr Weber, jemand, der sich beim Verkehrsverein auch um die Freiwillige Feuerwehr kümmerte, um das alljährliche Winzerfest und um die öffentlichen Auftritte von

Trierer Professoren – zumeist aus dem kunsthistorischen Bereich – dieser zuständige Herr Weber war offenbar nun doch auf dem Weg zum Hotel Krone, also zur Frau Wiltinger, nach der Ansicht einer Frau mit etwas klagender Stimme am Diensttelephon. Ich möchte das gleich bezahlen, sagte Ulrike zur wie für immer launen- und meinungslosen Bedienerin. Die Fadheit dieser Frau erinnerte sie an Herrn Behrend und an die Schüleranhäufung in der Aula des ALBERTINUM. War sie selber denn der einzige aufgeregte Mensch weit und breit? Gleichzeitig erblickte sie überhaupt keine Gerechtigkeit darin, für dieses jämmerliche bißchen Austausch und Ortsgespräch 50 Pfennige auszugeben. Sie griff blind in die Handtasche, ihre Hand strich am warzigen Material vorbei, für das Herr Behrend sich irgendwann bei der Anschaffung einer Brieftasche entschieden hatte. Gewiß in Neheim-Hüsten. Gewiß hob er sich jeweils die wichtigeren Bedürfnisse auf für den kommenden Heimaturlaub, um sie am Quell nah den Müttern sauerländisch zu befriedigen.

Ulrike konnte sich nicht dazu durchringen, STIMMT SO zu nuscheln oder GUT SO oder sonst so eine grummelnde unfrohe Heuchelei, und sie ließ sich von der Bedienerin auf eine Mark herausgeben. Immer dieses lästige leidige ICH HAB'S LEIDER NICHT KLEIN-Getue. Der ganze Kram. All das Beiwerk. Sie fing eigentlich an, plötzlich sehr stark, sich nach dem Ruhezustand zu Haus zu sehnen, nach einer sehr langen unöffentlichen Phase, darin nicht nach jeder winzigen Handreichung und nach jedem Täßchen Kaffee übelster Qualität ein BITTE ZAHLEN die Folge zu sein hätte. Zu Haus? War das ruhig genug? Eine Zeit der Ruhe für sie, ausgerechnet für sie, die doch für die richtige Ruhe wie nicht programmiert schien. Eine ganz unabsehbar lange absolute Ruhezeit, summte es auf einmal in ihrem so schrecklich ermüdeten Kopf. Und wie zur Vorbereitung,

ruhig, langsam, ungewöhnlich langsam, unbeteiligt fast, aber so dringlich neben sich selber her wie eine Somnambule, öffnete Ulrike Wiltinger jetzt ihre Handtasche. Sie sah sich in einem Raum, der dem Revierbüro von Manhatten-Süd aus der Kojak-Serie glich, aber das Personal wirkte biederer, moselstämmig, und Herr Behrend gab wichtigtuerisch Auskunft. Jemand ganz an der Spitze unserer Landespolitik, stimmt das? Ja. Es handelt sich um einen Menschen in der Politik. Schlimm. Eine Frau. Noch schlimmer. Im Zuge der Emanzipation bleibt es leider nicht aus, daß immer mehr Frauen kriminell werden. Volle Aschenbecher und Konflikte mit dem Grundgesetz sind speziell beim weiblichen Geschlecht der ordentlichen behrendartigen Öffentlichkeit ein Greuel. Zwischen dem Grauen davor und der Untröstlichkeit über einen totgeborenen Sohn gibt es einen tiefgelagerten Zusammenhang. Ulrike hatte Lust auf dessen Herausarbeitung. Auf eine nächste kleine SCHRIFT. In größter abgeschiedener RUHE zu beginnen: jetzt, nun sehr bald!
Sie nahm die Brieftasche von Herrn Behrend in die Hand, sie öffnete diese Brieftasche und fing an, sich in deren Inhalt zu vertiefen, mit sonderbar solidarischem Neugiergefühl. Nun, als dieser örtlich mit ihr befaßte Mann durch die Eingangstür ins Hotel Krone trat, auf sie zukam, als sich die ältliche Bedienerin einfand, als auch die ehelichen Hotelbesitzer auftauchten, als nur sie selber nicht auftauchte, noch nicht, aus ihrer schon jetzt so stillgelegten Versunkenheit, und als Herr Weber irgendwas auf sie einzureden begann, wobei er sich wunschgemäß in einen Polizisten verwandelte.

Der kleine Guntram

Und so ganz allmählich regte sich in Gilda dann wieder eine Art von Lebensfreude. Nein, es handelte sich doch entschieden um ein schmaleres Gefühl. Aber immerhin, sie atmete etwas ruhiger. Es war jetzt acht Uhr dreißig. Von jetzt an wollte sie gefaßt auf Victors Klingelzeichen achten. Da allerdings heute nicht einmal die Männer von der Müllabfuhr ihn geweckt hatten, schien er einen seiner besonders schlafbegünstigten Vormittage zu haben. Lieber Victor, sagte Gilda in sich auf, wieviel Anrecht hast du auf die richtig abgerundete, ungestörte Freude an deinen Ferien. Mit mir. Bald am Küstenstammplatz. Es war tatsächlich beinah bösartig von ihr, wie sie mit ihrer alljährlich pünktlichen Deprimiertheit an seiner Fassung nagte.
Sie empfand eine gewisse Erleichterung, nachdem sie die Briefkarte mit dem Jugendstilmotiv, einer reichlich beschönigenden, gärtnerisch beschaulichen Darstellung des Monats August, an ihren Vater geschrieben und couvertiert, frankiert hatte. In einer Zwergenhandschrift bedeckt mit Selbstanklagen. Ihre und Victors schöne übliche Ferienreise betreffend. Die immer unmittelbarer bevorstand. WIE MISERABEL VON UNS, DICH NUN WIEDER EINEN GANZEN AUGUST LANG ALLEINZULASSEN. Der Text könnte vom Vorjahr sein. Wie im Vorjahr wäre nun der Vater dran, seiner Tochter zum selbstverständlichen Egoismus zuzureden. Gilda wartete jeden Sommer auf diese Erlaubnis, und nie vergeblich. Aber wurde der Befehl ERHOL DICH, MACH DIR'S SCHÖN nicht mit der Zeit ein wenig matter? Blaßte ab?
Die kleine Erlösung war kurzfristig. Gilda hielt plötzlich den Anblick ihres Arbeitstisches nicht mehr aus. Wie in Wut stieß sie ein paar der zufällig wirkenden Zeichenblät-

ter einige Zentimeter von sich. Lauter Anfänge. Lauter Gegenmaßnahmen, aber wirkungslose. Beweismaterial. Schuldig. Oder schuldunfähig, einfach nicht mehr haftbar. War sie einfach bereits etwas verstört, eines schonenden Notparagraphen bedürftig? Gilda ging in die Küche, wo Victors Frühstückssachen bereitstanden. Sie stellte sich ans Fenster und probierte den Blick in den Holunderbusch aus. Sie schaute auf die Beeren. Zog der Trick heute nicht? Einige Beeren verfärbten sich alllmählich und dunkelten. Wie überfällig eigentlich nicht die Abreise in die Ferien war, sondern bereits die Rückkehr. Alles wirkte schon so herbstlich auf Gilda. Sie empfand nicht das gewohnte Sicherheitsgefühl beim Betrachten des dichten Laubs und auch nicht, als sie die Einzelheiten der Küche durchging. Es war zwar undenkbar, doch wie verhielte man sich, wenn der Vater in diesem Jahr zurückschlagen würde? Und anstatt sanft zu erklären, daß er sich freue auf seine ruhigen, nicht einsamen, nur etwas zurückgezogeneren Tage im August, damit herauskäme, Victor und Gilda zu begleiten, oh doch ja, es einfach mal zu riskieren, einfach mal spontan, wenn Gilda schon solche Schwierigkeiten habe mit ihrem Gewissen. Darin wäre eine Logik zu erblicken. Nach Jahren sähe der Vater dasjenige Meer gern einmal wieder, in das er das kleine Kind Gilda vor 35 Jahren eingeweiht hatte, nicht wahr?

Wo im heutigen Tag verbargen sich die Füllsel, die Anhaltspunkte? Die Haltegriffe, durch die Gildas Schwanken dem vernünftigen Victor nicht so auffiele? Denn der Zug war in Bewegung gekommen, eigentlich raste er schon auf sein Ziel los, auf diese Untreue, diesen Verrat am Alltag, diese elenden wundervollen Ferien. UND DANN – VATER: FERIEN SIND BEI UNS JA NICHT SO EINFACH FERIEN, MÜSSIGGANG, DU WEISST, ICH WILL MIT MEINER ARBEIT WEITERKOMMEN UND ES GIBT KEINE GEMÄCHLICHE RUMKUTSCHIEREREI MIT DEM AUTO,

JA? In der Küche war jetzt eigentlich gar nichts zu tun. Aber weil Gilda um diese Tageszeit noch keinen unstabilen Magen befüchten mußte, fand sie den Gedanken gut, sich schon mal vorsorglich mit dem Salatkopf fürs Mittagessen zu befassen. Gewappnet mit dem Vorschußekel wickelte sie ihn aus dem Zeitungspapier, gefaßt auf wurmartige Tiere oder Schnecken.
Nichts, gar nichts, wie zum Lohn. Gilda war bereit, alles für Zeichen zu halten und keinen Dank zu versäumen.
Nur wäre es ausgesprochen gut, wenigstens einen festen Programmpunkt nun zu wissen. Einen dem Victor, wenn er nach der zweiten Tasse Kaffee wach genug wäre für die Schwierigkeiten seiner Frau, ohne großes Hin und Her einleuchtenden. Die Evelyn besuchen? Gilda tauchte ziemlich gern dort in der etwas blumeranten kleinbürgerlichen geschwätzigen Welt von Evelyns Mutter unter. Evelyn drohnenhaft verwöhnt von der mütterlichen Dienstbotin: Gilda sah gern zu dabei, gelegentlich. Aber Victor fände es nicht zwingend. Gilda gab den Satz, der anzubringen wäre, lieber gleich auf. Sie malte sich aber noch ein bißchen weiter aus, wie es wäre, wenn sie wie immer etwas früher als angekündigt bei Evelyn erschiene, Evelyn würde sich noch in irgendwelchem Schaum baden, oder die Haare waschen, von der zofenhaften huldigenden Mutter mit Tüchern umwedelt und sonstwie bedient in sonderbarer Sklaverei. Lebte nicht Evelyn viel familiensinniger als sie selber? Lag nicht in der Ausbeutung und Unterdrückung von Evelyns Mutter ein Wert, der Gildas Vater vollkommen entging, dort im Vorstädtchen in seiner schönen Wohnung zwischen seinen schönen Gemälden und bei der Münzsammlung, den Silberdosen? Aber ihn langweilte das alles ein wenig, und er sah jetzt schon Nachmittagsprogramme im Fernsehen an, wie Gilda bemerkt hatte und was er nicht zugeben wollte. ICH FRAGE MICH HALT AUCH,

VÄTERCHEN, OB NICHT DAS REIZKLIMA DIR ZUSETZEN WÜRDE NACH JAHRZEHNTEN, MAN IST ENTWÖHNT UND NICHT MAL FÜR VICTOR UND MICH IST'S EIGENTLICH NOCH DAS WAHRE DA OBEN. Übrigens, da log sie überhaupt nicht, Gilda dachte an den letzten Sommer und sein anstrengendes Glück eines Produktionsschubs, das war wahrhaftig keine entspannte Zeit gewesen, zumindest nicht im Urlaubersinn, diesem blöden eingeölten verwahrlosten und entseelten Status, den Gilda tief verabscheute und von dem sie profitiert hatte, im letzten Sommer, als zu ihrer eigenen Verblüffung die ganze Serie DU ARMES ALTES MEER entstanden war. Sie hatte, ein Geschenk des Himmels, unbeständig wie Bewölkung, auf einmal nicht mehr unter dem Obertitel ICH BIN EINE KARIKATURISTIN MIT EINFALLSERLAHMUNG gelebt, sondern gezeichnet, in der gestrengen Nähe zur Groteske. Aber noch nicht dort. Sie blieb verständlich. Sie ließ die Leute nicht so leicht abwinken. Und, wie Entlassene, SO BIN ICH ABER NICHT sagen. Ihre Urlauber gab es wirklich. Einige davon waren Gilda sogar sehr sympathisch. Standen ihr allzu nah. Bildeten sie selber ab, ganz persönlich Gilda.

Übte sie eigentlich bereits irgendwelche Äußerungen ein, gerichtet an den Vater? Fern aller traditionellen Zärtlichkeit? Aufgeregt und auch schon aufgebracht? Vielleicht wäre es am besten, die Dinge an sich herankommen zu lassen. Gilda dachte oft, sie könne es sich leisten, eine Spur passiver, vielleicht phlegmatischer zu sein. Nur, vom Typ her war es ihr nicht geschenkt. Beim Stichwort TYP bekam sie die tägliche kleine Angst seit der Zeitungslektüre vor etwa vier Wochen, seit sie es riskiert hatte, den Artikel über die Infarktbereitschaft zu lesen. Zögernd. Aber immer weiter. Meistens legte sie Artikel über derartige Themen sofort aus der Hand, neuerdings, die Beilagen NATUR UND FORSCHUNG und auch NEUESTES AUS DER WISSENSCHAFT, sie kamen ihr etwas garstig vor, wie gegen sie selber gerichtet, spielverderberisch. Nie ahnte man Gutes, wenn man sich auf die Anfangssätze einließ. Sie war entschieden der A-Typ. Mit geballten Fäusten, eher aggressiv, sinnlos hinter irgendwelchen Zielen herhechelnd, das war wohl entschieden sie, ehrgeizig und so weiter. Weil sie nicht willens war oder zu schwach oder beides, auf den Risikofaktor Nikotin zu verzichten, müßte sie versuchen, ein bißchen mehr zum B-Typ, dem Victor entsprach, sich hinzuwandeln. Sich hinzuerziehen. Falls es so etwas gab. Sie traute dem nicht so recht. Victor: wann würde er denn nun eigentlich heute noch mal wach? Sie schlich sich in die Nähe seines Schlafgebiets. Dort war es dunkel. Fast schwarz, von schwarzen Vorhängen. Sein Bett stand in einer Nische, die eine Art Verbindungsgang zwischen Wohnbereich und Badezimmer bildete. Gilda hielt die Stille um Victors Nachtterritorium für künstlich. Wie glücklich ich doch verheiratet bin, empfand sie regelmäßig an dieser Stelle, wenn sie morgens auf ihn wartete. Wenn nicht ganz entschieden war, ob Victor wirklich noch schlief oder nur so tat. Der Gute, der Fürsorgliche, der warme Gewappnete aber auch: oft wollte er Gilda ja einfach Zeit gewinnen lassen. Damit sie in der Lage wäre, ihm anschließend – es geschah also auch ein wenig aus Selbstschutz – als eine gefaßte freundliche Person gegenüberzutreten. Die vielleicht schon ein paar grundlegende Zeichenstriche hinter sich gebracht hätte. Das prinzipielle Muster, die einleitende Skizzierung. Gilda bedauerte Victor ernsthaft, aber mit leichtem Genuß. War sie anlagebedingt eine Spur sadistisch? Manchmal, beim Blick auf schlafende Kleinstkinder in Kinderwagen, verspürte sie einen Wunsch, zuzudrücken, oder sonstwie tätlich zu werden. Aber zu diesem Zeitpunkt jetzt, es war mittlerweile neun Uhr fünfzehn, konnte sie vom Kern des heutigen Tages überhaupt noch keine Ahnung haben. Rückblickend hätte sich vielleicht schon ein Schimmer vom kleinen Guntram über diesen Moment, in der Nähe des möglicherweise irgendwie zu befreienden Victor, legen lassen, wie eine Interpretation.

Gilda ging in die Küche zurück. Sie hatte zwar etwas Angst um ihren Herzmuskel – von dem sie nicht recht wußte, wessen er mehr bedurfte: der Anregung oder der Lauheiten? — aber dann braute sie sich doch den zweiten Kaffee. Diesmal wollte sie ihn nicht ganz so stark machen. Nur gelang es ihr nie, sich zu überwinden, zu allem Halben, zu allem Vorsichtigen, in Fragen des Stoffwechsels. Das war wie beim Salzen, beim Würzen insgesamt: sie mußte es kräftig tun, mit raschem Puls und fahrig vor Risikobewußtsein, der in den ganzen Tagesablauf eingestreuten Unvernünftigkeiten eingedenk. Ein wenig widersinnig, auch süchtig, und überhaupt: von Wahnhaftigkeiten nicht allzu weit entfernt. Ab und zu dachte Gilda, sie sei womöglich längst bereits übergeschnappt. Man verheimliche ihr nur so lang es eben noch ging die böse Wahrheit.

Für Victor aber rührte Gilda stets das unschuldigste Gesundheitsbreichen an. Ihm das Frühstück ans Bett zu bringen, gehörte zu ihren reinsten, zu ihren unversehrtesten Freuden. Bedeutete ein in sich abgerundetes Glück. Kleines Format, großer Effekt, täglich. Beim Frühstück handelte es sich um die einzige Mahlzeit ihres Mannes, die ganz und gar unter Gildas Regie stand. Später erst mischten sich Victors Argwohn und seine Vernunft ein. Er war ein gewissenhafter Maßhalter, glich aber, ohne es zu wissen, beim Bemühen, etwas an Gewicht zu verlieren, dem Sisyphos, weil Gilda ihn morgens unentwegt so gut versorgte. Jetzt noch verfügte SIE, und zwar über einen vierten Löffel Zucker für seine heutige Vanillemilch. Heute würde sie ihm einen zartweißen sämigen sanften kindischen Buttermilchflockenbrei servieren. Wieviel Genugtuung sie darüber empfand. Dankbar sein! Oh ja, sie hielt sich an ihren Vorsatz. Die kleinen Holunderbeeren blitzten noch taunaß in der Sonne. Sonne? Hochsommer? Eigentlich nicht die Jahreszeit, mit der Gilda sympathisierte. Dennoch: bedachte man Photosynthese und sonstige lebensspendende Kräfte, die nur das Sonnenlicht zu vermitteln vermochte, so kam man auch damit zurecht, schließlich, trotz der stumpfsinnigen Sonnenweltanschauung von Hauptsaison und Haupturlauberzeit. Gilda schüttelte sich vor Verachtung. Urlaubslemminge! Nur leider, sie hatte sich im vergangenen Sommer thematisch dermaßen verausgabt. Was wäre aus dem alten Groll denn Neues zu machen?

Das reibende Geräusch beim Verrühren des Zuckers in der Porzellanschüssel weckte Victor auch nicht. Die Standuhr auch nicht. Keiner der zehn Schläge. Um ein neues Stoßgebet aus Dank für die Gegebenheiten sich abzuzwingen, stellte Gilda sich vor, daß Victor gestorben sei. Ganz sang- und klanglos. Wie das zu ihm passen würde. Entweder war sein Innenleben wirklich bescheidener als ihres oder er breitete es nur nicht vor ihr aus. Was ebenfalls auf Bescheidenheit zurückzuführen wäre. Aber die Vorstellung vom Tod des Victor brachte Gilda nichts. Sie war nur entsetzlich und einfach eben tödlich. Gilda gedachte, ihren Mann nicht zu überleben. Sie mußte sich jetzt sofort ablenken. Sie nahm sich mit gebotener Skepsis, doch hoffnungsvoll aus Instinkt, das Fernsehprogramm des heutigen Abends vor. Ob Victor zu RIESELMAYER & COMPANIE zu überreden wäre? Spielte eine hübsche Schauspielerin mit? In Anbetracht der stark bevorstehenden Ferienreise würde er einsehen, daß Gilda irgendwo in einem Film untergebracht werden müßte. In allen dritten Programmen gab es nur Bildung. Einen dieser Dreiviertelstundenfilme ihrem Vater anzudrehen, später beim Telephonat um zwölf Uhr, beschloß Gilda jetzt fast frohgemut: GEORG BÜCHNER UND DIE FOLGEN. Für den Vater kam es ja wohl hauptsächlich auf das Sehen selber an, doch wenn er außerdem im Gefühl bleiben konnte, sein ihm immer noch etwas neues und anrüchiges Treiben als ein FERNSEHZUSCHAUER habe etwas zu tun mit dem früheren Zusammenleben, das zwischen ihm und den Büchern, Bildern, Sammelgegenständen ein bißchen versickert war, dann konnte von einem Glücksfall die Rede sein. Wäre Victor auch nicht von GETEILTE STADT BERLIN zu überzeugen, was ziemlich felsenfest stand, so könnte Gilda ihm gegenüber Franz Kafka erwähnen, war es nicht Kafka, der mit den Abreiseneurosen, aber war nicht doch gerade Kafka verhältnismäßig viel gereist, wenn auch nur zur Kur, aber gereist. Wie auch immer, ihre eigene reisefiebrige Erkrankung befand sich in bester Gesellschaft, denn um eine Erkrankung handelte es sich. Gilda seufzte. Oft ist meine Melancholie tatsächlich am Überschwappen, dachte sie.

Da fiel ihr der Ausweg WARTEZIMMER ein. Nach etwas erhöhter Temperatur fühlte sie sich sowieso. Die Mutter vom kleinen Guntram, sie und er, zwei Gilda in diesem Augenblick noch total unbekannte Exemplare der menschlichen Spezies, die hatte ihren Termin beim Arzt schon fest gebucht. Schwierig, sich nachträglich diese Anbahnung unverknüpft vorzustellen. Diese Parallelen. Dann Fluchtlinien. Schließlich Schenkel eines Dreiecks, die ihrem Winkel zustrebten. Ja, hinterher redete man dann von Determiniertheiten.

Daß Victor nun seine kleine Bimmelglocke bediente und sich wach meldete, daß sie ihm den herrlich kindermäßigen Flockenbrei zwischen aufgeschlagene Morgenzeitung und Oberbauch auf der Steppdecke in eine Mulde bohren konnte, im schönen antiken Schüsselchen aus der Wallendorf-Manufaktur – HUNDERTTAUSEND DANK LIEBER LIEBER

VATER – das und Victors nach gründlichem Ausschlafen erst recht etwas schnullerhaft getröstetes und doch gleichzeitig trostbedürftiges Gesicht, Gildas wichtige Genußmittel – sie nahm gar nichts davon so richtig wahr, beschlagnahmt von der aussichtsreichen Idee, dem gefährlichen heutigen Tag mit einem Arztbesuch einen festen Sockel einzuzementieren.

Victor fiel wohl nichts Besonderes an seiner Frau auf, denn so zerquält sah sie seit ungefähr acht Tagen aus, seit er zum ersten Mal im Sinn von Kofferpacken die Ferienreise erwähnt und WÜRDEST DU DANN DEMNÄCHST AUCH DEINE ZEICHENUTENSILIEN RICHTEN gesagt hatte. Er war über ihre mißlaunige Reaktion hinweggegangen, erinnerte sich Gilda. Manchmal wirkte er doch wie von einem Schutzengel gegen sie und ihre paar Tücken abgesichert. Ausgenommen die Überernährung beim Frühstück. Aber sonst gnädig bewahrt von den schlimmeren Übertriebenheiten bei Gilda. Auch machte es ihm vielleicht gar nichts aus, wenn sich bewahrheiten sollte, was Gilda als Drohung konzipiert und ausgestoßen hatte, was aber doch Ausdruck ihres eigenen Kummers gewesen war. Sie werde überhaupt nicht zeichnen, aller Wahrscheinlichkeit nach, sie sei es leid, sie sei dessen überdrüssig. Mit der steinernen Ruhe eines Gehörlosen: Victor.

Und wie geht es DIR, Liebes, fragte Gilda, mit gut gesetzten Anführungszeichen um das Personalpronomen, anzüglich, verräterisch. Aus ihrer Frage könnte noch der Naivste schließen, was sich aus einer Erkundigung nach ihrem eigenen Befinden ergäbe: nichts Gutes. Victor sah auch gewarnt aus, jedoch ein wenig chronisch. Und nun war Gilda dran und sie erwähnte ihr leichtes Fiebergefühl. Dann miß dich, sagte Victor. Man konnte so etwas wie RUHIG BLUT förmlich mithören. Wenn du meinst, sagte Gilda. Na ja, miß dich, und dann weißt du Bescheid.

Victor las nun langweilige Partien der Zeitung geduldig, wie aus Notwehr, und er sah vorbestraft aus, fand Gilda. Eine winzige Sekunde dauerte ihr Bedürfnis – dieser kleine harte wichtige Wunsch in ihr – zuzuschlagen, mit irgendwas einfach mal loszulegen. In so viel gutartige Sanftheit hinein etwas zu SETZEN. Aus Liebe könnte ich töten, dachte Gilda. Aus Mitleid. Oder ist es etwas Perverses? Womöglich triebhaft? Dafür hielt sie sich nicht. Schnell und unüberlegt wie das Salzen, wie der Löffel Kaffeepulver zu viel: die kurze, definitive Liebesbrutalität.
Gilda genoß die kleine Ruhepause, während der sie beim Fiebermessen seitlich und mit angewinkelten Beinen auf ihrem schon in eine Tagescouch verwandelten Bett lagerte. In dieser Haltung kam sie sich ohnehin immer reichlich krank vor. An welchen Arzt sollte sie sich wenden? Übrigens: so bald sie sich darum kümmerte, war es auch wieder da, das neue Symptom mit seinem Vorwarnreiz. Der etwas unheimliche Druck auf der oberen Nase, ein anfallhaftes Schwellungsgefühl. Mit kurzer Benebelung des Kopfes, gleichzeitig. Gilda war stets leicht in Sorge um ihr Gehirn. Neulich bei einem Teebesuch erzählte Dr. Gumpoldt die dramatische Geschichte, die sich aus einem Druck auf sein rechtes Ohr entwickelt hatte. Als HÖRSTURZ und eine reichlich schlaganfallartige Angelegenheit war das diagnostiziert und in einer Klinik mit blutverdünnenden Infusionen behandelt worden. Gilda hoffte, daß es bei ähnlichen Druckverhältnissen, aber in der Nasengegend plazierten, nicht um Sachen mit dem Gehirn ging. Einfach auch, weil es kein dem HÖRSTURZ vergleichbares Substantiv für Nasenprobleme gab, die Nase schien doch ein verhältnismäßig unverfängliches Organ zu sein. Schleimsturz, Geruchssturz: selbst wenn solche Phänomene vorkommen sollten, so wirkten sie von vornherein nicht weiter folgenschwer. Sie hörten sich fast erheiternd an. Obwohl, von einem STURZ

an sich und als solchem, es ging einfach nichts Anheimelndes davon aus, einfach als Begriff, Gilda sehnte sich nach einem behaglich gearteten Krankheitsbild. Nach allem Möglichen zugleich: nach Begründung und Ursache und Verzeihlichkeit ihres Dämmernachmittags, den sie ins Auge faßte. Von welchem Arzt verordnet?
Immerhin, diese gotteslästerliche Langeweile, diese Ungeduld und leere Reue, diese vaterlose Ferienplanung: sie verloren an Gewalt über Gilda, die mit mattem Triumph »37 fünfeinhalb« Victor zurief. Und was hältst du davon, fragte Victor. Er setzte sich neben sie. Saß treulich und unbequem auf dem Bettrand. Wissend, daß sie ungern in Kauf nähme, wenn er, bei bequemerem Sitzen, zu viel von der bereits gestrafften Bettdecke zerknautschen würde. Der liebe liebe Victor, war in Gilda längst mal wieder als Dankgebet und Antwort an ihr Leben fällig. Er sah so erbötig aus. In dieser Haltung und mit offenem Hemd faltete sich die Haut auf Victors Bauchdecke. Er preßte in geübter Weise mit der rechten Hand drei Wülste Fleisch zusammen und rüttelte ein bißchen daran herum. Mit diesen Wammen kann ich mich in dem Jahr schlecht am Strand blicken lassen, sagte er wie jedes Jahr, mit besorgtem, leicht verdrossenem Ausdruck. Gilda brauchte das zum Liebesmitgefühl. Jetzt, mit 37 fünfeinhalb, kam wirklich etwas mehr Geborgenheit in diesen Tag. Eigentlich stand bereits ziemlich fest, daß heute nicht der günstigste Zeitpunkt wäre, beim Vater den Abschiedsbesuch zu machen. Nicht mit diesem Unwohlsein. Sollte sie jetzt den Nasendruck erwähnen? Würden auch Victors Erinnerungen sogleich zu Dr. Gumpoldts Ohrschwierigkeit gescheucht werden? Wenn es so vitale, so optimistische Brocken aus vegetativer Substanz erwischte, wie Dr. Gumpoldt einer war! Wie leidig alarmierend! Solche Leute, zwar sicherlich keine B-Typen, eher A-Typen mit den

geballten Fäusten und den Hetzjagden nach sinnlosen Zielen, aber Leute, die den Tag mit zwanzig zügigen Runden im Schwimmbassin einleiteten und auf einem stillgestellten Fahrrad kilometerweit fuhren, ohne vom Fleck, aber gesundheitlich weit zu kommen! Die abends nicht träge vom Fernsehangebot sich bedienen ließen, sondern eigene kreative Anstrengungen vorzogen, töpferten oder Bücher lasen!

Ja, es erwischte eben ganz grundsätzlich alle, worin noch eine Art von Gerechtigkeit zu erblicken war. Nur die elendigliche Ungewißheit über den Zeitpunkt, die machte Gilda zu schaffen. Und noch immer habe ich, so dachte sie später, dort auf meinem Bett und von Victors Wammen gütig behütet, nichts geahnt vom kleinen Guntram. Dem ebenfalls Ahnungslosen.

Als sie WEISST DU, ICH RAFF MICH EINFACH MAL AUF sagte, gelang ihr eine ehrliche Bewunderung für sich selber. Sie fand sich gut. Sie redete nicht von ihrer Nase. Zu sehr ängstigte sie doch alles, was womöglich mit VERSCHLÜSSEN oder PFROPFS zusammenhing. Vor dem Ereignis der DURCHBLUTUNG empfand sie einen Ekel. DURCHBLUTET zu sein, und vielleicht gar UNZUREICHEND BIS SCHLECHT, als eine Art Pumpwerk herumzulaufen, schrottreif werdend, wie erbarmungswürdig und wie bedroht! Ein technischer Betriebsfehler, ein Unfall und Ausfall genügte, und alle Schuld bliebe ungetilgt! Lieber Vater, guter Victor. Lieber Gott im Himmel. Guter Mond du gehst so stille. Frieden! Vielleicht sollte sie diese kleine neue Druckwallung erst mal ruhen lassen. Ja, in Frieden, richtig! Der Zahnarzt erschien ihr als die klarere Linie.

Im voraus tat Victor ihr leid. Jetzt noch las er eine Liste durch, auf der alle Einzelposten aufgeführt waren, die ihre Abreise in die Sommerferien betrafen. Unübersichtlich viel war jedesmal zu bedenken, wenn man ein einzeln stehendes Haus verließ. Ganz abgesehen von der Packerei. Jetzt noch war er friedlich beschäftigt. Während Gilda dachte: Die Entscheidung wird wohl auf Zahnweh fallen. Und: Wir irren uns, eigentlich sind die Sommerferien schon gelaufen. Passé. Hatten wir schon.

Erst in der vorletzten Woche hatte Victor sich ihretwegen gutartig auf das ganze Überweisungstheater eingelassen. Es ergab sich immer daraus, daß Gilda spontan mit irgendeinem Befund in der Praxis eines der in Frage kommenden Ärzte erschien. Beim Hautarzt also beispielsweise noch ohne Krankenschein. Was gegenüber alten Patienten ihrer Art keine Affäre war. Aber als gewissenhafte Personen sorgten Victor und Gilda dafür, daß dann, nach der Konsultation, gleich vom Arzt, der vorher aktiv geworden war, eine Überweisung erbeten wurde.

Oft sah Victor eigentlich so aus, als könne man ihm alles anvertrauen. So vernünftig, und liebevoll genug. Oder die Annäherungen an ALLES, die könnte Gilda ihm anvertrauen. IRGENDWAS STIMMT NICHT GANZ MIT MEINEN AUGEN ließ sich äußern. Und zum Hinweis zurechtbiegen, möglicherweise komme eine Brille in Betracht. Gilda sah das richtig und voraus, daß die Aussicht auf eine Gilda mit Brille Victor in Stimmung brachte. Es bedeutete Abwechslung. Bei einer so langjährigen Ehefrau, wie sie ihm war, kein Schaden. Der Augenarzt veranstaltete eine regelrechte Hetzjagd von Sehtests mit ihr und es kam zu keinem Genußerlebnis. Während er eilig kleine Notizen machte, die er für nebensächlich und etwas verächtlich zu halten schien, versuchte Gilda sich ein letztes Mal zu behaupten. Ich hatte ja eigentlich nur den Eindruck, sagte sie, daß diese Augen hier, meine Augen, daß sie etwas zu klein sind, ich meine wenigstens, sie werden jetzt einfach kleiner, verglichen mit früher.

Verglichen mit früher waren sie nur leicht weitsichtig,

läppische 0,75 Dioptrien. Und Gilda hatte keinen Spaß an der Lesebrille nach Bedarf, Victor auch nicht, denn Gilda als Neuling war ohne jedes Pflegebewußtsein dem teuren Gestell und den entspiegelten Gläsern gegenüber. Außerdem sah sie plötzlich einer Verwandten ähnlich, die sie alle beide komplett vergessen hatten, einer toten, nicht üblen Verwandten, und sie waren von diesem Phänomen ein wenig peinlich berührt. Fast eine Art Reinfall, das Abenteuer Augenarzt. Aber Gilda hatte es wie immer hoch geschätzt, zwischen den Arztpraxen hin und her kutschiert zu werden, vom derzeitigen Krankenscheininhaber zum Überweisungsanwärter. Sie genoß den leichten Betäubungsrausch als leichter Pflegefall während der Zickzackfahrten durch die Innenstadt, sammelte Eindrücke von deren gnadenloser Häßlichkeit bei sonnigem Wetter, Stoff für irgendwannmal, Victor geistesgegenwärtig am Steuer, AUF HEISSEN REIFEN und radikaler als jeder Taxifahrer abrupt und schnell vor Ampeln, mit den üblichen Verfluchungen der anderen Verkehrsteilnehmer. Gilda liebte ihr Kinderwagengefühl zwischen Apotheken und Arztvorzimmern, während Zeit verging und darum ging es. GUT verging sogar, sogar vor Ferienabreisen, inmitten der Abnabelungsneurose. LIEBER VATER, NUN KOMMT AUCH NOCH DAZWISCHEN, DASS ICH VON ARZT ZU ARZT RENNEN MUSS. Und noch immer war der kleine Guntram ein Fremder.

Auf den unverfänglicheren Zahnarzt war jederzeit Verlaß. Dr. Schliefer, in dessen Patientenkartei Gilda seit Jahren eine wichtige Rolle spielte, machte zur Zeit in Paestum einen Bildungsurlaub. Gilda dachte: An dieser Reise und ihren Unkosten bin ich beteiligt, speziell an kleinen Extras abends in der Bar. Wenn Dr. Schliefer bei Bestandsaufnahmen seiner Assistentin Kronen und Überbrückungen diktierte, Gildas Kiefer in Numerierungen durchgehend, übersetzte sie seine Chiffren in Begriffe: SPÜLMASCHINE,

STUDIENREISE HELLAS, AUSBAU VERANDA. Dort im Behandlungsstuhl genoß sie ein gutes Gewissen.
Was tun mit diesem Tag der vorausgespürten Untreue? Von Ferien ohne Verantwortung! Victor schien nichts Notrufartiges mehr zu erkennen in Gildas Gesicht, zu dem er allerdings auch nicht mehr hinschaute, denn er hatte sich Tätigkeiten zugewandt. Jetzt schrieb er das übliche Merkkärtchen für den Briefträger. Seine Daten wirkten schon rein als Anblick so verläßlich. Ungeduldig wünschte Gilda sich Geduld, diese Geduld Victors. Sie wollte sofort irgendwas richtig Vitales für ihn tun. Vielleicht einen Satz sagen, der diesen gemeinsamen Alltag untermauerte. Etwas war fällig, ein Wortgrüppchen, eine Geste, etwas das diese kleine Szene und den jetzigen Moment darin aufspießte und das Ganze ein bißchen unsterblicher machte. Der Garten könnte jederzeit von ihr gelobt werden. Wollen wir einen kleinen Rundgang machen, Schätzchen? Ach, diese schwindsüchtigen besseren Absichten! Ebenso JEDERZEIT würde ihr von Victor ein Zahnweh geglaubt, und Zahnweh wäre auch, im medizinischen Bereich, die liebevollste Entscheidung Gildas, eine nicht weiter sorgenbereitende Angelegenheit, durch Gewöhnung sowieso.
Es gab schließlich diesen Vertreter Dr. Schliefers, einen etwas fanatischen Gegner von Süßigkeiten, einen verstockten, nicht weiter appetitlichen Radfahrer und Vegetarier. Mit eher veraltetem Instrumentarium. Er schien seinen Beruf nur aus weltanschaulichen Gründen auszuüben, und es war auch wenig Geschicklichkeit im Spiel. Hielt gern Vorträge über das große Übel KARIES, ein Punkt, in dem er seinen Teufelsglauben bewahrte. Er wäre schlecht gelaunt genug, um in Gildas Mund eine schlimme Entdeckung zu machen. Wenn einer nur ein bißchen aufgeweckt war in seinem Beruf, dann fände er immer irgendeine Baufälligkeit, einerseits — und andererseits kam es ja überwiegend

auf Unterbringung an. Gilda wog aber noch mit den Licht- und Schattenseiten herum. Diesem Vertreter einen Triumph zu verschaffen, es leuchtete ihr wirklich nicht ein. Auch wenn sie das Wartezimmer des Vertreters in ihre Vorstellungen projizierte, erlitt sie einen Lustschwund. Dieser mürrische Obwalter unbequemer Sitzmöbel und eines kleinen Tisches in der Mitte des quadratischen Raums bot im Hochsommer frühestens irgendwelche Januarausgaben von Zeitschriften für Tierfreunde, ein paar Programme für Radwanderungen in den deutschen Mittelgebirgen, und überall waren Feindseligkeiten gegen die Bäkkerinnung und Schokoladenindustrie ausplakatiert. Gilda, die nicht wußte, daß die Mutter vom kleinen Guntram auch keinerlei Zahnschmerzen hatte, fühlte sich von dem Kollegen des Dr. Schliefer ausreichend abgeschreckt und entschied sich gegen Zahnschmerzen. Obwohl es wahrhaftig auf die Ästhetik eines Wartezimmers nicht ankommt, dachte sie. Aber zusätzlich zur Notwendigkeit, einen Unterschlupf zu finden am heutigen Tag, fern von den aufgeklappten Koffern, wäre der kurze ärztliche Kontakt mit einem freundlichen Menschen eine Hilfe.

Woher solche Hilfe manchmal kam, war doch völlig unvorhersehbar, empfand Gilda im Rückblick. Ein Gottesbeweis, wenn das keiner gewesen ist, heut nachmittag. Man ist zu unaufmerksam, auch undankbar, ich war es wieder. HIER IST EIN MENSCH IN NOT, das war von OBEN eingesehen worden, ein Blick war auf sie gefallen, auf ein Wohlstandselend, auf einen Luxusslum und Privilegienmüll, oh ja, nicht nach MENSCHLICHEM ERMESSEN geht es eben zu und die religiösen Offenbarungen werden auf den ungewöhnlichsten Schauplätzen errungen, sofern man die Augen offen hält.

Sie sammelte ein bißchen ihre Eindrücke. Machte sich ihre gegenwärtigen Gefühle bewußt. Noch vier Stunden und sie nähme ihre zwei Revonal retard zu sich, beim Runterschlucken flüchtig der Gefahr eingedenk, aus den jetzt bereits bitzelnden Fingerspitzen der rechten Hand – der Zeichenstifthand – werde ihr dieses Medikament eines Tages irgendwelche schlußstrichhafte, besiegelnde Folgeschäden eingebracht haben. Irgendwas mit DS, dachte sie, sie dachte das Wort DURCHBLUTUNGSSTÖRUNG nur mehr als Abkürzung. Seit dem heutigen Nachmittag. Seit Dr. Heftlinger seiner Gehilfin LEICHTE DS RECHTS zugerufen hatte. Denn schließlich hatte nicht die Furcht vor dem vielleicht allzu schwerwiegenden Nasendrucksymptom, sondern das Verlangen nach dem FREUNDLICHEN MENSCHEN in der Arztfigur den Ausschlag gegeben und Gilda war von Victor gutwillig, nicht überbesorgt, aber auch nicht gleichmütig zum HNO-Arzt gefahren worden. Sicher hatte Victor darauf gesetzt, daß wie meistens die Diagnose die Therapie sein werde, bei seiner stets erschrockenen Gilda. Mit dem kleinen Guntram war von keinem der Beiden gerechnet worden.

Wie auch? Der gute Vater dort im Vorstädtchen, für den Abschiedstee mit seinen furchtbar erwachsenen Kindern schon gerüstet, da rentnerte er vor sich hin, verspießerte wohl ein wenig und sah deshalb manchmal jetzt etwas mißgelaunt aus, über sich selber bekümmert, über einen, der sich im lässigsten seiner sonst doch ansehnlichen, ja schönen Zimmer nun am häufigsten aufhielt, in der Gesellschaft von Fernsehapparat und Programmzeitschriften. Dieser gute Vater mit seiner etwas freigängerhaften Muße, erinnerte er nicht an den kleinen Guntram? Sie hatten da irgendeine geheimnisvolle, schwer verständliche Gemeinsamkeit. Der kleine Guntram mußte erst laufen lernen. Der alte Vater mußte verlernen, das Laufen für so wichtig zu halten. Beide hantelten sich so durch. Beide waren auf fremden Beistand angewiesen. Befeindet mit Geräten und kantigen Gegenständen, aber interessiert, irgendwie aufgeschlossen. Sie waren nicht willens, auszuweichen, faule Kompromisse zu schließen. Unbeugsam auf eigenen, von Fußangeln und Fallstricken gesäumten Wegen. Den Tükken des Objekts merkwürdig zugetan: immer wieder ließ der kleine Guntram nicht locker und rüttelte am Stuhl, dessen Lehne ihm gefährlich werden konnte. Auch der schüttere Flaum, zerwetzt am Hinterkopf, nur blaßblond beim kleinen Guntram, erinnerte Gilda an die Haare ihres Vaters, ein wenig. So zwei, die sollten sich zusammentun. Komplizen werden gegen die Machenschaften ihrer Umwelt.

Schon auf dem Untersuchungsstuhl, erfüllt von der herzlichen Art dieses Arztes Heftlinger, beschloß Gilda, anschließend ins Wartezimmer zurückzukehren, der Mutter des kleinen Guntram anzubieten, sie werde das Kind bewachen, während die andere im Sprechzimmer dran sei. Sie könne sich Zeit lassen. Dem Arzt wäre ebenfalls gedient, denn er hätte seine Gehilfin ganz für sich, müßte nicht mit dem kleinen Guntram teilen. Gleich zwei Wünsche Gildas gingen in Erfüllung. Der erste: ihre Nasenbeschwerden waren von der gewohnten vasomotorischen, vegetativen, nervösen, durch klimatische Bedingungen unterstützten Natur, wenn man mal das DS-Geschehen ganz draußen ließ, und Gilda ließ es ganz draußen, weil die zweite Wunscherfüllung sie ablenkte – es war kein weiterer Patient in der Zwischenzeit ins Wartezimmer gekommen, in diese Kammer für die besonderen Patienten, die von einer Art Geheimdienst auserwählt waren, Gilda verstand nicht ganz wieso, denn sie war Mitglied einer Ersatzkasse. Auch die Mutter vom kleinen Guntram sah nicht so aus, als könne sie sich eine private Krankenversicherung leisten, zusammen mit dem Kind und einem Mann, den Gilda sich unauffällig jung und im technischen Beruf vorstellte, auf niedriger Sprosse noch, im Angestelltenverhältnis und kreditbeladen. Victor war von Gilda versprochen worden, falls was Ernsteres mit der Nase wäre, werde sie ein Taxi für den Heimweg nehmen. Er selber wollte endlich ein richtiges Stück weiterkommen mit den Reisevorbereitungen.

Ich würde ihn wirklich gern zeichnen, sagte Gilda zu der jungen Frau, die freundlich, aber ziemlich unerregbar wirkte. Eine Frau, die man sich unmöglich jemals enthusiastisch vorstellen könnte, fand Gilda. War sie selber vielleicht ein bißchen beleidigt? Weil diese Mutter nicht anzurühren war, nicht Gildas Absicht, ihren Sohn zu zeichnen, erschreckt vor Glück aufgenommen und erst mal von sich gewiesen hatte? Sie lächelte nur immer so weiter vor sich hin, falls das überhaupt LÄCHELN war, es war fast nichts oder einfach eben diese etwas blasse nette Physiognomie. SIND SIE MALERIN hatte die Frau auch nicht gefragt. Wieso eigentlich nicht? Ihre Arme waren ständig wie bereitgestellte Ruder pantomimisch und vorbeugend hinter dem Kind her, mit schaufelartig geöffneten Händen, jederzeit abfangbereit. Und doch wunderte Gilda sich über die Sorglosigkeit der Mutter. Der kleine Guntram schwankte dauernd so haltlos herum, schien allzu leicht nach hinten wegkippen zu müssen, mit einem Übergewicht auf dem Oberkörper. Der Unterbau war unzuverlässig beim Guntram. Man schwebt wirklich in Todesangst um ihn, sagte Gilda. Die Mutter blieb weiterhin schwer zu beeindrucken und widersprach weder, noch stimmte sie zu.

Übrigens beeindruckte Gilda ständig sich selber. Es entsprach ihr so gar nicht, überhaupt auf ein Kind zu reagieren. Nicht nur in Wartezimmern huldigte sie der Gewohnheit, sich abzukapseln, und auch zu Dr. Heftlinger war sie mit einem Buch gekommen, schmal genug für die Handtasche, aber ein wenig zu langweilig, sie kannte das alles, es war nur eine weitere Chopin-Monographie, und immer schockierte sie der altbekannte Anfangseindruck: das Genie war in einem Lebensalter gestorben, über das sie nun schon mehr als ein Jahr hinausgelebt hatte, aber wie! Ohne daß es so wichtig gewesen wäre, oder, ihr Leben? Kein aufmunternder Gedanke. Sie war allzu leicht zum kleinen Guntram abgeschweift. Auch bedrückte sie, anfangs, als sie Lesen noch wenigstens simulierte, ein törichtes Gefühl, ein bei einem dermaßen babyhaften Menschen geradezu sinnloses Gefühl: sie kam sich unhöflich vor, wenn sie nicht aufschaute. Zu ihm hinschaute, der auf sie zuwackelte. Dessen unvermutetes Lächeln sie verblüffte. Dann entzückte. Immer auch ein bißchen beschämte.

Guntram hing als Name wie eine Vorstrafe über dem Kind. Die Freundlichkeit des dicklichen Gesichts hatte wieder etwas vom alten Vater, in dessen argloseren Momenten, zum Beispiel wenn er eingestand, reichlich viel Zeit vertrödelt zu haben beim Anschauen von GUTEN ABEND IM ROLLSTUHL und FITNESS MIT PROTHESEN.

Wie gut, daß sich im Hochsommer nur die wirklich Betroffenen in den Sprechstunden der Ärzte einfanden! Gilda schauderte vor Freude und auch vor Angst, denn nun lastete die Verantwortung für Guntrams zarte Schädeldekke ganz allein auf ihr. Sie vermochte es nicht, den Gleichmut seiner Mutter aufzubringen und zahllose Genickbrüche des Kindes zu kalkulieren, seine Gehübungen einfach für wichtiger haltend. Sie packte plötzlich etwas zu fest zu. Es entging ihr nicht, daß Guntram sie daraufhin eine Spur grantig und bescheidwissend ansah. VATER, DU SIEHST DOCH EIN, DASS ABSOLUT KEINE ZEIT MEHR BLEIBT.

Vom kleinen Guntram ging ein warmer, gemütlicher Geruch aus. Gilda wollte ihn wieder zum Lachen bringen, hauptsächlich, um die komischen weißen Zähne unten in der Mitte nochmal zu sehen. Sie wirkten so künstlich. Und kamen völlig unvermutet hervor. Von neuem fühlte Gilda sich zu etwas Rigorosem getrieben. Zwischen Kopf und Körper war beim kleinen Guntram noch kein Hals. Gilda hatte Lust, in die enge Riefe dort zu fassen. In der Wartekammer für die besseren Patienten stand außer vier Stühlen mit Stahlrohrbeinen und Sitzmulden, Rückenlehnen aus schwarzem Kunststoff, noch ein Liegebett, für Untersuchungszwecke und allfällige Ohnmächtige, wußte Gilda, ein schmuckloses Gerät, auf dessen dunkelgrüner Plastikfläche ein Mensch objektiv und zugänglich wurde, nach allen Seiten. Zwischen dem Kopfteil und der Horizontalen war eine Art Latz aus Zellstoff verrutscht. Das Kind gab es endlich auf, dorthin zu grapschen, aber nur, weil jeweils dann die Schraube am unteren Gestänge dran war. Das Kind besaß noch alle Möglichkeiten, sich zu interessieren. Auch am Beißen in den Plastiksaum vom Liegebett fand es Gefallen. Im flachen Winkel zwischen Kopfteil und Behandlungsfläche waren der kleine Guntram und das Liegebett genau gleich groß. Hausmeisterhaft ging der Guntram seine drei Tätigkeiten abwechselnd durch und wirkte mit Befingern der Schraube, Beißen und Belecken des Überzugs, Greifen und Patschen nach dem Latz vollbeschäftigt. Um jeden seiner drei Programmpunkte abzuleisten, mußten kurze Wegstrecken zurückgelegt werden. Mit größter Risikobereitschaft. Diese ganzen Entdeckerfreuden – wozu? Ein wenig Speichel troff von seinem kleinen, spektakelmäßigen Mund, der sich bei kurzen törichten Rechthabereien, beispielsweise nach erfolgreich abgefingerter Schraube, trichterartig öffnete, etwas schief stand, während ein krähender, irgendwie vogelkundlich belegbarer kurzer Lärm entwich. Wobei der kleine gedrungene Körper leicht in sich selber bebte. Sehr winzige Vögel können auch so laut sein, sagte sich Gilda, die es unklug vom kleinen Guntram fand, sie, seine Wächterin, mittlerweile doch

wieder anzugrinsen, stets nach einem seiner Erfolgserlebnisse. Aber er widersetzte sich, sobald sie versuchte, ihn an sich zu ziehen. Er hatte zu tun. Er beabsichtigte keineswegs, die drei einfältigen Probleme des Zimmerchens nun endlich ruhen zu lassen. Auf diese große Person einzugehen, auf Gilda, seine Zeit war einfach zu knapp für derartige Zuwendungen.
Er wirkte so unpersönlich. Konnte ziemlich grimmig werden, wenn er den Verdacht schöpfte, die Gestalt im Stuhl sei darauf aus, ihn umzudirigieren, von seiner Bahn abzubringen. Nur als Zuschauerin war sie ihm gut und recht. Gilda fühlte sich plötzlich geknechtet, ganz und gar nicht mehr als wichtige schillernde Individualität. Das Kind herrschte so vor. Es kam ihm nicht auf sie an. Ich könnte sterben, ich könnte an einem Asthmaanfall ersticken, der kleine Guntram nähme dran teil wie am Funkeln der Schraube, kleiner stumpfsinniger Techniker, der er ist. Aber daß er ohne Schadenfreude wäre, wenn etwas Peinliches mit ihr geschähe, beruhigte Gilda dann wieder. Er war nicht ohne Wohlwollen, alles in allem. Nur entsetzlich sachlich. Sie griff nach seiner Hand, beziehungsweise dieser grotesken winzigen Imitation einer Hand. Ruhe jetzt, zischelte sie ihm zu, gib auf, du kleiner Idiot. Wie fragil seine Stimmung war! Sofort schlug sie in verärgerte Grämlichkeit um.
Victor – er hatte es doch so viel weiter gebracht in der Kontrolle über sich selber. Trottete gefaßt vor sich hin bei klippenreichen Engpässen auf seiner Wegstrecke mit Gilda. Nur vom Vater her schien ihr diese mißtrauische Unbeherrschtheit des Guntram bekannt. Das Kind glich jenen ganz Alten, die nicht mehr bereit dazu sind, sich gut zu benehmen. In Ferienhotels hielten sie sich an keine Spielregeln. Zeigten ihr muffeliges vorgeschichtliches Weltverständnis und hatten ganz andere Vorstellungen von

Reispuddings als diese Greenhorns von Köchen. Fernsehmoderatoren trieben manchmal solche ältesten Mitglieder von Parteien auf, die sich dem grantigen Witz ihrer 99 Jahre anvertrauten, anstatt als reinrassige Vorkämpfer ins Mikrophon zu nuscheln, wie es damals war, als sie dabei halfen, die sozialistische Idee zu begründen. Statt sich eines Händedrucks mit August Bebel zu erinnern, hatte vor kurzem so ein menschliches Zeitdokument den Moderator mit GLATZKOPF angeredet und gelassen dafür den Dank des Publikums eingeheimst. Ach, all diese zukünftigen Überflüssigkeiten, diese langen bevorstehenden Jahre mit Geschehnissen, die zu nichts anderem gut wären als vergessen zu werden, all das Getue von Alltag für den kleinen Guntram, bloß damit er am Ende als einer dieser alten Männer seine Umwelt quäle und, zu selten, amüsiere: es war sehr sinnlos, fand Gilda, und doch auch tröstlich, es war einfach zum Lachen.

Das kleine göttliche Beweismaterial, der Körper GUNTRAM. Danken! Zugreifen! Hier und jetzt! Gilda beschloß, ihre Chopin-Monographie zu opfern. Vielleicht wäre das Kind damit anzulocken. Sie hielt ihm das Buch so hin, daß sich dem Kind der ihm geläufige Lockreiz GREIFEN bilden müßte. Da, da! sagte sie leise und etwas verlegen. Tatsächlich erblickte der kleine Guntram einen Sinn darin, dem halbhohen, schilderhaften Angebot entgegenzuschwanken, und dies war der günstige Moment, den Körper vom Kind zu fassen. Er war warm, aber ein bißchen enttäuschend. Gilda faßte noch nicht sehr fest zu, da der kleine Guntram, obgleich er am Buch nicht desinteressiert schien, doch unmutig wirkte und wieder dem geriatrischen sklerotischen Argwohn gegen die Welt verfiel. An einen Angestellten neulich bei der städtischen Siemens-Filiale fühlte Gilda sich erinnert. An diese arbeitsplatzmäßige, Kunden einfach grundsätzlich nicht gewogene Art des Mannes hinter seiner

Barriere. Er hatte die Staubsaugerverbindungsschnur ohne den kleinsten Freundlichkeitsaufwand vor Victor und sie auf die Theke geschleudert. Du, Victor, sagte Gilda, Leute wie die sollen wir unausgesetzt irgendwie geistig und sozial und humanitär bemitleiden, und ich sehe das mal wieder überhaupt nicht ein.

Mit dem kleinen Guntram, den Gilda am Chopin nun sogar lecken ließ, wurde der Ausbreitung des Mittelmäßigen auch nichts entgegengesetzt. Er hätte die üblichen Chancen. Er würde das Übliche erleben. An die Stelle einer wirklich fesselnden Schraube träte der Sinn des Lebens in Gestalt einer Fußballmannschaft. Und so weiter. Wie viel Einzelaufwand trieb man – wer sonst als der liebe Gott? – für die nebensächliche Hauptperson eines Lebenslaufs; des doch wahrlich unauffällig wirkenden Lebenslaufs dieses einzelnen und auf eine rätselhafte Weise eben doch charakteristischen kleinen Guntram. So viel Geduld für ihn. Von oben – von wo denn sonst? So wie auch ich erblickt werde, erinnerte Gilda sich, obwohl GLEICHZEITIG beispielsweise 45 Leute bei einem Hotelbrand in Flammen stehen! Und selbst wenn ein Papst stirbt, bleibt es der göttlichen Aufsicht wichtig, ob der kleine Guntram nun über das erste richtige Entsetzen innerhalb seiner Biographie in ein Geplärr verfällt oder nicht. Also bleibt es wichtig, ob ich das Entsetzen auslöse oder nicht. Um seinetwillen, aber auch um meinetwillen.

Den sowieso weltfremden Gedanken, den kleinen Guntram zu entführen, ließ Gilda jetzt fallen. Mit dem unvorteilhaft angezogenen Baby hätte sie sich gar nicht gern blicken lassen, machte sie sich vor. Es war nicht der tiefere Grund, aber sie hielt daran fest, das rötliche Orange in seinem sonst weißen Pullover zu verabscheuen. Sackartig, beutelartig verdächtig wirkte die unten verklumpte, ebenfalls orangerötliche Strickhose auf sie. Es mußte sich um

Windeln handeln bei dem, was die Unterpartie des kleinen Guntram so unansehnlich machte. Wirklich, sie wollte vom kleinen Guntram lassen. Langweilte er sie nun auch ein wenig? So bald schon? Mit dem Lecken und Beißen am Chopin-Buch war Guntram so ausgelastet, daß er freiwillig an Gildas Hand gefesselt blieb, von innen heraus bebend. Gilda wünschte dringend, ihn abzuschütteln. Ihm einen Stoß zu versetzen. Seiner Mutter, der regelmäßig unbesorgten Frau, eine Lehre zu erteilen.

Rasch machte sie sich vom kleinen Guntram los. Das Kind sah, mitten in seinem sofort einsetzenden Schwanken – nach rückwärts – unvermittelt entgeistert zu ihr auf. Aber es war nicht nur die Angst im Gesicht vom kleinen Guntram, die Gilda beschämte. Der Blick vom Kind wirkte so althergebracht, so hellsichtig über sie, so prähistorisch erfahren, grausig informiert. Das Kind schien genausogut die eigene Not zu ahnen wie die der fremden Person, ihre Not, Gildas persönliches defektes und höchstwahrscheinlich einer schweren Verunstaltung sehr nahgerücktes Geschick.

Die Tür zum Warteseparée des Dr. Heftlinger ging auf und Guntrams Mutter kehrte zurück, im voraus mit schaufelförmigen Händen, sowieso bereit, dem selbstgemachten Körper da beizustehen, nicht mehr als nötig, ja, nur das Nötigste würde sie für ihn aufwenden, sie sah ja jetzt schon bei den Ringelpullovern auf die Sonderangebote.

Man müßte, wenn man schon ein Kind hat, doch mehr auf es eingehen, sagte Gilda zu Victor, der nicht vorhatte, während einer Mahlzeit, nun des Abendessens, sehr viel zu reden.

Koseworte, Streicheln, Übertreibungen insgesamt, sagte Gilda. Überschwang. Ich meine, wenn man schon so einen Zwerg da um sich hat.

Wär's recht, wenn wir einen Abendgang machen, fragte

Victor nach ungefähr fünf Minuten von RIESELMAYER & COMPANIE, als auch für Gilda feststand, was von dieser Sache zu halten wäre, nämlich nichts. Sehr recht war's ihr. Sie empfand ohnehin seit der grußlosen Trennung vom kleinen Guntram ein Bedürfnis, sich zu beschränken. Ob sie ein wenig der verläßlichen phantasielosen Frau ähnlich werden sollte, der Mutter vom kleinen Guntram? Das wohl doch nicht, aber etwas in der Richtung schien wie Ruhestiftung anzulocken. Beschränkung! Auf einen Landschaftsausschnitt, wie ihr Ferienziel ihn vorsah, mit kleinwüchsigen Bäumen, auf einen einwilligenden Frieden mit diesen Ferien. Auf diesen Abendgang durch dieses bessere Wohnviertel. Auf ein paar Gewohnheiten und auf Güte, nicht zu viel Gütetheater, einfach so ein bißchen da und dort hineingesprenkelte Güte. Auf diese paar Gefühle und Leute. Auf ihr und Victors Leben. Geduld. Dankstoßseufzer! Aber abgeschwächt.
Ich möchte doch die Zeichensachen ins Reisegepäck tun, sagte Gilda zu Victor, den diese Kundgebung regelrecht aufrichten würde, dessen war sie sicher. Als todesabgewandten Impuls bei ihr. Hochwillkommene Bescheidenheit. Der wahnsinnige Anspruch war darin gut untergebracht. Gilda plante, zeichnerisch den kleinen Guntram mit dem alten Vater zu verschmelzen. Übrigens empfand sie es jetzt schon als sanfte Variante, Victor damit zu überraschen, daß sie ein zufriedener Mensch wäre. Manchmal beim Tee an einem ihrer allerhöchstens vier Ausflugsziele, die vom Ferienhotel angestrebt werden konnten, überkam Gilda ein solcher Schub von Liebhaben, sie liebte Victor so wuchtig, punktuell, seinen Anfang und sein Ende blitzartig ruckhaft vereinigend, daß sie sich kaum bezwingen konnte, ihm nicht auf der Stelle ihr heißes Getränk mitten ins Gesicht zu schütten. Liebe als Gewaltanwendung, sofort! Du Victor, ich warn dich, geh in Deckung,

sagte sie dann, ich werde dich unweigerlich kneten und verschlagen!

Sie spazierten durch die Lenbachstraße mit ihren stabilen quadratischen zweistöckigen Häusern aus den frühen dreißiger Jahren. Auf ziemlich großen Grundstücken, mit altem verläßlichem erprobtem Baumbestand. Es paßte nicht so recht zu den Bewohnern dieser Straße, alteingesessenen vernünftigen Leuten, viel Getue mit den Gärten zu machen. Sie wurden gepflegt, vielleicht noch von Berufsgärtnern, die im Winter nach den Heizungen schauten, betreut und versorgt und damit basta. Deshalb blieb Gilda verblüfft am altmodischen Lattenzaun von Nr. 33 stehen. Victor kam seine zwei Schritte, die er in Richtung Feuerbachstraße voraus war, zurück zur aufgeregt in die Tiefe des Gartens Nr. 33 deutenden Gilda. Auch er sah jetzt den dreifach getürmten Springbrunnenstrahl. Jeweils nach einem dreimal gebremsten Absturz der Wassermenge verfärbte sich das kleine und doch aufwendige Wasserspiel. Verwandelte Zitronengelb in Rot. In ein irgendwie magisches zauberkastenartiges Rot. Die Sache war bescheiden und doch in sich auf größten Effekt gebaut.

Eine Fontäne, Victor-Schatz, wenn wir so was im Gärtchen hätten, ich frag mich, ob es mich nicht ändern würde.

So sicher schien Victor dessen nicht zu sein, aber offenbar hatte er Lust, seine Frau ein wenig zu ermutigen. Das geschah stets am besten, wenn man sie fragte, was es denn jetzt wohl sein möge, das da in ihr umgehe, sie umtreibe, possierlich-schwieriges Ding das sie war, unermüdlich zu einer Neugier anreizend.

Ich meine bloß, sagte Gilda, während Rot in Zitronengelb wechselte, aber keine Zwischentönung sichtbar wurde, ich sollte irgendwie ausgeglichener werden.

Victor sah keinen Anlaß, dem zu widersprechen. Doch klug begnügte er sich mit einem Kehlkopfgeräusch beim

Zustimmen, mit einem organischen Lebenszeichen, Gilda bedurfte hauptsächlich des Eindrucks seiner Anwesenheit, fand er und trieb sie nun leicht vorwärts weiter die Straße hinauf. Es wurde schon fast herbstlich früh dunkel in diesem dicht mit altem Grün bepflanzten Viertel.
In den Ferien gewinnen wir mehr Abend, Gilda, jetzt wäre es noch taghell am Strand, sagte er.
Mit LEIDER LEIDER, ihrer ersten Reaktion, wollte Gilda nicht reagieren, freundschaftlich war sie Victor und eigentlich nun auch der eingeschränkten Welt gesonnen. Es wäre netter, aus der Abneigung gegen lange, hellausgeleuchtete holländische Abende den Gewinn zu ziehen, der immer auch überall blieb. Das Gute an der Sommerzeit war der thematische Profit. JETZT IST'S ZU HAUS SCHON GEMÜTLICH FINSTER zu sagen, wenn sie mit Victor polar und kosmisch und etwas zu atemberaubend nach dem Abendessen wieder die Strandpromenade abklapperte, das gab immer ein erwärmendes kleines Heimwehfeuer. Das Beste an der Sommerzeit war, daß man beim Grenzübertritt – immer ungefähr um halb zwei – die schwierigste lähmendste Stunde des Tages einfach einsparen, wegoperieren konnte, den alptraumhaften Mittag.
Gilda wurde ganz fröhlich zumute. Mit dem Schock beim Anblick des Wohnzimmers – voller offener Koffer und Taschen, ein Emigrantenelend – wurde sie auch fertig. Sie richtete für Victor in einer schönen Biedermeierkaraffe – die sie entschieden zu selten benutzten, warum nur immer diese Lässigkeiten, Trägheiten – eine Weinmenge, mit der er einige Zeit beim Weiterpacken auskäme. Sie selber war entschuldigt, völlig klar, seit sie kurz vorm Nachhauskommen bei einsetzender Nacht ICH HAB PLÖTZLICH NOCH EINEN ZEICHENDRUCK DU und IST'S SEHR SCHLIMM gesagt hatte.
Der kleine Guntram, wozu der ganze kleine Guntram! Sie versuchte, ihm ihren Dank abzustatten – wofür genau? Für

diesen Genügsamkeitsanfall, zum Beispiel. Für einen Schub von Gerechtigkeit. Für den Geschmack an einer komischen kleinen affektierten Fontäne, und daß sie plötzlich jemand war, der ein paar richtige Wünsche hatte. Bescheidung genug für die Absicht, etwas Überflüssiges anzuschaffen. Guntram! Er hatte ihr die langwierige Sinnlosigkeit von tagtäglichen Bedürfnissen vorgeführt, in seiner beleckenden, wankelmütigen Art. Gilda erinnerte sich mit kleinem Schaudern an ihren Verzicht auf eine Gewalttat. Wäre er jetzt hier, in ihrem Zeichenstübchen, dann wehe ihm! Kleiner alter Wicht!

Sie zeichnete ihm ein greisenhaftes Gesicht unter das kahl umgedeutete Haupt und verfettete ihn. Ihr war klar, daß sie ihn liebenswerter machte. Ihrem Vater anglich. Auf einer zweiten Studie kam mehr der öde Hintersinn vom Angestellten am Siemens-Schalter heraus. Gilda war zuversichtlich, daß sie mit einer Guntram-Serie der verfehlten Wahrheiten, der Suche nach dem Inbegriff, sehr gut über die Stunden käme, da oben im Hotelzimmer am Meer. Eigentlich fing sie an, sich auf die Ferien zu freuen. Exakt hauptsächlich auf den Augenblick hinter dem Schlagbaum, auf den ersten Augenblick Holland, wenn sie die Uhr eine Stunde vorstellte. Das beschloß sie Victor nicht zu sagen, es hätte sich ein wenig lebensfeindlich angehört. Erstaunte auch, bei einer Person wie Gilda, die täglich viele Male ihr oberstes Ziel darin erblickte, nicht zu sterben.

Sie lauschte auf Victors leise Gänge in der Wohnung, während sie künstlerisch schöpferisch abgekapselt in der Zeichenarena frei hatte. Es hörte sich alles vertrauenerwekkend an, einfach alles von Victor. Sie spürte den gewaltigen Sog von Liebe, die zupacken will. Die aus sich heraustreten muß. Vom jetzt unsichtbaren Victor drangen die Laute seines Wirkens und Hantierens zu ihr, wuschelige, knetende, knisternde Laute, er sorgte für den Fortbestand von allem, für das Teigig-Sitzengebliebene in ihrem Alltag, den sie gern hatte in diesem Moment auf dem Vorplatz im ersten Stock. Der Alltag kam ihr so stützpfeilerhaft vor wie der oberste Pfosten am Treppengeländer, den sie nun festhielt. Unten im Parterre bewegte sich Victor geruhsam hin und her. Er wirkte so angeseilt. Seine Bewegungen wurden überblickartig bewacht, das erschien Gilda als völlig gesichert. Es tat gut, ihn zu beobachten. Sie empfand ihn als ein vom Himmel gerade in der lebenserhaltenden Mischung überschätztes, dann auch wieder fallengelassenes Werkzeug. Ab und zu bekam er ja schließlich seine Migräneanfälle. Jetzt stand sie vor der Wahl, aus Liebe einen Gegenstand dort hinunter zu werfen, auf seine gutwillig gekämmte Frisur, auf dieses Abbild von bescheidenem Auskommen mit den Gegebenheiten. Oder alles auf sich beruhen zu lassen, statt dessen. Auf den Empfindungsbeweis zu verzichten.

Victor, mit einem Stapel von Pullovern bäuchlings bepackt, hielt zwischen Treppenabsatz und Wohnzimmer ein und schaute zu Gilda hinauf. Als geduldiger und in sich gekehrter Mensch brauchte er – zu seinem Schutz – jeweils lang, bis er einer Kontrolle durch seine Frau gewärtig wurde.

Ist was? fragte er hinauf.

Nichts weiter, rief Gilda glücklich hinunter.

Etwas Lockeres in ihrer Stimme schien Victor aufgehellt und ermutigt zu haben. Jedenfalls verlor er die rücksichtsvolle Scheu vor ihrem produktiven Getriebensein und zeichnerischen raptus. Er erkundigte sich mit der selbstverständlichen Gepäckstimme, ob Gilda gewillt sei, den ganz dicken Pullover, den grünen, dieses Mal mitzunehmen oder lieber dazulassen. Und eben noch diese Rührung über ihn! Oft war er doch allzu ahnungslos. Verkannte eine punktuelle Einwilligung als andauernde Zufriedenheit. Welches Mißverständnis. Gilda fühlte sich nicht ansprechbar in Sachen Pullover, Gepäck und Ferienaufbruch überhaupt. Sie fing absichtlich wieder an, unterm Eindruck zu stehen und dann zu leiden, den alten Mann im Vorort schmählich zu verlassen, eigentlich immerzu, nicht nur vier Wochen lang am Meer, einen Vater immerhin. Sie gedachte, erneut den kleinen Guntram zu portraitieren. Zurück zur Sinngebung!

Ich nehme ihn nicht mit, Victor, rief sie vorher schnell noch hinunter.

Später, im Badezimmer, erzählte sie ihrem Mann von guten Aussichten für fast – ja für fast ein Buch. Voller Guntram-Vater-Synthesen. Wie findest du das? Victor schien es sehr gut zu finden, allzu gut. Verletzbar sah er aus, allein durch sein Behagen. Er sah aus wie der Wunsch nach Folter. Umarmen oder Erwürgen, spürte Gilda. Etwas muß geschehen, so oder so.

Ja, Schatz, ich freu mich nach dieser Zeichnerei auf die Ferien, wirklich, und auf meinetwegen gutes Wetter und diese ganzen schrecklichen Gäste im Hotel, du, und sollte ich es mal machen wie diese Ehefrau am Nachbartisch, letztes Jahr, die vor jedem einzelnen Gang beim Abendessen ICH WÜNSCH DIR WAS zu ihrem Mann gesagt hat? Du, ich bin diesmal gelassen, stell dir vor.

Es sah so aus, als stelle Victor sich überhaupt nichts mehr vor, sein Mund war jetzt vorgestülpt zum Ausdruck von gekränktem Leben, den er sich bei klarem Bewußtsein wohl immer nur verkniff. Gilda hatte Lust, einen dicken dummen Schnuller dahineinzustecken. Wäre Guntram ein Kind mit Schnuller gewesen, sie hätte es nicht über sich gebracht, ihm nicht das Ding wie für ewig zustopfend in den Schlund zu drücken, vielleicht. Was war bloß los mit ihren kleinen gewaltlüsternen Grenzübertritten, Der Schlagbaum fiel ihr ein. Das schöne Gefühl beim Vorstellen der Uhr. Was wollte sie eigentlich? Victor, ich freue mich, tatsächlich, sagte sie, an seiner Schulter rüttelnd. Victor hatte etwas hündische Schlafgewohnheiten, wurde schnell wach und schnell auch wieder schlief er erneut: alles das auf Grund jahrzehntelangen Trainings an der Seite einer Frau, die trotz Revonal retard schwer zu besänftigen war.

Schön, Liebes, du wirst immer vernünftiger, sagte er, schon ziemlich stammelnd, sie lagen in den Betten und er hatte seinen Kopf groß und ungeängstigt dicht in ihre Nähe gerollt. Fürchtete keinen Schlag. Wünschte zu schlafen, wußte nichts weiter.

Nur eine Fontäne, sagte Gilda sehr überwach, eine Fontäne hätte ich halt doch gern, wirklich, unbedingt.

Schlief Victor schon? Wenn ja, dann mußte sie ihn nochmals wecken. Eine Fontäne! schrie sie ihn an.

Aus Liebe, wahrhaftig. Danken! Für einen Wunsch! Aus sehr großer Liebe und um eine himmlisch Wahrgenommene zu sein, jetzt in der unscheinbaren privilegierten Allerweltsnacht, drückte Gilda fester zu, die rechte Zeichenhand am angenehmen Fleisch von Victors Hals.

# Eine souveräne Frau

Ein wenig peinlich war es ja zwar immer, sich aus einer kleineren geselligen Gruppierung in Richtung WC zu entfernen, und nie bekam Astrid diese gewisse träumerische Beiläufigkeit hin, die sie sich jedesmal abverlangte. Nun aber erwies es sich als geradezu aufbauend, daß sie – wirklich etwas zu absonderlich frühzeitig, mitten im ersten Espresso noch – die Verlegenheit überwunden hatte und als biochemische Organisation leicht durchschaubar wurde. Denn vor dem kleinen Spiegel im Damen-WC gewann Astrid einen günstigen Eindruck von sich selber. Das überraschte sie. Der Spiegel war allerdings mit leichter Blindheit geschlagen. Dennoch schien es sich eindeutig um Astrids schönen Tag zu handeln, unvermutet mitten im Tag, wenigstens jetzt, um 16 Uhr 45. Wo es drauf ankam. Und OBWOHL es drauf ankam. Meistens genügte ja die Absicht, gut auszusehen, für einen gegenläufigen selbsttätigen Ruin. Alles war leidlich gestrafft. Sah verblüffend jung aus, beziehungsweise JUGENDLICH. Und das bei so schlechten äußeren Bedingungen. Astrid hatte sich sehr wenig Gutes für ihr Erscheinungsbild davon versprochen, die beiden Zechs ausgerechnet im Café Herrlinger zu treffen. Es war überheizt dort und zu raumausnutzend klaustrophobisch eingerichtet. Astrid bestaunte sich, in Eile. Beflügelt vom Wunsch, zu den drei andern zurückzukehren; mit so einem Gesicht, dem Himmel sei Dank, gelang ihr die gute Laune und alles. Nichts verschwollen. Sie fühlte sich gesprächsoffen. Nichts Glasiges in den Augen: zurück zurück! Sie war zugänglich, war zu haben.

Sie wäre eine kreislaufanregende Erinnerung, für Anatol Zech im guten Sinn, bei Regina Zech ein Nagen, Anlaß zu grimmiger Gestörtheit. Die roten Pünktchen auf der Haut der oberen Wangenpartie konnten als Merkmal der Belebtheit durchgehen, bis jetzt. Mit einem zweiten Espresso solltest du vorsichtig sein, sagte Astrid warmherzig und keck in das nette Gesicht im Spiegel. Der es nicht so genau nahm. Gut so. Sie schnitt sich eine kleine Fratze. Ein gesunder Einspänner wird's doch auch tun, was? Die Fratze wäre sofort zu benutzen, frontal für Anatol. Sah sie ein bißchen spitzbübisch aus? Anatol käme nicht ohne einen ungenauen Groll auf Regina davon. Bei den Haaren ergaben sich auch keine unüberwindlichen Probleme. Rein physikalisch, schwerkraftgesetzmäßig war die Lage einfach so, daß ein leichtes Hochdrücken mit den Fingerkuppen, beidhändig, dann und wann schon sein sollte. Bernd konnte das zwar nicht leiden, er hielt das für Kratzen am Kopf oder Zerstreutheit. Der Arglose. Und Astrid führte das jetzt aus, tatsächlich wirkte es völlig gedankenlos und erst recht uneitel, aber vorsichtshalber schaute sie nun nicht mehr von nahem in das trübe Glas. Rückversicherungen konnten manchmal enttäuschen. Das Thema ALTWERDEN wäre jetzt gut, gleich bei ihrer Rückkehr an den kleinen runden Marmortisch, um den sie zu viert nur leider zu eng gruppiert waren. Es verdarb Astrid den ruhigen Genuß beim Apfelstrudel, so dicht neben Anatol zu sitzen. Richtiges Einspeicheln der Gabelbissen war ausgeschlossen. Anatol als Psychologe mit medizinischem Vollstudium erweckte immer den Eindruck von totalem Eingeweihtsein, saß wie auf einem Beobachterposten, hochsitzartig – obwohl er sich auf Stühlen jeweils sofort in eine stark zurückgelehnte Positur einrutschte. Handelte es sich hierbei um ein physiologisches Problem? Astrid mußte ein bißchen lachen. Die Art, wie Anatol bei jedem Hinsetzen das Sitzen vermied, ließ gewisse Rückschlüsse zu. Auf Schwierigkeiten mit dem nicht weiter gesellschaftsfähigen

Verdauungstrakt. Ärzte wurden Astrid unweigerlich sympathisch, wenn sie damit aufhörten, wie Herausgenommene aus der biologisch unbehaglichen Leidensgeschichte der Menschen, zäh eisern unsterblich, zu wirken. Wenn sie Eingeweide hatten wie jeder normal bekümmerte Mensch und Patient. Zwei Lebewesen auf dem beschwerlichen Weg zueinander: der trübe Gast in der Praxis seines Arztes und der Arzt selber, heute mit einem sogar ihm rätselhaften Bleigewicht in der Rumpfgegend.

Sollte auch Regina Zech ästhetisch bessere Tage kennen, jetzt noch, Ende Vierzig, so war der heutige Tag nicht darunter und das hier keine Sternstunde. In Astrid kam eine gewisse Wärme für Regina auf. Wie dissonant und mißmutig sie doch den furchtbar positiven Kram aus ihrem fabelhaften Familienleben auspackte. Sie redete auf Bernds wie erloschenes Gesicht ein. Anatol mümmelte an seinem abgenagten Pfeifenmundstück herum. Am Pfeifenkopf gab es immer wieder was zu prüfen, zu stochern. In thematischer Hinsicht war eine Veränderung überfällig. Regina schien endlos vollgestopft mit dem heißgeliebten Material, den erfolgreich heranwachsenden Töchtern Kram. Es gab die ganz normalen Erkennungszeichen dafür, daß sie erwachsen wurden, während der Fall Tilla recht anders gelagert war – oder nicht? Was Regina allerdings nicht erwähnte. Auch Schweigen kann taktlos sein, fand Astrid. Wenn es ein ganz eindeutig antipodisches Benennen einschließt. Soziologie oder Theaterwissenschaften, sagte Regina in die abgeschlossene Gesichtsmitte von Bernd hinein, ins Zentrum seiner Grabesstille, das ist immer noch die große Frage bei Gritti, tz tz.

Während die ernsthaftere, wahrscheinlich reichlich überdurchschnittlich begabte Andrea längst in der Pädagogik weit vorangeschritten zu sein schien. Irgendein zusätzlicher FACHBEREICH lockte sie jetzt an. Nun ja, wir lassen ihr freie Hand, sagte Regina. Sobald sie zu lachen versuchte, sah sie erst recht wie am Rand der Verzweiflung aus. Sie stöhnte jetzt so stark, daß ein kleiner warmer Luftzug über Astrids neue Apfelstrudelzufuhr wehte. Nein nein, ich mag dieses Wien einfach nicht, rief Regina nun ihrem Mann zu, der sich zwei festere Bissen von der Pfeife nahm, daraufhin. Und ich glaube nicht, daß Gritti hier heimisch wird. Na, sie muß es selber wissen. Sie müssen zurechtkommen, allein, so oder so. Mit FINDEN SIE NICHT war nun Bernd wieder dran. Der vielleicht in diesem Moment ans Tillchen dachte? Astrid wußte manchmal doch nicht genau genug, was in ihrem Mann vorging. Gelegentlich schien einfach gar nichts vorzugehen. Dann wirkte er wie entlassen, unter eine Amnestie gefallen, halbschlafartig. Armer guter lieber Bernd! Astrid betrachtete das verriegelte blasse und nicht weiter glückliche Gesicht ihres Mannes. Wieviel mehr hätte er von dieser kleinen Szene im grünlich-braunen Kaffeehaus, wenn ihm in Regina oder statt ihrer eine äußerlich ermutigendere Frau gegenübersäße. So viel immerhin wußte Astrid von ihm, der im Unterschied zu ihr überhaupt nicht profitierte, vom gewissen Mangel an physischem Glanz bei Regina. Jede halbwegs übliche Hübschheit wäre für Bernd eine Unterstützung, hier, bei dem Kraftakt, sich als GESPRÄCHSPARTNER zu betätigen. Bernd war kurz vorm Versacken, erkannte Astrid. Weil er auch so frei war von allem Konkurrenzdruck. Er haßte diese ganzen höheren und niedrigeren Semester und Töchter und FESTEN FREUNDE überhaupt nicht. Er ist so gerecht, empfand Astrid zusammen mit einem großen Mitleid. Sie beschloß, nicht traurig zu werden. Höchste Zeit, aufzutrumpfen. Bei leichtem Streifen des Punkts Tilla mit Gelassenheit verblüffen: den Anatol. Regina tief enttäuschen. Kaltblütig und klarsichtig in einem. Aha, diese Astrid, eine souveräne Frau. Die man um zehn Jahre jünger einschätzen würde, nebenbei. Später auf den zu schmalen Trottoirs des Wiener Altstadtbezirks könnte man sich ein paar letzte Bemerkungen über Tilla zuschreien, irgendwelche GEDULD GEDULD und MAN MUSS ABWARTEN und EINE SEELISCHE KRANKHEIT IST KEINE RECHENAUFGABE, NICHT WAHR und im Verkehrsgetöse würde das Ernste verzerrt klingen. Natürlich wollte sie ja wissen, wie es zur Zeit um Tilla stand. Andererseits ganz beruhigend, daß auf Anatols Einsilbigkeit so viel Verlaß war. Er posaunte keine Diagnosen heraus. Als Klinikchef und Betreuer solcher Menschen wie Tilla mußte man ja wohl stetig skeptischer werden. Immer weniger kausalitätsgläubig. Netter Kerl.

Bei solchen Töchtern, normal erwachsen werdenden Töchtern, sagte Astrid, eine Atempause von Regina nutzend, bleibt es einem wohl nicht erspart zu merken, daß man selber älter und älter wird, ich meine: als Mutter. Würde einem der Blick in den Spiegel nicht sowieso zum Selbstvorwurf, in unserem Alter.

Regina sah gewappnet aus. Das schon etwas ausgeleierte Vorwarnsystem funktionierte, und Reginas Gesicht verfaltete sich verdrossen abwehrbereit für das Phänomen ALTWERDEN. Speziell IM LEBEN EINER FRAU.

Ich stelle eigentlich fest, daß ich das Älterwerden beinah genieße, sagte Anatol. Er nahm die Wörter wie in einzelnen kleinen Bissen zu sich, mitten im Tabakrauch, als gebe er sie gar nicht an die andern ab. Es ist nämlich so, daß mir meine Frau nicht mehr verbietet, KOMISCH zu sein.

Astrid rief: Ha! Das wäre für mich keine Novität! Was, armer Bernd, du hast dich sehr früh daran gewöhnen müssen, daß ich KOMISCH schon BIN.

Astrid, des Beifalls von Anatol sicher, wußte auch, wie verstimmt Regina war. Sie selber fühlte sich wieder so erfrischt von der Konfrontation mit ihrem Spiegelbild. Radikal vorwärts durch den risikoreichen Morast Tillchen,

zügig: Mit einem weniger herkömmlich geratenen Kind, mit einem, das nicht der Norm entspricht – wie gut sie die Anführungszeichen hinkriegte – da bleibt man einfach halt selber ein bißchen kindisch.
Reichlich zauberhaft, hm, Anatol, so widersprüchlich, wie? redete es in Astrid auf ihren Nachbarn am kleinen Tisch ein. Sie spürte seine Amüsiertheit. Aber amüsiert oder nicht, Anatol verströmte immer diesen Anschein von belustigtem Interesse. Liegend in seiner gleichwohl berufsmäßig wachsamen Merkpostenfunktion ging etwas regelmäßig Gutartiges, Gleichmütiges von ihm aus. Beständig, aber nicht sehr effektiv. Schwer einzuschätzen. Wieviel durchschaute so einer denn eigentlich? Astrid vergewisserte sich der Fleischpäckchen, zwischen denen Reginas Blick wie abgelagert wirkte, ein wenig wie eingedicktes Johannisbeergelee, mit ein paar Schimmelflöckchen darauf. Ermutigt sagte sie: Heutzutage hat man bestenfalls noch SCHÖNE AUGEN, als Frau, wenn sich überhaupt noch jemand ein Kompliment abpreßt.
Lieber Himmel, in welchen Zeiten leben Sie denn, Astrid, antwortete Regina, wie grausig altmodisch sich das anhört. Wer fragt denn heutzutage noch nach KOMPLIMENTEN! Von Männern!
Astrid drehte sich halb um zu Anatols zurückgelehntem Gesicht. Sie als Psychologe werden wissen, was mit dem weiblichen Bewußtsein los ist, in den kniffligen Zeiten, die das Dahinschwinden der äußerlichen Reize auch innerlich so reizlos macht, ja? Sie lachte. Und hoffte, daß er nicht noch einiges mehr wußte. Über sie selber sich zusammenreimte. Andererseits fühlte sie sich nicht sehr bedroht von seinem Scharfblick. Diese B. F. Senfelder-Burschen, hielten sie sich nicht zu sehr an Träume und hielten zu viel davon, vielleicht aus Bequemlichkeit, Verträumtheit, die ansteckend wurde? Träume! Astrid nahm sich vor, dem

alten Fachmann mit seinem doch eher verdächtigen Phlegma mal wieder unterzujubeln, wie ungeheuer realistisch und auf jeden rekonstruierbaren Alltag bezogen sie träumte. Nichts Archetypisches weit und breit, keine Märchengrundmuster. Es könnte nichts schaden, eine Spur Nachdenklichkeit über den gesamten Therapieplan auch beim Tillchen zu verabreichen. Argwohn und Ernüchterung, vermittelt von dieser hellwachen, allseits kritischen Person Astrid Offenheim, seinerzeit im Café Herrlinger, wo man dazulernte, wahrhaftig.
Haben Sie nicht das diesjährige Cannes verfolgt, fragte Regina. Übrigens: unter richtigem Apfelstrudel verstehe ich was anderes. Dieses Wien, Anatol, sag selber, ist es nicht eine echte Enttäuschung?
Zu ein paar NUN NUN hätte Anatol sich ja wahrscheinlich aufgerafft, zu ähnlichen phonetischen Gutmütigkeiten auch, soweit sie mit dem Pfeifenknabbern in einen Einklang zu bringen wären, doch die zwei Frauen am Tisch ersparten ihm sogar diesen kleinen Aufwand. Ehe Bernd womöglich regelrecht einschläft, dachte Astrid, muß ich ihn wenigstens pro forma hinzuziehen. Er vergißt ganz, daß er hier nicht einfach nur er selber sein darf. Aber noch fehlte ihr einfach die Zeit zu organisatorischen Abwechslungen am Tisch.
Ach, Cannes, rief sie Regina zu. Sie meinen das Übergewicht der feministischen Filme? Also Liv Ullmann, jemand derart Geschminktes, ich fürchte, so jemand überzeugt mich nicht sehr.
Mit Töchtern wie unseren würden Sie anders reden. Regina sah jetzt zusätzlich so ergrimmt aus, weil sie mit dem nicht richtigen Apfelstrudel auf ihrem Teller endgültig fertig war, nach gründlichem Ablecken der Gabel.
Auch die Feministinnen lösten das Problem des weiblichen Selbstverständnisses nicht, fand Astrid. Schon gar nicht das

Altersproblem. Man büßt einfach zu vieles auf einen Schlag ein, sagte sie, schleichend, aber für immer, körperliches Wohlergehen und außerdem das Ästhetische.
Regina gab nur vor, sich in eine Unterhaltung mit Bernd über städtebauliche Untugenden gerettet zu haben, das wußte Astrid. Zutraf, daß Regina die gesamte Schmähung mitbekam, diese heitere Verdammnis, gerichtet gegen die Frauen jenseits der biologischen Reizschwelle.
Jetzt merke ich erst, was ich an Luzern habe, rief Regina. Arme Gritti, so zwischen Steine gesperrt. Luzern ist die reinste Gartenstadt, verglichen mit Wien.
Astrid erzählte Anatol, mit welcher Genauigkeit sie ihr eigenes Älterwerden beobachtete. Gleichzeitig wunderte sie sich sehr über Bernd und seine fast gesprächige Art, nun von Neustadt an der Rems zu schwärmen. Das war ihr ein wenig unangenehm. Die Zechs waren Bernd und ihr um Punkte voraus, einfach durch Wohnsitz, Luzern, Staatsangehörigkeit. Mit Neustadt an der Rems war man von vornherein benachteiligt. Chancenungleichheit. Sollte sie sich einschalten? Lieber noch nicht. Daß Bernd so abgelenkt war, hatte auch sein Gutes. Trotzdem täuschte sie die gewohnte Gedankenlosigkeit vor, als sie eine neue Zigarette aus der Packung nahm. Eine vorzeitige. Eine zuviel. Etwas Trancehaftes täuschte sie vor. Die Packung ließ sie meistens in der Tasche. Sie hatte keine Lust, um eine Zigarette ihrer Marke angebettelt zu werden.
Regina war im Begriff, die Bäume in ihrer privilegierten Kreutzstraße aufzuzählen, die Sorten auch, Platanen und Robinien. Ja, es ist jetzt alles ziemlich sachlich geworden, sagte Astrid zu Anatol, in einer fremden Stadt drängt mich keiner mehr, mich zu begleiten, ich kann mich noch so kokett als Orientierungskretin gebärden – übrigens: das ist Musil.
Aber Bernd sah so aus, der Gute, als wäre er ihr in ewig

jugendlicher stiller Panik verblieben. Als wäre er, der fertig geworden war mit seinem Anteil an aufzuzählenden Bäumen – in der Beck-Straße – immer noch eifersüchtig sogar auf Fingerkuppen, die für Astrid einen Weg im Stadtplan nachfuhren. Aus Notwehr! Sie mußte jung bleiben, die kleine Astrid, er war es so gewöhnt. Wie eine große stille betrübte Wespe saß er da. Astrid fand manchmal, daß Bernd unerwachsener wirkte als Tillchen. Anfechtbarer. Sie beschloß, nicht allzusehr zu brillieren, denn davon bekam Bernd dann wieder seine sehr einsilbige Tour.

Eigentlich fand überhaupt jetzt ein gewisser Lust- und Stimmungsschwund in Astrid statt. Sie inhalierte mit der allgemeinen Täuschungsabsicht im thematischen Bereich NIKOTIN, also wie aus Versehen. Damit Bernd darin keinen bezweckten Rauschmittelgenuß erkannte. Wieso hatte sie sich die ganze Zeit über so triumphierend gefühlt? Regina überlegen? Wo war ihr roter Faden geblieben? Warum mußten diese drei andern am Tisch, diese Stockfische, denn überhaupt nicht auch mal die Toilette aufsuchen? Bei ihr wäre das längst wieder fällig. Wie leidig, ein irritabler Mensch zu sein.

Kurzum, Gritti wird sich da schon durchschlagen, sagte Regina. Mit welcher Hunderasse sollte Astrid Reginas Gesicht vergleichen? Später, wenn sie endlich allein waren, Bernd und sie, in größter ängstlicher Liebe vereint, sich rettend in die üblichen Verleumdungsklagen? Aber plötzlich kam ihr jeder Einfall, Hunderassen betreffend, wie eine Lesefrucht vor. Sie würde sich vielleicht für jeden Kommentar zu leer fühlen. Tillchen, Tilla! Verlaß dich drauf, wir kämpfen das schon noch für dich durch, du wirst sehen, dein Einzelzimmer ist dir gewiß, baue ruhig auf unsere Taktiken, GEDULD, wir machen das schon, obwohl vielleicht im Therapiesinn nicht gerade das Einzelzimmer die beste Lösung für dich ist, liebe kleine großge-

wordene unbewaffnete Einzelkämpferin du, nur Ruhe, es nützt dir, wenn ich deinen Arzt auf die gesellschaftliche Weise becirce, denn oh ja, noch geht das, indem ich vorgebe, es gehe nicht mehr.
Pädagogik, Soziologie, Theaterwissenschaften, phhh – Astrid ließ ein langes Stöhnen hören. Schon die Sprache, die sie sprechen, die eigenen Kinder, ist sie nicht schwer verständlich geworden? Ich selber möchte gar nicht so genau wissen, in welche Generation ich zu gehören habe, den Lebensdaten nach.
Sie sind auch schlecht einzuordnen. Anatol knabberte die Wörter vom Pfeifenmundstück herunter.
Regina: vielleicht sollte sie sich mal die Haare waschen? Einiges war doch noch zu tun, selbst in unserem Alter, dachte Astrid, als erste Hilfe gewissermaßen. Eine Unlust war Reginas Gesicht wie aufgeprägt, aber allmählich sah sie doch ziemlich nach den Grenzen ihrer Belastbarkeit aus. Sie sagte: Auch die Mutter von Anno Dazumal, die ist passé. Diese frühere MUTTER.
Schade, sagte Astrid. Sie wußte, daß sie jetzt auf eine fast kindliche Weise versonnen aussah, wie nach weggenommenem Spielzeug. Wieso schade? rief Regina. Ich bin die FREUNDIN meiner Töchter. Freundin, wiederholte Astrid, indem sie die Vokabel wie ein neues Wort aus einer fremden Sprache behandelte, langsam, vorsichtig. War Reginas Gesicht, beim Fazit UND DAS IST WAS SEHR SEHR SCHÖNES, verzweifelt oder wütend? Beides? Und wie weit war beides einfach nur die anatomische Gegebenheit? Das Urteil von MUTTER Natur, nicht gerade als FREUNDIN verhängt über dieses Gesicht?
Regina machte eine Bewegung, die ihren beladenen Oberkörper zusammenrüttelte. Anatol, alter Freund, wir müssen, wir müssen.
Astrid erinnerte sich daran, daß die Zechs sich am Abend

LUCIA DI LAMMERMOOR ansehen wollten. Sie hatten SICH ANTUN dazu gesagt. Während die Kellnerin halb hinter Anatol und ihr stand und den Kugelschreiber sehr fest auf einen winzigen Papierblock drückte, wirkten die beiden Männer am Tisch wie von schwerer Lähmung befallen. Unendliche Verlangsamungen beim Hervorziehen von Brieftaschen. Regina schaute mißtrauisch an der Kellnerin auf und ab. Anatol, als Schweizer, wurde natürlich Sieger in diesem Wettstreit der Trägheiten, und Bernd blätterte mit dem Ausdruck von schwerem Ernst und tiefer Unlust entsetzlich viele Schillingnoten auf den Marmortisch. Anatol hatte WENN SIE DURCHAUS DRAUF BESTEHEN gesagt und Regina war ein letztes Mal in eine kritische Stellungnahme zum Apfelstrudel geraten.
Astrid verpaßte eine Chance zur Beiläufigkeit und fand den leichten Ton nicht mehr, mit dem sie etwas in der Art von MAN MUSS VORBEUGEN hätte sagen können: sie wagte sich nicht mehr zu den WCS vor, auch hielt ihr Anatol schon ihren Mantel hin, mit dem Inneren nach außen gestülpt, und als er sie darin verpackte, kam sie sich vor wie bei einer etwas unzüchtigen Handlung, mit ihm, ungeschickt und öffentlich.
Die Trottoirs waren so schmal und der Verkehrslärm war so laut wie in Astrids Plan. Jetzt endlich die Fragen nach Tilla stellen! In denen die Antworten im Grunde schon enthalten waren. Bei einer zur Selbstdistanz fähigen Person wie ihr. Ein gefühlloses Gebrüll: nun hineingestürzt! Astrid fand es nur wirklich sinnvoller, über die Kirche Maria am Gestade zu reden, oder zu schreien, egal, auf jeden Fall wollte sie ein paar Originalitäten über diese Kirche loswerden. Das geschah ja auch in Tillchens Hinsicht! Was denn sonst! Wenn sie so etwas von sich gab wie: Diese Kirche ist für mich wie ein Regen! Der Interpretationsexperte Anatol müßte das Seine heraushören.

Nun haben wir gar nicht mehr von Tilla geredet, sagte Astrid beim Verabschieden, das sich recht unvermittelt daraus ergab, daß Bernd plötzlich eine Abkürzung zur Oper für die Zechs gewußt hatte.
Das tut mir leid, sagte Anatol, der auf der Straße, ohne seine Pfeife, ein wenig amputiert wirkte. Ja, hatten sie nicht alle etwas Hilfloses, etwas Prothesenbedürftiges? Mit der blauen Wollmütze bewies Regina zwar nicht Geschmack, aber Mut. Waren sie nicht alle doch richtig liebenswert? Bernd tat Astrid so leid, plötzlich. Für ihn wäre ein abschließendes Tilla-Geschrei hier im GRABEN eine viel zu hohe Dosis. Man muß alles einbeziehen, sagte sich Astrid, man darf nicht nur an einen denken, an Tillchen zum Beispiel, es geschieht sicher nicht ohne Absicht, daß sie immer noch kein Einzelzimmer bewohnen darf, sicher nicht.
Man muß Geduld haben, nicht wahr, sagte Astrid, und das wissen wir zwei, stimmt's Bernd?
Stimmt, sagte Bernd und sah zum ersten Mal an diesem Nachmittag nach völlig eigener, und außerdem völlig anderer Meinung aus, eher verbockt sah er aus, er fand nicht, daß es stimmte.
Wozu also Sie, wenn Sie schon mal ein bißchen Ferien machen, mit dem Berufskram behelligen, redete Astrid weiter.
Geduld, gewiß, sagte Anatol vage. Es ist gut so, daß Sie die aufbringen.
Genug, dachte Astrid. Außerdem konnte sie den Verfall ihres Gesichts geradezu spüren. Der Blick fing an zu STECHEN. Sie hatte plötzlich die Erleuchtung, Regina ähnlich zu sehen.
Jetzt schrieen sie ES WAR NETT und VIEL SPASS NOCH aufeinander ein, und der anregende kleine Kaffeeplausch lag hinter ihnen. Gut, die Zeit genutzt zu haben, zu einem Treff wie diesem.

# Scherben

Gisela Geller wurde nun sogar auch an ihrem eigenen Schreibtisch überrascht: von diesem Gefühl, doch gar nicht richtig zu Haus zu sein. Wider Erwarten. Der zusätzliche Entfremdungseindruck entstand nicht, weil Simon diesen Schreibtisch sinnvoll geordnet hatte. Der Schlichtungsversuch trug deutlich die Handschrift von Giselas Mann und er erinnerte an die vielen vorausgegangenen Ergebnisse. Gisela, die einen Brief postversandfertig machen wollte, erkannte auch im neuen Platz für Briefbogen und Umschläge Simons Leidenschaft für Logik, seinen speziellen Spürsinn, mit dem er der natürlichen Abfolge von Handgriffen auflauerte. Folgerichtig alles. Es war aber diese Entscheidung für längliche Couverts, die Simon getroffen hatte, vor der Gisela nun wirklich geradezu erschrak. Bei Firmen leuchtete ihr das noch ein, wenn auch nie wirklich. Dieses lange Format war einfach unbequemer zu handhaben. Die natürliche Abfolge von Handgriffen, lieber Simon, ergibt doch beim Falten eines Briefbogens zuerst den Mittelkniff, dann, beim halbierten Blatt, dessen Wiederholung. In Firmen- oder Hotelbriefbogen fand man manchmal winzige eingedruckte Punkte zur Kennzeichnung derjenigen Stellen, die beim Zusammenfalten zu berücksichtigen waren, wenn man ohne längeres Hin und Her das Blatt im Couvert unterbringen wollte. Simon und sie besaßen nicht derartige Bogen. Handelte es sich um ein Sonderangebot, bei den neuen Briefumschlägen, und hatte Simon deshalb zugegriffen, sich mit einer gerade noch handelsüblichen Menge begnügt? Wie überraschend. Wie unangenehm, dieser Beigeschmack von Derangierung. Etwas stimmte nicht. Eigentlich seitdem sie wieder zu Haus war.

Und sie hatte doch hier endlich aufatmen wollen. Erholungsreif fühlte sie sich ja noch immer. Sie müßte sich nun bei der allernächsten Gelegenheit dazu aufraffen und mit Simon die Zukunft durchsprechen. Die neue Zukunft. Aber hellhörig wirkte er ja bereits. Und er wäre nicht ungewarnt. Sie hatte ihre Andeutungen gemacht, immer wieder.

Gisela adressierte und frankierte ihren Brief. Die Marken waren noch am gewohnten Platz. Doch seit wann interessierte Simon sich für Sondermarken? Waren das Wohlfahrtsmarken? Hatte er womöglich etwas mehr als die Grundgebühr dafür ausgegeben? Lächerliche großformatige Dinger mit kindischen Motiven, fand Gisela, aber sie klebten besser, und vielleicht war das der Grund für Simons Entscheidung, die auf bunte Lokomotiven und auf eine Serie von Oldtimermodellen gefallen war. Darüber erleichtert zu sein, beschloß Gisela. Dennoch kam sie sich eigentlich vor wie jemand, der bei sich selber einen Einbruchsdiebstahl macht. Was es gar nicht gab. Welch ein Unsinn, das Ganze. Sie war einfach noch uneingelebt. Sie würde sich wieder zurechtfinden. Vielleicht überließ Simon auch mehr und mehr Besorgungen wie diese – Büromaterial, Postwertzeichen – der kleinen Ellen. Was wiederum fast erst recht nicht zu ihm paßte. So große Vertrauensbeweise einer Auszubildenden gegenüber: sie standen einem Profi wie Simon einfach nicht. Gisela schreckte vor dem Weiterdenken zurück. In diesem Fall vor dem Gedanken, daß die gesamte Auszubildende, diese Pseudo-Sekretärin, diese allzu junge allzu hellblonde allzu himmelblaue Ellen überhaupt nicht zu Simon und der Art seines beruflichen und auch ehelichen Vorlebens paßte. Schluß jetzt.

Sie bewegte die Zunge im Mund herum. Der Nachgeschmack von der Gummierung dieser blöden, viel zu großflächigen Briefmarken war schlecht. Ammoniak. Sicher war auch das wieder ein Blödsinn, das mit dem Ammoniak, es war nur als Wort und erste Assoziation in Giselas Bewußtsein aufgeblitzt. Von Ammoniak hatte sie sowieso nicht die geringste Ahnung. Sie beabsichtigte, sich mit einer Tasse Nescafé Geschmack und Erinnerung und diese ganze leichte törichte Verstörung zu vertreiben. Und freute sich nun eigentlich, denn eine Tasse Kaffee war ohnehin fällig und täte gut, würde beleben. Erst in der Küche, erst mit der frisch gefüllten Tasse in der Hand, befiel sie die vorher einfach nur vergessene Furchtsamkeit wieder. Sie galt dem Getränk in der Tasse. Ihrer eigenen Fähigkeit, es unbehindert zu sich zu nehmen. Sie wußte noch immer nicht, ob es eine Frage ihrer Geschicklichkeit war oder ob eine konkrete Verfolgung dahintersteckte. Verfolgung! Du wirst noch paranoisch, schimpfte Gisela auf sich ein. Irgendwo in der Küche mußte sich der Ursachenherd ja finden lassen. Es war nur eine Frage der Zeit. Und, erst recht wohl, des Vertrauens. Auch in dieser Hinsicht wurde es überfällig, Simon gegenüber den Mund aufzumachen. Diese Angelegenheit sollte zur Sprache gebracht werden, ehe sie, die von ihrer langen Reisezeit einfach wohl erschöpfte Gisela Geller, sich in einen verkrampften, sprachlosen Angstzustand hineinverkroch.

Übrigens war das Kaffeetrinken trotz aller Skepsis diesmal ein Erfolg. Trotz aller vorsichtigen Prüfung. Oh nein, sie hatte sich nicht betrogen. Schluck für Schluck: das Getränk war in Ordnung, absolut spurenfrei. Lag es etwa daran, daß Simon das Haus verlassen hatte? Er machte nur noch selten Kundenbesuche. Aber vorhin war er, nur halblaut schimpfend, zur alten Frau Kasselberg aufgebrochen, um ihr an Ort und Stelle beim Papierkrieg gegen das Finanzamt behilflich zu sein. Den Blinden in seiner Klientel stand er mit Hausbesuchen bei, das doch noch. Gisela dachte an Grit und Werner Spehr, die man demnächst mal einladen

könnte. Sie kam FOLGERICHTIG zu diesen beiden, denn Werner Spehr und ihr Simon, die lachten manchmal gemeinsam über ihre reduzierten beruflichen Außendienste. So wie Simon die Blinden bevorzugte, ging der Internist Werner Spehr nur noch mit den Patienten um, die sich unter den glaubhaft unerträglichen Schmerzen einer Gallenkolik krümmten. Auf sonstige Bitten kranker Leute fiel Werner längst nicht mehr herein und hielt so leicht nichts für einen Hausbesuchsnotfall. Es wäre wirklich nett, die zwei demnächst abends hier zu haben, dachte Gisela, aber als sie eben anfangen wollte, sich über den Einfall QUICHE LORRAINE zu freuen, ihre aktuelle handwerkliche Errungenschaft, mit der sie angstfrei als Gastgeberin davonkam, fiel ihr spielverderberisch das neue, das leider nicht mehr ganz neue Problem ein. Sie könnte nicht gut mit dem Mund voll schönem warmem schinkigem Eierteig vom Tisch aufstehen, nicht wahr, mit vollem Mund sprechunfähig in die Küche flüchten, und was wäre auch gewonnen, mit einem Mundvoll Nahrung, dessen sie sich dann entledigt hätte, sie müßte ja weiteressen, ja und dann?
Gisela gab sich den neuerdings immer notwendigen inneren Ruck und setzte sich von der Küche aus mit dem breiten Mop in Bewegung. Es machte ihr Spaß, ein bißchen in der Wohnung herumzufuhrwerken. Sie wollte die Zeit ohne Simon ausnutzen. Er schaltete sich stets sofort ein, wenn sie so Dinge wie SAUBERMACHEN in Angriff nahm. Am liebsten hatte er nun mal die Arbeitsteilung. Sobald er sie mit einem Putzgerät in der Hand sah, übernahm er die Führung, wurde zum Chef über den bei seiner Frau ungeplanten, etwas zu prinzipienlosen Vorgang, teilte ihn ein und unter in Einzelprozesse, die auf ökonomische Weise und im natürlichen logischen Ablauf parallelliefen. Dann irgendwie wunderbar gleichzeitig ein Ende fanden und sich als GETANE ARBEIT zu erkennen gaben. Aber Gisela, bei aller

Dankbarkeit, wischte ganz gern bisweilen im Haushalt herum. Ich freue mich auf etwas Manuelles, sagte sie unterwegs oft zu ihren Kunden, diesen auf die Dauer immer etwas eintönigen Buchhändlern mit ihrer doch ungesunden Lebensweise, und sie meinte dann die Hausarbeit, und das machte immer einen gewissen Eindruck, einen guten, wie Gisela fand, einen menschlichen Eindruck.

Sie konnte sich geschickt in einen ERSTAUNLICH LIEBENSWERTEN MENSCHEN verwandeln. Ein Teil ihres beruflichen Erfolgs hatte damit zu tun. Hatte viel damit zu tun. Insgeheim wußte sie, daß ihr beruflicher Erfolg fast hauptsächlich damit zu tun hatte. Mit der Zeit war dieses Übergewicht entstanden. Seit sie sich dieses Übergewicht leisten konnte. Ehrlich gesagt: ich lese nicht mehr genug. Ich bin ein wenig schlampig geworden. Und natürlich, man bekam im Lauf dieser Tätigkeit auch ein Talent für den Überblick. Über ein Verlagsprogramm. Über ein allzu wälzerhaftes Buch. Gisela Geller vertrat im Frühjahr und im Herbst zwei schöngeistige Verlage auf mühselig ausgetüftelten Verbindungswegen von Buchhandlung zu Buchhandlung, wobei sie den Kundenkreis noch stetig erweiterte und zusätzlich sich reviermäßig ihren Kollegen gegenüber im Nachteil fühlte, denn der norddeutsche Bezirk sprach allein schon vom Gastronomischen her eher gegen sich. Trotzdem behielt sie eine merkwürdige, fast ein bißchen perverse Zuneigung für so Städte wie Peine. Manchmal, in den reiselosen Zeiten zu Haus, empfand sie eine ziehende Sehnsucht, ja, nach Peine unter anderem und nach einem grundlegend öden Abend bei kalter Salatplatte, schrecklich kalt, schrecklich aufgedonnert mit nasser Mayonnaise, und draußen in der kalten Luft nichts weiter als Peine und die Autobahnzufluchtsstrecke weiter nach so einer Sache für sich wie Salzgitter. Schrecklich.

Sie stellte sich das abendliche warme Haus und Simon darin vor, sah sich in ihrem Zimmer im PEINER HOF auf dem Bettrand, hörte Simons flötende Stimme wie aus dem Telephon jetzt an ihrem Ohr. Und fast spürte sie diese Angst von unterwegs hier mitten im mehr spielerischen Hausputz, diese allabendliche Angst vor den allabendlich versucherischen paar Schlucken über den Durst, allein im Hotelzimmer, wohin eine Flasche Wein mitzunehmen sie sich seit einiger Zeit angewöhnt hatte. Auch bei der schwierigen Einteilung der Spätnachmittage und Abende unterwegs fühlte Gisela den Vorteil, in dem ihre männlichen Kollegen sich befanden. Obwohl sie auch von deren Problemen gehört hatte. Dennoch, Männer waren immer eine Spur besser dran, ausgenommen die Berufsausübung selber, so wenigstens dachte Gisela darüber, die Boden gewann sogar bei Kunden mit eher skeptischer Haltung gegenüber berufstätigen Frauen.
Ja, sie war noch immer erfolgreich. Das schärfte ihr Simon auch ein, in ihren, wie er fand, selbstzerstörerischen Momenten. Sie war eine von mehreren Verlagen umworbene Buchhandelsvertreterin und es hatte ihr jahrelang genau so gepaßt, daß Simon als Steuerberater zu Haus blieb, dort alles gut versorgte und bestens in Stand hielt, während sie, zwar manchmal durchaus seufzend, zweimal jährlich zu ihren nomadenhaften Bezirksreisen aufbrach. Du bist ein dynamischer Mensch, vergiß das nicht, rief Simon ins häusliche Telephon, oder er rief Hinweise dieser Art, um sie aufzumuntern. Aus Hamm in Westfalen, zum Klosterklause-Hotel beinah allzu gut passend, stammte Giselas erste telephonische Verlautbarung für Simon, auf einen Nenner gebracht des Inhalts, sie habe keine Lust mehr. Es hänge ihr zum Hals heraus. Sie habe die Nase voll. Die beiden Gellers machten sich nichts aus Jargon. Gisela dachte Simon zuliebe, sie hätte sich vielleicht nicht unmiß-

verständlich genug geäußert, denn Simon war nicht mehr auf ihren Klosterklausen-Ausbruch zurückgekommen. Er hatte überhaupt seit ihrer Rückkehr so getan, als existiere gar kein neuer, zukunftweisender Diskussionsstoff zwischen ihnen beiden. Und doch benahm er sich liebevoll besorgt wie immer. Er übte die alte Pflicht des Aufpäppelns seiner leicht überanstrengten Frau aus, mit lauter logischen Abfolgen, geduldig und ohne Aufwand.
Gisela erinnerte sich an ein Dialogbruchstück zwischen ihnen beiden, in dem vor sicher einem Jahr schon einmal ihre Unlust vorgekommen war, in dem Vertreterberuf noch länger weiterzuarbeiten. Hatte Simon nicht ein wenig erschrocken ausgesehen? Du weißt, ich habe keine Probleme mit der Emanzipiertheit, hatte sie selber gesagt. Ich hab's ja außerdem zur Genüge bewiesen, daß ich's bin. Ich könnte mich so allmählich auf meinen Lorbeeren ausruhen. MACH DIR DA NICHTS VOR, SCHÄTZCHEN war Simon daraufhin zu erwidern eingefallen, und DIE GANZE EMANZIPIERTHEIT SCHWINDET RELATIV RASCH DAHIN, NÄMLICH IN DEM AUGENBLICK, WO DEINE EINNAHMEN AUFHÖREN. WER DAS GELD HAT, HAT DIE MACHT. Stammte das wirklich vom zärtlichen Simon? Ihr fiel jetzt seine Narbe am Mund ein. Sie war dafür verantwortlich, daß seine Unterlippe wie in Grämlichkeit und Knickerigkeit eingeschrumpelt aussah, verzogen zu sein schien. Diese Entstellung führte zu einem falschen Bild von Simon. Er sah eigentlich ein bißchen hinterhältig aus, dachte Gisela wider Willen. Doch ja, und knickerig und etwas gemein. Diese Kindheitsverletzung nahm plötzlich eine Bedeutung an. Verwandelte sich in ein Charakteristikum. Wie ungerecht! Und als sollte sie für ihr abwegiges unfreundliches Abschweifen da oben in ihrem müden Gehirn bestraft werden, stellte sich nun, nach so vielen vergangenen Minuten, der üble Geschmack von der Briefmarkengummierung wieder ein und das Wort AMMO-

NIAK ging ihr im Kopf herum. Wahrscheinlich hatte der Geschmack nichts mit der Briefmarke zu tun, wenn er jetzt wieder auftrat.

Gisela war mit dem Mop an Simons Schreibtisch angelangt, auf ihrem behaglichen und gleichzeitig ein wenig neugierigen Wanderweg durch die eigene, und dennoch entfremdete Wohnung, auf einem Terrain, das erst noch zurückzugewinnen wäre. Gleich als erstes erblickte sie nun die gewohnten Briefmarken, die ganz normalen und kleinformatigen. Wieso wurde sie argwöhnisch? Stimmte doch etwas nicht mit den Sondermarken für ihren Bedarf, an ihrem Schreibtisch? AMMONIAK – war Ammoniak überhaupt giftig? Gisela erkannte aber Simons Arbeitsplatz kaum wieder und diese neue Überraschung lenkte sie ab. Der penible Simon! Was war denn nur geschehen? Gisela stand einer fast verwahrlosten Schreibtischfläche gegenüber. Vor einem halben Jahr hatte Simon seine professionelle Sekretärin ziehen lassen. Er erklärte Gisela damals ziemlich umständlich die Gründe, und sie erinnerte sich schwach daran, denn – und das warf sie sich gelegentlich vor – seine Arbeit interessierte sie nicht besonders. Einfach aus einem Mangel an der Fähigkeit, in die Welt seiner Steuergesetzgebung einzudringen. Nicht einmal bis ins erste Drittel einer seiner längeren Ausführungen hinein vermochte sie ihm ja zu folgen. Und irgendwann während ihrer Abwesenheit war Ellen aufgetaucht.

Simon profitierte irgendwie steuerrechtlich davon, daß er eine sogenannte Auszubildende unter seine Fittiche nahm. So ungefähr. Er bedurfte angeblich keiner sachgemäß geführten Registratur. Daß er ihr das einmal – ohne die Mitarbeit seiner Narbenunterlippe lachend – auseinandergesetzt hatte, erschien nun in Giselas Gedächtnis, leuchtschriftartig, er begnügte sich gern mit einer behelfsmäßigen ABLAGE. Ja: ABLAGE. War das hier, dieses Chaos auf dem

Schreibtisch, etwa eine ABLAGE? Während Gisela daran zweifelte und ein bißchen angeekelt wegschaute, sich eigentlich geradezu auf die Flucht begab vor den wie operativ gefilzten, leichenhaften Körpern der Leitz-Ordner, hatte sie plötzlich wieder den Eindruck von Fremdkörpern in ihrem Mund. Besser, genauer: diesmal handelte es sich nur um einen einzigen Fremdkörper. Das mußte außerdem aber diesmal absolut irreal sein. Sie hatte ja überhaupt nichts zu sich genommen. Und doch schien so einer dieser Glassplitter sich losgemacht zu haben, vielleicht vom gestrigen Abendessen her, vielleicht war er jetzt erst, vom heißen Kaffee vorhin allmählich erst aufgeweckt, in seinem Versteck zwischen Backenzähnen gelockert worden.

Gisela verlor die Lust, mit der Hausarbeit weiterzumachen. Ausspucken ins Waschbecken ergab auch nichts. Sie betrachtete sich im Spiegel. Das Badezimmer war wie immer im Winter überheizt. Simon hielt viel von einem fast saunamäßig glühenden Badezimmer. Er hatte ständig was zu trocknen über der pistazieneisgrün gestrichenen Platte, eine Heizkörperidee des Architekten. Gisela stand auf einmal nicht mehr voll und ganz hinter dem vom Spiegel vermittelten Abbild dieser Frau mit hervortretenden Wangenknochen und sehr kurzgeschnittener Ponyfrisur. Er liebte ja aber das Starke, das Dynamische, das Selbständige an ihr, Simon, oder wie? Was wäre mit längerem Haar? Mit einer Tönungswäsche? Sie hatte THIRTY DAYS im vergangenen Sommer mal ausprobiert, jedoch nicht in Hellblond, und die dunklen Metamorphosen waren sicher die einfacheren. Vielleicht die einzig möglichen. Gisela beschloß, bis zu Simons bald fälliger Rückkehr in eine Friedlichkeit zurückzugeraten und ihm mit gestärktem Selbst gegenüberzutreten. Das geschähe am besten, indem sie sich in ihre ganz ihr allein zugehörige Struktur- und Klimazone begäbe, indem sie also das Lese-Exemplar des REGENBO-

GENSIGNAL vornähme. Eine schwierige Lektüre. Gisela würde auf Simon einen ziemlich unansprechbaren Eindruck machen. Sie erränge einen Achtungserfolg. Trotz hochgelegter Beine und im weichen niedrigen Lederpolstersessel tief zurückgerutscht bekam Gisela keinerlei Entspanntheit hin. Sie legte den Wälzer auf den Teppich neben sich, betrachtete lieber jetzt die Vorschau auf das Frühjahrsprogramm aus dem etwas altehrwürdigeren Verlagshaus, aus der etwas renommierteren Brutstätte für geistiges Leben.

Sie konnte sich nicht konzentrieren, vielleicht auch, weil es nun sonnig wurde an diesem vorher trüben Tag, und weil sie wie radargelenkt, wie ein Medium des Simon durch die Zimmer ging und überall da für Schatten sorgte, wo ein Möbelstück vor dem Verschießen geschützt werden mußte. Zum Essen sollte sie nichts vorbereiten. Simon hatte angekündigt, er werde Brathühnchen mitbringen, tafelfertig, und so brauchte nur der Tisch gedeckt zu werden. Etwas Freude kehrte in ihr Inneres zurück – sie hatte das Gefühl, diese Art von Rückkehr fände irgendwo in ihrem Brustraum statt – als sie daran dachte, die Eßteller auf dem Heizkörpersims im Wohnzimmer schon warmzustellen. Dafür würde sie gelobt werden. Und überhaupt: besonders auf die knusprig gebratene Haut freute sie sich jetzt, mit aufkommendem Appetit. Als ein allzu rascher Nachzügler dieser angenehmen Vorgefühle stellte sich diese verfluchte neue, ach, nicht mehr neue Angst ein. Sie würde nicht ungezwungen kauen können. Sie müßte vorsichtig essen. Simon entginge das nicht. Du bist doch eine schnelle Esserin, Liebes, was machst du denn für Sachen, sag' mal, du bist doch hoffentlich jetzt endlich über diese SCHERBENANGELEGENHEIT weg, na? Na hopp!

SCHERBENGERICHT! So taufte Gisela beim ersten Mal die in tiefdunklem Violett schimmernde Nahrungsansammlung auf ihrem Teller. Simon hatte das KÖSTLICH gefunden, auch gelacht, ach Simons Lachen, ewig von der schlechten Laune seiner Narbe verdorben. Wieso denke ich heute dauernd an diese Narbe, das ist neu. Es wäre überhaupt vielleicht besser gewesen, wenn sie sich durchgesetzt hätte und nun eine selbsthergestellte Mahlzeit auf den Tisch bringen könnte. Von der sie dann Zutat für Zutat wüßte, was sie enthielt, Bissen für Bissen. Andererseits war Gisela gar nicht wohl bei diesem andauernd sich meldenden, seitenstranghaften Mißtrauen gegen Simon, gar nicht wohl. Wieder trieb sie sich im Haus herum, einfach nur so diesmal, diesmal ohne Mop. Sie fand das bald darauf doch unüberlegt und ein Staubtuch in der Hand reichlich schlau von sich selber. Als Alibi. Werde ich verrückt? Seit wann verwende ich List und Tücke gegen Simon? Wer allerdings hat damit angefangen? Ist was? Ist was in der Luft, in der Schwebe, in Gang? Seit wann sehe ich mich vor? Wahrscheinlich könnte es nicht schaden, die kurmäßige Behandlung mit dem Hirndurchblutungsmittel ernsthaft in Betracht zu ziehen. Dieses Medikament war entschieden einem Sedativum, Simons Ratschlag, vorzuziehen. Ha! Ich laß mich doch nicht abschwächen, nicht einschläfern, murmelte sie vor sich hin. Unsinn Unsinn Unsinn, war anschließend nur noch eine leere Wörterreihung, eine bewußtlose Verfluchung in beide Richtungen, auf sich selber zu und auf Simon, gewiß doch ja, auf Simon gerichtet, leider, und dennoch konnte ihre innere Unsinnsbeschwörung alles und nichts bedeuten.

Gisela schaute aus dem Nordfenster auf den kleinen runden Platz zwischen ihrem Vorgarten und den anderen Neubaugrundstücken. Erst am Spätnachmittag standen dort wieder die Mittelklassewagen der Haushaltsvorstände von ringsum. War man neidisch auf die einzige Garage innerhalb der kleinen Häusergruppierung, auf den extravaganten Sportflitzer der Gellers ebenfalls? Jetzt spielten die kleineren Kinder der Bewohner auf dem Plätzchen ihre zerfetzten paar Einfälle gegen die Langeweile durch. Um diese Zeit waren sie schon etwas erlahmt, nicht mehr lang bis zum Mittagessen. Ein sehr vermummtes Kind hielt sich ganz draußen. Es zog mit einem kleinen altmodischen Dreirad seine Runden, gleichmäßig und glücklos, es schien einfach einer Pflicht zu genügen. Auch die andern Kinder wirkten wie fest angestellt, nicht nach FREIZEIT, eher beamtet, inmitten nicht weiter geliebter Arbeitsbedingungen. Eine dieser jüngeren Anwohnerinnen, eine Mutter, rief aus der Haustür gegenüber irgendeinen kurzen Satz und dann im Ton einförmiger gewohnheitsgeübter Beschwerde MICHA! YVONNE! MICHA! YVONNE! Im Widerspruch zu ihrem Ruf drehte sich die Frau ohne Übergang in der Tür um. Es war, als stamme der Ruf gar nicht von der Frau. Die Haustür wurde geschlossen. Am Spiel der Kinder veränderte sich gar nichts. Nur bei Gisela fing das rechte Augenunterlid plötzlich zu zucken an. Sie sah die unwichtige kleine Szene nicht mehr so deutlich, auf einmal. Sie sah statt der realen Szene einen verwischten Zwischenfall, das Kind auf dem Dreirad schien abzustürzen, das Dreirad kippte zur Seite, das rechte Hinterrad hatte sich gelockert, die andern Kinder applaudierten sich selber zu ihrem Trick gegen das isolierte Kind, zu ihrer guten Idee gegen den öden Mittag. Das Lidzucken machte Gisela vor sich selber ein wenig lächerlich. Die Frau von gegenüber erschien nun an ihrem Küchenfenster und schaute nach den Kindern, ja und nun mußte wirklich etwas passiert sein, während einer kurzen Trance von Gisela, oder war die eingebildete Unfallsszene echt gewesen? Gisela fühlte sich irritiert. Sie verlor die Lust hinauszusehen. In der ganzen Nachbarschaft war Gisela Geller die einzige voll berufstätige Frau. Sie wußte, daß man sie ganz schön bestaunte. Bewunderte, das wäre zuviel gesagt. So ein Leben wie ihres, es war schon reichlich fremd und auch eher männlich. Gisela wußte erst recht, daß Simon großen Wert auf das Bestaunen seiner Frau durch die Nachbarschaft legte, den Hauch von Mißtrauen vermutlich fast genießend.

Wie lang er heute vormittag ausblieb! Seit wann kostete die alte Dame Kasselberg soviel heilige Simon-Lebenszeit? Das war doch Routine für ihn, reine Routine. Während ihrer, Giselas, winterlichen häuslichen Phase wollte er versuchen, weitgehend ohne die hell und duftig schimmernde kleine Ellen auszukommen. Er wollte sich Gisela widmen. Sie verwöhnen. Wenigstens in den ersten, auch saisonmäßig stillen Wochen, Ende Dezember, Anfang Januar. Aus einem Skiurlaub von Ellen war nichts geworden, aber Gisela hatte vergessen, warum. Ihr Lid zuckte jetzt nicht mehr, war aber leicht angeschwollen. Sie befühlte die Teller auf dem Heizkörper: schon sehr warm. Dann machte sie sich wieder an die Frühjahrsvorschau, diesmal des anderen Verlags. Sie beschloß mit leiser feindseliger Vorfreude, DAS LANGE EINSCHLAFEN DES CHRISTOPH B. nicht zu lesen. Diesen Erstling würde sie nur auf die geübte Weise kreuz und quer durchstreifen. Sich rasch ein Bild gemacht haben. NESTWÄRME und den Gedichtband GEGENWIND würde sie auch nicht lesen. Ha ha. Komisch, seit wann lachte es so komisch in ihr. Vorsichtig lenkte sie ihre Zungenspitze durch die glitschige warme Hügellandschaft von Ober- und Unterkiefer, rechts und links, und sie fand nichts, wirklich nichts, beinah nichts, rechts unten blieb ein Verdacht, aber nur ein leichter. Da war irgendwas doch spitzig, unzugehörig, zackenartig.

Sie rechnete jetzt endlich die Sache mal durch. Nahm sich das richtig vor. Sie rechnete also ein paar Tage zurück, immer den Blick unfroh gebannt auf das in einem gründelnden grüblerischen Moment photographisch verewigte

Gesicht des Schriftstellers Dani Olevano geheftet, zufällig war ihr Blick dort gelandet und kam da nicht mehr weg. Ein Schweizer mit politischer Motivation. Gisela fand es ulkig, daß es ausgerechnet dieser Schützling Olevano war, der ihrer Konzentration nützte. Mit diesem Autor konnte sie gar nicht so viel anfangen, aber die Werbesprüche für ihn fielen ihr – vielleicht deshalb? – ganz besonders leicht. Also, nachrechnen, zurückrechnen. Wann war es das erste Mal passiert? Notfalls würde sie ihren Notizkalender benutzen, aber sie stand unter dem Eindruck, es sei klüger, einfach ratsamer, wenigstens für die Dauer des heutigen Tags ihren Schreibtisch zu meiden. Und sie kam ja auch auswendig drauf: Ja, am ersten Montag ihrer heimatlichen Halbzeit hatte es angefangen damit. Beim Abendessen. Sie wußte es gut genug. Sie waren gerade bis in die Mitte des Hauptgerichts gelangt, als sie zum Telephon gerufen worden war. Beziehungsweise: sie hatte sich geopfert, so nannten sie beide das jeweils, immer handelte es sich um einen kleinen Liebesdienst jeweils desjenigen, der als erster zu erkennen gab, daß er sich am Telephon melden werde. Und dann hatte dieses Gespräch ja auch Gisela gegolten. Baldwin war seiner jährlichen Täuschung erlegen und mit seinem Geburtstagsglückwunsch um viele Tage zu spät gewesen. Immer in der Woche zwischen Weihnachten und den ersten Tagen im neuen Jahr war dieser älteste Freund der Gellers unsicher und gratulierte einfach irgendwann, mit lauter Stimme mutig aufs Geratewohl.

Gisela hielt es für wichtig, sich daran zu erinnern. Sich des Irrtums einer anderen Person zu vergewissern. Es hatte tatsächlich damit angefangen, daß nicht sie selber schusselig gewesen war. Das konnte als ein gutes Vorzeichen herhalten. Als ein schützender Wegweiser im Nebelgebiet dieser vergangenen Tage. Gisela, stehend am Telephon, den Hörer ein paar Zentimeter vom Ohr entfernt haltend,

hatte Simon dabei zugeschaut, wie er langsam und logisch weiteraß, in natürlicher Abfolge hin und her wechselnd zwischen Gemüse und Fleisch, und auch sie wünschte sich zurück zu ihrem nun abkühlenden Gericht, Apfelrotkohl und kleingeschnipselter Blutwurst, ah, noch ohne jeden Verdacht damals hatte sie sich auf die Fortsetzung dort am Eßtisch freuen können!
Die da und dort in den violettroten Krautmulden versteckte Blutwurst schmolz so schön schwitzend und gab Aroma her. Welch ein unbefangener Hunger! Bei der schnellen Esserin Gisela. Der dynamischen Hobbyköchin – ach nein, schon dieses Abendessen ging auf Simons Konto, er hatte sich einfach für Giselas diesjährige Reisepause vorgenommen, ihr soviel wie möglich ständig abzunehmen, besonders in der Küche. Eigentlich machte er ihr das eigene Haus zur Sperrzone. Aus Schonungsgründen? Nun gut und weiter mit der Spur zurück in die ersten Anzeichen: zu Simon am Eßtisch drangen Baldwins Beteuerungen als quakende Laute und er machte abwehrende fuchtelnde Bewegungen, die Gisela MACH SCHLUSS bedeuteten. Sie kannten sich aus im stummen altehelichen Idiom für Alltagsangelegenheiten. WÜRG IHN AB, ISS WEITER, MACH'S KURZ, SEI NICHT SO FEIGE, SAG, DAS ESSEN WIRD KALT.
Simon meinte es dauernd gut, und Gisela fand es jetzt auch überflüssig, sich an diesen Begleitumständen festzubeißen. Das tiefschürferische wichtigtuerische Gesicht von Dani Olevano schien, einfach durch langes Anstarren, zu grinsen, plötzlich. Es war wie beim Spiel WER ZUERST LACHT. Gisela hatte Lust, das mal wieder zu probieren. Ganz früher war das eine Leidenschaft von ihr und ihrer Schwester Dorothee gewesen. Man müßte es mal wieder machen, so was von ganz früher, dachte Gisela, kurz bevor ihr Simons Narbe wie ein elender mißlicher Spielverderber vor Augen stand. Sie blätterte in der Vorschau eine Seite

weiter, aber ohne hinzusehen. Ohne sich die Schriftsteller-Photos dieser beiden Blätter zu betrachten. Sie brauchte das schmale Heft ja nur als Requisit. Es hatte beim zweiten Akt des Abendessens angefangen. Bei den hastigen und großen Gabelbissen, inmitten eines wohligen Kauvorgangs und während sie noch Simons Würzbegabung rühmte: sie beide schüttelten sich die Hände. Eine alte liebe Gewohnheit. Anerkennung und Glückwunsch. Du hast das fabelhaft hingekriegt, eine raffiniert ausgeklügelte Kombination. Was ist alles drin? Was, tatsächlich, auch Basilikum? Ja, Muskatnuß habe ich selber eben herausgeschmeckt. Der neue Cayennepfeffer scheint schwächer zu sein. Eine deutsche Version offenbar.

Da mittendrin war es aufgetreten. Was klirrte und knackte da in ihrem Mund? Gisela kaute vorsichtiger weiter. Doch nur dem Inhalt in der Mundhöhle gegenüber vorsichtiger. Mit Simon hatten ihre Befürchtungen damals noch überhaupt nichts zu tun. Heute etwa, hatten sie heute was mit Simon zu tun? Das wiederaufgenommene UNSINN UNSINN UNSINN-Gerede war ein wenig zu bezweckt und daher unwirksam. Dort bei Tisch nach der Baldwin-Störsuada suchte Gisela mit der Zunge zwischen zermalmter und noch besser erhaltener Nahrung, wurde fündig, verlor den festen Bestandteil wieder, die Zunge forschte weiter und fand mehrere feste Bestandteile – und dann war sie doch ohne Simon einzuweihen vom Tisch aufgestanden. Vielleicht lag hierin ein grundsätzlicher Anfangsfehler. Bevor Simon aufmerksam wurde in die Küche zu fliehen: wie töricht! Nachträglich fragte sie sich, ob da eine vorgeprägte Angst als Triebkraft gewirkt hatte. Schwer verständlich. In der Küche spuckte sie damals einen Mund voll fast schwarzer Kohl- und Wurstmasse ins Spülbecken. An einer Stelle funkelte es ein bißchen und sie fischte schwer angewidert, aber erleichtert einen Glassplitter, ein Stückchen Scherbe,

aus dem warmen Matsch, dann ein zweites Stückchen, während Simon mit unbeeindruckter Kau-Stimme IST WAS rief.
Der nächste Vorgang war zum freien Aufatmen natürlich! Selbstverständlich und partnerschaftlich ehelich, voll normalem logischem Vertrauen: mit ihrem Scherbenfund zwischen zwei Fingerspitzen der rechten Hand kehrte Gisela zu Simon an den Eßtisch zurück. Sie diskutierten schön gemeinsam den Fall, überhaupt nicht unsachlich. Der Fall hatte in aller Sachlichkeit NATÜRLICH LOGISCHERWEISE etwas von einem Rätsel, klarer Fall, der mysteriöse Fall. Gisela lachte jetzt sogar ein bißchen, hörte dann aber abrupt wieder damit auf, denn dieses leicht idiotische altmännerhafte Ha Ha! war ihr wieder untergekommen. Und nicht ganz geheuer. Kurzum: in den letzten Tagen, die sie durchnahmen dort beim restlichen Wurstkraut, war beiden Gellers nichts aus Glas zersprungen. Woher die Scherbe? Es verblieb nur die Tiefkühlkostfirma, die den Apfelrotkohl verpackte, für einen Verdacht. Und Gisela hätte den Vorfall schnell vergessen, obwohl sie und Simon sich sagten, man müsse im Grunde ständig auf der Hut sein, bei jedem Fertiggericht, und bedachtes Kauen sei durchaus immer angebracht. Ja, sie hätte das vergessen, auf Grund ihrer dynamischen und resoluten Art, sie war so gänzlich unträumerisch, so unschwierig doch eigentlich, eigentlich schwer reinzulegen, fand sie jetzt.
Wie die nächsten Glassplitter in ihre Frühstücks-Cornflakes gekommen sein mochten, war dann die auch noch nicht alarmierende, aber doch GROSSE nächste Frage. Scherbenfreier Lunch des folgenden Tags. Doch mitten im Espresso befiel Gisela eine Gewißheit: sie wäre unweigerlich nicht in der Lage, den Schluck vom Mund in die Kehle zu befördern. Nicht der Kehlkopf war abgesperrt, sondern eine fürs Schlucken zuständige Stelle im Gehirn. Sie fühlte

es: im Kaffee, der jetzt als Füllsel im Mund ihre Wangen leicht aufblähte, befanden sich Splitter. Scherben im Kaffee! Gisela hielt es in der Folgezeit noch ganz planlos für richtig, Simon einen solchen Splitterverdacht anzuvertrauen. Ein ungutes Gefühl beschlich sie neuerdings ja auch schon unbearbeiteter Nahrung gegenüber, also bei Äpfeln auf dem Obstsektor, im Gemüsebereich bei Tomaten, Gurken. Vor jeder Zubereitungsform. Doch, sie äußerte sich, in Dosierungen zwar, aber immerhin. Denn sie war ja schließlich ein spontaner Typ. Und übrigens mit keinerlei Neigung zu Spintisierereien, Mystifikationen. Eher allzu realistisch. Doch Simon sah sie merkwürdig an. Überwiegend die Narbe schien sie anzusehen. Die Narbe als Partner. Es ergab sich außerdem stets so, daß Gisela sich von den Scherben im Mund gestört fühlte, wenn sie endlich mal einen günstigen Augenblick erwischt hatte und mit Simon in ein Gespräch gekommen war. Wenn sie darüber redeten, daß Gisela sich in diesem vergangenen Herbst mehr als sonst auf das Ende ihrer Reisezeit gefreut hatte.
Aber überschätzt du nicht diesen Eindruck, ich meine, du bewertest ihn nur stärker, wandte Simon ein. Liebes, jedes Jahr bist du im Spätherbst erschöpft.
Ja ja, schon, ich weiß ich weiß, erwiderte Gisela eifrig, aber diesmal spielt eine wirklich neue Lustlosigkeit mit. Und ich dachte mir deshalb –
Warum wurde ihr die Zunge plötzlich so schwer? An den Backentaschen fing eine Art Kribbeln an, Giselas Konzentration zu stören.
Du wirst ein bißchen älter, Liebes, sagte Simon. Seine Stimme war zärtlich in den höheren Lagen einer Querflöte, keiner aus Silber, an die sämigeren Töne eines Instruments aus Grenadillholz erinnerte Simons Stimme seine Frau, die vor vielen vielen Jahren einmal musikalischen Ehrgeiz befriedigt hatte, täglich doch mindestens für die Dauer

einer Stunde. Beim jeweiligen Andante, Cantabile der bevorzugten Boccherini, Bach-Söhne, Händel und Scarlatti wurde Gisela fast schwelgerisch, erfolgreicher auch im Gemütsgewinn als bei den raschen Sätzen in Dur. Längst aber kam dem dunkelbraunen Etui, diesem länglichen Kasten, in dem die schwarze Querflöte mit ihren nicht mehr ganz blank zu kriegenden Silbertasten ruhte, die Bedeutung eines Sargs zu. In den drei Auskehlungen erwartete das Instrument auf dunkelgrünem Filzbezugsstoff die Ewigkeit oder nichts mehr. Nichts mehr von Gisela. Der Beruf hatte sie für alle Liebhabereien verdorben. Ausgenommen das Lesen, machte sie sich bisweilen noch vor oder versuchte es, denn daran stimmte auch nichts mehr so richtig, da diese Liebhaberei von einst sich in die Pflicht von heute umgewandelt hatte. Es handelte sich hierbei entschieden um eine Deformation. Sie brachte einen Genußschwund mit sich. Einen Sympathieverlust sogar, eigentlich recht pauschal für diejenigen Leute, die Bücher verfaßten. Gisela verbot sich meist doch schnell wieder derart schädigende Ausflüge ihres im allgemeinen sowieso eher bejahenden Denkens.
Und, mein Schatz, ich spreche von diesem deinem Älterwerden nicht in einem negativen Sinn, redete Simon weiter. Nach der Ablenkung durch die Kribbelei und das Schwellungsempfinden in ihrem Mund hörte Gisela erst jetzt wieder zu. Sie beabsichtigte aber nicht, wie gewohnheitsmäßig in diese Gellersche Krankheit, in diese sonst günstige Routine zwischen ihnen beiden zu fallen, oh nein, diesmal nicht, sie wollte nicht der üblichen Höflichkeit und Umgangssprachlichkeit erliegen. Der Status quo würde sich im Verlauf von Simons sanftem Larghetto furchtbar geschmeidig honigseimartig in eine liebenswerte Annehmlichkeit umwandeln. Gewiß: mit den nicht wegzudiskutierenden mittleren und sogar, zugegeben, größe-

ren Schrecken. Aber wo, mein Herz, wo gibt es solche Schrecken nicht? Nenne mir den Beruf, in dem alles das reinste Vergnügen ist?

Gisela wußte selbstverständlich keinen solchen Beruf. Beim Aufzählen der ihr lästig gewordenen Strapazen unterschlug sie ihre Schwierigkeiten beim Maßhalten abends in den Hotelzimmern mit der stumm einleuchtenden Gesellschaft von Wein. Neuerdings war sie von Weißwein zu Rotwein übergegangen. Die Gerbsäure im Rotwein wirkte als natürliche Bremse auf den Lustnerv. Oder wer da in ihrem Gangliengeschlinge und Netzwerk im Kopf, in diesem nicht mehr sehr zuverlässigen Schaltsystem da oben immer zuständig war dafür, daß Gisela das AUFHÖREN allabendlich rechtzeitig hinkriegte.

Deinen Beruf, Simon, ich meine, den finde ich schon irgendwie zumindest doch bequemer, sagte Gisela. Sie bereute es sofort. Außerdem kannte sie Simons Beschwerden über seinen überforderten Alltag auswendig. Bei der jetzigen Gegenrede aber brachte er nicht einmal die ganzen sogenannten Pluspunkte zur Sprache, die ihm das Dasein erleichterten, und die er sonst nie unterschlug. Er schätzte die logisch angeordneten Abläufe innerhalb seines Alltags. Diese ausgeklügelte Mischung der Schreibtischarbeit mit dem körperlichen Ausgleich, und alles war auf die Minute genau ausgetüftelt, besaß Struktur, kam einem Prinzipienritt über nichts Brüchiges wie Eis gleich.

Noch während Gisela ICH BIN NICHT MEHR STABIL GENUG sagte, war ihr das ziemlich peinlich. Da saß sie auf ihrem Lieblingspolsterhocker, bedurfte keiner Rückenlehne wie eh und je, und ihre Gesichtsfarben waren frisch, den etwas slawischen Backenknochen verdankte sie ein kräftiges Aussehen, worin allerdings diese ständige gewisse Ungerechtigkeit lag, denn das war Knochenbau, eindeutig. Breithüftig war sie nämlich auch, einfach vom Aufbau her.

Sollte sie nicht doch ein paar rein physische Bekümmernisse neueren Datums erwähnen, Simon gegenüber? Über ihren eigenen Schatten springen, Älterwerden hin, Jüngerbleibenwollen her? Aber da war halt der unansehnliche Schatten eines Verdachts, in dieses etwas lächerliche, etwas witzblattartige Alter womöglich geraten zu sein, in dieses Krisenalter für Frauen, für vergebliche Liebesbetteleien in Gestalt von Migräne, Wallung, Unordnung im Unterleib. Ja, schließlich könnte Simon auch diese sonderbare Scherbensache für eine der geistlosen Beschwerden des Klimakteriums halten. Oder so tun als ob. Seit wann tat Simon so als ob – und warum, falls Gisela mit ihrem Argwohn richtig lag?

Gegen eine Ausweitung auf einen zusätzlichen Bezirk bin ich auch, und zwar entschieden, Liebes, predigte Simon. Hatte er dieses westernartig gewürfelte Hemd eigentlich selbst und allein ausgesucht? Gisela fiel auf, daß Simon ziemlich verkleidet aussah. Er war nun einmal nicht der Typ eines Ranchers. Immer hatte Simon sehr genau gewußt, was zu ihm paßte, und folglich eine mehr englische Bekleidungsweise bevorzugt. Aber, und hör mir doch bitte zu, Liebes, du weißt ebensogut, daß dieser Beruf, in dem du bekanntlich sehr erfolgreich bist, dich selbst bestätigt. Da wir schon vom Älterwerden gesprochen haben: gerade in unseren jetzigen Jahren benötigen wir – ich sage WIR, hörst du, es betrifft auch mich – diese Stütze: durch Anerkennung, durch andere, die an uns glauben, so sehr wir auch von uns selbst überzeugt sein mögen, es kommen nun Zeiten auf uns zu, gewisse Zeiten der Unsicherheiten. Und dir ist nicht verborgen, daß speziell FRAUEN hier die Betroffenen sind. Wie ungezählt viele würden dich beneiden, Schatz, eine Frau, die keine Probleme hat mit dem Selbstwertgefühl –

Eben! Genau! rief Gisela. Sie erkannte sofort, daß sie für

Simons Geschmack zu laut geworden war und unbeherrscht. Er liebte alle Formen der Disziplin. Das Dynamische an ihr hatte er nur mehr im Allgemeinen gern. Vielleicht nur dann, wenn sie sich beherzt auf eine neue Reise begab? Etwas weniger dynamisch fuhr sie fort: Das ist es ja gerade, Liebling.

Es kam ihr eine Spur lächerlich vor, Simon LIEBLING genannt zu haben, zum ersten Mal dachte sie, sie habe die Narbe und nicht Simon als Ganzes mit dem daraufhin unpassenden Kosewort angeredet.

Was ist es ja gerade, fragte Simon, zwar sanft, aber wie völlig befreit von jeglicher Neugier. Wie ein Arzt, der sich mittlerweile auf den nächsten Patienten vorbereitet.

Mein Selbstwertgefühl, antwortete Gisela. Es ist gut genug entwickelt, in jahrelanger Praxis, nicht wahr, und es wird nicht mehr einschrumpfen können, auch nicht, wenn ich nur noch jemand bin, der zu Haus bleibt.

Sie hielt es plötzlich für klüger, Simon nicht vorzuschlagen, man könne auf Ellen verzichten, und sie selber werde ihm als Gehilfin dienen. Sie verstand ein bißchen was von Buchführung. Eine ABLAGE, und zwar mehr als eine nur behelfsmäßige, bekäme sie noch immer hin. Ihr fiel sein Schreibtisch ein. Dann sein Entschluß, Sondermarken zu kaufen, und diese tückischen länglichen Couverts. Falls es sich um Simons Entschluß handelte. Aber selbst wenn er Ellen beauftragt hatte: in jedem Fall war das ein Entschluß gegen sie. Eigentlich verbarg sich recht und schlecht, mehr schlecht, eine komische und gräßliche Untreue in diesen Büroangelegenheiten. Etwas von Ehebruch drückte sich in ein paar ganz nebensächlichen Materialien aus. Die daraufhin hauptsächlich wurden. Gisela wollte dieser Ahnung von Gemeinheit nicht weiterfolgen.

Was du mal wieder übersiehst, sagte Simon, das ist das folgende und furchtbar einfache Grundmuster: Wer das

Geld hat, der hat die Macht. Frag rechtlose Frauen, die um ihre Befreiung noch kämpfen müssen, im Unterschied zu dir. Um den ersten Ansatz. Um eine Berufstätigkeit, und sei es auch, für den Anfang, die unbefriedigendste. Du erkennst in allem, wie privilegiert du bist.

Er reichte ihr einen buntbemalten Keramikteller in Griffnähe. Einen Teller mit Gebäck – diesen Teller mußte sie lang nicht mehr gesehen haben. Sie war wirklich schrecklich selten zu Haus. Was in den hinteren Regionen der Küchenschränke stand, verlor sie einfach aus dem Gedächtnis. Vielleicht aber habe ich dieses spanisch inspirierte Keramikding überhaupt noch nie gesehen, im meinem ganzen Leben noch nicht, dachte sie, den Teller jäh hassend.

Ich bin privilegiert, ja, sagte sie. Sie fühlte sich etwas geschwächt, wollte aber weitermachen. Und ich dachte, ich sei sogar SO privilegiert, daß ich es mir leisten könnte, dir gegenüber, meine ich.

Du verlierst schon ein bißchen das Konzept, nicht wahr? Simon machte ein liebhaberhaftes Gesicht. So sah er immer aus, wenn er Giselas Berichten über einen besonders geschickt von ihr überrumpelten Kunden lauschte, vielleicht in Peine, dynamisch in Ahlen. Ja, mit dem Ausdruck ICH LAUSCHE. DAS HAST DU TOLL GEMACHT. Ach, vielleicht war Simon einfach nur wirklich ein richtiger Feminist und meinte es gut. Und prinzipiell, wie immer. Seiner Natur gemäß. Und nun müßte er aber tatsächlich zurückkehren. Gisela hielt es für vernünftig, die Telephonnummer der alten Kasselberg herauszusuchen. Auf dem Weg zum Telephonbuch blieb sie stehen. Nah den allmählich sicher überheizten Eßtellern. War nicht das Unvernünftige angebrachter? Fast also auch vernünftiger?

Warum waren sie meistens bei diesem verdammten, verdammt brisanten Zukunftsthema, wenn Gisela ihr Verbannungsgefühl bekam, wenn sie sich, wie kürzlich beim Kauen von Gebäck – Simon hatte ihre Lieblingsdoppeldecker gebacken, aber sie schmeckten ein bißchen anders, ein bißchen nach Zitrone, eher störend, oder? – und auch beim Herunterschlucken eines Getränks in einen Stillstand brachte: wieder knackte etwas zwischen den Zähnen, fiel der Zunge als splittrig spitz und kühlgezackt auf, beschleunigte Giselas Puls bei gleichzeitiger Erstarrung irgendwo oben unter der Schädeldecke.

Gisela gewöhnte sich an plötzliches Weglaufen in die Küche, ins Badezimmer, an Kniebeugen vor der Toilettenschale, an diverse Demuts- und Knechtschaftsgebärden. Was waren das für traurig-beängstigte Verbeugungen vor den paar Möglichkeiten an Becken und Ausflüssen im Gellerschen Wohnbereich. Auf dem ersehnten Terrain, von wo sie sich gelegentlich fast vertrieben fühlte. Sie schien hier Anrechte zu verlieren. Zumindest gab es so ohne weiteres nichts Selbstverständliches mehr. Wieso war eigentlich der Briefträger noch immer nicht gekommen? Oder hatte heute eine Aushilfskraft die Runde gemacht und die Post ohne zu klingeln in den Kasten am Gartentürchen geworfen? Gisela ging in den Schneematsch hinaus, um nachzusehen. Zeitungen und Postsachen fielen ihr entgegen, als sie die kleine Tür aufschloß. Oder hatte sie die Klingel nicht gehört? Wieso aber nicht? Sie hatte weder getippt noch ein motorisiertes Haushaltsgerät benutzt.

Gisela drückte auf den Klingelknopf. Normalerweise konnte sie das etwas arztpraxishaft nur scheinbar Freundliches verheißende BIMBAM über die ungefähr 8 Meter hinweg im Hausinnern hören, dieses modische Läutewerk, das Simon einem normal plärrenden Türwecker vorgezogen hatte, eine flötenhafte Terz in Moll, und eigentlich war er auf einen Dreiklang ausgewesen. Er forschte noch weiter danach, wußte sie. Heute vernahm sie nichts. Wie schnell es doch immer in ihrem Bewußtsein antwortete, möglicherweise voreilig, möglicherweise aus instinktivem Selbstschutz. Vielleicht eine Berufsangewohnheit auch. Der unhörbaren Klingel gegenüber fühlte Gisela sich sofort durch die Auskunft gefeit, Simon habe sie aus Vorsicht abgestellt, denn bei wenigen Temperaturgraden unter Null fror sie schon ein und machte irgendwelchen Nachfolgeärger. Machte dann Simon irgendwelche leidige Arbeit oder ging kaputt. Nun gut. Wie auch immer. Gisela summte, geleitet von der inneren Nachahmung der Türklingelterz, KUKKUCK KUCKUCK RUFT'S AUS DEM WALD vor sich hin, verwundert über ihre plötzliche Unlust, die Post zu betrachten, dann abgelenkt, weil sie die Kuckuck- und Klingelterz aufwärts bewegte, woraus dann die ersten Takte eines Schlagers entstanden. Nun war sie schließlich damit beschäftigt, in ihrem Gedächtnis den Schlagertitel dazuzufinden.

Zuerst erschien die innere Abbildung einer Einstellung aus einem Schwarzweißfilm der dreißiger Jahre, eine schöne Frau mit großen Gesichtsflächen und einem Mund, der auch groß und dauernd in abwechslungsreicher Bewegung war, spielte, am Klavier singend, in ein helles watscheliges Gewand gekleidet, einem kleinen hellblonden und häßlich frisierten Jungen etwas offenbar Selbstkomponiertes vor, dazu sang sie gleichsam geschichtenerzählend, und es ging um die schwierigen Schönheiten eines schwedischen Winters. Was nichts mit der Melodie in Giselas inneren Gehörgängen zu tun hatte, aber auf die Fährte ZARAH LEANDER brachte. Neulich im Dritten Programm. Halblaut sang Gisela jetzt DER WIND HAT MIR EIN LIED ERZÄHLT in ihr eigenes Abbild hinein, wiedergegeben vom Garderobenspiegel. Ach doch, sie war schon noch voll und ganz bei Trost. Reaktiv. Erinnerungsfähig. Nicht so leicht vom Sinn für die Realität abzubringen. Falls irgendwer das bei ihr

versuchte. Die Augen blitzten klar und wach, vielleicht auch wachsam, und dunkelbraun. Sehr helle Haartönung wäre womöglich ein reizvoller Kontrast. Eine blauäugige Helligkeit wie die bei Ellen war eine Spur zu üblich.
Aber als in diesem Augenblick, von keinem Geräusch vorangekündigt, Simon die Haustür aufmachte, allzu unmittelbar neben Giselas Spiegelversenkung, hätte sie fast doch wieder ihre Fassung verloren. Da er jedoch mit eindeutiger Vergnügtheit und zwei Plastiktaschen aus der Brathühnchen-Station schwenkend eingetreten war, HOPP HOPP freundlich rufend, spurte sie, freute sie sich, empfand unbefangenen Hunger.
Einige Tage nach dieser nur von zwei kleineren Splittern und mehreren Verdächtigungen beeinträchtigten, sonst herrlichen Hühnchenmahlzeit dachte Gisela, eine gewisse Gewöhnung an dieses Zusammenleben mit Scherben sei durchaus möglich, auch schon eingetreten. Aber wahrscheinlich doch, aufs Ganze gesehen, nicht eigentlich wünschenswert. In einem auch medizinischen Sinn: nicht wünschenswert. Psychologisch gesehen. Auf ihre seelische Gesundheit bezogen. War das nun geschickt und lebensklug, oder war es vielmehr verkehrt, führte in eine Sonderlichkeit und Begrenzung, in eine kleine Ausgabe von Verderben? Daß sie mehr und mehr eine Umgangsform mit dem Rätsel herausarbeitete? Das Rätsel also nicht löste. Sie entwickelte, bei fester Nahrung, eine Technik mit Kleenextüchern und konnte längst recht geschickt eine Art Naseputzen simulieren. Nie kaute sie mehr ungewarnt. Und eben, als sie aus der Küche zurückkehrte an den Eßtisch, um nach ausgespucktem Broccoli mit Broccoli fortzufahren, sagte Simon:
Diese Art von Problemen hast du unterwegs ja auch nicht, stimmt's, mein Liebes?
Ja, das stimmte. Und fiel Gisela jetzt aufs Herz, für das sie

auf einmal ein unbekanntes Mitleid empfand, mitten im Hauptgang. Schickte Simon sie hiermit auf Reisen? Daß ER MEINT ES JA NUR GUT eine zu glatte geschwinde Antwort war, bezweifelte Gisela nun nicht länger. Es mußte mehr dran sein.

Kurz vor drei Uhr am Nachmittag rief Simon: Kommst du bitte rasch mal her? Seine Stimme kam aus der Richtung Küche. Gisela hatte sich bei der Zeitungslektüre ferienmäßig ein bißchen vertrödelt, verbummelt, die Mittagspause über Gebühr ausdehnend, wie sie wußte, denn in der diesjährigen Winterhalbzeit ging Simons Arbeitsalltag deutlich weiter, sie spürte seine Berufsbewegungen manchmal geradezu körperlich. Ihr war aufgefallen, daß er sehr viele und ziemlich kleine Schritte machte und hart auftrat. Gisela stand eilig auf und nahm noch einen benutzten Aschenbecher mit auf dem Weg in die Küche. Immerzu neuerdings hatte sie diese kleine Beklemmung von mangelnder Tüchtigkeit. Simon erwartete sie in der offenen Tür. Wieder in einer Farmer-Version des eigentlich eher Financial Times-geprägten Simon. Ein Colorado-Simon, oder dessen verkleidete Abart, statt des Bankviertel- und Regent's Park-Darstellers. Ja, des Darstellers Simon. Der aus einem seiner späteren Menschwerdung nicht würdigen Ort von der zweifelhaften Qualität der Stadt Herdecke stammte. Und der jetzt, in seinem Fach gut ausgebildet, ICH WOLLTE DIR DAS NUR MAL ZEIGEN, LIEBES zu Gisela sagte. In welchem Fach? Bösewicht? Worin auch, das Phänomen Undurchsichtigkeit hatte er gut studiert.

Simon leitete Gisela sanft in die Nähe des Küchenherds. Die Kochplatte hinten links glühte fast schon so ultraviolettrot wie die kleine Bestrahlungssonne, die von den Gellers bei neuralgischen Gesichtsschmerzen benutzt wurde. Diese Platte mußte seit längerer Zeit auf Hochtouren beheizt worden sein. Angeknipst worden sein. Nicht aus-

geknipst worden sein. Von wem denn aber nur? Den heutigen Espresso hatte ja tatsächlich Gisela endlich einmal wieder zubereiten dürfen. Das schon. Ja. Auf ihr tagtägliches Drängeln hin. Ich will mich ja auch mal wieder richtig zu Haus fühlen, Simonchen, hm? Mich integrieren. Lieb, daß du mir alles abnimmst, aber ich komme wirklich stabilitätsmäßig besser bergauf, wenn ich auch wieder dies und das im Haushalt machen darf. Gut, er war nachgiebig geworden. Gut, den heutigen Espresso hatte sie verantwortet. Und diese Kochplatte war von ihr benutzt worden. Aber doch schon vor zwei Stunden! Und zwei Stunden lang konnte der Strom nicht eingeschaltet gewesen sein, ganz gewiß nicht. Da wäre doch etwas passiert, oder nicht, Simon? Simon, sag mir, daß da etwas passiert wäre. Wir hätten das gerochen, oder irgendwas wäre doch passiert. Diese Platte wäre jetzt hin. Simon!
Simon sagte: Nun beruhige dich doch. Der Herd hat ja eine Überhitzungssicherung. Seine Unterlippe machte trotz der Narbe diesmal ganz gut mit beim Lächeln, das ja sowieso in der Abart BETRÜBNIS SÜFFISANZ funktionieren sollte und funktionierte. Es ist einfach doch besser, wenn vorläufig ich allein in der Küche wirke, so, und nun komm, komm, sei nicht so hochdramatisch. Doch besser, ich mache vorerst den Espresso, murmelte er spät am Abend immer noch. Eine Äußerung, die nicht besonders gut zum Handlungsgeschehen zwischen den Gellers paßte. Denn sie lagen in gerade leiser, von einander abpappender Umschlingung auf der Ledercouch, dem üblichen Tatort ihres ehelichen Unfriedens, und gerade war Gisela der gewohnte Austausch außerehelich vorgekommen. Simon kannte da eine neue Übung. Er tat aber so, als erinnere sie sich nicht mehr an eine alte Übung. Auch schien er nicht so recht mehr mit ihrer Konfektionsgröße zurechtzukommen. Seine Gesten waren nicht weiträumig genug. Er konnte

nicht Maß nehmen. Von Giselas Oberweite wirkte er etwas erschreckt. Aber bei einem Kuß war dann Gisela dran mit dem Erschrecken, denn eindeutig spürte sie, nachdem Simons warme Zunge endlich aus ihrem Mund gekrochen war, Scherben seitlich am Zahnfleisch. Ein Wohlfahrtsmarkengeschmack – Ammoniak? – trug dazu bei, daß sie Simons Espressosatz als folgerichtig empfand.

Überhaupt wirkte in den kommenden Stunden immer ausgerechnet das Ungeklärte so einleuchtend auf sie. Zum Beispiel das unvermittelte Fehlen von Dynamik bei ihr selber. Zum Beispiel beim Beschluß, schneematschig gewordene Schuhe unabgetropft sofort, aber aus lähmungshafter Trägkeit, in ihren Kleiderschrank zu stellen. Etwas heimlichtuerisch und gegen jede Geller-Haushalt-Regel. Dunkle Flecken im hellen Rüsterholz des Kleiderschrankbodens würden zu den Sachen gehören, die Simon DANN fände. Gisela dachte: Und er wird die beiden Packungen des Hirndurchblutungsmittels vergeblich suchen. Sie hatte es in zu kurzer Zeit zu hoch dosiert eingenommen. Simons Suchen und Simons Finden. Den Nebensatz NACH MEINEM TOD ließ ihr Bewußtsein aber immer noch unartikuliert. Und auch im rätselhaften Erschlaffen mitten beim Nägelschneiden erkannte sie das Plausible. Sie gab gleich nach dem Daumennagel auf. Nicht mehr nötig, war ihr sanft bestürzender Gedanke.

Sie erwachte gar nicht mehr so richtig. Dabei vertraute Simon ihr inzwischen sogar wieder das Geschirrabtrocknen an, wenigstens nach dem Lunch. Aus der offenstehenden Küchentür sah Gisela, wie Simon mit aufgeschlagenem Shell-Atlas die günstigste Route, einen seiner Schleichwegfunde im Geringel gelb gekennzeichneter unnumerierter Landstraßen, für sie im Bezirk Südliches Ostwestfalen erklügelte, endlos geduldig bis zum Anfang der nächsten Epoche, dem Anfang ihrer neuen Reiseperiode. Jetzt fiel

Gisela der Teller in ihrer rechten Hand auf. Es handelte sich um diesen ihr eigentümlich verhaßten Teller, den sie entweder vergessen oder nie gesehen hatte. In vier Farben war die Keramikoberfläche bemalt. Simon mußte ganz ohne sie einen neuen Sinn für das Rustikale entwickelt haben. Laß ihn dennoch nicht fallen, Gisela, mahnte eine Stimme sie. Keine Gegenstimme da, die widersprochen hätte. Aber Befehle konnte sie sich selber offenbar nicht mehr geben. In unkommandierbarer gegenläufiger Selbständigkeit öffneten sich ganz einfach ihre Finger der rechten Hand über dem Teller. Gisela sah ziemlich interesselos diesem bunten Zerschellen am grauen Küchenboden zu. Scherben hatte sie sowieso ja jetzt immer im Mund. Neu war in diesem Moment nur, daß sie, gleichzeitig mit dem Entstehen von Scherben durch sie selber, nun überhaupt nichts mehr spürte. Alles leer. Nur fragte sich, ob sie sich da nicht irrte.

Aber mit der Totenmaske hatten die Leberlands, wirklich gute Freunde, Sophies Beherztheit und gute Nerven doch ganz einfach überschätzt. Nur die Nerven? Nur die tapfere Ausdehnung eines Liebesgefühls nun auch noch auf einen sonderbar varietéhaften Lukas? Lukas als Totenmaske beschwor, kreidefarben und bei einem unjenseitigen Grinsen ertappt, eine Atmosphäre von Theatergarderobe herauf. Dieses Gesicht, SEIN UNVERGESSLICHES ANTLITZ, wirkte vom Sterben nicht mitbetroffen. Auch abgehauen, abgeschlagen: einem Leichnam. HIERMIT WOLLEN WIR DIE TRENNUNG VON DEINEM GELIEBTEN GEFÄHRTEN WIDERRUFEN, BESTE SOPHIE. Oh ja, wahrhaftig, das hatte etwas von Gegenmaßnahme. Freute sie sich denn nicht genug? Sie war in den letzten Lebensmonaten des ungeheuer greisen Lukas gelegentlich über ein beschämendes Gefühl von Ungeduld gestolpert, aber jedesmal rasch erfolgreich mit dessen Verdrängung gewesen. Gewiß, nicht einmal sie selber – die einzige, die von sich alles wußte – brauchte sich vorzuwerfen, sie verfüge über zu wenig Zähigkeit beim Hoffen auf noch mehr Lebensverlängerung: allein Lukas selber konnte sie darin übertreffen. Doch doch: sie machte mit. Mehr nur wie ein auch mögliches Gefühl, nicht wie ihr eigenes Gefühl, war das ab und zu aufgetaucht, das etwas Anrüchige, das sicher Furchtbare, das fast schon Feindselige. Daß sie nämlich manchmal dachte: Es hat was von Unmoral, derartig lang zu leben. Entsetzlich. Da geschah etwas in ihrem Gehirn außerhalb ihrer Identität. Innerhalb derer sie Lukas hingebungsvoll versorgte und unterstützte bei seinem Vorhaben, ganz gewiß nicht so zu sterben wie jedermann.

Er war nun einmal nicht jedermann. Er war dieser uralte relikthafte und dennoch immer weiter schöpferische Zeuge einer vergangenen Epoche, unter anderem. Sie las aus seinem Werk der frühen Jahre vor. Brach ab, sobald er es fistelnd heiser jähzornig wünschte, weil er abrupt jeweils einige Passagen aus einem Werk der mittleren Zeit zu hören wünschte, aus der Periode auf der Höhe seiner Schaffenskraft, aber die war immer. Wo war sie nicht? Immer so hoch, und immer ging es doch noch höher. Sie rief den Notarzt, den Rettungswagen, sie kampierte auf der Privatstation der Inneren Abteilung, in den Phasen mit eher fraglichen Chancen, den Tod zu überlisten. Woran Lukas schließlich doch sterben würde, blieb Sophie ein Rätsel, ehe sie selber diejenige wurde, die es löste.

Auch die Leberlands konnten nicht ahnen, daß ein ganz alltäglicher, ganz hundsgemein alberner Vollkornbrotbrösel zum Erstickungstod eines Übermenschen geführt hatte, beim Abendessen, das der umhegte Greis wie immer ein wenig zu gierig zu sich genommen hatte. Sophie wußte zwar, wie man am besten mit ihm zurechtkam, wenn er sich verschluckte. Es ereignete sich ja häufig. Man richtete ihn auf, beklopfte seinen abgemagerten Rücken, redete kinderschwesternartig auf ihn ein. Sicherte ihm zu, bei Abklingen des Anfalls ein Extralesestündchen aus dem Oeuvre von der aufs Winzigste geschrumpften Privatlebenszeit abzuzweigen. Nein, ich geh nicht auf die geplante Viertelstunde zu Dora Goebel rüber, auch heut nicht, wieder nicht, nein nein, ich bleibe hier, wir zwei nehmen gleich nachher das Traktat römisch drei vor, liebster Lukas, ja, das wollen wir, oder die Philosophische Dämmerung, ganz wie du willst. Obwohl kleine Abstecher zu Dora Goebel niemals unwichtig gewesen wären auch für Lukas selber, denn man brauchte die ältere rüstige und hilfsbereite Frau aus der Nachbarschaft. Sie steuerte nämlich ein eigenes Auto, nebenbei. Sie übernahm recht viele Besorgungen. Sie war bisweilen noch schneller als jeder Notdienst. Sie war kein Luxus, den Sophie sich gönnte. Und doch schon fast ein Luxus, in ihrer Klausur mit dem dermaßen endlos alten Mann.

Sophie beschloß auch beim Aufstehen an diesem Morgen im etwas regnerischen Mai nicht länger zu überlegen, wie es dazu gekommen war, daß sie beim letzten Fall von verschluckter Nahrung sich aus dem Zimmer und von Lukas entfernt hatte. Gleich am Anfang. Bei den ersten Anzeichen. Hüstelnder verschreckter tödlich vorgewarnter Lukas. Sie war ganz zielstrebig in die Küche gegangen. Gewiß einen Zweck verfolgend. In der Küche hörte sie das Keuchgeräusch nur leise. Noch immer zu laut. Und dann mußte irgendwas im Keller gewesen sein, das ihre Aufmerksamkeit beanspruchte. Das ihre Anwesenheit da unten, wo nichts mehr zu hören war, dringend erforderlich machte. Schluß jetzt.

Sophie freute sich auf die erste Tasse Kaffee dieses Tages. Sie setzte zu den ersten Kreiselbewegungen ihrer Morgengymnastik an, vollführte die Achter besonders korrekt, die Achter waren die effektivste Nummer im Trainingsprogramm für den Kopf und die Nackenmuskulatur. Es galt, jede Zahl von eins bis zehn mit Kopfbewegungen nachzuzeichnen. Sie brachte für jede Zahl ihres Pensums Kopf/Schulter/Hals die gleiche Geduld auf. Diese Übungen eigneten sich für den Schauplatz Küche, beim Warten auf heißes Wasser für den ersten Kaffee. Bis zur Zehn wurde sie immer gleichzeitig mit dem elektrischen Topf fertig. Sie schrieb jede Ziffer mit dem Kopf in die Luft. Plötzlich an diesem Morgen sagte sie zum erstenmal ganz laut I-AAA. Mitten in der Null für die dann abgeschlossene Nummer Zehn. Sie hatte schon früher mit leichter Beschämung, schnell aber weggescheuchter, daran gedacht, daß ihre

Kopfdrehereien etwas lächerlich wirken müßten auf einen, der sie beobachtete. An einen Esel erinnerte das Ganze vielleicht eine Spur zu stark.

Mit dem Kaffeebecher verließ sie die Küche. Die weiträumigeren Programmpunkte für ihren kräftigen Körper nahm sie, seit Lukas nicht mehr lebte, im Arbeitszimmer vor. Wobei ihr Gewissen nicht ganz gut war. Und dennoch ging von der kleinen Entweihung eine Art Belebung aus. Immer noch, noch vier Monate seit dem Todesfall. Seit dieses Wunder hat geschehen und Lukas sterben können. Oder: müssen. Es war so schwierig, in seinem Fall von Erlösung zu sprechen. Wie bei anderen sehr sehr alten Menschen. Er schien zuletzt ja nur noch von der Wut auf den Tod zu leben. Er war so erbost darüber, womöglich doch auch ein Sterblicher zu sein. Wenn Sophie alle mehr abgründigen und spirituellen Nebenwirkungen wegließ beim etwas verbotenen Genuß, im Arbeitszimmer des BIS ZU SEINEM LETZTEN ATEMZUG UNABLÄSSIG SCHÖPFERISCHEN LUKAS BELWANGER profane Körpergymnastik zu treiben, dann blieb immer noch die ganz und gar einfache Erklärung: hier waren die räumlichen Bedingungen zwingend gut. Mit dem großen flauschigen iranischen Teppich hatte Sophie schon immer geliebäugelt. Und kein Zimmer außer diesem war so sauerstoffreich. Voller Blattpflanzen, sogar baumartig in Fässer eingetopften.

Gestern abend hatten die guten Freunde Leberland Sophie wieder verlassen, nach einer Reiseunterbrechung zwischen Graz und Hildesheim. Gemeinsam war der beste Platz für die Totenmaske von Lukas erkoren worden auf einem Beistelltischchen neben dem verwaisten Arbeitsplatz des NUN FÜR IMMER VERSTUMMTEN. Aber nicht für immer Erblindeten. Blicklos zwar wirkten diese vom Maskenbildner leergelassenen Augen. Aber wenn das nicht BLICKEN war, was denn sonst? Kühne Behauptung, leere Behauptung das

Ganze, dieser Tod! SCHÖPFERISCH, der LETZTE ATEMZUG? Fürchterlich unheiliges Würgen und Kämpfen mit einem Bestandteil aus Bayers Vollkornschnitten, in weiter Entfernung beispielsweise vom Standardwerk ÜBERWUNDENES DASEIN – das war, fernab vom etwas goetheschen Gnadenakt des Atemholens, Lukas' letztes Lebenszeichen gewesen.

Sophie übte nun HÜFTSCHWENKEN aus. Sie dachte sich ihr tägliches Springseil und hüpfte zwanzigmal auf der Stelle, nur mit den Fußzehen und den Ballen jeweils die angenehme Struktur des Teppichs berührend. Sie fühlte sich stark und wohl. Sie begann natürlich, ein wenig an Gewicht zuzunehmen. Sie würde demnächst 51. Kein Alter, heutzutage, nicht wirklich. Auch nicht für eine Frau. Sie glaubte aber nur etwas halbherzig daran. Wie extrem winzig doch ihr Freundeskreis war. Es kam ihr geradezu unrealistisch vor, daß sie nur so wenig Leute kannte, und fast gleichzeitig kam ihr eine Existenz wie ihre eigene auch unrealistisch vor. Womit in ihr ein ganz neuer Realismus aufkam. Sie fühlte sich auf einmal, hier in diesem musealen personenkultischen Raum, wie erfunden, und zwar von einem, der es nicht besonders gut meinte. Nicht mit ihr. Der leise, Unbehagen verströmende Verdacht gegen nichts Greifbares verdichtete sich. Wandte sich gegen Lukas. Das war entsetzlich und total unvorgedacht. Doch wollte sie sich nicht von dieser neuen, wahrhaft grauenerregend aufklärerischen Stimmung abwenden. Merkwürdigerweise nicht.

Sie beugte den Rumpf. Jedesmal beim Aufheben des Kopfes war das Beistelltischchen im Zentrum ihres Blickfelds. Wie eigenartig schadenfroh Lukas über sie wegzulächeln schien. Übrigens auch ein wenig spannerhaft! Alter Voyeur! Sophie versuchte es zum erstenmal seit irgendwelchen Eis- und Steinzeiten von völlig abhandengekommener Kindheit mit Trotz. Mit Auflehnung. Mit etwas Ordinärem. Mit einem ganz gewöhnlichen, ganz einfach widerlichen, gebräuchlichen Ton. Sie wiederholte ihr I-AAA. Kraft des Coffeins war es diesmal richtig laut. Ganz schön kindisch. Aber als sie zusätzlich die Zunge rausstrecken wollte, hielt etwas sie noch zurück, und sie blieb mit halboffenem Mund und lasch vorgewölbter Zunge auf der Strecke – auf welcher denn? Ihrer Rache? Oh, um etwas von der Art ginge es wohl, doch Sophie erschrak vor dem Riesenkapitel, vor dem unglaublich vielbändigen Werk und OEUVRE über dieses Phänomen.

Seit sie sich am weitverzweigten allgemeinen Geschehen in der Welt beteiligt fühlte, sah sie abends die Tagesschau noch lieber. Vor vier Monaten war sie ja ein bißchen straffällig geworden. Etwas im Sinn von Fahrerflucht hatte sie begangen, oder viel weniger, aber doch als ein winziges bitterböses, bizarr einer Eigenständigkeit unvermutet fähiges Rädchen im monströsen Zählerwerk der menschlichen Triebhaftigkeiten, der nicht zu zählenden Verbrechensgeschichten. Unterlassener Beistand. Von einem bestimmten Blickpunkt aus wirkte das baiser-artige, im ziemlich flachen Liegen verewigte Gesicht von Lukas etwas fratzenhaft verzerrt. Er sah einem seiner eigenen Ungeister und Unholde ähnlich. Sophie konnte ganze Abschnitte aus dem Werk DIE VORLETZTEN TAGE DES OBERON auswendig. Kannte sich aus mit dem Spieltrieb der Wassergeister. Wie einer seiner eigenen Dämone schaute Lukas wenn auch ohne Pupillen bleich und leer aus seinem Pflanzenversteck hervor. Das Arrangement sah zugleich mystisch und schrecklich banal aus. Erinnerte an den BLUMEN-SCHRÖDER, dieses etwas jämmerliche aufgemotzte Vorstadtgeschäft, in dem die Leberlands von jeher, wenn sie zu Besuch beim GROSSEN GREISEN BELWANGER waren, ihre Sträuße besorgten, preisgünstiger als irgendwo sonst auf der Welt, soweit sie die kannten.

Es gedieh diesen guten Freunden wirklich nach Wunsch,

mittels Totenmaske, und Lukas widerrief diesen irrtümlich für wahr gehaltenen Irrtum, seinen eigenen Tod. Oh ja, er war anwesend, überlebte zwischen Primeln und Petunien, machte grinsend weiter mit diesem infinitesimalen Dasein, und er sah sogar, wie zu seinen fleischlichen Lebzeiten, jetzt nach dem üblichen glänzenden, FÜR SEIN HOHES LEBENSALTER ABSOLUT ERSTAUNLICHEN Appetit aus, der um diese Morgenstunde bei ihm zum drängelnden Ruf WO STECKT DENN DAS LIEBE TAPFERE SOPHIECHEN MIT DEM SCHÖNEN FRÜHSTÜCK geführt hatte. Fast konnte man ihn hören. Diesem Maskenhersteller war überhaupt nicht das mindeste irgendwie Transzendente gelungen. Falls Lukas, der zähe Todesfeind, sich nicht auch noch in gipserner Inkarnation einfach selbsttätig widersetzte. Der Griff in die Unendlichkeit blieb vergebens. Ein Stümper, dieser sakrale Typ, eine Entdeckung der guten feierlichen Leberlands, die mittlerweile völlig unangefochten, mit Blicken auf nicht einen einzigen widerrufenden Toten, ihr körnerreiches hildesheimerisches Frühstück zu sich nahmen. Ob sie von der armen lieben tüchtigen Sophie sprachen? Nicht ausführlich. Gewiß aber ein wenig doch. Sophie hob und senkte ihre Schenkel. Sie erledigte die venenfreundlichen und eher langweiligen Übungen mit der WADENPUMPE. Für Gleichzeitigkeiten mit der Bauchmuskulatur besaß sie eine spezielle Technik. Von spätestens diesem Augenblick an mußte ihre Peristaltik erwachen. In aller Seelenruhe wären sich die Leberlands, jetzt befragt, wieder völlig einig darüber, daß Sophie ihr Leben, ihr nicht mehr junges Leben, dem GROSSEN NIMMERMÜDEN ZAUBERER geopfert habe. Sie könnten keinen Sinn darin erblicken, an diesem Faktum das Geringste zu ändern, nun, nachdem der WEISE ALTE, LETZTE SEINER ZEIT, für immer die Augen geschlossen hatte. Er hielt sie ja offen, dort zwischen den Blumengebinden und Vasen!

Dora Goebel wirkte merkwürdig erschlafft, seit längerer Zeit schon. Unaufgefordert fuhr sie überhaupt nicht mehr die kleine Strecke durch die Nachbarschaft und zum Belwangerschen Haus, diesem HEIM, dieser WIRKUNGSSTÄTTE, in der nun Sophie den alten Geist verwaltete, von keinem mehr so recht beachtet, von den Stadtvätern nur noch für die Dauer einer Art vorgetäuschter Nachlaßverwaltung geduldet, eher aus Vergeßlichkeit. Ich will mir nicht klar über alles werden, hoffte Sophie zu denken. Sie hörte gar nichts mehr vom Plan und der BEFLÜGELNDEN IDEE, eine Lukas-Belwanger-Gesellschaft zu begründen und am Platz seiner letzten 43 Lebens- und Schaffensjahre einzurichten: durch wen denn außer ihr? Sophie, in Unzeiten, Vorzeiten, Pliozänzeiten auf Grund einer adoptionsartigen Transaktion an Lukas geschmiedet, war später seine unbezahlte Sekretärin und Hausfrau geworden, ohne Aktenbeschluß, einfach so, und ungewiß herausragend aus allem Alltäglichen zur GEFÄHRTIN veredelt. Allmählich stand ein ungewohnter grauer Alltag bevor.
Sie wußte, daß sie eine Halbtagsarbeit annehmen müßte. Der Verkehrsverein suchte eine Hilfskraft am Informationsstand. Sie wäre nicht imstande, irgend jemanden über irgend etwas anderes zu informieren als über Lukas und dann aber gründlich. Als Sophie sich vor dem Badezimmerspiegel betrachtete, fand sie sich so unbenutzt und annehmbar. Ihr Körper hatte etwas ganz und gar Verschontes. Schnell zog sie einen Bademantel über. Bei einem zweiten Becher Kaffee wollte sie mit völlig anderen Augen, mit einem ganz veränderten, erfrischten, neugierigen Bewußtsein die wöchentliche Lieblingslektüre jetzt vorwegnehmen. Ihre Lieblingszeitung, die donnerstags erschien, hob sie sich sonst für den Samstagnachmittag auf. Ihre Lieblingsseite war sogar noch als Lukas lebte wie spielerisch, einfach aber wohl unreflektiert, die Seite mit den

Heiratsannoncen gewesen. UNTREUE spürte sie damals schon, schwach, nicht regelmäßig, nicht wöchentlich. Aber manchmal. Es war ihr verschwiegenes, etwas anstößiges Hobby. Man hatte doch Hobbys, in dieser Ära der Weltgeschichte, an der Sophie, in der geistig und körperlich verfütterten Mast mit UNSEREM SENIOR UNTER DEN SERAPHISCHEN DEUTERN und so weiter, überhaupt nicht teilnahm. Untreue! empfand sie an diesem Vormittag froh, richtig aufgekratzt, gespannt auf die Lektüre, die sie genoß, im Sessel beim Arbeitsplatz und Beistelltischchen, den zweiten und eigentlich nicht programmgemäßen Kaffee genießend, und als sie aufschaute, mit nun auch funktionierender Peristaltik, sah Lukas eigentlich ziemlich tot aus. Sie mußte plötzlich sehr aufpassen, daß sie sich nicht verschluckte, und aus einem geplanten rachsüchtigen vulgären I-AAA wurde nichts Rechtes. Nur ein Gemurmel. Anschließend sagte sie aber klar und deutlich SCHLUSS, AUS, ENDE in die Richtung des gesamten gesammelten Werks, in die Zukunft ihres eigenen, nun endlich aufgeschlagenen Kapitels.

# Paarlauf

Bei Sophie ging das Aufwachen immer sehr schnell, erst recht aber an einem Tag wie diesem. Es bedurfte nur einer Vergewisserung, sowieso, immer – doch heute kam in die übliche Frage WIEVIEL UHR IST ES etwas Alarm, etwas Geräusch wie von der näselnden Stimme des Dr. Simon Schlitz, gestern abend durchs Telephon. In der aussagelosen Granny Smith-Apfelbeleuchtung des Meeresblickdoppelzimmers der zweiten Etage vom PALACE ORANIEN, ständiger Sommerwohnsitz der Speyers nun schon im 15. Jahr – was allmählich nicht mehr ein wenig lächerlich, sondern System war, bemerkenswert und Methode – in dieser grünlichen Dämmerung hätte es jetzt, als Sophie nach ihrer Armbanduhr grapschte, jede Minute zwischen ungefähr sechs und halb neun sein können, nach holländischer Sommerzeit. Dieses Greifen nach der Uhr war deshalb ein GRAPSCHEN, etwas bezweckt Schlaftrunkenes, weil Sophie sich noch nicht im klaren darüber war, ob es ratsam sei, sich für das Aufwachen zu entscheiden. Sie stellte sich noch meinungslos, so gut es ging. Irgendwelchen Gelüsten den Zutritt ins Bewußtsein verwehrend. Ach, Gelüsten! Was wäre heute damit! Es hatte sich noch niemals als einfach erwiesen, am Ferienplatz von lieben Freunden oder mittleren Freunden und überhaupt besucht zu werden. Heimgesucht zu werden. Man fühlte sich gleich so verantwortlich für diese Art HEIM, das Hotel, diese langjährige Entscheidung der Speyers. Es war eine Spur Diskretionseinbuße im Spiel, zweifellos. Als Adresse, dem Wortklang nach, machte das PALACE sich so eindeutig gut. Sophie hatte niemals genug übrig für irgendwelche STUNDEN DER WAHRHEIT. Schwierig, jetzt daran zu denken, besser NICHT daran zu denken, welche andere Stunde der Wahrheit heute, je nach Wetterlage, aber doch wahrscheinlich bereits heute fällig wäre, die furchtbar wahrhaftige Entkleiderei in der Badehütte nämlich.

Der Sommer ließ sich sonnig an, wenn auch rauh, aber wie Sophie Simon und Melanie Schlitz einschätzte, würden sie Wert drauf legen, sich zumindest kurzfristig sportlich zu geben, am Strand, es in irgendeiner ungeschickt städtisch verseuchten Körperlichkeit mit der Brandung aufnehmen zu wollen, die meisten Kurzbesucher verhielten sich so, brauchten ihre rasche rigorose Japserei, johlend und planschend und mit den offenbarten Nacktheiten, klumpige Nachbildungen von Werbespots.

Vor halb acht sich leise aus dem Bett zu stehlen und ins Bad zu schleichen, wäre gemein gegenüber Ludwig und auch ein bißchen unklug insgesamt, übrigens nicht nur heute. Denn aufs Ganze gesehen und auf die Dauer – bis es nach 9 Uhr angebracht wäre, Ludwig zu wecken – würde Sophie es doch eintönig finden, dieses Stückchen morgendlicher Lebenszeit ohne jeglichen Partner, ihr Spiegelbild ausgenommen. Ihre Merkhefte und kleinen unordentlich bekritzelten Notizblocks ausgenommen. DIE KINDER VON SCHLOSS ZIKADE, und Sophies gewisse Ratlosigkeit über ein paar andersartige Streiche, die endlich von diesen Dreien zu unternehmen wären, die auch ausgenommen.

Heute war sie vom grummelnden Geräusch aufgewacht, mit dem ein männliches Kind das Vorwärtsschieben einer Spielzeugeisenbahn noch realistischer zu machen versuchte. Und Ludwig sah auch genauso aus wie dieses Kind, wichtig vertieft, seine Miene spiegelte einen gerade erst unter Schmerzen und Anstrengung verwundenen Kummer wider, wirkte jetzt getröstet, doppellippig wulstig blubberte er seiner Transportangelegenheit nebenher, von chimärenhaften Erwachsenen beleidigt. Ich liebe dich, sagte es in

Sophie, ich ersticke vor Liebe zu dir, ich ersticke an meiner Undankbarkeit, an den vielen unaufmerksamen gedankenlosen Momenten, die ich neben dir wie nicht gelebt habe, viele Sommertage hindurch wieder mal, ich liebe dich.
Als Ludwigs dumme kleine Lokomotive oder was es war, nun auch noch anfing, in Einzelstößen Druck abzugeben und Ludwigs Gesicht den Ausdruck des Vorwurfs verlor, statt dessen den der Zufriedenheit annahm – was auf eine neue Traumära schließen ließ – traf Sophie ein Geduldsverlust. Nach außerdem überprüfter und fürs Aufstehen gebilligter Zeit: Dreiviertelacht. Wenn es auch dabei bliebe, sagte sie sich, daß ich überhaupt nichts weiter will als ruhige Tage mit ihm, und wenn mir auch nichts Besseres passieren kann als Ludwigs Bestes, und dies Beste ergab sich für ihn jährlich aus der Ruhigstellung seiner Nerven im Verlauf der Semesterferien. Sie schien sie ihm dennoch nie dringend genug zu gönnen. Was in der empfundenen Gegenwart manchmal einfach etwas langweilig war, erwies sich Sophie rückblickend als wünschenswerter Genuß. Sie neigte dazu, sehr gerührt auf Augenblicke zu reagieren, aber auf vergangene Augenblicke. Ich müßte weinen! Stoßseufzerhaft erdrückte sie dieser Wunsch, Tränen wären oft genug eine Angelegenheit mit Erlösungscharakter.
Melanie Schlitz gegenüber beabsichtigte Sophie zu äußern, daß sie Sommer für Sommer nichts Wohltätigeres kenne als diese leichte Eintönigkeit sehr langsamer Tage. Diesen polyglotten Herumtreibern wäre dringend zu zeigen, wie gewinnbringend man auskam allein mit sich selber, während das Abklappern berühmter Stadtzentren und Angaffen von Kunstschätzen eher einem Verlustgeschäft gleichkam, die eigene Seele betreffend, beziehungsweise eben nicht betreffend, sondern sie versäumend, immerzu auf der Jagd. Die wiederum einer Flucht zum Verwechseln ähnlich sah. Oder etwa nicht? Hör zu, Melanie, mein persönliches

Bestes im Verlauf von Ferien wird erreicht, wenn ich, nach einem kleinen und gewohnten Spaziergang zusammen mit Ludwig in ein Hotelzimmer eintrete, in eines wie dieses, und bemerke, daß Ludwig seine paar Sachen einfach von sich schmeißt, und daß er sich auf sein Bett legt und weitermacht mit DREIMAL UM DIE ECKE DENKEN. So ruhte schließlich nur ein wirklich intelligenter Mensch in sich, so war wirklich nur ein selbstbewußter Mensch nicht hastig, nicht unterdrückt. Eher von da an würde Sophie ein wenig mogeln und einen Ludwig schildern, der weiterlas in HERRSCHAFT UND EMANZIPATION, oder nein: Bultmanns Gesamtausgabe wäre entschieden unmodischer, also eigenartiger. Zur Zeit las Ludwig »Die heitere Wurstologie« und »Zwischen dort und damals« parallel.
Worauf es ankam, war der Beweis, daß man sich nicht miteinander langweilte, oder daß man, als langjährig verheiratete Speyers, das Risiko der Langeweile erstmal wagte, es in Kauf zu nahm, es schließlich wieder mal überstand. Keinerlei Kitzel von Außenreizen bedurfte. Wie scharf bin ich in jeder Minute auf diesen Mann, auf meinen Mann, guter Ludwig du, ich habe nichts anderes vor als mit dir zu planen, ob wir heut nachmittag das östliche Wäldchen oder den Parkplatzspaziergang in Erwägung ziehen. Die Tandemfahrer in ihrer ewig vergeblichen Kopulation würden auf dem Weg zum FLORIDA, einem sonst nicht schlechten Kaffee-Ziel, wie immer stören und somit Thema genug sein, ringsum die Seitengespräche über die Welt, die von hier aus, nur von den Tandemstramplern mit ihrer unabsichtlichen Obszönität gestört, in Geduld und mit Weitblick anzuschauen war. Man schaltete sich ja nicht aus, verwinkelte nicht in diesem Winkel, über dem schließlich diese ganzen Tiefausläufer gebündelt waren, die später erst die aufgeregte kontinentale alteuropäische Menschheit erreichten. Eine Art Wetterstation, ein

Außenposten, darauf befanden sie sich, die Speyers mit ihrem bemerkenswerten Mut zum Alleinsein.
Warum dann aber immer trotzdem wieder diese Ungeduld? So wie jetzt? Denn Sophie hatte nun einfach genug von diesem sanften riesenhaften lieben Kind und seinen nächtlichen Ausdrucksmöglichkeiten, zu denen ihr die Vokabel SCHNARCHEN wie eine Begriffsverwirrung vorkam, jedesmal, und sie verbot sich, LUDWIG SCHNARCHT überhaupt nur zu denken. Unter Frauen, bei Tiraden über schnarchende Ehemänner, hielt sie sich heraus, bevorzugte aber Einzelzimmer und hatte Ludwig so weit, die räumlich getrennten Schlafstätten zu Haus nicht mehr als eine Art von Ehebruch zu empfinden. Obwohl er – ihm selber womöglich eher unbewußt – einem tiefen Kummer über Sophies Entscheidung für geräuschlose Nächte doch ewig anheimgegeben war. Einem Restposten von Verlustschmerz. Und Sophie empfand die Treulosigkeit ja selber auch und wahrscheinlich viel stärker. Die bestand darin, daß sie sich Tag für Tag nächtlich eine sehr große Portion Ludwig-Existenz entgehen ließ. Daß sie darauf verzichtete. Daß sie nur seine Lebenszeit als Wachender wahrnahm.
Es war und blieb eine fragwürdige, eine eigentlich gewissenlose Entscheidung. Wenn ein Mensch bedachte, wieviel Lebenszeit verschlafen wurde, demnach doch erheblich war, einfach als Zeit, die verging, und Sophie war so ein Mensch, dies und ähnlich hoffnungslos Vergebliches bedenkend. Sie fand schon durchaus, warf sich das auch vor, daß sie sich mit einer kleinen Selbstsucht wie dieser, mit den Nächten ohne Ludwigs vielfältige Lebenszeichen, am allgemeinen Massenmord DASEIN beteiligte. Am halbherzigen Gefühl. Immer nie ganz BIS ZUR NEIGE einer Sache, IHRER Sache, hinterher, schwachatmig, etwas zu feige für den höheren Puls – gewissermaßen. Als winziges, doch triftiges, selbstanzeigepflichtiges kriminelles Geschehen

war es ihr bewußt, vom guten alten und so schwerwiegend wie nur denkbar geliebten Nachbarn im Doppelbett einfach akustisch nicht mehr profitieren zu können. Statt der Nase die Ohren voll zu haben von ihm, Doppelbettnutznießer für die Dauer von Ferien, was für eine schäbige Vergünstigungszeit im Doppellebenslauf. Auf hartem holländischem Kopfkissen. Schatz, Liebster! Oh ja und weiß der Himmel, ich liebe dich, doch so schützt ein Selbst sich vor den grenzgängerischen Ausmaßen an Zähigkeit, es geht nun mal kreatürlich zu bei mir, leider, wohl wissend, daß ich auf dich lauschen müßte mit einer endlosen und verzückten Ausdauer. Gnade! Für uns! Menschen sind eben nur kleinformatiger Opfer fähig, mit ihren Prothesen ungelenk den besseren Absichten nachhinkend. Verspätet und im Gestrüpp der Versäumnisse. In das Unkraut der vergeblichen Bemühungen verheddert.
Sophie ging noch, wie gerade frisch aufgeschnappt, derjenige Schlager von gestern durch den Kopf, der im abendlichen Potpourri obsiegte, es waren immer die dümmlichen Heiterkeiten, die im Melodiengeriesel standhielten und dran schuld waren, daß Sophie eine bestimmte kleine Schlagermelodie mit schmerzlichem Mollgehalt aus dem Gehör verlor, nach einer dilettantischen selbstverfertigten Notenschrift sich mühselig wieder zurückrufen mußte. Musik übertrödelte die ebenfalls etwas potpourrihaften vier Gänge des Diners im Speisesaal des PALACE ORANIEN. Viel zu oft während der Ferien unterlag Sophie und mußte sich, auf unfrischer Tat des Singens, Pfeifens, Gesumms ertappt, herausscheuchen aus dem tonalen Verblödungsgemisch, das niemals zu ihrer Gemütsverfassung paßte. Und ganze Tage begannen so! Im Dreivierteltakt, C-Dur! Ein etwas geistloser Morgenbeginn, den Sophie entschieden ablehnte.
Es machte ihr dann aber immer dieses anstrengende Kopf-

vergnügen, nach der bestimmten kleinen schmerzlichen Melodie zu fahnden, der im Stimmenkonzert der diesjährigen Ferien eine leitmotivische Funktion zukam. Und manchmal, um den Sommer des vorangegangenen Jahres heraufzubeschwören, sang Sophie sich und, wenn er wollte, auch Ludwig den melodischen Sieger aus dem damaligen Musikreservoir vor, nun einjährig, so hielt sie die Zeit auch als etwas Tönendes fest, hatte ziemlich viel von ihrer Musik-Chronistik, einem Seitenstrang des Erinnerungsvermögens. Ganz spezielle Reize waren in ganz speziellen Tonabfolgen untergebracht und sicher aufgehoben und sie ließen sich, beim Abspielen, als mit Momenten gespickte Vergangenheit in die Gegenwart transportieren. Eine in sich einmalige Vermittlung. Wie es andere gab. Gerüche. Die auch. Aber verläßlicher waren die kleinen Musikpassagen schon, eigentlich das Verläßlichste. Der Kampf, die eigenen Lebensaugenblicke dem Vergeßlichkeitssog zu entreißen, war mühselig und täglich, auf den verschiedensten Territorien auszufechten.

Hallo Liebes, 15. Morgen am Meer, was wollen wir heut Ruhiges, Unaufwendiges machen? Wie traurig, nicht an jedem der vergangenen 14 Vormittage den besten Freund auf der Welt dort im Bett mit so einem Zuruf geweckt, in die kommenden Stunden eingewiesen und für sie ermutigt zu haben! Nun verpaßt. Heute stellte sich die Frage gar nicht erst. Heute hätten sie und der jetzt noch fötal gefaltete große Körper da, Ludwig, die ungewöhnliche, der Gesundheit abträgliche Funktion zu erfüllen, Gastgeber zu sein und Gäste dabei zu bleiben, Gäste des PALACE ORANIEN waren sie ja schließlich und wären es doch ein bißchen weniger als Simon und Melanie Schlitz, irgendwie schon, doch. Aber nichts verpflichtet uns dazu, wollte Sophie auf eine tröstliche beruhigende Weise nachher Ludwig gegenüber betonen – damit ein gestern schon heißdiskutiertes

Thema aufgreifend – gar nichts zwingt uns dazu, die zwei nun auf Schritt und Tritt einzuladen, ich meine, dann und wann vielleicht da und dort zu diesem und jenem, das sehe ich noch gerade voraus, diese Art von sporadischem Einladen so im letzten Moment, kurz vorm Zahlen von vier Tassen Kaffee oder so, aber nicht als basso continuo, keineswegs dauernd, ich denke nicht an eine grundsätzliche Rückgrathaltung unsererseits, finanziell, du, hm, also sorg dich nicht. Gleicher Meinung hierin waren sie ja sowieso, dennoch ergab sich aus dieser Thematik ein reicher Gesprächsstoff. Vieles würde, gewissermaßen als Boden unter den Füßen, oder als eine Art Bodensatz für ihre Stimmung und Einstellung zu sämtlichen kleinen hartnäkkigen Klippen und Tücken, abhängen von ihrer äußeren Erscheinungsform des Tags mit dem Besuch vom Ehepaar Dr. Schlitz. Das stand für Sophie seit Jahren fest. Sie erwies sich wie ohne eigenes Zutun, ohne großen Aufwand an gutem Willen, als netterer Umgang, wenn sie sich auf ihr Aussehen verlassen konnte.

Und doch, bei aller Reserviertheit, wären sie irgendwie verantwortlich fürs Hotel, für die Wetterlage, für die Kellner und übrigen Gäste und den Stil des Geschäftsführers, für seine ihm eigentümliche Witzigkeitssorte, mit der die Speyers sich jährlich abmühten, sich anstrengten sogar, denn sie fanden es schwierig, schlagfertig auf den Geschäftsführer zu reagieren, der allerdings im Vorteil war und im Geplänkel, das die Speyers vom zweiten Tag an für beachtlich geistreich hielten – schnell bescheiden in den Ferien – schon deswegen stets das letzte Wort behielt, weil er als ein Vorübergehender zwischen den Tischen des Speisesaals oder den Sesselgruppierungen in der Halle abdrehen konnte, wann es ihm paßte, und es paßte ihm immer dann, wenn ihm selber eine Schlußpointe eingefallen war. Matt riefen die Speyers, meist war es Sophie, dem raffinierten, wirklich nicht humorlosen Burschen eine furchtbar überflüssige Erwiderung nach, elend verspätet, unbeklatscht, bei geschlossenem Vorhang und von der Bühne abgetretenem Stardarsteller. Wie würde jedoch auf die listig spritzigkeitssüchtigen Ganglien des Dr. Schlitz, eines für seine feuilletonistischen Boshaftigkeiten Berühmten, der vielleicht dann eher ländlich-flach westfriesisch aufgeweckte Geist des Geschäftsführers wirken? Auch war man zwischen ihm und sich selber ja stets doch mehr oder weniger in die Thematik Wetter/Käsebuffet/Kinderlärm-aus-Nachbarzimmern verstrickt, im wortspielerischen Abtausch, auf einem ohne besonderen intellektuellen Ehrgeiz zu überschauenden Terrain demnach. Doch strengte die Speyers bei Einsetzen von Ferien im Hotel alles an, was nach Kontakt nur von weitem aussah, und überanstrengte Sophie, während Ludwig sich da heraushielt, beim leichten Bemühen einzuhalten verstand. Verständig genug wie immer.

Für die ganze Gegend verantwortlich, das war man, im Besuchsfall. Vor zwei Jahren hatten die Flöringers etwas mokant ausgesehen. Wozu es nicht hätte kommen müssen. Unüberlegt und auch gewöhnt an die Bedingungen hatte Sophie sogar selber dazu aufgefordert, nach dem Kaffee in der tatsächlich präsentablen Lounge das Doppelzimmer oben zu besichtigen. In einem dieser immer etwas törichten, manchmal fast folgenreichen, fast zerstörerischen Herzlichkeitsanfälle. Und vom Doppelzimmer der Speyers in der sonst einwandfreien zweiten Etage aus unterbrach nun einmal der überwiegend in Orange und Marineblau scheckige Campingplatz den freien geraden Blickzugang zum Meer. Etwas schandfleckartig. Eine optische Belästigung, ganz sicher. Von der die Besucher der diesjährigen Ferien Kenntnis nehmen würden, unweigerlich, denn was bei der Stippvisite der Flöringers leicht zu vermeiden gewesen wäre, der Gesamteindruck von oben, entginge dem Schlitz-Paar selbstverständlich nicht, da sie mindestens schon für eine Nacht gebucht hatten, also nicht nur als Spaziergänger auf dem Fußweg zum Strand, sondern auch als Bewohner der zweiten Etage vom PALACE ORANIEN die Erfahrung CAMPINGPLATZ machen würden.

Faß dich, Sophie! Gelassenheit, wenn möglich Heiterkeit: sie steht dir auch besser, nebenbei! Mit dem Älterwerden, das beobachtete Sophie an sich selber und an anderen, verlor ein mürrischer Ausdruck an gestalterischem Reiz auf einem Gesicht. Selbst der Ausdruck von Ernst drang ja oft nicht mehr als er selber durch. Schien vielmehr Übellaunigkeit abzubilden. Man sah einfach nach Magengrimmen, Sodbrennen, irgendwelchen hormonellen Seitensprüngen aus, während doch etwas wie grüblerische tiefschürfende Nachdenklichkeit der innere Vorgang war, um dessen Wiedergabe auf einem Antlitz so umsonst gerungen wurde. In letzter Zeit wagte Sophie sich meist nur noch grimassenhaft und vorbeugend grinsend an ihre Spiegelbilder heran. Das Fleisch in ihren Wangen war nicht mehr gut verteilt. Ein bißchen nach unten abgesackt. Auch in der Augenbrauenpartie hatte ihr Gesicht nun öfter mal etwas Verrutschtes. Vielleicht brächte eines Tages doch eine massageartige Maßnahme diese paar nicht irrelevanten Unverhältnismäßigkeiten wieder in eine Art von Gleichgewicht. Selbstverständlich mußte man sich in eine gewisse Verzichtspose fügen.

Sophie war keine reine Utopistin, und doch hätte sie sich ihr eigenes Älterwerden vor allem in ästhetischer Hinsicht etwas weniger entmutigend ersonnen, würde es nach ihr gehen. Etwas besser organisiert. Als einen gleichmäßigen, eben ordentlichen Rückgang von allem. Faltiger werden ging ja noch, wulstiger werden kaum. Das Ergrauen war keine ganz schlechte, keine ausschließlich schlimme Sache, überhaupt nicht. Aber irgendein Widerspruch mußte ihm entgegengehalten werden können – wie an einigen Tagen, wenn gerade im melierten Behaarungsrahmen das Gesicht doch als noch zu jung erschien, als richtig jung bis kindlich. Doch jenseits der Lebensmitte war auf nichts Körperliches mehr so recht Verlaß. Nach einer Tönungswäsche brachte der umgekehrte Kontrast – das jugendstrotzende Supermahagoni der Frisur zum 44jährigen Mund beispielsweise – nichts weiter als eine ambitionierte Ältlichkeit hervor, als Anblick, und Sophie bereute die Manipulation, durch die sie für alle erkennbar nur auch als einer von diesen weiblichen Menschen sich auswies, dem es mißlang, Ruhe zu bewahren.

Sie konnte auch nie KOMMST DU HEUT NICHT KOMMST DU MORGEN oder etwas in der Geisteshaltung zum Ereignis Verdauung sagen. Im Bewußtseinsstrom lief der heutige Ehrgeiz, die Verdauung betreffend, schon mit seit ihrem mehr ideellen inneren Monolog. Alles in allem wäre mir etwas mehr Nachsichtigkeit gegenüber der Welt im allgemeinen und mit mir als einem biologischen Aufbau wohl zuträglicher, dachte Sophie zuweilen flüchtig, es war zwecklos, diesen Gedankengang weiterzuverfolgen, denn sie hatte zu einem undatierten Zeitpunkt, der weit zurücklag in ihrem Lebenslauf, die entgegensetzte Richtung eingeschlagen. Nicht vorsätzlich. Sie war wirklich unabsichtlich empört in einen Widerspruch verwickelt. Sie wollte dringend das Geistige triumphieren lassen. Doch wie oft erstarb der frömmste Wunsch! Sophie war ungern einfach ein Naturereignis. Ungern in einer Verwandtschaft mit allem ringsum, mit dem ganzen Kreuchen und Fleuchen, diese Verwandtschaft war ihr zu eng und zu sterblich. Sie hegte den Verdacht, daß sie mit ihren Kinderbüchern nicht rigoros genug gegen die übliche allgemeine Vergänglichkeit anschrieb.

Aber planvoll ging sie, an Tagen mit besserer Einsicht und wenn sie wirklich klug genug dazu war, mit ihrer Chance um, sich doch immerhin als ein Mitglied der am höchsten entwickelten Lebewesen zu erweisen. Ja, sie mußte diese Chance wahrnehmen und eben nicht einfach reptilmäßig oder äffisch vor sich hin PULSIEREN, es galt, mehr als nur säugetierhaft sich zu bewähren, mit Hilfe dieser allerdings auch gefährlichen Ausstattung durch LAUNEN. Man war schließlich nicht nur der Inhaber eines Stoffwechsels. Beim höher entwickelten Lebewesen produzierte dieser Stoffwechsel Launen. Die Schafe auf der Ferieninsel schienen frei davon zu sein. Zu ihrem eigenen allergrößten Glück fehlte ihnen die Fähigkeit, sich zu langweilen. Die Schafe hatten keine Wahl, gut oder schlecht aufgelegt zu sein. Der Mensch hingegen, war er nicht gezwungen, jede kleinste Gelegenheit zur Selbstbestimmung zu nutzen? Gerade im Ablauf von Ferientagen, darin die Erscheinung ZEIT besonders und als schwer berechenbar auffällig wurde, kam der inneren Einstellung, der Geschicklichkeit für eine günstige Bewertung, eine Schlüsselrolle zu. Sophie lernte daran herum, den etwas zu volkstümlich-vereinfachend als GUTE LAUNE heruntergespielten Begriff auf ihre Ferienlebenszeit anzuwenden.
Die Stimmung war stark abhängig vom Eindruck, den Sophie bei Ludwig erwecken würde, wenn sie, übrigens besonders unpassenderweise mit halbhochgekrempelten Blusenärmeln, aus dem tiefgaragenähnlichen Dämmerlicht der Toiletten heraufstiege, erschöpft zu ihm im Seeblicksessel, und niemals sein ganzes künftiges Leben lang noch könnte Ludwig Gutes schwanen, wenn sein Eindruck von Sophie in diesen Existenzsekunden den Untertitel UNVERRICHTETER DINGE – verständlich über sämtliche Fremdsprachen hinweg – bebildern, veranschaulichen, scharadenhaft darstellen würde. Eheliches Glück war nun einmal gemein-

same Sache. Daß EINER DES ANDEREN LAST tragen solle, stellte sich den Speyers gar nicht erst als Forderung. Es ergab sich aus dem Zusammenspiel, Stunde für Stunde, und das Drama einer Obstipation wurde so ernst genommen wie die mehr seelische Schwierigkeit beispielsweise, wenn keine Post von zu Haus kam, wieder keine, und man sich eigentlich Sorgen zu machen hätte – womit aber die Speyers eher einsilbig verfuhren, aus Liebesgründen. Das Reden über die Funktionstüchtigkeit ihrer Därme kam einem Ersatz gleich. Die Speyers redeten nicht so gern in Zungen, nicht so pfingstliche Leute, die sie waren, und zogen Chiffrenhaftigkeiten stets vor, denn über Diskretion ging ihnen nicht sehr vieles.
Schön für alle Beteiligten – für diese beiden mit den besten Absichten gegen den nun einmal wieder fälligen Hochsommer ausgerüsteten Eheleute – wenn Sophie in der ersten privaten Badezimmersequenz eines Tages Glück mit der Peristaltik hatte. Wenn sie sich im späteren Tagesverlauf in aller Ruhe austauschen konnten über die quantitative Verfassung ihres Exkrements: wenn Leute so unverlegen miteinander verhandeln können, dann haben sie sich gern. Die Speyers vertrauten einander wirklich. Ludwig nahm Sophies irritierbaren physiologischen Haushalt pflegerhaft ernst. Er gab acht auf den JETZT-ODER-NIE-Rang, den bei Sophie das Verdauungsgeschehen in den ersten Vormittagsstunden einnahm, in der Frühstückskaffeegegend. Leider nicht immer besetzte. Und das viel mehr bedeutete für Sophies Fortkommen als menschliches, zur Kommunikation, zur Wahrnehmung von Welt und deren Weitergabe an Zweite, Dritte – an Ludwig, und wieder an Ludwig – fähiges Wesen; das viel mehr bedeutete als in dem physisch gelasseneren Existieren ihres Mannes. So konnte Ludwig nur daran gelegen sein, wenn Sophie in der apfelgrünen Morgenkarawanserei von Zimmer 72 ihm entschlüpfte, in

dieser Sorte von grünem Morgengrauen, darin für Ludwig jede Sorte von Trance tunlicher war als alles andere. Während seine Sophie sich im kleinen Bad/WC auf ihre inneren Angelegenheiten, frühen Kamalitäten, Geheimdienste konzentrierte. Maßgebliche Forderung Nummer Eins an Ludwigs Bewußtsein war und blieb in jedem, dann auch wachen Ferientagespartikel, daß es sich freihielt vom Gesamtkomplex der Pädagogischen Hochschule, weniger architektonisch als thalamusmäßig betrachtet. Völlig frei.

Indes selbstverständlich ein Mensch wie Sophie nie die Freiheit erblickte. Ein zwar unbeamteter, nirgendwo angestellter Mensch, aber einer, der DIE DREI VOM SCHLOSS ZIKADE ersonnen, nun auf dem kontinuitätsbeladenen Gewissen hatte, beispielsweise. Immer also unter Dampf stand. Wenn es auch ein spielzeugartiger Dampf war, verkleinert, und ähnlich dem, den der schlafende, gewiß nicht SCHNARCHENDE Ludwig entließ, an irgendwelchen abwegigen Haltepunkten seiner Traumgeographie. Empfahl es sich nicht auch zu vermeiden, daß man allzu nah an die allzu realistischen Kinder und ihre Dialoge herankam, am Strand und im PALACE ORANIEN, fragte Sophie sich. Diese ganzen Kinder waren so heutig. Sie rührten Sophie eigentlich nicht. Sie vermittelten ihr eine gewisse Weltabgeschiedenheit derjenigen kleinen Helden, die sie selber unvermeidlich im Sinn hatte, einfach gleich beim ersten inneren Ruck und äußeren Schreibbeginn.

Schwierig also, diese täglichen Aufspielereien der Wirklichkeit nicht zu verachten. Alles war reichlich demonstrativ. Die Hotel- und Strandkinder wirkten so sachlich, so uneingeschüchtert. Sophies Kinder, ganz besonders DIE DREI VOM SCHLOSS ZIKADE, sonderten sich ab. Erwachsene waren ihnen Fremdlinge. Sie spielten phantasievoll abwegig. Redeten in zärtlichen Geheimsprachen. Waren nicht technisch begabt und vermieden sogar jegliche Art von sportlichem Treiben, sie berührten Bälle noch ausschließlich mit den Händen, Puppen bedeuteten ihnen mehr als aufblasbare Gummitiere. Und sie genossen leidend, sie litten genußvoll! Unter einem geheimniskrämerisch reichen Gefühlsleben, ja! Ziemlich beschreibungspflichtig, das Ganze. Schön abgesondert von der zeitgenössischen Industriegesellschaft, schön verwandt mit der großen, erwachsenen Schreibtante Sophie, die etwas zu leicht in Panik zu versetzen war und die diese Bücher nicht verfassen konnte ohne das Begleitbewußtsein vom ganz anders gearteten, irgendwie sehr viel anspruchsvolleren Werk, das ein SCHAFFEN wäre, eines Tages, so bald die Zeit sich als reif herausstellen würde. Wartet nur! Es handelt sich um eine vorläufige Plazierung auf die Seiten KINDER- UND JUGENDBUCH, in den selten genug ausreichend umfänglichen Feuilletons der wichtigeren Zeitungen, meist zur Vorweihnachtszeit – dereinst würde man Sophie Speyer unabhängig von kinderfreundlichen Geschenkzeiten antreffen, als Untersuchungsgegenstand für philosophisch-literarische alte Köpfe.

Warte nur, Sophie, Geduld! Nie darfst du in einem langatmigen Hochsommer, ferienhalber an der nackten reizklimatischen Küste herumwitternd, auf die Spur herangereifter Zeit kommen wollen. Das sind nicht die Momente dafür, hier nicht, jetzt nicht. Sophie zwang sich zur Geduld, täglich, fühlte aber, daß dieser ungewisse, gewiß geistige Dampf abzulassen wäre. Andererseits – wenn ihr jetzt Dr. Schlitz, der heute bevorstand, zum Themenkreis SCHÖPFERISCHE SOPHIE einfiel, dann schien es ihr fast so, als hätten Ludwig und sie es nur deshalb zu guten Freunden dieses kulturkritischen Spähers und Zänkers gebracht, weil Simon Schlitz an Sophie das seltene Phänomen der Beschränkung schätzte. Keine besonders schmeichelhafte Vorstellung, fand Sophie, und doch, es war was dran. Es barg die Chance, ständig ungeklärt vielversprechend zu wirken. Stets so wie jemand, der sein Bestes dauernd doch noch nicht gab, der raffiniert, eine Spur sokratisch genug war, sich zurückzuhalten, ja, der es bewahrte, das süße Geheimnis der wahren Begabung. Dieses NOCH NICHT und VIELLEICHT DOCH umgab einen schutzfilmhaft, oder?

Sophie schlich in den Schlafteil zurück, um die Lage zu testen. Das Bedürfnis, eine erste holländische, blondabgemilderte Version der Zigarette ihrer Wahl zu inhalieren, nahm die übliche Bedeutung von Erster Hilfe an: ihr Organismus schaffte den antreiberischen plot so viel besser, der dem kriminalistischen Geschehen ihres Verdauungsromans unentbehrlich war, sehr viel zügiger, wenn Nikotin dem ersten Coffein zur Seite stand. Alte schädliche Komplizenschaft. Doch das Schlechte bewirkte oft das Gute. Diente als Auslöser.

Und da lag er, unversehrt schlafend, der liebste Mensch und Ludwig. Das großgeratene alte treue Modell ihrer Bücherkinderfiguren, ihr lieber Ludwig, den sie beschreibend abbildete: ihr kleiner träumerischer Hauptheld hatte Ludwigs blaue Augen und sein blondes Haar, natürlich noch ohne Graumelierung, seine angenehme mild getönte Haut. Ludwig schob schlummernd eine weißliche kleine Blase vor sich hin und her auf den Lippen, die nach einer unguten Konfrontation mit dem Kultusminister aussahen. Ludwig, der es tagsüber hinbekam, die Pädagogische Hochschule abzulagern – sie schien operativ entfernt zu sein, von einem wirklich geschickten Chirurgen – träumte Nacht für Nacht zumindest fetzenhaft doch ein Mal, in einem Splitteralpdruck, von diesem klinischen Wegwerfmaterial der Examensklausuren, Hörsäle, Seminare und insbesondere leider der Kollegen.

Es ähnelte dem Phantomschmerz, dieses hartnäckige Träumen. Es war wie der Phantomapéritif bei Sophie: stets zur

früheren Apéritifzeit – sie hatte vor vier Jahren die allzu entfremdende, asozialisierende Belebung durch die Trinkerei aufgegeben – traten Ausfallserscheinungen bei ihr auf. Sie wurde dann ein wenig bewegungsgestört – nicht gerade katatonisch. Aber bei gut gehörten Befehlen des Gehirns an die Hand rutschten doch die Finger vom Ziel NASE ab: heimlich machte sie da so, hinter der Zeitung am besten, ihre kleinen furchtgeplagten Übungen. Ihr Atem ging zikkig. Eine allgemeine physiologische Unzuverlässigkeit war einzurechnen und setzte ihr zu. Hier an der Küste ganz besonders. Mittelgebirge wären besser für Leute wie sie, nervöse Leute. Ins PALACE ORANIEN dennoch jährlich zurückzufinden, hatte nicht nur mit Trägheit der Speyerschen Entschlüsse, sondern hauptsächlich mit Treue zu tun. Sie hielten der eigenen Vergangenheit die Stange, so ungefähr. Doch wurde Sophie von der Meereslandschaft speziell spätnachmittags, speziell an sehr klaren, sehr sonnigen Tagen strapaziert. Das Erscheinungsbild einer kosmischen, räumlich-universumsmäßigen Unruhe steigerte sich bis hin zur Angst, daß alles einfach nur bloßgelegte Wissenschaft und völlig gottlos sei, bis hin zur Fassungslosigkeit. Und früher war es ihr doch ausgerechnet angesichts der riesigen öden See leicht gefallen, die Dinge der Welt für religiös geordnet zu halten. Vorbei, vorbei.
Alle Zeichen deuteten auf den nahenden Gravitationskollaps hin. Das scheußlichste Jüngste Gericht würde von Sophie bevorzugt werden, Hauptsache, es ginge persönlich zu dabei. In Strafen willigte sie im voraus ein. Nicht in die reine leere gefühllose Physik. Zwischen bleichen flachen Dünen und verwässertem Blau am Horizont sah es nach Einstein aus. Nach seiner Verödung des Kosmos, da alle Sterne in schwarze Löcher fallen würden, oder so, aber bedrohlich bald, unmittelbar demnächst. Wieso spielten die Leute weiter mit blöden kleinen Flugapparaten herum?

Die Metagalaxis expandiert! Werft eure BILD-Zeitungen weg, hört auf mit den Sonnenbädern und Schwimmkunststückchen in der Brandung und kniet endlich nieder, versucht ein paar letzte vergebliche Gebete, ja für sehr aussichtsreich war nichts mehr zu halten, hier in der chemischen Formel 10. August, schon sah die Meeresoberfläche bläulich-fliederfarben marmoriert aus wie ein nekrotisches riesiges und nicht mehr sehr unsterbliches Gesäß. Der Gewebstod griffe bald auf die rasselnde Platte des Flutsaums über, wo jetzt noch ödemaufgetriebene Kinderbäuche sich überplätschern ließen, von einem Wasser, das irrtümlich für menschenfreundlich und kurmittelhaft gehalten wurde.
Oh nein, diese Kulisse war feindselig, war abgründig inhuman. Wie einfältig, aber zum Neidischwerden ungeschoren – also mit der Bepelzung von stummer zuversichtlicher Hingabe schützend ausgestattet – wie geistlos naturvertraulich doch alle diese Strandurlauber bei törichtem Spiel und Treiben darauf setzten, daß auch heute und jetzt wieder dieser wahnsinnig helle und stützpunktlose kahlmöblierte Raum/Kosmos/Allbegriff nicht knallen, bersten, platzen würde, daß dieser waghalsige Planet nicht plötzlich aus seiner Bahn herausschnellen könnte, eigentlich MÜSSTE. Irgendwann ja durchaus! Also warum nicht jetzt damit rechnen, im Sinn von vorgewarnter Atemnot? Wie vereinzelt man doch war mit seinen Befürchtungen. Mit seinem tiefen Mißtrauen gegenüber dem Fortbestand der gleichmäßigen Umlaufbahnen, Erdumdrehungen. Das stimmte Sophie unfroh, einerseits. Andererseits könnte es sich vielleicht als nützlich erweisen, daß diese ganze nicht weiter angenehme Zusammenrottung und Horde von halbnackten Mitmenschen die Ruhe bewahrte. Sie fixierte einen Mann mit zuverlässiger Fettschürze über seinen entmutigend watschligen weißen Shorts: er sah so aus, als lasse er

sich zu einer Notmaßnahme herbei, hier auf der Strand-Stelle, falls ihr eigener geängstigter Körper schließlich eben doch aufgäbe und zusammenbräche, einfach aus Angst vor dem Aufgeben und dem Zusammenbrechen, gewissermaßen im voraus.
Oder falls irgendwas wäre mit Ludwig, der manchmal wie aus- und abgeschaltet vor sich hinlagerte, wie sein eigenes Gepäckstück, sich von sich selber tat. An Tagen mit unordentlicher Wirtschaft in seinen Innereien. Erschöpft davon, in der fensterlosen Kachelkabine der Herrentoilette den geburtsmäßigen Druck auszuüben, und introvertiert erschüttert vom erinnerten Anblick weißer Sternchen in Augenhöhe: Ludwig erblickte seine eigenen weißen Blutkörperchen, wenn er sich überanstrengte. Sachen wie diese unterstützten das Vertrauen in die persönliche Kreatürlichkeit gar nicht.
Daß Sophie überhaupt lebte, lief und stand und saß und teilnahm, ging oft nur mehr zurück auf minütliches Glück mit einem Widerstand. Nicht zu sterben, gelang gerade immer doch, wieder und noch, aber eben nur, weil sie aufpaßte. Das war alles. Eigentlich zu viel. Da es so bitter wenig war. Halsbrecherisch war. Anstrengend auch. Vielleicht überanstrengend. Vielleicht wäre es nämlich genau umgekehrt und dieser permanente Todeswiderstand wäre eines Tages die Todesursache. Es hieß, sich in acht zu nehmen, das schon, aber so ganz geklärt wurde nie, wovor. Vor zu viel Bewußtmachung? Gerade eben vor dem, was Sophies inneres und existentielles Programm war? Ach, eigentlich gab es kein Entrinnen, ganz gezielt. Wohin man sich wandte, man wandte sich abwärts. Dem Ende zu. Sämtliche Bewegungen hatten ziemlich viel mit dem Fallen zu tun.
Sophie hob den Vorhang an. Da draußen lag das ungeheuerliche Meer, wahrhaftig. Sein geröllartiges Ewigkeitsge-

tue, ruhig tosend, schien so abgelöst von der übrigen Zeit, die entweder hastig oder gemächlich wirken konnte und mit der dieser unförmige Wasserleib nicht zusammenhing. Wäre man PLÖTZLICH hier und nicht schon seit einigen Tagen, nicht schon jedes Jahr und längst gewesen, wäre man frisch angekommen, wie überrascht und bezaubert und bestürzt würde man doch auf das Meer reagieren, dachte Sophie, man wäre eine einzige innere Antwort, beziehungsweise der Versuch, zu antworten. Nie diese Antwort auf dieses Meer wissend. Sophie empfand, sie müsse sich aufraffen dazu, so PLÖTZLICH auf das Meer zu reagieren.

Des Meeres brauchten die Speyers sich nicht zu schämen, selbst der abgebrühte Simon Schlitz könnte ihm seine Hochachtung nicht verweigern, diesem mausfarbenen geriffelten Acker aus Wassermassen, der den wirklich gescheiten Leuten zu verstehen gab, daß er sich von kindischen wassersportlichen Umgangsformen nicht vereinnahmen ließ. Er war in keine Urlauberverbrüderungen hineinzuzwingen. Das Meer würde sich gut machen, bei einem kulturell doch reichlich Ermüdeten wie Dr. Schlitz, der gleichwohl seinen kritischen Posten nicht aufzugeben gewillt war. Für Schlitz war die Lage der deutschen Gegenwartsliteratur hoffnungslos. Von Saison zu Saison beklagte er vierspaltig einen Tiefstand. Keine Neuerscheinung konnte ihm mehr so richtig imponieren, seit die ganz Großen aus dem Ende des vergangenen Jahrhunderts dahingegangen waren. Für ihn schien es sich um eine Ära der Epigonen und der fleißigen Germanisten zu handeln. Sophie, die kinderbuchschreibend zurückhaltend sich mit ihm in einem Einklang zu befinden schien, hoffte stark, daß Schlitz schlau genug wäre für einen stummen Respekt gegenüber dem Meer. Von dem etwas abfiele an Respekt für sie, inklusive Ludwig, natürlich Ludwig, aber speziell

eben doch für sie, die jemand war, der schrieb, wenn auch jenseits der Grenzen, innerhalb derer Schlitz seine Sinnesorgane argwöhnisch betätigte. Vielleicht schwieg Sophie sich eben dieser ganz Großen aus dem vergangenen Jahrhundert wegen aus. Ihnen gegenüber ähnlich resignativ einsichtig, höher geartet vernünftig, wie angesichts des erstaunlichen, unfaßlichen Meers. Es war schon eine rar gewordene Tugend, sich etwas zu versagen. In der allgemeinen Geschwätzigkeit still zu bleiben.
Ohne gutes Gewissen erinnerte sich Sophie an Einzelheiten ihrer äußerlich unscheinbar friedfertigen Ferientage mit Ludwig, an Einzelheiten, die auf ihr Konto gingen, auf ihren Wortanteil im Gesprächsblock beispielsweise eines Vormittags. Und so hatte sie gestern, nach der ersten gemütlich-besorgten ehelichen Konferenz zum Thema der anstehenden Unpäßlichkeiten zu Ludwig gesagt, gewissermaßen abschließend: Fest steht, wir haben einen neuen Tag vor uns, und alles andere ist fraglich. Schwer vom Frühstück, schwer ermüdet von der ersten Niederlage angesichts einer Mahlzeit – denn sie hatte weder dem Rosinenbrot gegenüber noch bei Schinken und Tigerballen genügend Widerstand geleistet. Ludwig wurde durch Äußerungen wie diese nicht weiter ermutigt, wußte Sophie, die gleichwohl manchmal einfach machtlos war dem Trieb gegenüber, die Dinge beim Namen zu nennen. Ohne Schönfärbereien. Oh – daran, am wahren Namen der Dinge, ausgerechnet vor Ludwig, daran korrigierte doch stets sehr viel Rücksichtnahme herum! Sophie dankte einer Art von automatischer Sicherheit, die ihr eingebaut war, Sicherheit für Ludwig, ein Verschlußsystem in ihr verhinderte äußerste Offenheiten und war Takt, Diskretion. Aus der letztlich dem guten Ludwig hilfreichen Knechtschaft Sophies, einer Fesselung durch gute Erziehung, aus der immer doch obsiegenden und Schlußwahrheiten verhin-

dernden Höflichkeit fühlte Sophie sich niemals entlassen, sogar in ihren aufrichtigsten Momenten nicht.
Gut so, sagte sie sich. Sie hielt eine ganze Menge von Aggressionsstau, Unterdrückung, Mogelei aus Liebe zu einer anderen Person. Woraus sich selbstverständlich für sie selber ergab, daß sie ihren kleinen gewaltigen Alltag bisweilen als einen Erdrosselungsversuch empfand. Als einen geschickt angelegten Würgegriff am Sprechzentrum. Dennoch, besser so, besser geknebelt als ausgeschüttet, rohmaterialhaft müllmäßig hingekippt vor einen unschuldigen Anderen, in dessen bedauernswerte Seelenlandschaft. Wenig Glück brachte das Ereignis des unbearbeiteten Anvertrauens. Höchstens in eine Form gepreßt kam es in Frage. In der Fassung eines Witzes, falls man das hinkriegte. So schimmerte noch genug Wahrheit durch, und war doch künstlich genug und nicht mehr die bare unleidliche Natur. Gestaltung! Zusammenleben war Zusammenarbeit.
Sophie gab ihrem ältesten und besten Vertrauten beispielsweise nur in einer spielerischen Version ihrer schweren Bedrückung zu, daß sie in diesem Sommer unter dem Eindruck litt, von der Natur unzureichend mit Haaren ausgestattet zu sein. In diesem Sommer besonders und definitiv. Die Wahrheit war, daß einige Frauen mehr Haare hatten als andere, und daß Sophie zu den anderen gehörte, und es war ungerecht. Wie das meiste. Und wie meistens in derartigen Notfällen erhoffte Sophie sich eine rätselhafte Rettungsmaßnahme durch Ludwig. Ludwig war ein Halt. Er war so erfinderisch. Ihm fiel doch immer was ein. Sie würde eines nahenden Tages zum Problem HAARWUCHS ihre arabeskenhaften Entstellungen von Not und Wahrheit aufgeben. Sie würde aus den Karikaturen heraustreten. Als die wirklich gepeinigte, wirklich ratlose Sophie sich herzeigen. Wüßtest du eine andere Frisur für mich, Lieber?

Schätzchen, hm? Oder was, was sonst, oder wie steht es tatsächlich? Sieh mal nach, prüfe das Ganze, den matten Befund, stell die Diagnose. Machen wir uns nichts vor.

Gestern morgen beim üblichen Pessimismus einem anfangenden Tag gegenüber hatten die Speyers noch nichts von den beiden Schlitz-Gästen gewußt, von dem Abstecher, dem Besuch zweier Neugieriger. Sophie bezichtigte sich deshalb heute der Schlampereien im Umgang mit dem täglichen Angebot, einem täglichen Tag. Wie methodisch wirkte die allgemeine Vernachlässigung des immer doch möglichen Guten, Schönen, Geruhsamen. Das waren Lässigkeiten, furchtbar, ja kriminell verantwortungslos. Wie lebte man dahin. Wie leichtfertig benutzte man doch immer wieder seinen zum Tod führenden Lebensstoff, seinen immer wieder erst in einem Vergleich unmißverständlich GUTEN ALLTAG.

Heute morgen ließe sich etwas Aufbauendes für Ludwig doch vielleicht bewerkstelligen. Von ihr zu ihm. Der jetzt statt der kleinen weißen Blase ein Spielzeugauto anzuschieben schien, während sein unanalysiertes Traumbewußtsein, ohne mythologische Untiefen zu durchstreifen, höchstwahrscheinlich sich auf dem Gelände der Pädagogischen Hochschule herumquälte. Ludwig, Liebling, ich freu mich auf – worauf? Leicht zu erfinden, der gute Wille würde fast genügen. Was bot sich an? Simon und Melanie Schlitz träfen – zur großen Erleichterung ihrer guten Freunde Ludwig und Sophie Speyer – erst am frühen Nachmittag ein, frühstens. Wenn nicht eher erst mit einem späteren Schiff, aller verkehrstechnischen Voraussicht nach und der Selbstüberschätzung bei Fahrgeschwindigkeiten entsprechend, ohne die auch solche dem Geistigen zugewandten Leute wie Dr. Schlitz sich nicht durchs kommunikative Leben steuerten. Jetzt noch frühstückte das Ehepaar Schlitz mit irgendwelchen Theaterleuten in Bochum. Sophie fand, man könne eine Spur geistig werden, heute vormittag. Wie zur Einübung. Wer war das noch, aus der vorletzten Lesezeit, den sie bei einem Denkfehler ertappt hatte? Gewiß einer der ganz Großen und Unverkannten und nicht Unterschätzten. Einer aus dem Troß von Simon Schlitz. Dieser Anglorusse, war es der, welcher ein wenig flüchtig über die Unendlichkeit nachgedacht hatte? Oder ein Frankoamerikaner? Ein Italowesternphilosoph, der als Ewigkeitsbeweis – ein Phänomen, dem gegenüber Sophie ständig aufgeschlossen war, mit einer ungeduldigen Versessenheit – angeführt hatte, daß der Mensch sich nicht mit »zwei Nichtsen« abfinden könne. Daß daher das zweite der beiden Nichtse ungültig sein müsse. Übrigens sehr unbefriedigend übersetzt, aus dem Englischen, das anzumerken plante Sophie ganz entschieden. Sofern die Sprache darauf käme. Das Nichts VOR seinem persönlichen Auftauchen in der Welt werde vom Menschen verhältnismäßig gutartig akzeptiert, behauptete der furchtlose Mann mit seiner durch das ganze Buch sich schlängelnden hitchcockverwandten Hintertriebenheit, das vorgeburtliche Nichts, woran zu glauben war, da keine private Biographie es ihm, dem Verweigerer des postletalen Nichts, durch eigene Spuren erhelle. Sophie fand, das Nichts vor ihrem individuellen Auftritt in der Welt sei kein Nichts gewesen, ganz im Gegenteil, und sie fühlte sich vom Vordenker enttäuscht. Hätte er doch genauer überlegt. Ausgerechnet wenn einer bei ihrem wichtigsten Thema, der Unsterblichkeit, innehielt, eine Richtung zu weisen beabsichtigte, ausgerechnet dann sollte so jemand sich vor Nachlässigkeiten hüten.

Es genügte Sophie, an ihre ganzen Bildungslücken zu denken: schon erkannte sie das ungemein belebte Nichts vor ihrer eigenen kleinen Geburt. Wie viel wäre zu wissen über die Weltgeschichte, dies pralle Füllsel des Nichts vor ihr! Dieses ereigniszerwimmelte, von wissenswerten Fakten zerwühlte Nichts vor Sophies zangenloser Ankunft auf diesem Planeten, es wirkte behäbig vertraut auf sie. Sie müßte sich nur aufraffen zu lernen, um die stark bevölkerten dunklen Epochen anzuleuchten: mit Bewußtmachung. Die Angst hatte mit Sophies erstem Aufschrei begonnen. Da war und blieb so ein Widerhall. Vielleicht litt sie an dieser hormonellen Störung, der Addisonschen Krankheit, und hörte unhörbar hohe Frequenzen. Ganz so wie der Urknall des Weltbeginns von Astroradiosystemen – sofern sie sich nicht täuschte, sofern sie das neulich richtig gelesen und verstanden hatte – bis zum heutigen Tag vernommen wurde, ja falls sie das nicht ein wenig durcheinanderbrachte. Sie war nun einmal scharf auf Sachen wie diese, nicht ganz begreifliche Sachen, irgendwie panisch scharf, mit Unwohlsein geschlagen bei Leseabenteuern in diesen Dingen.

Sie wurde jetzt ein bißchen stolz auf sich selber, weil sie schon bei der Gymnastikübung ARMKREISEN dermaßen nachdenklich geworden war. Übrigens fürchtete sie nie vor frühestens 15 Uhr Tod und Nichts.

Vom Parterre herauf erscholl nun der empörte und ungeräusperte Monolog, mit dem der deutsche Langhaardackel versuchte, richtig und hündisch zu bellen, einerseits. Andererseits menschlich angepaßt den Tag zu begrüßen. Das etwas raupenartige Geschöpf wirkte immer, wenn es so in offenen Türen stand, auf Sophie wie der einzig brauchbare Partner, um beispielsweise die Wetterlage zu erörtern. Nie schien der Hund so richtig zufrieden, und darin glich er Sophie. Er watschelte zielbewußt seinem vorgefaßten Ziel entgegen, meistens der Eingangstür, mit knipsendem Fleißgeräusch die Bodenkacheln der Halle abtrappelnd, und stand dann einem Azorenhoch gegenüber wie ein

wirklich ökologisch aufgeklärter, nur einfach gutgetarnter Mensch, wie ein Zeitgenosse, der über den bloßen Wetterbericht hinaus Hintergrundstudien betrieb und sich also beispielsweise Sorgen um den Grundwasserspiegel machte. Im Unterschied zur Spezies URLAUBER. Auch war er natürlich viel zu bodennah, um wie die anderen, keiner dackelhaften Maskerade bedürfenden Hotelgäste das alte, täglich viele Male beklopfte Barometer zu konsultieren. Bekümmert wie eine Metamorphose von Sophie in die Langhaardackelgestalt, das teckelmäßige Ergebnis einer Seelenwanderung zu Lebzeiten, so wandte dann das selten eindeutig fröhliche Tier sich dem Hotelparkplatz zu, mit seinem gewissen Sachverstand auch im Bereich der Verkehrspolitik, jederzeit für ein vernünftiges grämliches Gespräch aufgeschlossen.
Die zärtliche Babyherablassung, die seine Herrin anwandte, indem sie jetzt mit allzu ungeschulter Stimme MÄNNLEIN BÜRSCHEL MÄNNE das altkluge und sicher nicht mehr junge Tier zur Ordnung rief, diese Gedankenlosigkeit der Benennungen und des Tonfalls wirkte auf den Hund womöglich weniger kränkend als auf Sophie. Wie viele Irrtümer, zwischen Lebewesen! Was sprach eigentlich dagegen, dem wie Sophie zuliebe und nur notgedrungen immer noch schlafenden Ludwig einen großen Gefallen zu tun, heute endlich, sofort? Es geschähe für ihn, wenn Sophie sich nun über sein Gesicht beugen würde, die Lippen gespitzt zum Kuß auf seine warme Stirn. Um ihn aufzuwecken. Um ihm das überfällige gnädige Geschenk zu machen, soviel wie möglich von seiner Existenzfrist mitzubekommen, als einer, der wach war. Wenn auch nur, um an der Heliophobie seiner Frau teilzunehmen. Die Heliophobie und WAS MICH MIT INGMAR BERGMAN VERBINDET IST DIE ANGST VOR ZU VIEL NACKTEM SONNENLICHT wäre als lässige Zwischenbemerkung – in die Ohren von Simon Schlitz – überhaupt nicht

schlecht. Irgendwann am Strand. Schlitz brächte die verzwickte Apparatur unter der Badehose in Ordnung. Immanuel Kant und die Widersprüchlichkeit des Unendlichen: Sophie suchte nach einem gleitenden Wörterübergang. Das aus lauter Endlichkeiten zusammengestückelte Unendliche, macht es einem nicht gerade am Meer zu schaffen? Daß Ingmar Bergman Vater von ungefähr 12 Kindern war, wurde von Ludwig zuweilen angemerkt, mit entschärfender Absicht, denn Sophie hielt nicht viel von Kinderreichtum. Ob ihm nicht doch öfter, als man wahrnahm, vor den geistigen Klettertouren seiner Frau graute? Ein wenig, da sie ja ziemlich wacklig waren? Sozusagen ohne die richtige Ausrüstung? Ohne Sauerstoffgerät? Zu Kant fiel ihm dessen weite Entfernung von Kinderbüchern ein.

Alles in allem war Ludwigs Leben im Wachzustand wohl eher anstrengend. Und doch mehr LEBEN, mehr Teilnahme einfach, als wenn er so schlief und verschlief. Ohne es zu ahnen, schlief er ja nur so ausdauernd, weil im ausgetüftelten Netz der Irrtümer zwischen den Lebewesen Speyer er es war, der sich in das Verdammnisurteil einer zu kleinen Rolle verknotet hatte. In die Rolle dessen, der stillhielt. Der nie wirklich dran war. In diese pointenlose, lebenslänglich stichwortgeberhafte Nebenrolle. Eines, der einen Fortsetzungsband der DREI VOM SCHLOSS ZIKADE gutartig und in schwer lesbarer Manuskriptform redigierte. Und jetzt vom Traumwandeln über die PH-Gefilde unbedingt abgeholt werden müßte. Von Sophie, seiner Frau. Der er es geduldig überlassen würde, für welches Adjektiv sie sich entschiede, beim heutigen Vergleich des Meeres mit etwas gewiß schön Ausgefallenem, angespornt vom Wunsch, Dr. Simon Schlitz zu beeindrucken. Melanie Schlitz Stich für Stich versetzend. MAUSFARBENES Meer? Lag es ELEFANTENHAFT da? NILPFERD-Meer? Oder der GERIFFELTE ROBBEN-

RÜCKEN? Ihm wäre alles recht. Sophie sah eine ungeliebte Strandszene voraus. Eigentlich beabsichtigte sie nicht, sich auszuziehen. Vielleicht könnte sie sich irgendwelcher Menstruationsbeschwerden verdächtigen lassen, kühl und bekleidet in den Schatten der Badehütte gelagert. Sehr ALS FRAU. Dr. Schlitz wäre kopflastig und in der allzu zünftigen Badehose einfach ein Körper, blaß und vermutlich dünnbeinig. Unbekleidete Intellektuelle wirkten ja stets wie beraubt, eigentlich geistlos, plötzlich. Sie sahen nicht so aus, als hätten sie sich freiwillig ihrer Kleidung entledigt. An ihnen war eine entscheidende Amputation vorgenommen worden. Schlitz, das Opfer eines Banditenüberfalls, blickte nicht mehr hellseherisch in die sorgenbereitende Kulturlandschaft seiner Zeit, sondern war heruntergekommen zu sich selber als einem vergänglichen Stück Biologie. Sophie beschloß, beim sportlichen Alibigetue rings um den Vorgang BADEN IM MEER nicht mitzumachen. Das langwierige weitschweifige Auf- und Abhopsen in den Randwellen, die kurzen bibbernden Salzwassertaufen und das ganze Kindlichkeitsgetue, Geschrei und Vorbehalte, bis man schließlich in das nasse und kalte Element eintauchte, dann zu einem Stillstand kam, zunächst mal, während das Gesicht einen rätselhaften und introvertierten Ausdruck annahm, denn wirklich, Sophie sah es wirklich kommen, daß Simon Schlitz zu denjenigen Badedilettanten gehörte, die vor sämtlichen Schwimmleistungen erstmal scharf darauf waren, im Wasser zu urinieren. Den eigenartigen Reiz von Kindheitsrückblende und doppelter Gewässerhaftigkeit auszukosten. Besser, sie selber läge irgendwie erstaunlich, weiblich entrückt und vielleicht sogar unter einer Decke – PLAID – beim Strandhäuschen herum.

Sophie empfand Trauer. Warum nur bedeutete es ihr immer so viel, anderen Leuten zu gefallen. Anderen Männern. An Ludwig sozusagen vorbei. An ihrer am heißesten geliebten Gewohnheitssache. Das müßte doch zu ändern sein! Auf der Stelle! Oder: demnächst.

Den Geräuschen im Hotel nach zu urteilen, handelte es sich um einen sonnigen Morgen, und Sophie versagte sich einen leisen Fluch, der Fluch war ebenso reine Gewohnheitssache wie Ludwig. Vielleicht stände es besser um mich, dachte sie, wenn ich aus dieser Dauerhaltung des Anstoßnehmens herausfände. Schimpfend kam sie vorwärts, und doch nicht recht vom Fleck, oder? Durch Ferientage mühsam, nicht wahr? Warum nicht im Blitzbesuch der Freunde Schlitz einen Wink erkennen? Die altgewohnte Ferienbühne mit ihren wohlvertrauten Dekorationen wäre ganz neu zu sehen, mit den erkundungssüchtigen Blicken dieser beiden Anfänger. Und wenn daraus nichts wurde, so könnte doch ein warmes liebes Solidaritätsgefühl mit Ludwig in ihr, der etwas zu wuchtigen Hauptrolle, reifen und gehegt werden. Wohlig benebelnd.

Versöhnlich wurde ihr zumute, im voraus jetzt schon, als sie doch aber noch zögerte, sich zum Wecken und Küssen über Ludwig zu beugen. Wäre nicht VERKNEIFEN eine denkbar ungeeignete Metapher, unanwendbar auf die schönen vollen kelchförmigen Lippen Ludwigs, so könnte man sie benutzen, überlegte Sophie beim Verdacht, dieser Mann ahme den Schlaf nur noch nach, VERKNEIFE sich die Frage: Na, was gibt's denn heut morgen zu klagen, meine Liebe. Armer Ludwig, gab er nicht doch höchstwahrscheinlich diese letzte blubbrige REM-Phase lediglich vor? Um Sophies größenwahnsinnigen Selbstfindungsprozeß zu fördern? Beim Hüftschwingen und auch der Übung Radfahren verzettelte sich die Handlung in Sophies Unterleibsarchitektur immer mehr und es entstanden nur leichteste Mulmigkeiten. Die gestrige Vergangenheit des Filet de Porc mit dem Übermaß an Kartoffelbrei war heute morgen nicht zu bewältigen. Sophie hatte, als sie dem Bedürfnis nach zu viel

vom Brei erlag, offenbar irrtümlich auf die verdauungsanregende Wirkung des Schlitz-Besuchs gesetzt.
Ludwig bewegte sich, behielt aber sein Schlafgesicht bei und sein Geheimnis für sich. Schützte er die wichtigen Augenblicke von Sophies Biographie und ließ seine eigene verkommen? Schütze er also ihre Untreue? Denn um was sonst handelte es sich, um was sonst außer Untreue? Jetzt in der geistig-körperlichen Gymnastikversion, diesem Vorwand, in dessen Verlauf ihre Augenlider abschwollen, ihre Wangen die Dicklichkeit der Nacht verloren, die Därme sich zu wenig regten? Der Geist sich zurechtfand, möglichst abfand? Oh, gelänge das doch! Und in dessen treulosem Verlauf ihre Eitelkeit angespitzt wurde, heute in die Richtung Dr. Schlitz und sämtlicher imponierender Sätze einer schreibenden Frau, die klug genug war, um sich mit Kinderbüchern zu begnügen. Warum bete ich eigentlich immer nur im späteren Tagesverlauf kurzatmig, nur abends weiter ausholend, warum doch niemals schon gleich morgens, fragte sie sich. Jetzt, tu es jetzt! Als sie ihrer Aufforderung gehorchte, redete sie den lieben Gott aus Versehen mit LUDWIG an. Lieber Ludwig! Behüte mir meine . . .
Oh, es ging ganz offensichtlich nicht um die Transzendenz, zu dieser Tagesstunde. Die sie, so war es eingeübt zwischen den Speyers, im Anschluß an die Gymnastik im kleinformatigen klammen Badezimmer verbrachte. Wo sie einen etwas knarrenden, mit gelber Plastikhaut überzogenen Schemel so hinstellte, daß sie, sitzend, ihren Rücken an die Kachelwand lehnen und die nackten Fußsohlen gegen die einladend geöffnete WC-Muschel stemmen konnte.
Auf den geradegestreckten Beinen arrangierte sie ihre Schreibutensilien, für die paar Kurzeinfälle des vorangegangenen Tags jeweils. DIE DREI VOM SCHLOSS ZIKADE wurden ein Stückchen weitergebracht, mit kleinen geheimnis-

vollen scheuen Abenteuern, die sie strandabgewandt, fern der touristischen Idiotien irgendwo im Waldschatten bei Windstille und Sonnenabstinenz nach Sophies Willen nun endlich zu bestehen hätten. Vorwärts damit! Sophie empfand die Stagnation einer gestern notierten Passage plötzlich als ein Gleichnis ihres gegenwärtigen Lebens. Es ging nichts vor. Und in einer infantilisierten Verewigung, eigentlich recht unsterblich in dieser Fassung für immer, waren Ludwig und sie mit einer frei erfundenen dritten Zutat – Little Florian – die Zikadenschloßkinder, niemand sonst. Alles fingiert! Sie lebten nur mehr als Erfindungen. Simon und Melanie, das lag allzu nah, würden in die Handlung eingebracht, als feindliche fremde Kinder. Widerstand und Abgrenzung, Verweigerung. Woher nahm sie eigentlich ihr Wissen, daß Ludwig gern zum Zikadenkind degenerierte? Geh rüber und weck ihn auf, Sophie! Mit FREITAG! FISCHTAG! War diesmal im üblichen Wechsel, die Schichtarbeiterin Forelle dran? Im PALACE ORANIEN kamen Forellen immer stark gekrümmt auf den Tisch und unter einem Mandelzierrat wirkten sie ein wenig leprös. Zu deutlich sah man ihnen die gerade erst erlittenen Todesqualen an. Fangfrisch verirrt. Nicht gesonnen, einem Menschen zu schmecken. Die weit aufgerissenen Mäuler wie in einem letzten Zuruf und Stoßgebet erstarrt. Vielversprechende Agonien schienen zu kurz ausgefallen zu sein. Die Augen blickten verschreckt und irgendwie enttäuscht – aber statt IRGENDWIE werde ich dem alten Schlitz gegenüber ein geradezu befremdlich passendes Attribut wählen, beschloß Sophie jetzt. Ihr wurde etwas zuversichtlicher zumute.

Als sie dann diesmal an Ludwigs Bett, am Kopfende, auch wahrhaftig endlich stand, war sie geradezu froh geworden. Sie wußte plötzlich den treffenden Vergleich für die zu Tode erschrockene Forelle beim Abendessen: mit Ludwig,

ihrem besten Modell! Wie er da lag, im holländischen Kopfkissen, ein richtiges Angebot. Der forellenhaft dienende Mund. Ja: ewig zu Diensten, und nun doch von Sophie dabei ertappt, daß da was nicht stimmte. Überhaupt nicht. Mit der Sklavenhaltung. Ganz und gar nicht. Mit dieser Schlafergebenheit. Die Forelle, keinem Gourmet zuliebe so schmackhaft. Ludwig war nicht determiniert, Sophie zu schmecken. In ehelichem Paarlauf, in lebenslänglicher Anbindung und mit dem winzigen Text der Nebenrolle. Raff dich auf zur Morgenbegrüßung! Sophie faßte den Entschluß wirklich beinah fest genug. Laß es Ludwig sein, deinen getreuen griechischen Chor, einpersonig, dem du gefallen willst, als erstes und in der Hauptsache! Los! Und von nun an! Ja, sie war fast fest genug entschlossen.
Hätte sie nur nicht neulich, als sie sich zufällig über eine Tischplatte aus Spiegelglas beugen mußte, gesehen, wie sie aussah, wenn sie sich über etwas beugte – einfach ziemlich hängend, einfach auch etwas geschwulstförmig, einfach nicht ermutigend genug für einen, der jetzt aufwachen sollte – dann, wirklich und wahrhaftig, dann hätte sie sich jetzt über Ludwig gebeugt. Um anzufangen mit einer neuen Ausführlichkeit innerhalb seiner Biographie. Mit einer Ausdehnung seiner Rolle, sprachlich, und an Gesten, vielleicht an Aktion. Aber so. So was nannte man schließlich auch einen Liebesbeweis. Diese Eitelkeit, nach vielen Ehejahren. Sophie ließ alles beim alten und Ludwig schlafen. Aber neu war, daß sie seinen langen Schlaf als ihren kurzen Ehebruch empfand. Und wer profitierte nun eigentlich mehr, das Opfer oder der Täter? Eindeutig war hier nichts, und nichts zu klären.

# Rudolph und Aline

Rudolph erwischte sich dabei, gegen 11 Uhr 30, Halbsonne filzig über den Brauntönen der Einrichtung. Er machte sich seine eigene Überraschung: mit einem Behaglichkeitsgefühl. Oder einer Abart davon. Etwas von der Sorte. Es ging ihm ja plötzlich gut! Und zwar mitten unter den andern, als einer von vierzehn Personen in einem Konferenzraum, oh ja, mittendrin in der Auswahlkommission! Das war noch nicht ganz offengelegt. Noch keineswegs zu Ende gedacht. Es fragte sich, ob überhaupt nur ein Stückchen daran weitergedacht werden durfte. Vielleicht besser nicht. Denn für beinah nichts war die noch etwas nervöse, aber doch wohlige kurze Empfindung ein gutes Zeichen. Mit der Zeit – er mußte diese unauffällige Chronologie verschlafen haben – war ihm demnach etwas wirklich Verhaßtes lieb geworden. War ihm jetzt lieb. Jetzt machte er diese Erfahrung. Sofort wünschte er dringend, im Ruf stchenzubleiben, alle tagungsähnlichen Gruppierungen zu verachten. Von Kollegen im weitesten Sinn. Und auch Gremiensitzungen, Arbeitsgemeinschaften, alles Zusammengerottete und Gesprächsartige. Symposien. Ausschüsse. Das alles: mit vorbildlicher Grimmigkeit zu verachten. Nach außen hin weiter so mit Rudolph, vor dem die anderen sich immer ein wenig genieren mußten, wie ertappt bei Schwatzhaftigkeit und als Tagungshengst, wenn diese anderen gern oder weniger gern, wohl oder übel eben, mitmachten bei diesen Dingen, übrigens wie schließlich ja auch er selber, Rudolph, der Phänotyp eines Einzelgängers. Dem unwohl war als Mitglied einer Gruppe.

Diesmal im Sitzungsraum 303, 3. Etage, Außenstelle Kultur II, Geschäftszeichen EtV, Innenministerium, diesmal empfand Rudolph seine Tagungsversion von Geborgenheit. Er atmete plötzlich ein bißchen auf. Ich bin ja so gut untergebracht, dachte er. Ich stelle ja die Sinnfrage nicht. Mir leuchtet das Ganze ein. Womit er nicht die gerade fällige Thematik meinte. Er meinte sein eigenes, übertrieben sterbliches Fortkommen durch die Tagesstunden. Der Ablauf schien jetzt gar keiner Kontrolle mehr zu bedürfen. Wirkte selbstverständlich. Er beobachtete seine Erleichterung. Er dachte an zu Haus und fand es angenehm, abwesend zu sein. Sein angebrachtes Schuldbewußtsein betrachtete er tatsächlich nun schon minutenlang wie von außen und in aller Ruhe. Dazuzugehören, bindungslos. Sein erstes Telephonat mit Alinchen hatte er wie immer in großer Hast und Zärtlichkeit sofort nach der Ankunft im Dienstgebäude hinter sich gebracht. Gute, liebe, ihm verschworene Aline! Würde diese viel zu inständige Anhänglichkeit zwischen ihnen beiden diese Frau nur nicht allzu abhängig machen von ihm, der im Unterschied zu allen anderen hier im Raum 303 mit seinem Ehepartner gleich mal telephoniert hatte, oh ja, anders als so konnte jemand wie Rudolph einen Außendienst nie beginnen. Er war unfreier als alle anderen im Raum 303 und deshalb war er jetzt, plötzlich bei seiner Wahrnehmung, freier als alle andern. Aufs Unermeßlichste. Vorübergehend. Aufs Schwerwiegendste, und tief, so tief. Aufs Anstößigste, aufs Unerlaubteste. Alinchen, es bleibt ja dabei, nicht wahr? Sorg dich nicht, und vielleicht bin ich diesmal auch nur am Stoff interessiert. Was nicht zutraf. Rudolph fühlte sich gegenüber den heute fälligen Anträgen auf Prämien und Stipendien überhaupt nicht gutartiger als sonst auch. Bewerber! Anwärter! Bittsteller! Schon der Status von KANDIDATEN erregte seinen Verdacht. Hast du mich in Erinnerung als einen, der vor irgendwelchen Auswahlkommissionen herumgekrochen ist, mich von früher, Aline? Ganz sicher doch nicht. Was sagte ihm heute zu? Nichts war danach. Oder entdeckte er es nur jetzt erst, daß er sie mit der Zeit liebgewonnen hatte, auf seine ruhelose Weise natürlich, aber liebgewonnen die Konferenzen, die Langwierigkeiten und Jurorenwichtigtuereien und Stiftungsmitgliedschaften und Selbstdarstellungen der Referenten, den vielverfluchten Außendienst, wenn er ganz ehrlich war, die Ermüdungserscheinungen und angeberischen Gutachtergesten, mit den Kaffeepausen, mit den Magenschmerzen, liebgewonnen was er nicht leiden konnte, wenn er ganz ehrlich war, das Interesse für Dina Herzbergs hohe Wildlederstiefel, aber er war nicht ganz ehrlich zum Glück, die ziemlich ungesunden, nämlich völlig diätfernen-alinefernen Mittagessen, er wollte nicht ganz ehrlich sein zu seinem eigenen Schutz. Aline zuliebe erst recht nicht.

Selbstverständlich war alles auch unter anderem eine Qual wie eh und je. Rudolph, der sein kleines Glück beibehielt, fühlte sich ein wenig klaustrophobisch. In jedem Ausschuß der Welt sitzt mindestens einer, der vor Zugluft Angst hat, und also stand kein Fenster offen. Rudolphs Füßen war nicht wohl und in zu festen Schuhen auch zu heiß. Ihm leuchtete mal wieder sowieso die Kulturförderung als solche nicht so recht ein. Er empfand keine Wärme für die Verfasser der ganzen Exposés und Synopsen und Treatments, für deren Beurteilung er zuständig war. In Manuskriptform sähen sogar vielleicht auch Geniestreiche dermaßen hilflos und übereifrig aus. Überflüssig. Verkannt. Zugleich auch großspurig. Die Einfälle der Aspiranten beim Heften und Einbinden ihrer Kopien erweckten Rudolphs Sympathie nicht. Rudolph memorierte eins seiner vernichtenden bündigen Statements, für die er berühmt war. Er hatte unter anderm das Exposé EHRE WEM EHRE GEBÜHRT in der Luft zu zerfetzen und sein entsprechendes Wortspiel druckreif parat, aber eigentlich fürchtete er sich davor, dranzukommen. Ihm lag es nicht, frei zu sprechen. Er wußte nicht, wen von den vierzehn anderen er beim Vortragen seiner Meinung anschauen sollte. Und Koliken hatte er auch. Langes Sitzen bekam ihm nicht. Das Abstimmen machte ihm aber Spaß. Ein paarmal jährlich diese kleinen konkreten Erfahrungen mit der Demokratie zu machen, konnte nicht schaden. Den Wert einer einzelnen Stimme, seiner eigenen, nachgewiesen zu bekommen. So ungefähr würde er es Aline weitererzählen. Zu unterschlagen wäre dennoch das neue Glücksgefühl. Alles in allem war er jetzt gern hier. Erschrocken schlich er aus dem Raum 303, obwohl das etwas peinlich war; sollten sie alle denken, er habe einen Blasenkatarrh oder Diarrhoe. Er saß immer in Türnähe, mußte häufiger hinaus als die anderen Teilnehmer von Tagungen. Aber er überwand diese Scheu und lobte sich wenigstens dafür. Er verließ Raum 303 in der ersten Hälfte von Herrn Spenglers Gutachten, erfahrungsgemäß eine Angelegenheit mit Überlänge, und zusätzlich zum niemals überflüssigen WC-Besuch fand Rudolph sich zum zweiten Mal an diesem Vormittag beim Pförtner ein. Er versuchte, wie ein sehr beschäftigter Mensch auszusehen, etwas zerstreut und unschuldig. Ja, bitte, ich brauchte nochmal diese Verbindung, die Nummer von vorhin, ja richtig. Warum hatte er sich auch heute morgen wieder ausgerechnet den Platz neben Dina Herzberg gesichert? Warum denn nur, ihn störte doch wahrhaftig den ganzen Tag über beispielsweise dieses Parfum, dieses etwas Penetrante sowieso, dieses dauernd Auffällige, Anwesende. Woran lag es, daß Aline ihre Haare nicht so hinkriegte wie Dina Herzberg, wusch Aline sie zu selten? – Hallo, ja, ich bin's, rief er in die Membrane. Er war es nicht!

* * *

Dann war er endlich aus dem Haus, reisefiebrig und mit

unglücklichem Gesicht, der Taxifahrer blickte sofort etwas sanitäterhaft, er überblickte die Lage EHEFRAU MIT REISEBROTEN, fand sich ab mit diesem Amateur von Fahrgast, und bevor es zu einem mißvertraulichen Verständnis zwischen ihm und ihr, der offenkundig nicht ungeprüften Lebensgefährtin käme, entschied Aline sich gegen die übliche Winkerei. Sie wandte sich, Rudolphs Auskommen mit dem Taxifahrer zuliebe und mit der ganzen Welt da draußen auch, schneller als sonst weg vom Aufbruch Rudolphs. Zu einem tagungsähnlichen Konklave, einer Tortur! Armer Rudolph, dachte sie gar nicht flüchtig, und doch kam schon eine vitale kleine Zufriedenheit in ihr zustande. Bei der Abreise dieses 3. Mai wußte sie nicht besonders genau, worum es für Rudolph diesmal ging. Einem ganz alten Ritual zwischen ihnen beiden folgend, würde Rudolph ihr auch nach der Fron unter dem nun fälligen Datum jede Einzelheit nacherzählen. Winzig. Es bedurfte ihrer Geduld, gewiß. Aber Rudolph, er brauchte das nun einmal. Ein wenig sonderlich war er schon. Alles in allem hielt Aline ja viel von so naher Nähe, aus allernächster Nähe betrachtete sich dieses Ehepaar, näher ging es nicht. Nur fürchtete sie sich vor einem Bild, das sie mit den hinaufkletternden Lebensjahren immer öfter verscheuchen mußte, und darauf erblickte sie einen furchtbar verlassenen Rudolph, einen verlorenen Menschen, nach ihrem Tod. Der, vor seinem, nicht wahrscheinlich war, so wie die Dinge lagen. Statistisch gesehen auch nicht. Und dennoch: vielleicht durfte man eine andere Person nicht derartig abhängig von sich machen.

Aline war rasch ins Haus zurückgekommen. Sie freute sich auf beinah alles zu Tuende. Seit wann fühlte sie sich eigentlich so ein bißchen leicht, so unbekümmert, nach diesen Abschieden für zwei oder drei Konferenztage? Schuldbewußt hatte sie es – aber seit wann? – ganz gern, fast richtig gern, allein zu sein. Nur ein wenig lästig, daß Rudolph dieses Bedürfnis nicht loswurde, ziemlich häufig anzurufen. Es gab ohnehin feste Telephonzeiten. Die waren verabredet und gut zu rechtfertigen. Bestätigungen eines gelungenen Reiseablaufs. Den Anschlußzug nicht versäumt zu haben, mit dem reservierten Hotelzimmer halbwegs zufrieden zu sein: Meldungen wie diese hatten einen ganz normalen ehelichen Beruhigungswert. Gleichwohl nagelte er sie fest, schon auch mit diesen paar fixierten Telephonaten, empfand Aline plötzlich, zusammen mit einem unerwarteten Groll auf ihn und alles. Es war wirklich das Schwierigste auf der Welt, was er und sie miteinander veranstalteten, äußerste Liebeszirkusnummer, die engste Enge, der gefährlichste Trapezakt, Eheverbündnis, die weiteste Weite des Gefühls, Vernietung, eine Fesselungsarie. Oh ja, wenn man die Dinge ernstnahm, wenn man von rückwärts gesehen und vom Tod her definiert aufeinander eingeschworen war, grabestief, himmelhoch, doch kaum je mehr jauchzend, dann eben bekam man den Zustand LEBEN nicht bequemer, diesen Zwischenzustand, so wie sie beide Leben ja wohl begriffen. Vielleicht nicht ganz ohne ihre, Alines, Schuld. Aline dachte jetzt beim wie spielerischen Bettenmachen nicht sehr gern an ihre Tiraden vom existentiellen Verantwortlichsein. »Wenn ich unproduktiv bin, kommt es mir nicht sehr statthaft vor, daß ich lebe.« Sachen wie diese, es war nicht mehr aus der Welt zu schaffen, gab sie von sich. Sie malte ein wenig. Sie spielte Klavier und nahm jetzt auch noch die Querflöte hinzu. Sie hatte einen guten Draht zum Feuilletonredakteur der ortsansässigen Lokalzeitung und schrieb gelegentlich Ausstellungsberichte, Kunstkritiken der mehr persönlichen, subjektiven Art. Vor allem aber diente sie dem schöpferischen Weg Rudolphs, wobei immer klar war, wenn es auch fast unausgesprochen blieb, daß mehr in ihr schlummerte. Sie erledigte alles bürokratische Beiwerk um Rudolphs Tun und Lassen. Rudolph war auf seine Weise ein Neuerer und erfand einzelgängerisch eine neue Art von Non Fiction-Beschreibung. Da er die Wirklichkeit erzählen ließ, pedantisch penibel jeden einzelnen Moment mit seiner jeweils totalen Informationsfülle, die sozusagen atomisierte Wirklichkeit, erzählte er unendlich ausführlich. Aline, die Rudolphs gewissenhafte Protokolle abtippte, hatte sich vor ein paar Monaten zusätzlich zur Epikondylitis im rechten Schreibarm eine Nervenentzündung in der linken Schreibhand geholt.

Nun konnte sie also den Thermostat ein wenig höher stellen. Wenn sie allein im Haus war, konnte sie ihr Image einer Person, der es an eigener innerer Wärme nicht mangelte, vernachlässigen.

Schon legte sie insgesamt ein langsameres Tempo vor. Alines Motor, er zehrt sie nochmal völlig auf, eines schönen schrecklichen Tages. Sie liebte Rudolph mit strengster Wucht, beim Zusammenfalten seines Schlafanzugs. Eine Nacht mit ungestörtem Schlaf schien sie jetzt schon, vormittags, im Umkreis der Betten freundlich zu erwarten. Rudolph schnarchte nicht, schnaufte aber ein bißchen, und wenn er sich mit dem Gesicht zu ihr hin wälzte, traf sie ein leichter Wind aus seinen Nasenlöchern und dem halboffenen Mund. Jedesmal weckte sie dieser flüchtige Abkühlungseffekt. Und sie stünde auch erst auf, wenn sie ganz wach wäre. Sie brauchte ihr programmatisches Gehabe unter dem Titel ICH BIN NEUGIERIG AUF DEN TAG nicht anzuwenden. Es macht mir trotzdem nichts aus, dachte sie, ihm zuliebe, diesem einzig wirklich tödlich geliebten Menschen zuliebe jemand zu sein, der ich nicht ganz bin. Diese gewisse Verstellung zu treiben, diese dauernde leichte Überanstrengung. Ich bin eine Lebenslängliche, murmelte sie, auf meine Weise, das ist Einzelhaft zu zweit, und sie stellte fröhlich den Sauerkrautsaft in den Eisschrank, erst übermorgen würde sie wieder nach den strengen Gesundheitsrichtlinien leben, die der gute arme angekettete Rudolph nun einmal so an ihr liebte.

* * *

Mit Perversionsbeigeschmack genoß Rudolph ein furchtbar fettiges Gericht, genannt Partysteak. Die Grundlage war Leberkäse, eine schmatzende überbackene Sache, beladen mit Paprikaschnipseln und zerschmolzenem Käse. Gewiß unbekömmlich. Über die menschenverachtende Zumutung, die der Koch als Salat ausgab, würde er sich Aline gegenüber auslassen. Aber er fand es ganz gut zur Abwechslung, daß nichts auf diesem Teller unter irgendwelchen Hefeflocken und Schneedecken von Reformhausmolke schlecht versteckt war. Aline überpuderte jede sowieso schon gesunde Mahlzeit mit noch gesünderen Bröseln und Kleieschnipseln, mit ECHTEM SCHROT UND KORN. Daß er schon wieder, nun auch beim Mittagessen, neben Dina Herzberg saß, empfand er nicht als Gewinn, eher war es schlechte Planung, denn er spürte nicht gern die Verpflichtung, sich zu unterhalten, wenn er aß. Er hatte auch ausgerechnet immer dann den Mund voll deutscher Gastronomiekunst, wenn eine Antwort fällig war. Nach seiner Meinung über LAUTLOS IM LÄRM. Ich habe es noch nicht gesehen, konnte er allmählich nur noch wie ein Grunzen von sich geben. Auch DIE STILLE ZWIETRACHT DER FRAUEN VON DUCHAMPS nicht? Nein, auch nicht, noch nicht. Aber davon gehört. Viel gelesen drüber. So deprimierend wie in diesem Quartal sind eigentlich die eingereichten Arbeiten lang nicht mehr gewesen, finden Sie nicht? Oh doch, das fand Rudolph auch, und er redete nun freiwillig. Dina Herzberg hätte so unheimlich gern, so liebend gern wenigstens eine einzige gute Idee gefunden und dann verteidigt. Er nicht. Er ertappte sich dabei, daß er schon beim ersten

Durchlesen das Schlechte erhoffte. Er hielt das wirklich nicht für einen liebenswerten Zug, den er da an sich entdecken mußte. Bekam er von der ganzen Subventionierererei allmählich so eine Art Steuerzahlermentalität? So ein Steuergroschenverantwortungsgehabe, an ihm sollte man das denn doch nie beobachten können. Manchmal verdächtigte er sich, wenn er wieder mal ICH STEHE DIESEM PROJEKT RECHT RATLOS GEGENÜBER sagte, es handle sich bei seiner Verknöcherung angesichts irgendwelcher Talentproben um Anbiederungsversuche beim Ministerialbeamten, einem jüngeren Mann, den Rudolphs kritische Unnachgiebigkeiten und seine obstinaten Verdammnisse falscher Konjunktive stets deutlich erquickten.

* * *

Aline äße jeden Apfel dieser Zeit ohne Rudolph inklusive Kerngehäuse. Offiziell machte sie sich nichts aus Plauderstündchen mit Frauen und war überhaupt eine Frau ohne Frauenfreundschaften, sie war im allgemeinen Bewußtsein eine nie gelangweilte Person, doch jetzt beschloß sie, nach einer absolut ballaststoffarmen Mahlzeit, später Hilde anzurufen, oder Lottie Bein, sich mal wieder so richtig umzuhören. Eine Vorfreude auf Nußschokolade kam in ihr auf. An diesem Abend würde sie sich mit einer Abführpille helfen. Es tat richtig gut, das ganze mühselige Gesundheitstheater mal wegzulassen. Ohne große Willensleistungen, Abstinenzen, aufgequollenen Reformkostbauch zum Ziel zu kommen, auf pharmazeutischem Wege. Ein Mensch weiblichen Geschlechts zu sein, bedeutete unter anderem, 98 Prozent der weiblichen Bevölkerung ähnlich zu sein, kein Ausnahmewesen, sondern verstopft wie beinah jede andere Frau in der Bundesrepublik. Und sonstwo, europäisch zumindest, ging es genauso zu. Aline vergewisserte sich schon langfristig zum voraus, ob es auch wirklich am Abend von Rudolphs Rückkehr nur entweder IPHIGE-

NIE oder ZIRKUS ZIRKUS gab, denn sie mußte und wollte ihm das ja lassen, das tüftelige ameiseneifrige Nacherzählen, er brauchte das halt, das absolute Wiederholen und Aufarbeiten von Lebenszeit, die er und sie getrennt ableisteten, selten genug, dann aber schmerzlich und zerrissen. An diesem Abend hatte sie Glück und zufällig in Rudolphs Abwesenheit den PARTNERTREFF im dritten Programm. Er sah WENN EIN MAL EINS NICHT ZWEI IST nicht gern. Sie sah es nicht gern mit ihm zusammen. Gut so. Sie bekam immer, den Schlagwort-Abtausch partnerschaftlicher Gemeinheiten beobachtend, ihre schadenfrohe Lust auf ein Hohelied der Verdrängung. An irgendwas nahm sie dann Rache, wenn sie es zwingend spürte, dieses: lieber Frustration als das Gezänk und Gezeter hier.

* * *

Rudolph, zwischen 16 Uhr 30 und 17 Uhr, im mittelsonnigen verqualmten Tagungsdickicht, dachte mit stiller Wut und großer Liebe: fast bin ich ja selber nur noch da und dort, um Material für einen Bericht zu speichern. Alles findet nur noch zu dem Zweck statt, einen Bericht für Aline abzugeben. Wie kann man nur so aus zweiter Hand leben? Sie war entschieden zu stark an ihn gebunden, war auf Leben, das er zuvor schnaufend schwitzend leidend einsammeln mußte, angewiesen, auf vermitteltes Leben. Dann, meine Gute, du kannst dir's schon denken, machte ich meine übliche Furore beim Projekt DER TAUCHER, hörte er sich erzählen, während er seine paar Bosheiten über den TAUCHER in verteilten Rollen innerlich aufsagte, mal wieder so eine Cutterin, die höher hinaus will, Alinchen, du glaubst gar nicht, auf was für Gedanken sie kommen, die Welt ist voller Filmvorhaben und Anliegen und Absolventen. Es ist Liebe, dachte Rudolph mittendrin, bis zur Tötungsabsicht. Er starrte auf den eben ruhig referierenden Herrn Kranzlermann. Er kannte sich mit dessen privaten

Gewohnheiten ein wenig aus, denn die Rückfahrt machten sie meistens gemeinsam. Sie würden auch übermorgen wieder im selben Taxi zum Bahnhof fahren. Kranzlermann übernähme die Kosten. Er wäre wieder das Gegenteil von fieberhaft beim Bezahlen, bestände nicht auf der Quittung, und wenn er die Quittung doch forderte, so wäre er nicht paranoisch auch noch hinter der Mehrwertsteuereintragung her. Am Süßigkeitenkiosk würde er sich seiner Kinder erinnern und Kojak-Lollies kaufen. Er fände es nicht nötig, zu Haus anzurufen, riefe aber vielleicht an, der Bequemlichkeit halber, um abgeholt zu werden, auch weil Zeit totzuschlagen war bis zur Abfahrt ihres Zuges. So lebte es sich anderswo. Ich kann nur eins tun, dachte Rudolph, und übermorgen nicht nach Haus zurückkehren.

* * *

Aline schrieb MERKWÜRDIG VERLORENE, MERKWÜRDIG HEIMATLOSE ZEIT WIE IMMER DIE ZEIT OHNE RUDOLPH in ihr Tagebuch. Und stimmte es denn nicht?

* * *

Rudolph schob ein Zettelchen mit folgendem Text zwischen Dina Herzbergs Papierunterlagen: ICH BEABSICHTIGE, ZIEMLICH BALD NACH DEM ESSEN IN DEN BURGUNDER STUBEN AUFZUBRECHEN: 10 STUNDEN DISKUSSION UND KOLLEGEN SIND GENUG. WIE STEHT'S BEI IHNEN? Aber sie gefiel ihm eigentlich nur im Profil, frontal fast gar nicht. Im Profil auch nur dann, wenn er über ein etwas zu stutenhaftes Gefälle von der Stirn zur Nase kinnwärts hinwegsehen konnte. Ich ging früh ins Hotel, was so FRÜH heißt, würde er berichten. Seit es nichts mehr zu verschweigen gab, gab es auch nichts mehr zu erzählen.

* * *

Und um 23 Uhr nochmals anzurufen! Aline war ein wenig alarmiert. Lebensunfähiger, gebrauchsunfähiger Rudolph. Ihr Anhänglichkeitsspiel miteinander – ging es zu weit? Sie sangen manchmal immer noch ES WAREN ZWEI KÖNIGSKINDER und wurden gerührt, zwei vom FALSCHEN NÖNNCHEN reingelegte Märchenfiguren, immer eine Spur auf der Flucht. Oder hatte er sie mit dem späten Telephonat überprüfen wollen? Seit es nichts mehr zu überprüfen gab, gab es erst recht diesen Geruch von schlechtem Gewissen. Fest stand für sie beide: bis zu ihrem Wiedersehen übermorgen hätten sie beide sich gelegentlich etwas zu wohl und oft viel zu schlecht gefühlt. Sie wußten es nicht voneinander, aber nur das Rauchen, nur das betrieben sie, jeder für sich, fast etwas zügellos.

# Guilty

In einem autobiographischen Abschnitt ohne Überblick, in einer Phase der Genügsamkeit hatte Walter diese Frau geheiratet, und jetzt stapfte sie selbstzufrieden aus den Brandungswellen mit den Worten: Beim heutigen Bad habe ich das Meer endlich wieder als Partner empfunden. Mit der allmorgendlichen Grausamkeit sagte Walter nach einem Blick auf die Armbanduhr: Du warst achteinhalb Minuten drin. Das dämpfte sie nicht ganz unerheblich. Natürlich hatten kleine Sticheleien keine größere Bedeutung als ein Schluckauf, doch in dieser langjährigen und gewissermaßen hypochondrischen Ehe zählte jedes Detail. Mit übellaunigen Reaktionen auf die bestehenden Verhältnisse, beispielsweise eines Ferienvormittags in der Badehütte Nr. 34, schädigten sie einander. Sie waren stets einer durch den andern in Ansteckungsgefahr. Sie bekamen so ihre Mitleidsanfälle, einer für den andern. Vera packte gelegentlich der Jammer beim Anblick von Walters gefaßtem, aber ratlos enttäuschtem Gesicht, wenn über einen Tag ohne Regenfront oder Nebelnässen entschieden war: eigentlich bevorzugte er Wettersituationen auf der Kippe. Walter erkannte die elende Wahrheit, Veras unglückliches Bewußtsein vom Älterwerden mit dem ganzen Mangel an Vergnügen, wenn Vera, mutig zur Selbstironie entschlossen, wie aus Laune sagte: Mein Haar gehörte in die Hände von Fachleuten. Sofort nach diesem statement spürte dann aber vor allem Vera wieder einen Kummer: über Walter. Sie bekam ihren postembryonalen Schub vorsätzlich, das fiel ihr jeweils leicht, und sie beschloß, wenig später zu äußern: Walter, bitte, nimm du dich dessen an. Des schlaffen ausgelichteten Grases auf meiner Schädeldecke.

Schneid alles kurz, so wie du es für richtig hältst.
Es würde also beinah genügen, eine Liste meiner versammelten Unbarmherzigkeiten aufzustellen, dachte Walter, frühmorgens schon unterdrückt vom Zwang, sich selber richtig authentisch in die Rolle einer Person vorauszuerfinden, der ein gesetzesbrecherisches Handeln möglich war. Die eine Straftat schließlich begeht: als Folge der Anamnese meines Lebens und Soseins, dachte Walter, bei mir müßte eine Menschenrechtsverletzung als plausibel und konsequent erscheinen.
Doch was ihm auch einfiel und vorübergehend einleuchtete, immer genügten seine moralisch schwerwiegenden Verstöße nicht, um Gesetzeshüter gegen ihn zu alarmieren. Walter nahm sich vor, Vera später am Tag mit der Äußerung zu konfrontieren, die ungefähr so lauten sollte: Zwar empfinde ich mich durchaus als einen Spezialisten für seelische Verkümmerungen, als einen Hysterie-Experten und potentiellen Abgleiter in asoziale Lethargien, in Verwahrlosungen und Verwurmungen, Verschimmelungen von sämtlichen beruflichen und gesellschaftlichen Bindungen, wohlgemerkt – so wäre es, so müßte es sein, gäbe es nicht dich, Vera ... Wenn sie ihn bis in diese Exaltationen hinein hätte reden lassen, würde er nun endlich mit der befreienden Wahrheit herausrücken: Ich habe also alles global durchdacht, mitten in einem wahren Ausbruch von Spürsinn für meine Daseinsgewissenlosigkeit, wirklich und wahr, doch zum Konflikt mit dem Gesetz und Fall für verdammte Schöffen und Staatsanwälte reicht kein noch so gravierender Makel, was eine Schande ist fürs StGB mehr noch als für mich, womöglich; ein Skandal ist diese Aussage über die ethischen Anforderungen durch das Strafrecht – Warum so weitschweifig? Vera sähe längst voraus und ihm an, seinem geröteten Gesicht, seinen stechenden Augen, daß er verkünden wollte: Ich schreibe zum dritten- und

letztenmal dem guten Kesselbaum ab. Ich beteilige mich nicht an dieser Anthologie. Gut, meinetwegen, schlecht, dann bin ich eben auch bei dieser Gelegenheit mal wieder das Opfer der Erkenntnis: Walter, armer Hund, vom Genie trennen dich riesige geistige Räume, die weiten verheißungsvollen Irrwege und Schreckensstrecken durch den latenten Wahnsinn. Du bist nichts weiter als die auf ihre Weise doch auch unentbehrliche, nicht sehr facettenreiche, gutartige und nützliche Sorte Künstler, die in jeder Epoche in ziemlich großer Zahl gebraucht wird wie die Gründüngungspflanze auf dem Acker für irgendwelche Nährstoffe, der wenigen kostbaren extremen Luxusexemplare unverzichtbare Daseinsvoraussetzung. So eine bodenbereitende Art. Du bist Humus. Nutzbrache. Es wird jeweils von der Aufmerksamkeit der Verfasser abhängen, auch von Zettelkästen und vom Verlagsdiktat über den Umfang dieses Sekundärwerks, ob ich dereinst in Zusammenfassungen der wichtigsten Strömungen unserer Kultur und ihrer Vertreter auftauche oder weggelassen werde.
Dem Genie ist bis hin zum Mord alles vorstellbar. Mir nicht. Lieber Herr Kesselbaum, es tut mir leid, daß ich Sie sehr lang hinhielt, doch bin ich zuversichtlich, was den Ersatz meines Beitrags durch den von Kollegen betrifft. Alles Gute für Ihre Anthologie. Und so weiter. Vielleicht noch eine etwas weinerliche Bemerkung über Walters schwerwiegende Entdeckung seiner Zuständigkeit für die nicht strafbaren Vergehen. Kesselbaum würde um so betrübter gerade auf Walters Mitarbeit verzichten. Denkbar wäre eine allerletzte Rückfrage: Aber die Verstümmelungen der menschlichen Beziehungen, lieber bester Walter Kreuzer, würden durchaus in den Rahmen passen! Mord an Altnazi z. B. haben wir schon gleich zweimal. Übernehmen Sie die kleinen Alltagsgreuel, bleiben Sie ein ganz typischer Walter Kreuzer!

Walter erwischte Vera bei einem bekümmerten Blick auf den weiblichen Hotelgast, den sie »gealterte Künstlerin« nannten, und fühlte wieder den unmutigen Jammer über sich als einen, der seiner Frau nicht in den entscheidenden Krisen beistand. O ja, Vera hatte Schwierigkeiten mit dem Älterwerden, und er tat nur so, als bemerke er es nicht. Für eine Frau ist das Altwerden nur bei völliger Übereinstimmung mit der weiblichen Rolle mehr oder weniger gut möglich. Vera stimmte nicht überein. Walter versuchte, es jetzt sofort über sich zu bringen und ihr was Nettes über ihr Aussehen zu sagen. Es kam jedoch nur die Mitteilung DU SIEHST HEUT SO GESUND AUS zustande. Ich könnte ein besserer Mensch werden einfach dadurch, daß ich ein besser gelaunter Mensch würde, fand Walter.
Sehr gut geht es mir trotzdem nicht, sagte Vera, die sich um einen halben Ferientag betrogen fühlte, denn das hatte sie zurückgeworfen: auf dem verstohlenen Weg in die Kellerbereiche der Damentoiletten war sie dem jungen, etwas arroganten Geschäftsführer begegnet. Nach dem Frühstück! Nach der Frühstückszigarette! Das war zu deutlich, zu banal, fast lehrbuchhaft, furchtbar eindeutig. Sie konnte nicht ausgerechnet den jungen geschniegelten Geschäftsführer als Komplizen bei ihrem täglichen Kampf um eine geregelte Verdauung gebrauchen. Wie gesund auch immer ich aussehe, sagte Vera, ich fühle den Wetterwechsel. Magen, Kopf, Zwerchfellgebiet. Du weißt Bescheid.
Und mehr noch, übers Bescheidwissen hinaus: Walter selber litte von dieser Zustandsschilderung an unter ähnlich gearteten Erscheinungen, in ehelicher Verbundenheit, aber in stilisierter, pathetischerer Spielart. Walter beantwortete wie vorausgesehen Veras Frage nach seinem Befinden mit seinem Imprimatur-Gestus: Es ähnelt, alles in allem, einer Art Lebensuntauglichkeit. Es hat was von bevorstehender Herzattacke. Ringförmig, kranzförmig

sticht es hier links oberhalb, du weißt, was ich meine. – Du solltest vielleicht das Coffein weglassen, sagte Vera. – Eher den Käse, sagte Walter. Wie könnte eine systematische, ganz nette Zanksüchtigkeit innerhalb dieser Ehe mit Jahresringen mich ins Verbrechen führen, überlegte er ohne nennenswerte Zuversicht.

An einem Menschenleben mich zu vergreifen, das käme selbst bei größtem Haß oder Ekel, wie vor dem schnarchenden Mann im Nebenzimmer, für mich nicht in Frage. Ich morde übermütig und leichten Herzens total unbeschwert kleine bis mittlere Insekten. Doch von einer bestimmten Größe an wird es sogar bei Ungeziefer schwierig. Es wird unangenehm. Einfach ekelhaft, einen Brechreiz machend. Es hat nicht das mindeste mit Erbarmen und RESPEKT VOR DEM LEBEN zu tun, wenn ich von Schmetterlingen an, aufwärts über Mäuse, Hunde bis hin zu Menschen nicht töten kann. Ja, es ist eine Art Raumfrage, diese Mordunfähigkeit. Er wollte in einer sarkastischen Formulierung sich Vera gegenüber zu diesem Ergebnis seiner Selbsterforschung äußern, doch dann ließ er es sein. Sie liefen durch den zwergenhaften Wald ihren langsamen Slalom zwischen Kiefern und Eichen.

Walter hatte schon mehrere zwingend triftige Ansichten abgelassen, heute vormittag. Beispielsweise über das Hotelgastehepaar am Nebentisch im immer etwas klaustrophobischen Rondell, das Walter und Vera dennoch nicht aufgaben, denn hier plazierte der Chefkellner die Spitzengäste, ruhige Leute ohne Kinder, alte Kunden des RUBENS. Walter hatte kleine zynische Höhepunkte erreicht und außerdem festgestellt, die meisten Gäste des RUBENS sähen wie Kandidaten in einer Fernsehquiz-Sendung aus. Oft fand er seine Anmerkungen zur Gegenwart so treffend und druckfertig, daß er sie nicht erst vorbrachte, es erschien ihm so schade drum, er mied die Mühe, sie in sich zu

speichern, er fürchtete sich vor der großen Vergeudung. Oh, gar nicht mehr weiter zu denken, dann erlitte ich auch keine Verluste! Einfach zu verkarsten, in aller Stille, salzig.
Plötzlich, eines Spätnachmittags, legte er los. Vielmehr: Es legte los, in ihm. Dieses schöpferische Etwas. Aus dem schöpferischen Beben an der Spitze seiner stets belauschten Nervenenden war es zum Impetusknall gekommen. Das ungeborene kleine Universum des Beitrags für Kesselbaums Kriminal-Anthologie wollte aus sich heraustreten. Mit einem Gegengesicht gewissermaßen beantwortete er Veras inschriftartiges Gesicht, darauf zu lesen war: Unvollständige Miktion. Sie hatte soeben das mit dem Bad kombinierte WC verlassen, blickte introvertiert wie immer nach der physiologischen Einsamkeit im WC und dann auf ihn und seinen abwehrenden Ausdruck: Abstand halten! Achtung: produktiver Moment! Arme Vera, die wirklich nicht gesund aussah, wie er behauptet hatte: nicht ihr zuliebe. Mit trüber Pechvogelmiene wegen der unvollkommenen Leistung ihrer Harnblase musterte Vera sich nun geradezu schüchtern und etwas feige im dreigeteilten Frisierspiegel. Ich sollte ihr zu Hilfe eilen, dachte Walter, es muß diesem Haar zu helfen sein, diesen glatten Fasern, die sich viel zu treu an das Gesetz der Schwerkraft halten. Wie oft stand doch Vera ihm bei! Es ging nicht gerecht zu zwischen ihnen.
Walter war ein Künstler, der offiziell unter der Last litt, eine Doppelbegabung zu sein. Insgeheim – aber Vera ahnte einiges davon – war gerade diese Last Walters große innere Ausrede. Obwohl Walter jetzt seine Produktionsmaske trug, angeberisch und beiläufig zugleich aussah, wagte Vera die kurze Störung: Für Kesselbaum? Du hast was? – Unterlassener Beistand oder so, murrte Walter.
Vera machte es sich mit der Zeitung bequem. Nun war auch das monströse Rock-Idol tot, mit dem amerikani-

schen Traum ging es mehr und mehr zu Ende. Vera unterdrückte die Einleitung zu einer Betrachtung über die unterschiedlichen Reaktionen der Medien auf die beiden Toten des Sommers. Der radikale Träumer auf dem philosophischen Ufer, ob er das Neue nun schaute, dort angekommen, worin noch keiner war, im utopischen Platz des Heimwehs, der in die Kindheit schien? Vera wollte nicht nochmals Walter stören. Sie war ja insgesamt recht froh, daß der gute alte Peter Kesselbaum als Anthologist so hartnäckig auf Walters Mitarbeit bestand. Gut für Walter, gut für sie selber, wenn man ihn aus seinem Versteck zwischen den beiden Lagern seiner Talente holte. Dort trieb er sich zaudernd schuldbewußt herum, und kam er dabei der Bildenden Kunst näher, so zog es ihn gewiß unweigerlich doch gleich darauf stärker wieder in den Bereich seiner Notizen. Ihm jetzt ein ATME AUS zuzurufen, konnte sie sich dennoch nicht verkneifen, denn sie liebte ihn ganzheitlich. Walter, am Prozeß des Inhalierens von Nikotin jeweils noch sehr beteiligt, vergaß den Vorgang stets kurz danach, so daß sich der Hauptteil des Qualms in ihm niederschlug, gewiß das Verheerende vorbereitend.

Guter alter Peter Kesselbaum, einer, der mal nicht locker ließ. Walter hatte ihm zwar bei der ersten Absage geschrieben, in letzter Zeit lebe er doch wieder sehr dem Zeichnen zugewandt, ja sogar auch der Malerei. Und das in einem Zug mit dem Beteiligungsverzicht bei der nicht gleichgültigen Ausstellung der Gruppe Quint, Begründung: augenblicklich sei er ausschließlich mit kleinen, prosaartigen Texten befaßt. So ein Hin und Her! Der unschlüssige Walter. Aus Unschuld und Berechnung, aus dieser Mixtur bildeten sich die Defekte seines Fortkommens. Manchmal empfing er eine Botschaft von außen, von einem schutzengelförmigen Walterbeobachter, dem erschien er in einem übergeordneten Sucher. Walter wurde klarsichtig im Bewußtsein aufgeklärt: alles Verschwendung und Überanstrengung. Gib auf, alter Freund. Es kommt nicht auf dich an. Finde dich ab. Du befriedigst ja nicht einmal dich selber. Denk an die wahren Bedürfnisse der Mitmenschen, an die Größenordnung. Wenn du nicht als Idol dereinst Massen zu deinem Begräbnis anlockst, wenn du nicht Millionen illuminierst, kannst du genausogut einen netten blöden Teppich weben fürs kleine häusliche Glücksgefühl einer einzelnen weiblichen Person, beziehungsweise alles bleiben lassen. Deiner bedarf die Masse nicht. Deiner bedarf auch die Minderheit nicht unbedingt und bedingungslos.

Walter tat es leid um seine ungeschriebenen Marginalien. Zum Phänomen der kosmischen Botschaft beispielsweise hatte er vielversprechende glimpses. Doch hielt er sich an sein Gelübde und machte Vera zuliebe keine einzige Notiz, die nicht mit dem Anthologiebeitrag zusammenhing. Du bist nicht Kierkegaard oder Schopenhauer, Walter, vergiß das bitte nicht, rief Vera ihm von Zeit zu Zeit zu, frei von jeder Boshaftigkeit. Im Gegenteil, wieder erschien dem eher zaghaften Walter so ein Imperativ als eine Mutprobe auf dem Terrain von Veras ganzheitlicher Methode, nach der sie ihn liebte. Es entsprach einem KAU GUT mitten im Essen oder dem AUSATMEN, WALTER mitten im Rauchen.

Walter, der seiner Inspiration folgen wollte, stieß bei der Suche nach Papier mit Vorläufigkeitscharakter für einen nur möglicherweise verwertbaren Einfall auf einen Briefbogen in der Hotelzimmerschreibmappe, der mit Veras runden Buchstaben schon besetzt war. Er las: »Heiratsschwindel«. »Angst vor Erpressung« oder »Reaktion auf Erpressung«. – Hatte Vera Wind von der Geschichte mit Melanie bekommen? Dieser Tragikomödie vom Wert einer Krebsvorsorge in Sachen Libido? Von Zeit zu Zeit schien doch auch Vera selber kleine Informationsübungen nötig zu haben und sogar anzustellen, es schien ihr einfach wohl wichtig zu sein, herauszubekommen, ob ihr Endokrinium noch funktionierte. Sie beide aber besaßen zu viel Sinn für Situationskomik, um auf Passionen samt Geschlechtsverkehr noch hereinzufallen. Walter schrieb FAHRERFLUCHT, ANONYME BRIEFE in Druckbuchstaben unter Veras Stichworte. Für eine Abart von Fahrerflucht wäre Vera vor drei Jahren beinah mal zuständig geworden. Die anonymen Briefe hatte er daruntergesetzt, weil er das alte liebe gewohnheitsmäßige traurige Vorschußmitleid für Vera empfand. Ach, wir armen kleinen Alltagsverbrecher! Kriminelle mit Potenzschwierigkeiten. Walter blickte düster in ein Gestrüpp von Verknöcherungen und Lässigkeiten, durch das sie Tag für Tag sich ihren keineswegs rodenden, ausholzenden Weg bahnten, strauchelnde Schritte, auf die Abendversöhnlichkeiten zu. Unterstützt von den paar langjährigen Lebensgefährten der pharmazeutischen Industrie.

Was war das vorhin für ein Schreibanfall, erkundigte sich Vera beim Abendessen im Rondell. Sie erwarteten den Hauptgang. Zuvor hatten sie die Kotelettesserei dieses Sommers, dann die phantasielose Küche insgesamt beschimpft. Beim Dessert sah man immer zu viel vom Teller. In der Retrospektive wären auch die langwierigen Ferien dieses Sommers wieder die vollkommene Erholung mit der raffiniert kalkulierten Dosis gegenseitiger Verständigung darüber, daß sie sich langweilten. Einander das Schmählichste, Peinlichste einzugestehen, Langeweile, das war innigste Verschmelzung, das war erwachsene Liebe. Sie stellten sich also ab und zu die Sinnfrage.

Hat es mit der Krimisache zu tun gehabt, Walter? – Doch, ja, antwortete Walter. Er fühlte sich alarmiert, er bekäme seinen kleinen Kranz aus Stichen in der Gegend, wo leider sein Organ HERZ zu vermuten war. Er machte ein entsprechendes Gesicht. Bitte nicht beim Essen, ja? Zusätzlich begann die Mundtrockenheit. – Also hat es nichts weiter mit der Krimisache zu tun, schloß Vera scharf und nicht zu kurz.

Sie sah aber schon abgefertigt und abgewürgt aus. Walter wußte Bescheid darüber, daß seine Unbehaglichkeit sich nun artig schleimig kriecherisch in ihr breitmachte. Vera empfand wieder die Unannehmlichkeit, mit dem Rücken zum Rondell und anschließendem Hauptspeisesaal sitzen zu müssen. Sie fühlte sich von den Kellnerinnen, Kellnern und besonders vom Geschäftsführer verspottet und verachtet. Jeder Bissen war ihr mißgönnt! Diese gefräßige Person da! Immer die ersten beim Essen, sie und er, KÜNSTLEREHEPAAR! Polycolorkunststoffhaare, doppelte Tönungswäsche: ein klarer Fall von Unfähigkeit, im Einverständnis mit der beträchtlichen Zahl an Lebensjahren schlicht und gemütlich älter zu werden. Die Platte mit dem Hauptgericht kam: kathartisch. Zu wenig Gemüse. Wieso nennen die das »choix de légumes«, wenn es sich nur um Blumenkohl – knapp, überwiegend Mehlschwitzensoße – und pro Person ein Scheibchen überbackene Aubergine handelt. Das Kotelett dieses Abends war ein Schnitzel, wie eingemummt in Panierung.

Wie auch immer: das Essen als solches übte eine friedenstiftende Wirkung aus, und Walter redete freiwillig: Es hat durchaus in gewisser Weise mit der Kesselbaum-Geschichte zu tun gehabt, vorhin. Wenn auch nicht unmittelbar. Ich muß einfach jetzt folgendermaßen handeln: bei jeglicher Idee muß ich so tun, als wäre sie eine Art Tintenfisch, falls Tintenfische das sind, diese fangarmigen Dinger. Ich quetsche auf meiner jeweiligen Idee herum, bis sie ein paar Fangarme kriegt und die recken sich in die Richtung Kesselbaum-Text. Hm? Listig? Trickreich?

Vera wirkte nicht übermäßig beeindruckt. Beim Verlassen

des Speisesaals machten beide stark unbeteiligte, abgelenkte Gesichter, um auch diesmal wieder das unfröhliche Kunststück abzuliefern, sich grußlos, ganz gewiß ohne den dumpfen Zuruf MAHLZEIT, an allen Gästen und Tischen vorbei in die Lounge zu retten. Mit der Grüßerei erst anzufangen, war solch eine Vergeudung. Manchmal erleichterte es allerdings auch das Kommen und Gehen im Hotel, wenn man einfach stumpfsinnig nett war zu den Leuten. Doch oft schon hatten Vera und Walter sich gerade dann zum Nettsein und zu einer Einwilligung, Anpassung entschlossen, wenn die Abreise der Gruß-, Wunsch- und Kopfnickpartner schon kurz darauf erfolgte. Verschwendeter Aufwand! Und so landeten diese immer etwas zu umweltfeindlichen alten Gäste des RUBENS mit dem diskret behandelten Vorjahres- und Vorzugspreis, dem Verlust ihres Selbstwertgefühls ziemlich nah, in den roten und grünen Plastikpolstern der Loungesessel.

Nachdem es vorbei war mit jeder Spannung, denn das Abendessen lag wie ein Sprengkörper in seinem Magen und war total erlebt, erfahren, wurde nun erlitten, jetzt vor dem offenen Geheimnis des übrigen Abends, schien Walter der Schreibimpuls nicht als Polyp verwendbar zu sein. Die Idee war eine Meeresfrucht besonderer Art, eine Lesefrucht, die ihre Tinte verspritzte: in Walters saugfähigem Bewußtsein. Er kritzelte ungeduldig wie von inwendigen Dias ab. Immer wie auf der Flucht vor der eigenen Unlust. Vorm Verschwinden seiner eigenen Ausdauer. Das Elend der Kugelschreiber ergäbe allzu bald die nicht einmal ganz verlogene Entschuldigung für sein Erlahmen. Auch könnte er wieder dieses Thema aufgreifen: Je weniger Pflichten man hat, desto widerwärtiger werden sie einem. Es ging ihnen Sommer für Sommer so. Mit dem Satz DAS MEER IST SCHÖN, ABER SCHÖN GENUG IST ES AUCH WIEDER NICHT wollte er demnächst morgens in der Badehütte Vera irritieren.

Täglich der kleine Groll und mittlere Neid auf ihr eifriges Verschwinden in der Brandung. Es wundert mich, daß ein doch eher skeptischer Mensch, wie du es bist, sich überhaupt einläßt auf so etwas wie BADEN. In dieser mulmigen fischigen wurmigen Brühe da, Vera. Alles verdammt natürlich. Nichts als geistlose Natur. Du blickst arglos auf einen schwarzen Punkt im Sand, du willst bei der Sache bleiben und DENKEN, da REGT sich das verdammte LEBEN auch schon wieder und entpuppt sich, ist irgendeine Larve, schlüpft aus, macht seine überflüssige Metamorphose. Es widert mich an.

Doch noch hielt sie an, die starke Bewegung einer sehr persönlichen Ergriffenheit. Dieser Denkanstoß und Schreibimpuls war ihm durch einen Fund entstanden; in einem Sammelband über das Phänomen ALTER war ihm die Schlußbemerkung – stammte sie von Gombrowicz? – eines Essays schon beim ersten Lesen wie ein Plagiat vorgekommen. Das muß von mir selber sein, hatte er damals gedacht. Als die Erinnerung an diesen Satz ganz ungerufen zurückgekehrt war und an seiner inneren Wahrnehmung vorbeitrödeln wollte wie der übrige Bewußtseinsplunder, im Fahrwasser der geringfügigen Überraschungen zunächst unauffällig, wirkte das Wort für Wort noch täuschender auf Walter: als ein originaler Walter Kreuzer. So nahm er das fremde Gut und Strandgut guten Gewissens bei sich auf. VON DA AN WAR EINE SCHWIERIGKEIT ZWISCHEN MICH UND DIE VERGANGENHEIT GETRETEN. Der Originalverfasser hatte zuvor seinen Herzinfarkt beschrieben. Walter glückte mühelos die Schreckensvorstellung einer seiner eingebildeten Herzattacken, denn die Hysterie spiegelt die Wahrheit, die Vorstellung ist schon die Wirklichkeit, die Erfindung ist stärker als die Realität: für Künstler zumal und für Doppelbegabungen wie Walter erst recht. Schein-Herzattacken nach zu viel Belastung des Kreislaufs durch RUBENS-Mahl-

zeiten, tierische Fette, holländische Weißmehlfrühstücksüberfütterungen.
Walter verpaßte dem kleinen Tilmann den üblichen strafenden Blick, eine frühkindliche Schädigung, zu der 30 Jahre später, im Verlauf einer Sitzung beim Psychotherapeuten, keine Spuren zurückführen würden. Sodann, mit zwanghaft nachempfundenem Entsetzen, dem beinah schon Vokabeln genügten wie HERZ, VERSAGEN, SCHWÄCHE, brannte Walter darauf, den fremden Satz in einen eigenen zu verwandeln. Er befand sich im Stadium aufgeregter Inspiriertheit. Oft in derartigen Situationen kam er damit aus, zwei oder drei Substantive, auch Verben, auszuwechseln. Im RUBENS fehlten ihm Sprachbrockhaus und Synonymenlexikon. Es machte aber Spaß, selbständig fündig zu werden. Walter blickte aus dem Fenster von Nr. 67 in die räudige Dünenszene, verfleckt von Campingzelten. Vera fand offenbar nicht, daß von seiner Pose etwas ausreichend Sinnendes und Kreatives ausging, denn sie fragte: Genießt du es, Seeblick und so weiter? Er nahm eine Art von kosmonautischem Ausdruck an, wollte wirken wie einer, der erdabgewandt soeben noch den Mond geschaut hat, und sagte: Es entbehrt alles durchaus eines gewissen Reizes.
Während er den Satz sich aneignete und dabei viel zu wortreich paraphrasierte, hatte er nicht den Eindruck, etwas Unanständiges zu tun. Auch nichts Unredliches. Nicht wirklich. Nein, er war ohne Unrechtsbewußtsein wie immer, wenn ihn ein anderer, Schriftsteller oder bildender Künstler, nur sozusagen überholt hatte. Ihm zuvorkam. Das passierte. War Zeitgenossenschaft. Bei seinem letzten Bild vor der Abreise – o ja: welch glückhaft unerwartete Landung im Lager der Malerei, der Farbtöpfe und Pinsel! – hatte Walter ein ähnliches Rechtsempfinden, obwohl er, sein Ocker vorsichtig ins wichtigtuerisch abschat-

tierte Weiß und Grauweiß tröpfelnd, mit jedem frohlokkenden Millimeter dem guten alten Denkbert hinterherfühlte. Wie so oft, ein wenig chronisch. Das meiste gelang Walter eher besser als dem Wegbereiter, und nach getaner Arbeit offenbarte Walters Abbild sich als das geglücktere Bild. Das wahrere Original. Das Resultat, welches Denkbert vorgeschwebt haben mochte. Gerade die Abweichungen von Denkbert machten den Qualitätsunterschied. Es war einfach so, daß Denkbert seine, Walters, Phantasie in Bewegung versetzte. Anschließend sog Walter den nachbarlichen Gruß des Kollegen, das Urbild und Vorbild, schaffensfroh in sich auf.

Noch immer war keiner hinter Walters kleines Produktionsgeheimnis gekommen. Er hatte nicht vor, es für Peter Kesselbaum zu lüften. Finger weg! Es paßte in die Zeit seines Nachdenkens über das Thema EIN VERBRECHEN DAS AUCH ICH BEGEHEN KÖNNTE, daß ihm der Schock versetzt wurde, auf diese Weise längst ein wenig schuldig geworden zu sein. Er verstieß zumindest gegen ungeschriebene Gesetze. Sofort verlor er die Lust an Gombrowicz und allem.

Vera lief genüßlich barfuß im Seesand. Walter faßte Mut, holte Atem: Unser ganzes Benehmen am Strand sieht nach Imitation aus, findest du nicht? Du badest, und schon ergibt sich das vorgestanzte Reklamebild HERUMTOLLEN. AUSTOBEN. Hundertmal schöner mit Creme 99. Hm? Und dann schob er die dringende Flaschenpost hinterher: Übrigens, Vera, ich überlege doch wieder, ob der verfluchte Kesselbaum nicht eine vierte und allerletzte Abfuhr wert ist, sagte er zu Vera, die ihn daraufhin NICHT MEHR ERNST NEHMEN konnte, LÄCHERLICH fand – sie drückte sich unsommerlich, unferienmäßig aus. – Es zieht mich mehr in die Richtung Zeichnen, murrte Walter lügenhaft.

Die fünf Wochen RUBENS-Hotel, Dünenkamm, Meerblick standen doch wie jedes Jahr unter dem Schutz der Gewohnheit, derzufolge Walter ganz von Angesicht zu Angesicht mit der wie bloßgestellten Natur der Küste sich ausruhen und erfrischen sollte, als Doppeltalent quasi zweigleisig zurückkehrend in die frühen ersten Unterrichtsmethoden und Unterweisungen, weit weg von den Anforderungen der Trends und der Moden. Benennen und Abzeichnen. Vergleichen und Nachfahren. Was war denn geworden aus dem behütenden Oberbegriff und Titel der Sommerferien: »Walter möchte fünf Wochen lang nach der Natur produzieren.« Kleine Abbildungen in Satzaussagen oder Linien und Gestrichel. Walter wie am Anlegeplatz seines rätselhaften Heimwehs nach den einfacheren und selbstverständlicheren Tagen vor der Aufspaltung in eine Doppelbegabung. Vor den Reflexionen. Als noch wirklich was geschah. Als er das Meer noch schreibend verglich: mit Schiefer, Schindeln, geraffeltem Waschblech. Blechkanister-, Abfalleimermeer. Verfilztes Filzmeer. Es sieht heute aus, als würde es rückwärts schwappen. Hinter dem Brandungsgetöse knurrte das Meer wie ein Aggregat. Wäre das Ganze nicht der Ozean, dann könnte man ziemlich bald darüber weggehen. Unschuldige Zeiten vor dieser Frigidität gegenüber den Eindrücken! Als das Meer noch, im Gegenlicht, in einer Welle vor der Brechung, wie Coca-Cola aussah, wie flüssiges Aspik, Pechsträhne einer Hausfrau beim Geleekochen, malzige trübe Bierschaumflut.

Nun sah das Meer wie das Meer aus. Von irgendeinem sehr einfallslosen und erschöpften Punkt in seiner Doppelautobiographie an mußte es Walter bequem geworden sein: recht so, daß Kollegen und Kritiker ihn wie einen Ball über die Spielfelder schubsten. Von der Bildenden Kunst in die Literatur. Immer dorthin zurück, von wo er gerade herangetrödelt war. Aber es hatte sich als risikofern erwiesen. Keine Kritik schädigte ihn ja jemals universal, traf seine gesamte Existenz. In Wahrheit, dachte Walter, schreibe oder zeichne ich überhaupt nur aus Angst vor Herzstillstand.

Vera saß seit letztem Montag nicht mehr so gern nach den Mahlzeiten in der Lounge. Hinterm Rezeptionspult wurde ein neues junges Mädchen angelernt. Walter – der es, seit die kleine dunkle Unschuld dort kindlich besorgt alles zu begreifen versuchte, so einrichtete, daß sein Blick wie teilnahmslos-absichtslos, einfach richtungsgebunden dorthin ging, etwas allzu wenig pfiffig, etwas allzu stiernackig, wie er so einheimsend blickte und blickte – Walter war schuld.

Sie hat was Persisches. Oder Java. Jamaica, sagte er, getrieben vom Bedürfnis, über das Mädchen mit Vera zu reden, bei gleichzeitigem Ziel, mit seiner Neugier nicht auffällig zu werden. Wenn das mal keine Ambonesin ist, sagte Vera mit der Stimme, die Walter sofort alles verriet. Eine Molukkerin. Walter, wie wäre es mit Voyeurismus? – Warum nicht gleich Vergewaltigung. – Weil du nicht initiativ genug bist. Doch Voyeurismus würde gehen. – Schon gut, sagte Walter.

Arme älterwerdende Vera im Zwischenzustand ohne Selbstverständnis. Das Abenteuer der Frauenbewegung ging sie nichts an. Wie gut sie beispielsweise photographieren konnte, interessierte die Zeitschriftenredakteure und die Verleger nicht. Das Erlebnis, eine Mutter zu sein, vermasselte er, Walter, ihr auch gründlich, nachdem sie das Erlebnis der Schwangerschaft reichlich unbeschädigt überstanden hatte. Jawohl, er war nicht nett genug zu Veras Kind. Auf dessen Vater er übrigens nie die Bevorzugung eines eifersüchtigen Gefühls gewandt hatte. Dem Kind aber war er nicht gewogen genug. Wenn es nicht so gut gebaut, schlank, drahtig und hellblond wäre, wer weiß, dann wäre dieses Kind mir vielleicht trotz aller absolut unväterlichen inneren Haltung näher. Oder als Mädchen.

Im Hotel gab es so ein kleines Mädchen. Es hielt sich aus den Freundschaften mit andern Kindern ernst und streng heraus. Spielte nirgendwo mit. Wenn die Eltern und das kleine stämmige Mädchen spazierengingen, sahen nur die Eltern entspannt und gelöst aus. Das Kind schleppte sich immer mit einer großen Puppe ab, schleppte vorsichtig die Puppe, deren Gesicht vorzeitig gereift aussah, das Kind trug die Verantwortung oft auch für eine rote Tasche, der getreuen Nachahmung einer Erwachsenentasche. Wäre Veras Kind auch so eine anrührende speckige kleine Gestalt, ja dann! Dunkelhaarig und unbestimmt hilfsbedürftig.

Daß Walter nicht nett genug war zu Veras zwölfjährigem Sohn, wog schwerer, weil er Liebe oder Interesse für Kinder bisweilen durchblicken ließ. Ich könnte mir plötzlich vorstellen, daß ich täglich zwischen fünf und sechs am Spätnachmittag in den Sommerferien ein Kind rauben würde, begann Walter vielversprechend und, weit genug entfernt von den Papiervorräten im Zimmer 67, hoffnungsvoll gut gelaunt. Ein ziemlich dickes, nicht hellblondes Kind mit einem altmodischen Gesicht, etwas spanisch vielleicht. Ein Kind, das gewissermaßen SATTSAM aussähe.

Dann notier dir's, riet Vera, schreib alles auf, laß aber SATTSAM weg und andere Spinnereien auch. – Du möchtest nichts über meine Motive wissen, fragte Walter. Vera trank ihren Kaffee immer sehr konzentriert auf die Qualität, und so war Walter ein dringlicher Blick in Richtung Rezeption gut möglich. Dieses südostasiatische Mädchen als dickes weiches breiiges ernsthaftes Kind, wie erschütternd, solches Fleisch zu umfassen. Zu sorgen für Beinchen, Ärmchen, in Sorge sein zu müssen für den teigwarenhaften Körper mit seiner warmen Bäckereiausdünstung. Zwischen fünf und sechs, auch bis gegen halb sieben bestand die tägliche Gefahr für Walter, einer seiner neurotischen

Attacken zu erliegen. Möglicherweise bin ich ein verkappter Epileptiker, dachte er. Der Anfall samt Speichelschaum und furchtbarem Schrei kann nur gerade immer noch nicht aus mir heraus. Ich würde überhaupt nichts weiter machen mit dem Kind, plante Walter. Ich würde allerdings versuchen, einen Quetschlaut, kehlig, aus ihm herauszubringen. Danach der Trost. Ich wüßte überhaupt nicht, wie MISSBRAUCH geht. Am wahrscheinlichsten ist jedoch, daß mir das Ganze ziemlich sofort langweilig wäre.
Ein Nachlassen von allem, ein Ausschleichen von jeder Regung, das käme mir wie meine wahre Fassung vor.
Walter sagte zu Vera: Ich bin jetzt dicht dran. An einem oblomowartigen Verschwinden aus der Welt der ganzen Interessierten und verdammten Teilnehmer.
Was dich nicht vor den Kadi brächte, erwiderte Vera, die seiner Blickrichtung wegen Grund hatte zum Widerstand.
Mit der wahnsinnigen inneren Sehnsucht danach, gefaßt zu werden, sagte Walter, ich triebe es weit und verkäme. Das läßt die Gesellschaft nicht zu.
Auch ich würde es verhindern, zum Beispiel mit Hilfe vom lieben Berninger. Vera meinte den Neurologen, der Walter und ihr schon in frühesten Zeiten geholfen hatte. Nur ab und zu noch erschraken sie beide wie von neuem über irgendeine alte Erscheinung und zeigten sich in der Praxis, wo sie gern gesehen waren, als Spaßvögel und Witzbolde, denen stets kurz, wenn auch kurzfristig beizukommen war.
Zechprellerei? Hotelrechnungen bezahlte Walter jeweils sehr ungern. Wie beim Nachempfinden eines Denkbert blieb er ohne Unrechtsbewußtsein, wenn er sich ausmalte, einen Hotelier um den Preis für eine schlaflose Nacht und ein ausgeklügelt geiziges trostloses Zimmer, schlechten Frühstückskaffee und miserable Radioübertragung zu betrügen. Er empfand die Diskrepanz zwischen geleistetem

Dienst und finanzieller Entschädigung als beleidigend. Doch schon Schwarzfahren ließ er bleiben. Vor allen Leuten erwischt zu werden und einem knechtischen hirnlosen Schaffner zum rechthaberischen Höhepunkt seines miesen Tageslaufs zu verhelfen, dazu war Walter sich zu schade. Unterschriftsfälschung und überhaupt Fälschung, empfahl Vera. Vera verstand was vom Fälschen, als Frau in ihrer kniffligen Lage zwischen Photographien von früher – ein wenig clownshaft, etwas ephebisch – und dem heraufziehenden Unwetter der klimakterischen Bewölkung. Walter nahm sich die warmherzige Geste eines Ansichtskartengrußes für ihren hellblonden Sohn vor. Du Schuft, beschimpfte er sich, dreckiger Abschaum, läßt es zu und sie für richtig halten, daß dieses Kind in einem Internat lebt. Wir sollten das ändern, Vera, hörte er sich gleichwohl nicht sagen. Immerhin wuchs das Kind dort erstens nach den menschenfreundlichen Gesetzen der Walldorfleute auf, zweitens und vor allem nicht im Dunstkreis seines stiefväterlichen Argwohns. So geschah allen wohl das Beste im grauen Rahmen um das schlechte Bild von ihren nicht strafbaren Delikten.
Vera erzählte, vom FISCHPALAIS mit einem Sonderhering für Walter zurückkommend, sie habe die ambonesische Molukkerin in Zivil gesehen, und es sei besser für sie, wenn in geschmacklicher Hinsicht ihr Dienstherr für sie entscheide.
– Ein gelbes Geschlapper um sie herum. Wenig ansehnlich.
– Mit einer Gesichtsfarbe wie ihrer könnte selbst Gelb eine Möglichkeit sein, sagte Walter ohne gute Absicht.
Von der dritten Ferienwoche an schlich Walter gern um die kleine Polizeistation von De Havn; er brauchte nur fünf Minuten bis dorthin, den ziegelgepflasterten Straßen folgend. Alles hügelab, vom RUBENS aus. Er spähte durch die wabengemusterten Vorhänge. Das Telephon. Der Schreibtisch. Diese gewisse Kahlheit. Für die Akustik von sachli-

chen Verhörstimmen. Alles wirkte so wohltuend ferienfern. Keine Genußpflicht. Keine bunten Farben. Keine belangvolle Angelegenheit wie das Meer. Walter sah sich dort eintreten, endlich den kleinen, karg möblierten Raum und die Aktenordner kennenlernen.

Am besten würde es zu mir passen, in einen falschen Verdacht zu geraten, beantwortete Walter bei der Rückkehr ins RUBENS, Zimmer Nr. 67, Veras Frage nach seiner Herumtreiberei. – Seit ein paar Tagen brauchst du für den Weg zum Postamt und zurück fast die doppelte Zeit. Was treibst du eigentlich? – Zuerst war es nur der übliche Voyeurismus. Dann kam Vergewaltigung hinzu, sagte Walter, aber er hätte viel lieber jetzt keinerlei Witze gemacht. Sich anvertraut statt dessen. Ganzheitlich nach Veras Methode in die gemeinsame große alte Liebe einzusteigen, jetzt, Vera ins unermeßlich zerdehnte Vertrauen ziehen! Noch radikaler als mit dem Eingeständnis von Langeweile oder von Herzkranzsticheleiängsten!

Die Zunge, die Vera ihm rausstreckte, erinnerte ihn an die Frühstücksplatte im RUBENS-Rondell, an eine der blaßrosigen Schinkenscheiben, die er immer heimlich nachsalzte. Heimwehverloren, trostkrank schaute Vera morgens nach dem Marmeladeabschnitt ihrer ersten Mahlzeit zu ihm hin, sein Zureden suchend: Ja, Liebes, nimm ruhig vom Schinken. Die Seeluft zehrt. Greif zu! Doch mit einer Beiläufigkeit, die er erst noch in sich erfinden müßte, sollte Walter ihr einfach so, aus jedem Zusammenhang herausgerissen, wie nebenher zu verstehen geben, daß die Zeit ihrer sämtlichen Auftritte in Hosen aller Art endgültig abgelaufen war! Immer wenn ich freundlich bin, bin ich eigentlich feige. Ich kenne die wahre Barmherzigkeit nicht, ich kenne das Wohlwollen mit mir. Manchmal beginne ich einen Tag überhaupt nur, um einzumünden in die friedfertige Einwilligung vor dem Einschlafen, ich lebe hin auf das Ziel:

Genug für heute! Ich nehme meine Schlaftablette und warte auf meine Sanftheit. Gelobt sei Hoffmann-La Roche!

Walter erschütterte der lustige Ausdruck in Veras Gesicht, denn sie wußte schon gar nicht mehr, daß sie betrübt sein müßte, es WAR, ja, doch wohl noch immer, trotz aller Gehirnwäsche durch ihn. Schlechtes Wetter, Walter, freust du dich auch so? Gemütlicher Regen, gleich wird er losprasseln. Vera und ihre enttäuschte Hoffnung auf braune Haut! Vera kam ihm wie eine Science-fiction-Romanheldin vor, besinnungslos depersonalisiert. Und wenn sie abends das Military-Look-Kleid anzog, sofort physisch übel dran war, ahnte sie nicht, daß sie auch hierin, endokrin überschwemmt, dem Depersonalisationsproblem unterworfen war. Walter mag mich in diesem Kleid, dachte Vera, der Arme, wie wenig gestehe ich ihm zu! Nur für die knappe Stunde Klaustrophobie im Rondell plus Kotelettesserei dieses blöde Kleid! Angeschafft seiner Gürtellosigkeit wegen, damit mir die Ernährung nicht im Zwerchfell steckenbleibt. Alles mir zuliebe, was er für meine Gnädigkeiten hält. Armer Teufel. Wie er es gestern doch wieder riskiert hat, einen Artikel über Weltraumsachen zu lesen. Vorsichtiges Gesicht! Auf der Hut vor astronomischen Dimensionen. Es hatte sich vorläufig nur um einen Aufsatz mit dem Titel UNSER STERNENHIMMEL IM AUGUST gehandelt. Walter war besänftigt von der Vorstellung, in einem Sprachraum zu leben, in dem das ekelhaft entfernte galaktische Gefunkel in der Nacht als MILCHSTRASSE anheimelnd daherkam.

Mit einer Allee aus alten Laubbäumen im Hintergrund gefiele das Meer mir besser, sagte er. Er fing an, Platanen zu zeichnen. Doch sobald er die Fläche Meer angehen mußte, näherte seine Stimulation sich wieder einem Denkbert aus dessen informellen Tagen, und diesmal, dem Fälschermotiv

in zu authentischer Nähe, Peter Kesselbaums Anthologiegedrängel dauernd in den inspirierten Gehörgängen, diesmal war sein kollegiales Gefieber ihm selber eine etwas beschämende Last. Schluß damit! Kaum sehe ich einen fremden Einfall wie das Meer, da beschlagnahme ich auch schon dieses Eigentum und mache es zu meinem, dachte Walter und sagte: Immer dieser Schulddruck, bevor man im Wasser war. In der verdammten eisigen Suppe für germanische Sportler. – 18,5 Grad, sagte Vera mit heimtückischer Aufrichtigkeit. Sie hatte den ganzen leidigen Aufwand NORDSEEWELLEN / SALZ SONNE LUFT / AUSGELASSENHEIT bereits hinter sich und daher gut reden. – Es ist nicht unser Element, knurrte Walter. Je garstiger er das Meerbad denunzierte, bevor er es nahm, desto rascher klappte es mit erstem Benetzen und schnaubendem Eintauchen. Ein etwas lächerliches inwendiges Jubilieren sprengte sein Zwerchfell, ein kleines Gebrüll, doch jedesmal in der Brandung. Bis dann irgendein unvermutet angenäherter Bademützenkopf ihn von Wasser zu Wasser menschlich-robbenhaft anjauchzte und Walter sich entschloß, bitterlich zurückzugrinsen.
Oder bis plötzlich eine Welle tödlich ernst zu nehmen war. Sie riß ihn knöchelaufwärts um. Walter, frisch gerettet, fühlte sich wie ein fast Eingeweihter. Ein kurzes heftiges Sterbeerschrecken begleitete ihn auf dem nassen kalten Trott zur Badehütte, und er spürte die angelernte Verzweiflung sämtlicher Meerbäder über sich selber. Warum hatte er doch immer so ganz und gar keine Lust, seinem Vater in den Tod zu folgen? Walter wünschte lebhaft, nicht zu ertrinken. Eine scharfe eindeutige Untreue dem gestorbenen Vater gegenüber versetzte ihm einen Stich. Nicht polizeilich meldepflichtig. Und doch: es ist so weit. Am 27. August melde ich mich in der kleinen, angenehm berufsatmosphärischen Polizeistation.

Aber am 27. lag zunächst mal wie gewöhnlich zwischen zehn und elf das gute Frühstück mit gutem Kaffee zum unguten Geschwür verklumpt in Walters Magen, während er auf der Dorfstraße stand und abwartete, bis Vera die stockkonservative Tageszeitung mit dem hochinteressanten Feuilleton gekauft hatte. Als sie vor dem Geschäft erschien, fiel Walter die Trennung von einem schöpferischen Anstoß schwer. Zum Plagiat an der Natur. Das tief beeindruckende, verlockende Modell war ein in sich, in seine Schiebevorrichtung verrutschter faltbarer Behelfskinderwagen. Ein erbärmliches, bejammernswertes Lebewesen, ein ungeheuerlich neugeborener Insasse, war mit dem Notgefährt verschoben, ins Gestänge gekauert. Dennoch hielt das für diese Welt wie aus purer Waghalsigkeit und Leichtfertigkeit oder versehentlich geborene Kind, Mitglied der Schöpfungsgeschichte, in dem Vorentwurf zu seiner Hand zwischen entsetzlich gefährdeten Fingern eine Ansichtskarte. Sie war mit den altmodischen Buchstaben einer greisenhaften, vorsichtigen Handschrift bedeckt. Das Kleinstkind sah so lebensunfähig wie ein Greis aus. Auch nach Apnoe, diesem Notstand des unentwickelten Nervensystems, Atemstillstand der Neugeborenen. Ich müßte das Kind anstoßen, dachte Walter. Es ist die Maßnahme bei Apnoe. So ein Gegensatz: dieses winzigste Kleinlebewesen und der Ansichtskartengruß von seiner Großmutter wahrscheinlich. Zwei Weggefährten, Grenzgänger, dem Tod ungefähr gleich nah, danach und davor. Walter erkannte jetzt, woran ihn das Baby im Faltwagen erinnerte: so jämmerlich zusammengeschubst und verschoben hatte die postoperative, von der Narkose noch immer babyhaft benommene Tante Bertha in ihrem medizinischen Stuhl gehockt, rätselhaft schamlos und doch nicht ganz ohne Würde. Ihre Würde: das war der absolut kindische, sklerotische Trotz, mit dem die Tante Bertha das Atemmaschinchen verweigerte. Der Ansichtskarte vom Zwergkind, der seltsam passende Kontrast, entsprach dort auf der Wachstation die Nuckelröhre, durch welche Tante Bertha total ungeniert Milch aufnahm, fast fröhlich bekümmert. Graue Zöpfe, geflochten von einer der Krankenschwesternjugendlichen, die alle, haubenlos, unklinisch, in einer Art Zivil- und Kompromißkittel, wie Jungbuchhändlerinnen aussahen und nicht nach Trost und Beistand in schwerer Stunde.

Walter hatte zu einem dieser drahtigen hartgesottenen patientenfeindlichen Hobbythekmädchen ICH FRAGE MICH, OB SIE WISSEN, DASS ICH ZIEMLICH SENSIBEL BIN sagen wollen, während er, um aseptisch genug zu sein für die Tante Bertha – todkrank aus Lust an der Auseinandersetzung mit dem Arzt – in eine Art Overall steigen mußte, in weißes Klinikzeug mit nicht hermetisch abschließenden gestrickten Wollbündchen am Hals und an den Handgelenken. – Ich fürchte doch, die Wachstation ist nichts für mich, wollte er dem Mädchen in blauer Garnitur – aus Batik oder was? – anvertrauen, stülpte aber gehorsam, mit gefälschter Sorglosigkeit, Plastikhüllen über seine Schuhe. Neugierig war er zu diesem Zeitpunkt fast überhaupt nicht mehr.

Doch viele Alpträume der folgenden Tage, ja ein wahres Trauma wäre mir erspart geblieben, sagte er zu Vera, hätte ich nur vorher schon irgendwann mal die Tante Bertha gesehen, wenn sie ihr Gebiß nicht trägt. Der Eindruck vom Kachektischen und Moribunden sollte nichts gewesen sein als ein optischer Trick! Ein entferntes Gebiß! In jeder normalen Nacht könnte sie mich so täuschen, würde ich so um ihr letztes Stündlein zittern, ich Amateur! Alter Hasenfuß, Angsthasenexperte! Er schaute beim Gehen den Waldrand entlang auf Gehölz, das aber beinah jedesmal als kleiner Hase wegsprang. Was trennt den Hasen von der Ratte und verschont ihn vor dem Ekel des Menschen? Das liebe

Osterfest: jetzt nicht zur Hasenfreundin namens Vera sagen. Todeskandidat! Er fühlte sich so stark reingelegt von der Tante Bertha, die bis in die intensivsten wachsamsten Stationen des Sophienhospitals hinein Glück hatte mit ihrer Hinterlist.

Das Abstellen einer Sauerstoffzufuhr oder so was, Vera, ich hätte mein Thema, sagte Walter. Wäre ich nicht zu diskret, dann hätte ich es. – Autobiographisches, und wenn es noch so abgemildert ist, laß besser weg, bat Vera. Ich bin heilfroh, daß wir mit den Scherers wieder reden. Und so weiter und so weiter. Ja?

O diese gutmütige geruhsame Art, ihn in einem erzählerischen Rausch trockenzulegen, ihn auszunüchtern, bevor er sich noch richtig hatte besäuseln können! Hirnlos hirnverbrannt, adieu, alte Tante Bertha, und Ciao, meine Ohrfeige, nicht versetzt, aber schön erfunden, ins vor- und nachgeburtliche Gesicht der widerspenstigen Patientin. Insgeheim bewunderte er die zähe uralte Frau, gleichzeitig fest entschlossen, ihr nie zu verzeihen, daß sie den kleinen Schnauzerhund Guilty überlebte und überlebte.

Es bekommt mir nicht, jetzt an Guilty zu denken! Walter flehte sein Langzeitgedächtnis an. Gib Ruhe! O nur nicht Guilty jetzt noch. Ich war dem zotteligen, küchenabfallfarbenen Tier immer ein guter Herr, mit der prinzipiellen Einschränkung, daß jeder Zuspruch und Zuruf, freundlich oder pädagogisch, jeglicher Appell den Hund Guilty, der es nicht wissen konnte, bezichtigte und verspottete. Guilty sah mit den Jahren wie von selbst verurteilt aus. Walter hatte einen eher häßlichen, bestimmt mitleiderregenden Hund haben wollen und dann gegen Veras HAMLET sein GUILTY durchgesetzt. Auch HAMLET wäre keine Freundlichkeit Guilty gegenüber gewesen, und Guilty schien alles das über seine Herren immer genauer zu wissen, staubgrau enttäuscht und ungewiß flehentlich, so blickte er zu ihnen auf, in seiner ganzen Willensschwäche, mit seiner ewigen Naschsucht.

O armer, unglückseliger Guilty. Schuldig! Es ist so weit. Ich gehe. Ich betrete die Polizeistation. Da bin ich. Bitte, verhaften Sie mich. Ich bin schuldig. Verstehen Sie vielleicht Englisch besser? Guilty, mein Name, beziehungsweise der meines frühverstorbenen Hundes. Meine Schuldgeschichte muß mit dem Satz beendet sein, den ich meiner Ehefrau Vera zum Frühstück schuldhaft straffrei serviert habe: Mir träumte von dir, und du warst aber erst ungefähr 19, 20. Sehr knackig, sehr schmal. – Ich habe es allerdings vermieden, DU HATTEST SEHR ÜPPIGES UND AUCH LANGES HAAR hinzuzufügen. Es ist alles in allem schon besser, wenn Sie mich ohne lange Verhörerei festnehmen.

Walter ging als der Absender seines kurzen, endlich diesmal unambitionierten Briefs an Peter Kesselbaum zum Postamt. Er brachte seinen allerletzten und wirklich unumstößlich definitiv strikt lustlosen Rückzieher auf seinen weiten Weg von der holländischen Küste nach Süddeutschland, ins mit einer gewissen Vorsätzlichkeit ein wenig unordentliche Zimmer von Kesselbaums Lektorat. Walter fühlte sich frei und sonderbar unbescholten. Er hatte in der langen Krankengeschichte seiner täglichen seelischen Schwächen und moralischen Gebrechlichkeiten die fieberhafte Klimax überwunden. Er ging leichtfüßig, aber mit benebeltem Kopf, ein angenehmes Empfinden von Rekonvaleszenz sagte ihm sehr zu. Ein überaus korrekter Bürger steckt in mir, eine vorbildliche Unfähigkeit, die Sünden des menschlichen Bewußtseins überhaupt zu ertragen. Ich begehe sie, aber um welch hohen Preis des Leidens! Obwohl ich eine Doppelbegabung bin und also zwei unabsehbar weite Gebiete künstlerisch zu nutzen habe, erschreckt mich mein sträfliches, gesetzesbuchstabengetreues, menschlich allzu menschliches Verhaftetsein viel zu sehr für jeden spielerischen, leichtfertig schöpferischen Umgang damit. Verhaftet, ich bin es, der sichtbaren Handschellen nicht bedürftig. Ein Hoch auf die Ordnung! Es reicht, ich habe genug. Lieber Peter Kesselbaum, keine Schilderung eines bei mir denkbaren kriminellen Handelns ist mir möglich, Genie hin, Genie her. Besäße ich holländische Sprachkenntnisse, noch heute fände ich mich bei der zuständigen Polizeistelle ein als der steckbrieflich gesuchte Totschläger einer Stubenfliege. Daß ich den Marienkäfer am Leben ließ, liegt nur an dessen Status als Symbol und an seinem possierlichen Namen, mir ekelt im Grunde vor all dem Zeug mit kleinem Puls und Atmungsorganen.

Walter beschloß, die Beförderung seines Briefs an den Verlag mit einem Umweg durch das Grüne Viertel zu feiern. Er hatte Lust, einen gutartigen, freundschaftlichen Blick auf die Welt zu werfen, zunächst einmal wie zu Übungszwecken auf kleinere Ausschnitte. Anschließend im Zimmer 67 würde er seine Frau in einen zärtlichen ehelichen Clinch nehmen, in der Bühnenversion der Positur UMARMUNG, schon hörte er ihr behagenverströmendes Wörtergerinnsel: Recht hattest du, diese Anthologie fällt sowieso den Rezensenten nicht weiter auf. Erholen, das solltest du dich. – Ach, schöne Erlahmung!

Zwei berittene Polizisten kamen aus dem winzigen verkrüppelten Wald. Die Pferde verkleinerten den Wald zusätzlich. Riesige Körper! Leiber! Imponiergehabe und warmes, dampfendes Schnauben. Die Polizisten thronten hoch auf den Pferden und sahen wichtigtuerisch über Walter weg. Der machte sein gutbürgerlichstes, staatsfreundlichstes Gesicht. Er war so beeindruckt von den Pferden, daß er etwas tat, das er sonst streng strikt eisig eisern vermied: jemandem oder etwas – etwas Lebendem, Gegenstände waren nicht inbegriffen – nachstarren. Nie starrte er zum Beispiel auch einer Frau nach, dieses Einge-

ständnis seiner Bewunderung gönnte er auch nicht der Schönsten. Es geschah nie, um Vera zu schonen. Es hatte mit ihm selber zu tun. Nur damit. Er und Stehenbleiben, Nachstarren: so stand Walter im Waldeingang, fast nicht niedriger als der höchste zerschundene Kiefernstamm, starrte den gewaltigen schaukelnden Pferden nach.
Sodomie?

## Gertruds Interessen

Und um halb sechs ging sie in die Küche, um wie an jedem Wochentag jetzt schon das Grundsätzliche für den Abendessenstisch vorzubereiten. Lauter gewohnte Handgriffe. Gertrud, mit der immer gleichen Reihenfolge vertraut, brauchte nur knapp zwanzig Minuten. Dann waren die wichtigsten Vorkehrungen getroffen. Die Mahlzeit für das Kind stand sowieso von nun an bereit. Es hing vom Kind ab, wann es sie zu sich nähme. Auch hierin waren Albert und sie tolerante Eltern. Insgesamt ohnehin: wenig Zwang fürs Kind. Wenig? Gar kein Zwang. Sofern nicht bereits das Kind ebenfalls, ganz wie Albert, bewußtlos geknechtet war von der großen vitalen Übermacht GERTRUD. Von sehr viel Liebe also, nichts Schlimmem, dachte Gertrud. Im Gegenteil. Es sollten mehr Haushalte derartig strikt und gewissenhaft unter dem Motto ABSOLUTES GERNHABEN geführt werden. Gefühl drang noch in die schmalsten Ritzen eines jeden täglichen Moments. War das nicht ein wenig unbarmherzig, vielleicht, eine gewisse Anstrengung, auch belastend, etwas Streßartiges auf seine Weise? Sie konnten wirklich kaum noch Luft holen, ihre zwei Männer, Albert, der Ehemann, und Dandy, das Kind, nicht in Gertruds Anwesenheit, nicht unter der Knute ihrer Forderung nach ERFÜLLTEN AUGENBLICKEN. Und doch: Liebe, so wie wir drei sie ausüben und wie ich sie verstehe, sie ist und bleibt das elementar Wichtigste zwischen Menschen, dachte Gertrud, und ganz selbstverständlich wird sie gelegentlich zur Strapaze, einfach, weil der Mensch nicht so gebaut ist, der Mensch mit seinen Schwächezuständen und Erlahmungsanfällen, er will einfach von Zeit zu Zeit abbremsen, nachlassen, leer und öde vor sich hindampfen.

Ihr war aber merkwürdigerweise nicht ganz wohl beim Anblick vom Becher mit Milch für das Kind. Der Becher stand doch ganz unschuldig da. Für das Kind sähe er vertrauenerweckend aus wie immer. Es war außerdem der Becher seiner eigenen Wahl. Auf weißem Grund eine dicke rote Eins. Und schließlich wußte nur sie allein, daß sie Abend für Abend, wenn es halb sechs war, diesen Becher ungeduldig mit Milch füllte, überhaupt und auch bei den übrigen Vorbereitungen von Ungeduld erfüllt war, einem Gefühlsgemisch ziemlich nah bei Ingrimm oder so was, ziemlich nah bei einem stillen tiefen Zorn. Der ganze Alltagskram schien sie aufzuhalten: bei was denn aber? Schien sie abzuhalten: wovon nur? Ihre Zeiteinteilung war doch perfekt. Und dann: sie liebte sogar das unerschöpfliche Arbeitsvolumen eines Haushalts. LIEBE, schon wieder. Viel Empfindungsaufwand, den sie ständig trieb. Im Freundeskreis schadete sie stets ein wenig den anderen Hausfrauen, weil sie – einfach scharf auf neidische Sympathie bei den Ehemännern – immer wieder dieses Loblied sang, mit den etwas unwahrhaftigen Hausarbeitsstrophen, mit dem Refrain von der großen Freiheit der Hausfrauen, mit dem Titel Selbstbestimmung.
Gertrud schaute aus dem Schlafzimmerfenster, aber ohne das Fenster zu öffnen. Sie hatte dieses Fenster auch ausgesucht, um vom Kind nicht bemerkt zu werden. Das Kind spielte noch immer an seiner Schlammstadt herum. Kleiner Einzelgänger. Schließt er sich überhaupt nicht an andere Kinder an, meine Liebe? Solltest du es nicht doch noch einmal mit der Spielgruppe von den Walldorfleuten probieren? Sie kümmern sich dort sehr gerade auch um Individualisten. Ein Kind wie der kleine Dandy wäre mir sympathisch, selbst wenn es überhaupt nicht mein eigenes wäre, sagte Gertrud bei passenden Gelegenheiten. Sie wurde aber ihrer kleinen Kundgebung immer nur für die Dauer der

Kundgebung froh. Daß der Satz für die Zuhörer heiter klang, wußte sie. Sie nur hörte eine Art Strenge heraus. Ein wahres Elend. Eine Art Verzicht: auf ein lebensfähigeres Geschöpf in ihrem Umkreis. Auch Albert, ihr Mann, kam ihr oft wie ein versehentlich in Freiheit lebender Patient vor. Man mußte den Atem anhalten, hoffen, daß keinem seiner Kollegen und erst recht nicht dem Chef des Architekturbüros die Wahrheit über ihn auffiele. Irgendein gravierender klinischer Befund. Etwas schwer Gestörtes. Oder nicht? Machte der mit so viel Liebe aufgepumpte Alltag Gertrud ein bißchen wahnhaft? Und gar womöglich lieblos? Trübte er ihren Blick, den sie auf ihre hoch und heilig geschätzte kleine Welt warf? Das Kind sah jetzt schon so aus, als spiele es das Spielen nur mehr, es bewegte seine etwas zu schweren Gliedmaßen wie in einer Rolle, an der es Gertrud zuliebe herumprobierte, ermüdet und verdrossen. Das Kind sah radikal einsam aus. Das Kind sähe demnächst so aus, als wisse es fast genau genug, daß es überflüssig war.

So ist es aber nicht! Gertrud schnappte ein bißchen nach Luft, die plötzlich knapp wurde. Sie wollte aus dem Haus stürmen, Dandy vom langweilig gewordenen Spiel in der Schlammstadt befreien, sie hatte Lust, den kleinen molligen Körper zu umarmen. Wirklich und wahrhaftig! Aber wäre das denn vernünftig, fragte sie sich. Sie blieb auf der Schwelle zum Vorgarten stehen. Sie bewegte die Haustür ganz vorsichtig in den Angeln. Dandy sollte sie nicht hören. Er sollte noch ein wenig weitermachen. Langeweile! Davor hing in dieser Familie ein riesiges Verbotsschild. Es wäre sträflich von ihr, einer Erwachsenen, das Kind bei der Geduldsarbeit, dem lebenslänglichen Kampf gegen die Langeweile, zu stören. Das Kind mußte mit sich und dem Spiel weitermachen, so lang es das nur vermochte. Früh genug konnte ein menschliches biologisches System überhaupt nicht mit den Aktionen gegen Überdruß, Verlorenheit, Wirklichkeitsentzug beginnen. Die Langeweile: schwerste Erkrankung des Gemüts. Der Seele. Falls das einigermaßen hinhaute.

Gertrud betrachtete das Kind nun als inneres Abbild und sie betete: mach weiter, bleib weg, und STÖR MICH JETZT NOCH NICHT ließ sie weg so gut es ging. Oh ja, sie lebte durchaus mit einem steten geheimen Vorwurf gegen sich selber, und es war nicht leicht, das durchzuhalten. Im Grunde ist das Kind mein ein und alles, sprach sie vor sich hin, dabei bewegte sie sogar die Lippen. Aber man brauchte schließlich auch sich selber. Man mußte ungestört sein. Albert, auch so ein EIN UND ALLES, sofern das zweimal zu haben war, auch er kam unerwünscht bei früherem Dienstschluß. Gertrud, die keinen Beruf ausübte, nicht einmal eine Nebentätigkeit oder Halbtagsbeschäftigung rechtfertigend anführen konnte, wenn sie sich als eine Person fühlte, die blockiert, behindert, aufgehalten wurde, Gertrud fiel nichts ein. Sie war auch nicht mehr diese LESERATTE von einst. Noch immer gruppierte sie allerdings stapelweise die beliebtesten Neuerscheinungen um Alberts und ihren Stammplatz in der abendlichen Sitzecke. Doch schon der Anblick von Büchern flößte ihr kein Vertrauen mehr ein. Er vermittelte ihr so ein scheintotes Gefühl. Es ergaben sich in ihrem derzeitigen Leben wirklich so etwas wie scheintote Momente. Jetzt schon, bevor sie über eine realistische Lebensmitte hinaus war, türmte sich ein Gebilde von Zielen vor ihr auf, die sie nicht mehr erreichen würde. Sie sähe die meisten Gegenden dieser Welt nicht. Sie käme nicht einmal mehr dazu, die Schallplatten aus ihrer privaten Sammlung überhaupt nur ein erstes Mal zu hören. Ganz entscheidende Kunsterlebnisse würden ihr entgehen. Die meisten Museen hätte sie, von rückwärts gesehen, nicht besucht. Dem größten Teil aller Leseein-

drücke winkte sie jetzt schon ab. Das alles fast ohne ein richtiges Bedauern. Ein wenig verfrüht wohl, dachte Gertrud, habe ich so ein BIS SPÄTER-Gefühl. Und SPÄTER, das bedeutete: bis nach dem Tod.
Dandy verzehrte sein Abendessen als ein stark umsorgtes, fast eine Spur zu fanatisch geliebtes Einzelkind von siebeneinhalb Jahren. Ohne seine noch nicht ganz verkümmerten Instinkte eines wahrscheinlich Letzten aus der Vereinigung zweier sehr alter Familien gelang es Dandy sogar, in der Enge von Gertruds Umhegtheit nicht geradezu zu verfetten. Gertrud wußte wohl, daß sie ihn ein wenig überernährte. Albert auch. Aber schließlich war auch sie trotz aller Übersensibilisierungen zum Teil doch noch ein triebhaftes Wesen, und außerdem handelte es sich um LIEBE IST MAST bei ihrer Praxis, einer Psychologenwahrheit erster Ordnung.
Ist das Pflanzenfett, Gertrud, erkundigte sich beim zweiten Abendessen gegen acht Albert, auf die Fettaugen deutend, die sich klein und vielfältig und ölig über der allgemeinen Suppenoberfläche isolierten, und als sie mit ihrer beruhigenden, wirklich zurechnungsfähig erwachsenen Stimme ABER SELBSTVERSTÄNDLICH JA sagte, überkam sie die wichtige tiefe unermeßliche, den Tod fixierende Liebe zu Albert, zuschauend, wie er nun zuversichtlich löffelte, ein Betrogener mitten im ehrlichsten Liebesspiel. Außer daß Albert nicht gern an Gewicht zunehmen wollte, mußte er eine Cholesterin-Diät befolgen. Gertrud dachte oft zärtlich und gerührt, auch voller Angst an das Innere seiner Adern, angefüllt mit etwas zu dicklichem Blut. Es paßte zu ihm, oder nicht? Warum, bei so viel Risikobewußtsein auf Gertruds Seite, warum mogelte sie dennoch Butter oder einen Klacks Rahm in die Speisen desjenigen Menschen, dessen Tod sie am allermeisten fürchtete? Falls Albert das war, dieser einzige Mensch. Kam Dandy der einzigartigen Liebe in die Quere? Ein bißchen schon.

Gertrud hielt es für vernünftig, daß Albert und ihr, relativ spät in ihrer Ehe, doch noch nach Erweiterung zumute gewesen war. Daß sie ein Kind hatten. Wenn auch kein einfaches. Aber die Ausdehnung eines Gefühls auf eine Person mehr brachte eine gewisse Zerflatterung mit sich. Sie ließ ein bißchen herumrangieren und hin und her balancieren, umschichten, auswuchten, diese Weiterverteilung. Bis Dandy die kleine Ausgabe eines Menschen geworden war, bis zu seinem vierten Lebensjahr so ungefähr, hatte Gertrud noch stark bezweifelt, ob sie in einem fiktiven, auch nicht wahrscheinlichen Sterbefall Alberts imstande wäre, Albert zu überleben. Dandy wäre bis zu diesem Zeitpunkt noch kein Hinderungsgrund für einen Selbstmord Gertruds gewesen. Er war noch so unausgeprägt, könnte irgendwer sein, von irgendwelchen Eltern. Nun schien die größte Last manchmal doch von ihr genommen zu sein und sie empfand nichts Suizidales mehr, wenn sie sich Alberts Tod vorstellte. Nicht mehr so unbedingt. Nur: wenn sie ihn falsch ernährte und ihm dabei zusah, wie er geduldig und irrtümlich sich Bissen für Bissen nicht für einen hielt, der ganz allmählich vergiftet wurde, dann überfiel sie wieder diese grauenvolle und schönste Rührung, diese stärkste aller inneren Bewegungen, und ihr war furchtbar dringend nach einem liebestodartigen Akt zumute, wenn denn schon eines Tages das Äußerste geschehen sollte. Dandy wäre da wohl irgendwie mithineinzuziehen. Ah, wie ganz entsetzlich sie doch zusammengehörten.

Albert kam auf sein dringendstes Thema zu sprechen, die kommende Möglichkeit, angesichts der heiklen Beschäftigungslage im Baugewerbe sich als Anwärter für eine Teilzeitarbeit bereitzustellen. Eine Herzensangelegenheit für Albert. Er sehnte sich nach mehr Freizeit. Würde sie zu füllen wissen. Im Keller beschlagnahmte er nun schon den

zweiten Raum für seine planlosen kniffligen Zukunftsprojekte. Die angefangenen Modelle für ganz beunruhigend neuartige Kommunikationszentren, dereinst erfüllt von glücklicheren Menschen, sie verrotteten ja schon. Auch plante er etwas Kompendiumartiges, das sämtliche Wissenschaftszweige numerisch raffte. Er wollte außerdem das gesamte Haus mit einem neuen Anstrich versehen. Während seines letzten Urlaubs, mit vorsätzlich verstauchtem Fußgelenk, hatte er trotz der Schmerzen im Knöchel zwei Wände des Schlafzimmers frisch geweißelt. Der Teilzeit-Albert rückte tatsächlich in die nähere Zukunft. Gertruds Zunge belegte sich, fühlte sich kreidig an. Wie durch einen Pelz hindurch unterstützte sie dennoch wortreich diese ihr sonderbar feindlich gesonnenen Pläne. Zusätzlich zum SPIELEN spielenden Dandy bekäme sie einen Privatleben sich selber vortäuschenden Albert in die nächste Nähe. In die täglichen Tage. Sie müßte, bis das einträfe, wirklich wissen, womit denn eigentlich sie selber sich so total freihielt von der Langeweile. Womit denn wirklich sie ihre Zeit so unsagbar sinnvoll füllte. Wie sie es denn wahrhaftig vollbrachte, den Alltag so gründlich zu LIEBEN. In ihrem ziemlich großen Freundeskreis war sie diese Frau ohne Probleme mit dem Selbstverständnis. Sie verwirklichte die den anderen Frauen so unerträgliche Synthese von Familie und eigenen Interessen. Sie demonstrierte: es müßte doch also möglich sein, das ganze übliche Genörgel wegzulassen, dachten die erschöpften Ehemänner, seht euch Gertrud an. Seht euch eine Frau an, in eurem Alter, in den euren ähnlichen Lebensumständen, der gleichwohl alles fremd ist, was auch nur entfernt an euer immerwährendes Gerangel zwischen Haushalt und Selbstdarstellung erinnert. Klar, daß jemand wie Gertrud offenbar auch so seine Opfer brachte. Doch wortlos, nicht mutlos.
Ja, dachte Gertrud, sollte es ernst werden mit einem fast

ständig anwesenden Albert, dann müßte sich einmal herausstellen, was denn überhaupt meine EIGENEN INTERESSEN sind. Im Augenblick fiel ihr überhaupt nichts ein. Wieso war dennoch alles ausgefüllt, vom Morgen bis zu den beiden Abendessen für diese zwei Personen, denen kein Verdacht kam gegen sie. Die nichts witterten, nichts fürchteten. Zwei, die sich wirklich bei ihr am sichersten untergebracht fühlten. Vorsicht! Es wäre nicht sinnvoll, wenn jetzt, ausgerechnet jetzt die Tränen kämen. Nicht beim Nachtisch. Für die gelegentlichen Verwöhnungen mit Gebäck nach dem Abendessen war Albert zuständig. Seinem Architekturbüro gegenüber lag eine Konditorei, die Gertruds Lieblingskuchen herstellte. In dieser Filiale einer Schweizer Firma bekam man die echten Bündner Nußkuchen. Gertrud hätte sich, mit Weinerlichkeit gerade in diesem Augenblick, selber keinen guten Dienst erwiesen.

Fast könnte ich stolz sein auf mein günstiges Naturell, dachte sie, denn Albert als Teilzeitarbeitnehmer wirkte plötzlich nicht mehr so akut auf sie und ihr fiel, geeignete Thematik beim Kuchengenuß, Ingrid Scherz ein. Vor wenigen Monaten erst hatte ein Trauerfall das Leben dieser Nachbarin verschlechtert. Sie mußte nicht nur den Verlust eines Lebensgefährten ertragen, auch in materielle Schwierigkeiten war sie geraten, zusätzlich zum Kummer.

Du, Albert, ich habe heute nachmittag das Ingelein im Garten gesehen, erzählte Gertrud mit verstellter Stimme beim Aussprechen des Kosenamens, mit dem der gestorbene Lebensgefährte, übrigens kein Ehemann, die stämmige, tüchtige Frau von etwa Fünfzig angeredet hatte. Sie hat ganz schön zugelegt in den Wintermonaten, kann ich dir sagen, ich meine, seit man sie nicht mehr in ärmellosen Sachen gesehen hat. Trotz Trauer und allem.

Sie hat schon immer Arme wie Keulen gehabt, sagte Albert.

Gertrud empfand es als eine Hilfe, an Ingeleins speckige Arme zu denken, während sie beim Kuchen etwas übertrieb. Von solchen Körpermaßen war sie für immer getrennt, allein schon durch eine gewisse Ruhelosigkeit, einfach mentalitätsmäßig vermutlich.
Diese Arme sind völlig konturlos, sagte sie. Man könnte die Stelle für Ellenbogen nur vermuten.
Es war mit der Zeit ein wenig überfällig geworden, Ingrid Scherz, diese Witwe ohne Stand und Status, zu einem Tee oder auch abends auf ein Glas Wein herüberzubitten, und sie redeten jetzt davon. Stellten es in Aussicht. Zwischendurch lobte Albert die Schlammstadt von Dandy. Das Kind sah etwas ausdruckslos vor sich hin. Gertrud hatte das Kind am liebsten, wenn es sich, erschrocken von einem Kummer, den es nahen sah, plötzlich mit einer weichen Bewegung wegwandte. Steh schon auf, Schatz, sagte sie zum Kind, und sie empfand diese Annäherung an einen schrecklichen Schmerz, an etwas Schlummerndes, als Dandy mit seinem sämigen trägen Bewegungsfluß sich vom Stuhl hinunterquetschte und drückte.
Eigentlich ist's doch erstaunlich, Albert, daß wir trotz der jetzt schon ziemlich vielen Witwen aus unserem Kreis keine einzige kennen, die irgendeine Konsequenz gezogen hätte, sagte Gertrud. Ja bitte, noch ein letztes winziges Nachstückchen. Danke. Aber nur, wenn du noch deinen Pudding aufißt, garantiert 0,5 Prozent Fett in der Milch. Ich meine, eine, die sich halt auch getötet hätte. Nicht mal Marlene, obwohl sie wahnsinnig depressiv war und alles.
Gertrud hörte auf, aus taktvollem Mitleid mit Albert, dem der Tod nicht mal als Gesprächsstoff lag. Ich bin schon wirklich fast unheimlich taktvoll, spürte sie bei diesem Anlaß wieder einmal. Bis ins Mark. Ihr unnachahmlicher Takt brachte sie auf den nächsten Gedanken. In diesem Denkgezweig beim Dessert und rund um das Witwenphä-

nomen. Albert, ich frage mich, ob es überhaupt taktvoll wäre, das Ingelein einzuladen, sagte sie.
Sie hatte noch das Beste vom Kuchenrest vor sich, den dicken Mürbteigrand, und machte eine kurze Pause, um sich durch Hinhalten auf den maximalen Genuß vorzubereiten. Albert, dessen war sie sicher, merkte jetzt freudiger auf. Wenn vom Nichteinladen die Rede war, dann stimmte ihn das positiv.
Und wie meinst du das? fragte er.
Sie beide konnten jetzt das vorsichtige Geplätscher vom Kind aus dem halb geöffneten Badezimmer hören, seinen geizigen Umgang mit dem Leitungswasser, wenn es darum ging, sich zu waschen. Dandy brauchte nie irgendwelche Türen hinter sich zuzumachen. Ehe auch nur das Türenschließen als Thema aufgekommen war, hatte Gertrud es ihm ausgeredet. Wir sind einander immer ganz ganz nah, weißt du das, mein Liebling? Sah er so aus, als wisse er das? Wie auch immer, er machte nie eine Tür hinter sich zu. Er wirkte auch hierbei wie ein Rätsel. Etwas versiegelt. So als wäre er selber ein verschlossenes Zimmerchen, Tür zu. Kleiner Isolationist. Ich kann gruppenmäßige Kinder überhaupt nicht ausstehen, so gemeinschaftsgläubige, so gängige Kinder, ließ Gertrud dann und wann einfließen, in diese ganzen anödenden Erziehungsgespräche, aus denen doch immer sie, Verteidigerin der absoluten Liebe und eingeschworene NICHT-Erzieherin, als siegreich hervorging.
Ich meine einfach, wir sollten niemand Hinterbliebenes einladen, also auch keine Ingrid Scherz, sagte Gertrud. Hat's geschmeckt? Siehst du, auch Diätpudding kann schmecken. Es ist eine Sache der Gewöhnung, oder?
Oh ja, antwortete Albert, nicht ahnend, daß ihm zumindest beim Pudding nichts entging. Du solltest dem Ingelein mit seinen Keulenarmen das mal predigen, das von den Freuden der Diät. Das wäre freundlich.

Aber es wäre vielleicht noch viel freundlicher, sagte Gertrud, sie überhaupt nicht erst herzubitten, ich meine: HIERHER, in diese Harmonie. Es wäre taktvoller. Ich meine, sie würde es erst wieder so richtig empfinden, das Alleinsein, die Entbehrung eines andern, hm? Ist nicht Härte manchmal sanfter? Zärtlicher? Und so weiter, hm?
Kann gut sein, kann sehr gut sein, sagte Albert. Gertrud gönnte ihm von Herzen, ja herzlichst, daß sein müßiggängerisches Gesicht nun einen selbstzufriedenen Ausdruck annahm. Wahrscheinlich sah er den drohenden Schatten, die Einladung einer trauernden Person, nun nicht mehr über den guten alten Trott der mittleren Gefühle gebreitet. Sein Gesicht war dem des Kindes sehr ähnlich. Es wirkte manchmal kindlicher als das vom Kind. Doch ähnlich, immer ähnlich. Kam das von der gleichen Behandlung durch Gertrud? Von leichter Überernährung, falscher Ernährung, von zu viel schwachem Widerstand gegen zu viel starken Fütterungstrieb? Diese zwei mußten sich behaupten, in diesem Haushalt, und von einer solchen Daueraufgabe unter dem Joch der großen mästenden Liebe stammte der immer etwas ermüdete, überanstrengte Ausdruck ab. Manchmal mußte Gertrud sich überlegen, ob Dandy schon eine Brille trug wie Albert oder noch nicht. Sehr geliebte Menschen sehen nun einmal nicht sehr gesund aus, urteilte sie. Albert war in den Keller gestapft, zu seiner allerneuesten Idee, irgendwelchen Papierabrupfungen auf Leinwänden, und sie wußte ihn in Sicherheit vor ihr, die nun in der Küche das Geschirr spülte. Gemütlich mit dem langen Abendzigarillo dort unten, wo er ganz heimisch würde, wenn die Teilzeit begänne, der arme Albert, zu viel und nicht genug geliebt. Gertrud log überhaupt nicht im Fall von Berichten über das Geschirrspülen. Sie schätzte diese Arbeit tatsächlich jeden Abend aufs neue. Sie hantierte gern herum mit den zur Ruhe kommenden Geräten eines

Tages. Räumte weg und wischte blank. Alles schien eine Art Vorfreude doch wieder wert zu sein. Worauf? Auf nichts weiter? Auf viel Ritual und die lange leere Strecke durch Stunden, markiert von mehreren Täßchen Kaffee, auf Selbstbestimmung, Drückebergereien, einen Dandy vorm Fenster, einen Albert am fernen Zeichentisch, zwei Leute zum Beweinen im voraus, jetzt schon, Grund zur Beunruhigung.

Nichts paßte jetzt besser als das: aus der verfahrenen Wetterlage dieses Tages löste sich nun endlich Regen. Gertrud kam der starke gleichmäßige Regen beweiskräftig vor. Gleichzeitig machte er sie etwas stolz. Sie war ein Mitglied dieser Gesellschaft. Sie war jemand, der an einem Wettergeschehen teilnahm. Die Gegend, die vielbeschimpfte Gegend, in der sie zweckmäßigerweise seßhaft waren, wozu Gertrud manchmal ANGEKETTET sagte, war doch nicht ganz so übel. Regionalistisch eher zu trocken. Doch nun konnte es regnen, seit Wochen häufig, seit Wochen so, als wäre Verlaß drauf, daß man nicht austrocknete, nicht versteppte. Gertrud fiel Dandys Schlammstadt ein. Der nun fallende Regen würde ihr ganz schön schaden. Sie erinnerte sich an ein gebrochenes Versprechen: sie hatte es einfach vergessen, verabredungsgemäß seinen neuen Anleger für Postboote zu betrachten. Sie hatte die Neubauten des heutigen Tages überhaupt nicht besichtigt. Statt dessen war sie hinterm Schlafzimmerfenster in treulosen Gebeten darauf aus gewesen, länger allein und durch ihn ungestört zu sein.

Auf einmal paßte ihr sogar der schöne geräuschvolle stetige Regen nicht mehr. Sie schluckte an einem Fremdkörper im Schlund. Ein Nußsplitter vom Bündner Kuchen oder was Neurovegetatives setzte ihr da im psychologisch dicht besiedelten Kehlkopfbereich schwer zu. Oh was für ein sündiges, was für ein räudiges Leben, dachte sie, das ich führe, wie friedfertig nach außen, keinem tue ich was zuleide, keinem so richtig, und doch, wie verfehlt. Aber die Tränen, zurückgedrängt vorm Nachtisch, sie kamen ihr jetzt nicht. Sie rieb ein bißchen an den Augen herum. Die Augen taten ihr neuerdings manchmal weh. Womöglich, weil sie unbewußt nach irgendeinem greifbaren Schmerz suchte? So selten ich auch nur noch lese, dachte sie, ich weiß irgendwie zu viel. Sie nahm sich vor, ehe sie sich am Bett des Kindes für die Nacht verabschiedete, draußen nach seiner Schlammstadt zu schauen. Ah ja, das war gut. Richtig gut. Mit der Küchenarbeit wurde sie jetzt fertig. Im Keller war es nach einem kurzen krachenden Lärm fast verdächtig still. Dem Atem nach, Gertrud stand an der halboffenen Tür, mußte das Kind schon eingeschlafen sein. Sie ließ das also bleiben, diese etwas unvernünftige Sache mit dem Besichtigen der Schlammstadt, im strömenden Regen.

Vorher machte es sich ja aber immer so gut. Bekannten gegenüber. Und auch am Telephon, wenn jemand eine Verabredung treffen wollte. Zu irgendwelchen Anrufern sagte Greta es einfach richtig gern. Genau wie sie auch Wert drauf legte, Frieders jahrzehntelange Anhänglichkeit an die Firma Renault zu erwähnen, immer wenn die Rede auf Autos kam. Diese ganzen deutschen Fabrikate, ging nicht schon von ihren Markennamen ein bißchen was Spießiges aus? Diese ganzen Opel-Audi-Kategorien für Familien mit Ausflüglerbedürfnissen, eben einfach Mittelklasse, während ein R 16 zwar auch in weiter Entfernung von Luxus, aber immerhin FRANZÖSISCH, nicht so ganz bieder seine Strecken abfuhr. Von sämtlichen VW-Ausgeburten gar nicht zu reden. Im tiefsten Innern bin ich ein frenetischer Nestbeschmutzer, stellte Greta fest, allerdings nur im Inland, offenbar. Denn eindeutig hing die übellaunige Verfassung dieses Vormittags mit der Außenwelt zusammen. Heute mit der von Graz. Es war ungerecht und nicht ganz zu fassen. Nicht in den Griff zu bekommen. Lag es am Frühstück? Die Geßners hatten das deutsche Hotelfrühstück lang über die Dauer seiner wirklich miserablen Qualität hinaus beschimpft. Das stellten sie nun fest, dem Grazer Angebot gegenübersitzend. Bei uns würde man so was nicht mehr wagen, sagte Greta. Sie empfand in sich nichts Wohliges beim Bedürfnis, Frieder anzustecken. Womit eigentlich? Mit Groll auf Graz? Die Geßners könnte man lebenslänglich nie einer patriotischen Haltung verdächtigen, das stand ein für allemal fest. Beide waren zu stark und für immer vorgeschädigt, aufgewachsen in der Nazizeit, und das führte Greta auch jeweils als tiefwurzelndes Motiv an, wenn sie, absolut freiwillig, dann und wann verkündete: Für alles politisch Aktive, gar für PARTEI-Mitgliedschaften, aber sogar auch schon für harmlosere Sachen wie Wählerinitiativen oder wirklich sympathische GRÜNE LISTEN sind Menschen wie wir einfach total verloren. Wir sind superkritisch, oh ja. Pessimistisch. Allergisch. Gruppenuntauglich in alle Ewigkeit. Laßt uns bloß damit in Ruhe. Sie litten beide wahrhaftig im Sinn von Kränkung und Ohnmachtsempörung unter so Vorzeichen wie aussterbenden Vogelarten, vergifteten Bäumen, unter der architektonischen Mißhandlung von Städten und Landschaften, sie litten sehr, ästhetisch, ökologisch, politisch. Sie nahmen durchaus teil: als trauernde, zornige, unbestechliche Zuschauer. Sie wären gewiß nie als Opfer von Politikergeschwätz zu vereinnahmen. Von Heuchlern. Machtbesessenen Strebern, STADTVÄTERN. Der Anblick des Kernkraftwerks in der wie vorgewarnten stillen gelblichen Riedlandschaft setzte ihnen zu. Aber auf keinem ihrer Renault-Modelle fuhren sie ATOMKRAFT NEIN DANKE oder ähnliche Aussagen über ihre Gesinnung durch die bedrohte Gegend.

Bei uns, wirklich, in unseren Hotels hat man inzwischen doch mehr Ahnung von FRÜHSTÜCK, sagte Greta, zum Beispiel auch von Diät, denn es gibt nicht erst seit gestern Diätmargarine klein abgepackt auch beim Hotelfrühstück, du.

Greta, die beruflich viel herumkam, sich dann aber überwiegend von den deutschen Hoteliers reingelegt fühlte, hetzte Frieder immer mehr auf. Es tat ihr ein bißchen leid. Eigentlich hatte Frieder vor, gut gelaunt zu sein. Er wollte diesen Tag genießen, ohne besonderen Ehrgeiz.

Was sie hier unter SCHWARZBROT verstehen, sieh dir diesen grauen Wischlappen nur mal an! Greta fuhr fort damit, die übersichtliche Szenerie zu bezichtigen. Das Zimmer 29 im

zweiten Stock mit den viel zu dünnen Wänden, nach dem Innenhof gelegen, mit der Tapetentür wie für eine billige Theaterdekoration: war das nicht eigentlich eine Schande? Eine gewisse Zumutung doch wohl. Wirklich sauber schien es auch nicht zu sein. Zumindest kam keine rechte Lust auf, irgendwas anzufassen. Man möchte sich lieber nicht auf diesen Sessel da setzen, hm?
Frieder, immer ziemlich sang- und klanglos, ohne Jubel, aber auch ohne rebellischen Schmerz, wurde so ganz allmählich, so ganz schön soghaft mal wieder das Opfer einer Ansteckung durch seine Frau, und sie merkte das, sie lobte sich ganz und gar nicht dafür, mein Armer, dachte sie, mein liebes geduldiges ahnungsloses bedauernswertes Opfer einer Gehirnwäsche, schon wieder ein Stückchen mehr verdorben für den Tag unterwegs, auch für diesen leider, es fault und fault an deinem Reisebewußtsein herum. Durch mich! Mich Schadstoff!
Ein wenig glücklich machte sie schließlich doch auch ihn, ihren Mann, so gut kannte sie ihn, wußte sie Bescheid in seinen seelischen Innenräumen, ein wenig schadenfroh glücklich, ja, das wurde er, im Verlauf ihrer kleinen chauvinistischen Sticheleien gegen jegliche ausländische Umweltbedingung. Es war schon eine Spur mystisch, das alles, ging nicht mit rechten Dingen zu, nicht mit berechenbaren Dingen, blieb etwas irreal. Zu Haus war Greta, ob es nun einen Sinn ergab oder nicht, einfach froh beim Antworten, wenn damit eine Verachtung für ihre einheimischen Umstände zu verbinden war. Vor allem ihre eigene Region beschimpfte sie ziemlich gern. Diese Stadt wird immer häßlicher. Immer großmannssüchtiger. Ich laufe nur noch mit einem Befehl an meine Augen herum, nicht so genau hinzusehen. Sozusagen mit Scheuklappen. Überhaupt sollten bundesrepublikanische Städte oder Dörfer und Gegenden eher Wettbewerbe für die größtmögliche Häßlichkeit

ausschreiben. UNSER DORF SOLL SCHÖNER WERDEN! Ah, das alles tut mir weh.
Sie liebte es TUT MIR LEID, ABER IN DIESEM GANZEN ZEITRAUM WERDEN WIR IM AUSLAND SEIN, MEIN MANN UND ICH zu erklären. IN BELGIEN, JA. IM FRIAUL, TRIEST ZUM BEISPIEL, WIRKLICH JEDER ÄLTERE MANN SIEHT AUS WIE VON ITALO SVEVO BESCHRIEBEN, LAUTER ROMANFIGUREN, UND JAMES JOYCE LITT HIER GANZ SCHÖN ENTSETZLICH! Als Mitteilung taugte es sehr, daß Gretas allerengste LIEBEN seit Jahrzehnten auf dem Zürichberg lebten. Erstklassige Adresse sowieso. Das drang ja wohl jeweils unkommentiert durch. Die Staatenlosigkeit des Schwagers vermittelte etwas Weltläufiges, auch Lässiges, oder nicht? Auch politisch war das irgendwie in Ordnung, sozusagen selbsttätig. Es setzte einen Nachdenklichkeitsmechanismus über diesen Schwager in Gang. Meine Schwester könnte sich überhaupt nicht mehr vorstellen, hier in der Bundesrepublik zu sein, sie sagt DEUTSCHLAND dazu, erzählte Greta, sie fand, daß man sie zu selten nach ihrer halbschweizerischen Schwester frage. Für länger hielte sie es nicht aus, es ist einfach all das DEUTSCHE, etwas bazillisch vielleicht oder so, es fängt bei den Lettern für Reklameschriften an, hört nicht auf beim Oppositionsführer, habt ihr das gestern abend gehört, wie frisch von der Rednerschule Ludwigshafen.
Und doch saßen die Geßners mittlerweile bei den polyglotten Verwandten auf dem Zürichberg und langweilten sich mit der Tageszeitung herum. Wie du siehst, Frieder, sagte Greta, die Schweizer kämen überhaupt nicht aus ohne UNSERE Innenpolitik, schau dir diese ganze Seite mal an. Die hiesigen Politiker, man kennt sie eigentlich überhaupt gar nicht erst, findest du nicht?
Frieder fand es auch. Die österreichischen Zeitungen hatten zwar etwas mehr von Österreich gehandelt und deutscher Skandale weniger bedurft, im Niveau aber doch wohl

kaum einige deutsche Blätter erreicht. So oft und so intensiv man sich ja auch ärgern mußte, zu Haus. Die Geßners waren froh, nicht mit irgendeiner erzählfreudigen politischen Geisel verwandt oder befreundet zu sein. Aber immerhin: Ärgern erschien ja jetzt schon als ein Wert!
Beim Abendessen mit Schwester und Schwager kamen die Geßners plötzlich mal wieder überhaupt nicht vom Thema KAUFHOF los. Sie waren wie dran festgebissen. Frieder beschrieb soeben das Innere der Lebensmittelabteilung bis in die Nischen des Alkoholbezirks hinein. Das Schlaraffenland persönlich: jetzt griff Frieders Prosa auf die Milchproduktgalerien über. Daß Ihr keine Dickmilch habt, in einem Land der Kühe, tz tz. Zu fassen ist es eigentlich kaum. Doch, und natürlich haben wir dann im KAUFHOF ständig die Sonderangebote, also für einen Wein wie diesen hier geben wir fast die Hälfte aus. Neulich das Glück bei einer neuen Sorte, wieder ganz trocken, Chateau Guibon, kennt Ihr nicht?
Sah der staatenlose Schwager bereits etwas ermüdet aus? Gretas Schwester Dolly ganz entschieden, ja ermüdet. Frieders KAUFHOF-Euphorien begannen auf Greta eine Spur geistlos zu wirken. Da saßen sie, die reichlich provinziellen Geßners, kaum im Ausland, und schon heimwehkränklich, ein leicht verfressenes Ehepaar Mitte 40, zwei Deutsche. Nie ist mir wohl, und so bleibt es leider auf Lebenszeit, wenn ich mich im Ausland als DEUTSCH zu erkennen geben muß, sagte Greta wahrheitsgemäß. Ich überwinde immer ein Unbehagen, wenn ich in die Rubrik STAATSANGEHÖRIGKEIT auf Meldeformularen in Hotels DEUTSCH eintrage und ich schreibe nur zwei Buchstaben hin, ein schnuddliges kleines »d« vor ein schlampiges kritzliges »t«. So ist das nun mal. Wir stammen nun mal aus diesen verfluchten dreißiger- und vierziger Jahren. Ich kann ja nicht jedesmal hinzusetzen, daß unsere Eltern

Gegner des Naziregimes waren. Eigentlich ist DAS das Einzige, was mich mit meinem etwas zu hohen Lebensalter aussöhnt, und ich möchte eigentlich nur aus dem EINEN Grund nicht beispielsweise ein jetzt fünfunddreißigjähriger deutscher Mensch sein, weil meine Eltern damit eben nicht den Geschmack bewiesen hätten, wärend der Nazizeit das sein zu lassen, zeugen, empfangen, und so weiter, Ihr versteht?
Frieder sagte: Ich könnte mir es so denken. Der Deutsche, sein Wesen, ich meine, es hat etwas Ruheloses, auf jedem Gebiet. Zerrissen, aber erfinderisch. Also ruht er nicht aus beim Fabrikat Yoghurt, Kefir oder Quark, also haben wir die Dickmilch. Er ging jetzt zu der absolut gigantischen Käseabteilung vom KAUFHOF über, nachdem er vorläufig fertig war mit den Vorzügen der telephonischen Lebensmittelbestellung als Monatskonten-Kunde. Dolly, es gibt ja wirklich nichts Praktischeres. Du würdest dir eine Menge Zeit und Kraft für das Wichtigere im Leben sparen. Aber im Moment sah es so aus, als gäbe es in Frieders eigenem Leben überhaupt nichts Wichtigeres als die Lebensmittelbereiche des KAUFHOFS. Im Oktober werden wir in Brüssel sein, sagte Greta zum staatenlosen Schwager. Brüssel? Bruxelles, ja. Warum nur machte sich das einfach doch immer wieder so gut, schon einfach als Wort und Klang, wo doch Brüssel selber wieder als völlig zerfetzte, wie planlose, ausufernde Stadt ihnen beiden, Frieder und noch viel mehr ihr, Greta, zur Last fiele, im Oktober? Eigentlich erregten doch sowieso Auslandsreisen längst überhaupt kein Aufsehen mehr. Sämtliche Rentner überwinterten aufs Selbstverständlichste unter spanischen Wolkenlosigkeiten. Die Bayerlings, fast tranige Menschen, zog es in diesem Herbst in die Wüste Sahara. Im Jahr zuvor hatten sie, vielleicht als Fußgänger, ganz Nepal abgeklappert. Temlings, denen man auf der Sparkasse begegnete,

wenn man sie nicht beim Wirtschaften in einem furchtbar fruchtbaren und gegen sämtliche Tierarten giftig gewappneten Garten ertappte, sie fühlten sich längst als halbe Tibetaner, fernöstlich, wo sie mit Vögeln und Schnecken und Rehsorten plötzlich sympathisierten.
Frieder und Greta gehörten überhaupt nicht zu den Leuten, die es sehr weit weg zog. Ihnen beiden war eigentlich nie nach Indien zum Beispiel zumute. Der übrige Orient ist für mich abgehakt und erledigt, hatte Frieder nach vier Tagen Israel beschlossen. Fernsehquizkandidaten, die am Ende einer Sendung zu Gewinnern wurden, zumeist von sehr großen Reisen, taten Greta immer etwas leid. Nach der tapsigen kecken Art, wie sie sich ihre Wagnisse erspielten, errieten, erblödelten, wirkten diese eben noch namenlosen, nur privaten Helden von Unterhaltungsabenden viel zu hilflos für die Flughäfen, die ihnen bevorstanden. Aber die Leute freuten sich. Ihre Gesichter nahmen einen törichten Glückseligkeitsausdruck an. Greta konnte sich nicht vorstellen, daß NEW YORK und ACAPULCO und HAIDARABAD sie noch lockte, wenn sie riskieren mußte, diesen gutartigen Glückspilzen aus DREI MAL DARFST DU RATEN dort zu begegnen. Sie war einfach gern ein Snob, einfach freiwillig, zu ihr und Frieder paßte nun mal das etwas Elitäre und Hochempfindliche, und insofern war es nicht so ganz stimmig, immer weiter vom KAUFHOF zu schwärmen, jetzt, unter der erstklassigen Adresse, auf dem berühmten Zürichberg, und jetzt sehr erstaunt, sehr skeptisch WIE BITTE, IHR BEKOMMT KEIN FRISCHES KALBSFILET zu sagen, während wirklich offenkundig die KALBSPLÄTZLI eine Spur zu fest waren, nicht eigentlich zäh, aber das lag vielleicht auch an Dollys Pfanne, einem wie vorgeschichtlichen Monstrum, womöglich noch eine UNBESCHICHTETE SACHE?
Greta fand, daß es höchste Zeit war für eine Mitteilung dieser Qualität: Das Gefühl von Heimat habe ich nirgends,

Frieder, du doch auch nicht. Ich bin nur einfach irgendwas gewöhnt.
Dolly verstand das gut, aber ihr war die Schweiz zur Heimat geworden. Heimat, rief Greta, schon die Vokabel kotzt mich an. Trotz Bloch, fragte der staatenlose Schwager. Er war hier der einzige, der kaltblütig bleiben konnte, mitten in diesem Wortschatz.
Oh ja, trotz Bloch, behauptete Greta, etwas verstimmt. Etwas ratlos. Es ist so mitläuferhaft, von einem Bloch-Satz an wieder hinter alten Begriffen herzuhecheln.
Frieder, der Ehrliche, erzählte von den überaus schmutzigen Polsterriefen in der 1. Klasse von ÖBB-Waggons. Laut sagte Greta zu ihrer Schwester Dolly, auf deren Recht, schweizerisch zu fühlen, sie neidisch war, plötzlich sehr sehr neidisch: Weißt du, Menschen wie wir, wie Frieder und ich, die sind nirgendwo bis zur Identifizierung heimisch, trotz KAUFHOF, der wirklich was bietet. Aber am ehesten zu Haus fühlt man sich doch wohl da, wo man einen Anspruch drauf hat, zu schimpfen. Zürich ist schön und gut, aber zu sehr Ausland, als daß ich richtig aggressiv sein dürfte. Verstehst du? Ein Emigrant möchte ich nicht sein, weiß Gott nicht.
Sie schwieg. Sie war erhitzt und erschöpft. Sie wollte auf der Stelle mit Frieder zusammen weg, nach Haus nach Haus, nicht um zu schimpfen, wenigstens vorläufig mal noch nicht, noch gar nicht.

# Inhalt


| | |
|---|---|
| Nachsicht mit Kitty | 5 |
| Clematis | 11 |
| Liebesdienste | 20 |
| Violas Vorbilder | 42 |
| Knoblauch am Kamin | 59 |
| Rühreier mit Senf | 88 |
| Der kleine Guntram | 116 |
| Eine souveräne Frau | 148 |
| Scherben | 160 |
| Abschied von Lukas Belwanger | 190 |
| Paarlauf | 199 |
| Rudolph und Aline | 231 |
| Guilty | 243 |
| Gertruds Interessen | 271 |
| Deutschlandlied | 284 |


Die Erzählung »Clematis« erschien zuerst unter dem Titel »Lorenz und Natalie«.